Alif
o invisível

G. WILLOW WILSON

Alif o invisível

Tradução
Ryta Vinagre

Fantástica
ROCCO

Título original
ALIF THE UNSEEN

Direitos para a língua portuguesa reservados
com exclusividade para o Brasil à
EDITORA ROCCO LTDA.
Av. Presidente Wilson, 231 – 8º andar
20030-021 – Rio de Janeiro – RJ
Tel.: (21) 3525-2000 – Fax: (21) 3525-2001
fantastica@rocco.com.br | www.rocco.com.br

Printed in Brazil/Impresso no Brasil

Fantástica ROCCO

GERENTE EDITORIAL
Ana Martins Bergin

EDITORES ASSISTENTES
Elisa Menezes
Larissa Helena
Manon Bourgeade (arte)
Milena Vargas
Viviane Maurey

ASSISTENTES
Gilvan Brito
Silvânia Rangel (produção gráfica)

REVISÃO
Sophia Lang
Wendell Setubal

CIP-Brasil. Catalogação na fonte.
Sindicato Nacional dos Editores de Livros, RJ.

Wilson, G. Willow
W719a Alif, o invisível / G. Willow Wilson; tradução Ryta Vinagre. – Primeira edição. Rio de Janeiro: Fantástica Rocco, 2015.

Tradução de: Alif, The Unseen
ISBN 978-85-68263-06-8

1. Ficção infantojuvenil americana. I. Vinagre, Ryta. II. Título.

14-17132 CDU: 087.5 CDD: 028.5

O texto deste livro obedece às normas do
Acordo Ortográfico da Língua Portuguesa.

Para minha filha Maryam, nascida na Primavera Árabe.

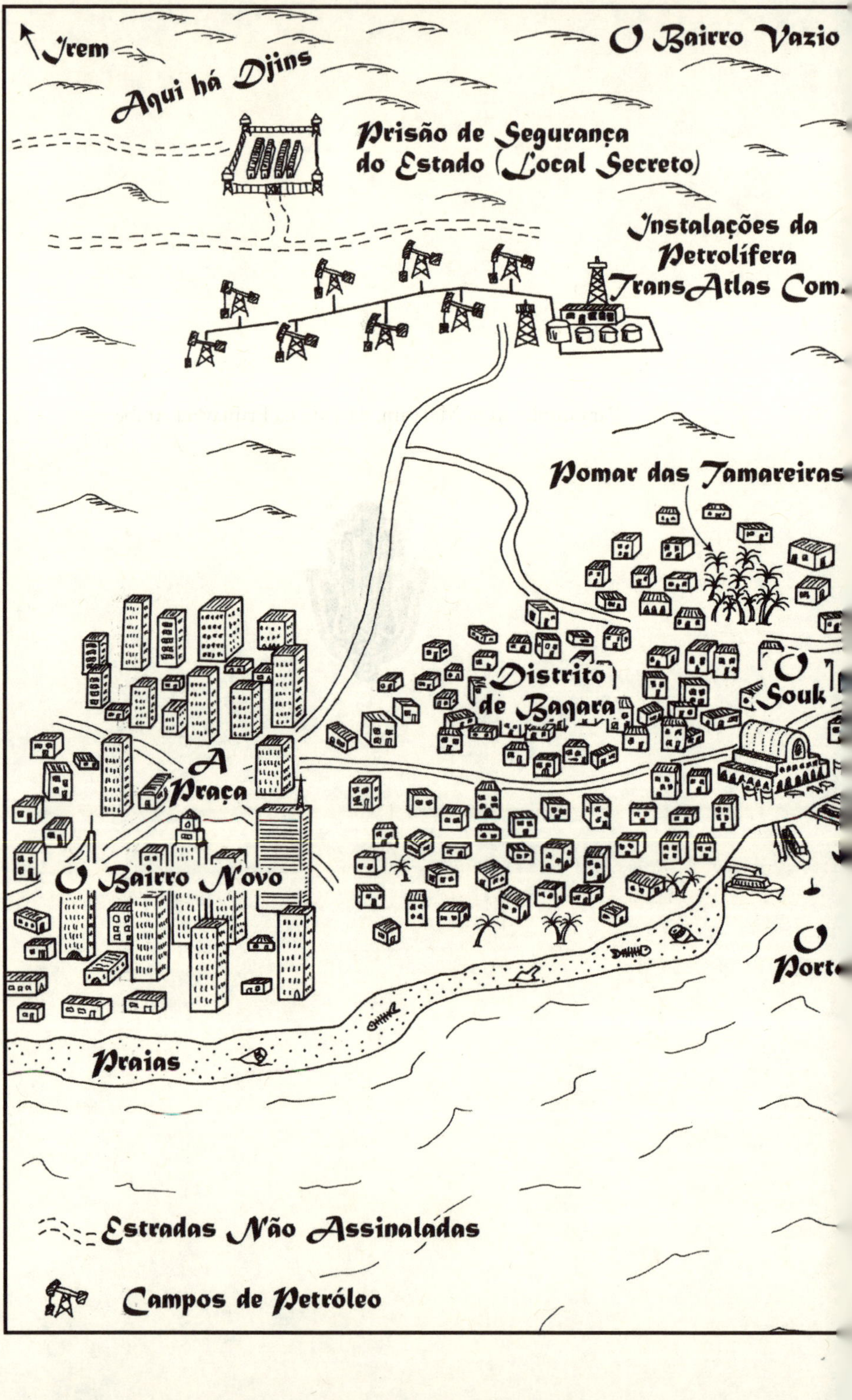

Irem
Aqui há Djins
O Bairro Vazio
Prisão de Segurança do Estado (Local Secreto)
Instalações da Petrolífera TransAtlas Com.
Pomar das Tamareiras
Distrito de Baqara
O Souk
A Praça
O Bairro Novo
O Port
Praias
Estradas Não Assinaladas
Campos de Petróleo

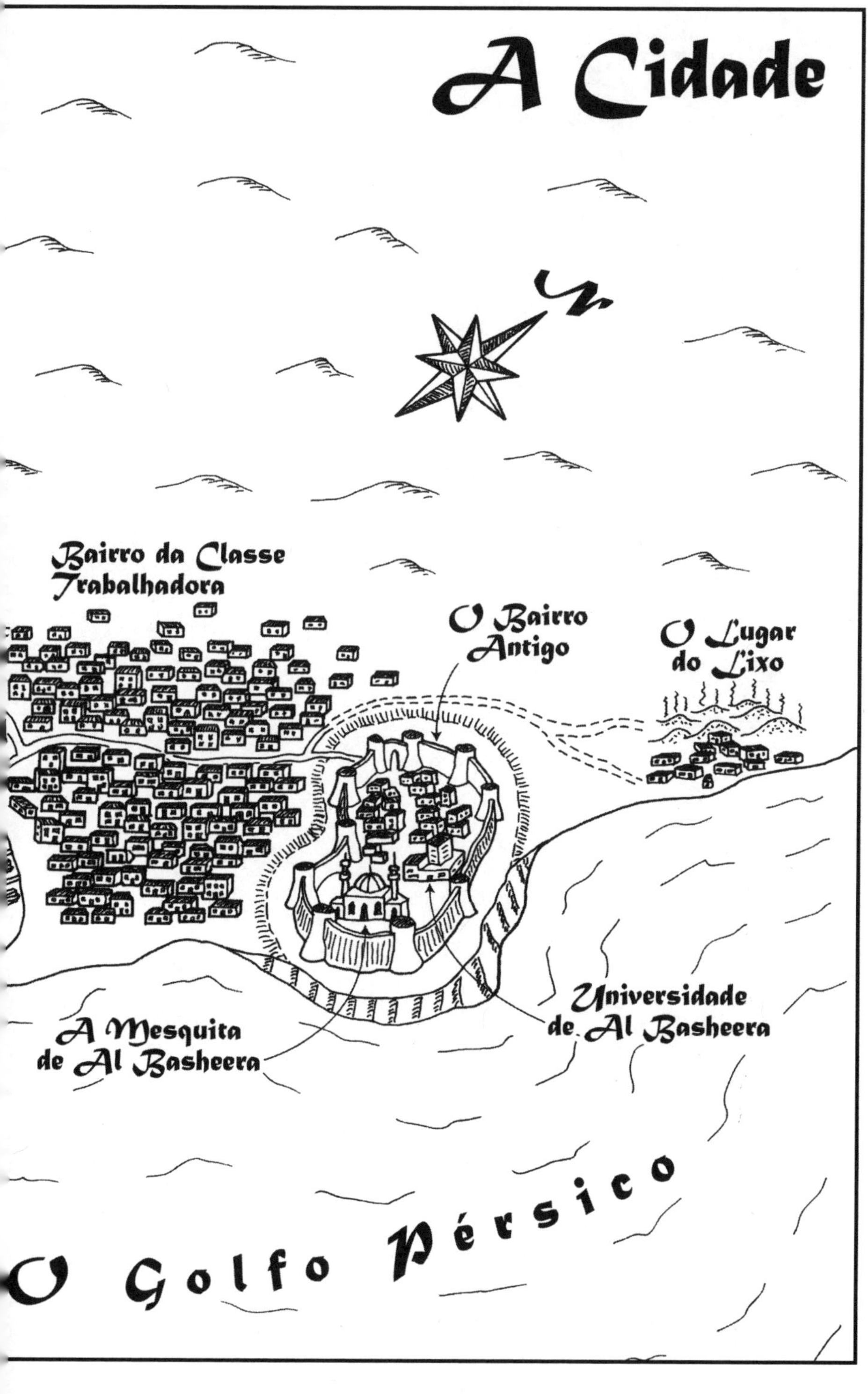
A Cidade
N
Bairro da Classe Trabalhadora
O Bairro Antigo
O Lugar do Lixo
A Mesquita de Al Basheera
Universidade de Al Basheera
O Golfo Pérsico

O devoto reconhece em cada Nome divino a totalidade dos Nomes.

– *Muhammad ibn Arabi,* Fusus al-Hikam

Se a imaginação do dervixe produziu os incidentes destas histórias, sua capacidade crítica os fez à semelhança da verdade e suas imagens são tomadas de coisas reais.

– *François Pétis de la Croix,* Les Mille et Un Jours
(Os mil e um dias)

Capítulo Zero

Pérsia

Muito Tempo Atrás

A coisa sempre aparecia entre o poente e o breu da noite.

Quando a luz da tarde começava a esmaecer, lançando sombras de cinza e violeta pelo pátio do estábulo abaixo da torre onde ele trabalhava, Reza cedia às ondas arrepiantes de ansiedade e expectativa. A cada dia, com a aproximação da noite, a memória inevitavelmente o levava sessenta anos ao passado, aos braços de sua ama de leite. "É na hora do crepúsculo que o djin fica indócil", ela lhe dizia. Ela era turca e nunca jogava a água do banho pela janela sem pedir o perdão do povo oculto que vivia na terra. Se não os avisasse, as criaturas indignadas podiam amaldiçoar seu jovem encargo, afetando-o com a cegueira ou a doença das manchas.

Quando era um jovem estudante e ainda não tinha aprendido a ser sábio, Reza desprezava os temores da ama de leite, julgando-os supersticiosos.

Agora era um velho e seus dentes caíam. À medida que o sol se avermelhava, tocando o domo do palácio do xá do outro lado da praça, o familiar terror começava a provocar seus intestinos. Seu aprendiz vadiava no fundo da oficina, pegando os restos do almoço do mestre. Reza sentia o olhar de desdém que o jovem cheio de espinhas lançava em suas costas enquanto estava junto à janela, olhando o progresso do sol moribundo.

– Traga-me o manuscrito – disse Reza, sem se virar. – Prepare minha tinta e as penas de junco. Deixe tudo pronto.

– Sim, mestre.

O tom do jovem era rabugento. Era o terceiro filho de um nobre menor e não tinha erudição nem inclinações espirituais. Uma vez – apenas uma vez – Reza permitiu que o rapaz ficasse quando a coisa o visitara, na esperança de que o aprendiz a visse, compreendesse e dissesse a Reza que ele não era louco. Isso não aconteceu. Quando a criatura chegou, solidificando-se dentro do círculo de invocação de giz e cinzas que Reza traçara no meio da oficina, o menino pareceu não perceber. Olhou fixamente seu mestre com uma irritação desinteressada enquanto a sombra no círculo se desdobrava e criava membros, formando a caricatura de um homem. Quando Reza se dirigiu à aparição, o menino riu, a zombaria e a incredulidade mesclando-se em sua voz aguda.

– Por quê? – perguntou Reza desesperadamente à criatura. – Por que não deixa que ele o veja?

Em resposta, a coisa criou dentes: uma fileira após outra, espremidos em um sorriso nauseante.

Ele prefere não ver, disse a criatura.

Reza receava que o menino contasse sobre as atividades clandestinas de seu mestre ao pai, que depois alertaria os funcionários ortodoxos do palácio, que por sua vez o aprisionariam por feitiçaria. Mas seu aprendiz não dizia nada e retornava dia após dia às suas lições. Sua letargia no serviço e o desdém em sua voz diziam a Reza que ele perdera o respeito do menino.

– A tinta secou nas páginas que escrevi ontem – disse Reza quando o aprendiz voltou com as penas e a tinta. – Estão prontas para conservação. Você preparou mais verniz?

O menino ergueu a cabeça para ele, perdendo a cor do rosto.

– Não posso – pediu ele, seu mau humor evaporando. – Por favor. É terrível demais. Eu não quero...

– Tudo bem – disse Reza com um suspiro. – Farei eu mesmo. Você pode ir.

O menino disparou para a porta.

Reza sentou-se à mesa, puxando uma grande tigela de pedra para si. O trabalho o distrairia até a chegada da noite. Na tigela, despejou uma porção da preciosa almécega que fervera lentamente sobre o braseiro de carvão desde o início da manhã. Acrescentou várias gotas do óleo negro da semente de nigella e mexeu para evitar que o líquido endurecesse. Quando ficou satisfeito com a consistência da mistura, ergueu cautelosamente o véu de linho de uma simples panela de metal colocada numa extremidade da mesa de trabalho.

Um aroma encheu a sala: pungente, alarmante, visceralmente feminino. Reza pensou na esposa, viva, florescendo e crescendo com a criança que morrera com ela. Este cheiro permeara as roupas de cama dos dois antes de Reza ordenar aos criados que as levassem embora e as queimassem. Por um momento, sentiu-se perdido. Obrigando-se a ser impassível, separou o que precisava da massa viscosa e, erguendo-a numa pinça de metal, largou-a sem qualquer cerimônia na tigela de verniz que esfriava. Contou vários minutos nos nós dos dedos antes de olhar novamente a tigela. O verniz assumira o tom claro e cintilante do mel.

Com cuidado, Reza estendeu as páginas transcritas durante a última visita da criatura. Ele escrevia em árabe, não persa, na esperança de que a precaução evitasse que seu trabalho fosse usado para os fins errados, se caísse nas mãos daqueles ignorantes e não iniciados. O manuscrito tinha, portanto, uma tradução dupla: primeiro para o persa, a partir da linguagem sem voz pela qual falava a criatura, que caía nos ouvidos de Reza como os ecos noturnos da infância, quando o sono era precedido pela jornada solitária e atemorizante entre o despertar e o sonhar. Depois, do persa para o árabe, a língua de instrução de Reza, tão matemática e eficiente quanto era difusa a fala da criatura.

O resultado era desconcertante. As histórias estavam ali, apresentadas como Reza podia contar, mas algo havia se perdido. Quando a criatura falava, Reza vagava para uma espécie de transe, observando estranhas formas se ampliarem repetidas vezes, até se assemelharem a montanhas, litorais, o desenho da geada no vidro. Nesses momentos, ele tinha certeza de ter realizado seu desejo e a soma de conhecimento estava a seu alcance. No entanto, assim que as histórias se fixavam no papel, alteravam-se. Era como se as próprias personagens – a princesa, a ama, o rei pássaro e todos os demais – tivessem se intimidado e escapulido de Reza enquanto ele tentava representá-los em proporções humanas.

Reza mergulhou um pincel de crina de cavalo na tigela de pedra e começou a cobrir as novas páginas com uma fina camada de verniz. O óleo de nigella impedia o papel pesado de empenar. O outro ingrediente, aquele que seu aprendiz obtivera com tanto temor, manteria o manuscrito vivo muito tempo depois que o próprio Reza se fosse, protegendo-o da decomposição. Se ele não desvendasse o verdadeiro significado por trás das palavras da criatura, alguém, algum dia, o faria.

Reza estava tão concentrado em seu trabalho que não percebeu quando o sol ultrapassou o domo do palácio, desaparecendo por trás dos picos secos das montanhas Zagros no horizonte distante. Um vento frio na sala o alertou da iminência do crepúsculo. O coração de Reza começou a bater acelerado nas costelas. Com cautela, antes que o medo se apoderasse inteiramente dele, colocou as páginas envernizadas para secar numa tela. Em uma prateleira próxima estavam suas companheiras, um grosso maço delas, esperando a conclusão da última história. Após terminar, Reza costuraria as páginas com fio de seda e as ataria a um papelão forrado com linho.

E depois?

A voz veio, como sempre, de dentro de sua mente. Reza endireitou o corpo, fazendo ranger as juntas rígidas ao se mexer. Controlou a respiração.

– Depois estudarei – disse ele numa voz calma. – Lerei cada história por vezes sem conta até que as tenha memorizado e seu poder se esclareça para mim.

A criatura parecia se divertir. Apareceu sem ruído algum, sentada em silêncio nos confins de sua prisão de giz e cinzas no meio da sala, fitando Reza com olhos amarelados. Reza reprimiu um estremecimento. A visão da criatura ainda o enchia de sensações antagônicas de pavor e triunfo. Quando Reza o invocou pela primeira vez, de certo modo não acreditava que uma entidade poderosa pudesse ser mantida em xeque por umas poucas palavras bem-escolhidas e escritas no chão, palavras que sua criada analfabeta podia varrer sem incorrer em prejuízo algum. Mas era o que acontecia – atestava, ele esperava, a profundidade de seu aprendizado. Reza prendera a criatura com sucesso e agora ela era compelida a voltar dia após dia até concluir suas narrativas.

"Eu estudarei", ele diz. A voz da coisa era malévola. *Mas o que pode esperar ganhar?* O Alf Yeom *está além de sua compreensão.*

Reza puxou o manto para cobrir o corpo e ergueu os ombros, tentando parecer honrado.

– Assim alega você, mas sua raça nunca foi conhecida pela honestidade.

Pelo menos somos honestos entre nós e não cobiçamos o que não nos pertence. O homem foi exilado do Jardim por comer uma única fruta e agora você propõe arrancar toda a árvore sem que os anjos percebam. Você é um velho tolo e o Impostor sussurra em seu ouvido.

– Sou um velho tolo. – Reza sentou-se pesadamente no banco de trabalho. – Mas agora é tarde demais para ser outra coisa. A única maneira de avançar é seguir em frente. Deixe-me concluir meu trabalho e eu o libertarei.

A coisa uivou um lamento e bateu na beira do círculo. De imediato foi jogada para trás, rechaçada por uma barreira criada por Reza que ela não conseguia ver.

O que você quer?, choramingou a criatura. *Por que me obriga a dizer o que não devo? Estas não são suas histórias. São nossas.*

– Elas são suas, mas você não as compreende! – vociferou Reza. – Só Adão recebeu o verdadeiro intelecto e apenas os *banu adam* tem o poder de chamar as coisas por seus verdadeiros nomes. O que você chama de rei pássaro, a corça e o veado... São apenas símbolos para disfarçar uma mensagem oculta, como um poeta pode escrever um *ghazal* sobre um leão desdentado para criticar um rei fraco. Oculto em suas histórias está o poder secreto do invisível.

As histórias são suas próprias mensagens, disse a criatura com algo semelhante a um suspiro. *Este é o segredo.*

– Atribuirei um número a cada elemento de cada história – disse Reza, ignorando a afirmação alarmante. – Assim criarei um código que determinará a relação quantitativa entre eles. Conquistarei poder sobre eles... – Ele se interrompeu. Uma brisa se agitou pela janela aberta e o cheiro do verniz secando vagou até ele. Reza pensou novamente na esposa.

Você perdeu alguma coisa, disse a criatura com astúcia.

– Isso não é problema seu.

Nenhuma história, código ou segredo na terra pode ressuscitar os mortos.

– Não quero ressuscitar os mortos. Apenas quero saber... Eu quero...

A coisa escutava. Seus olhos amarelos estavam fixos e não piscavam. Reza se lembrou dos remédios herbáceos, da sangria, do incenso para purificar o ar e das palavras baixas e sucintas das parteiras enquanto se mexiam em volta da cama ensanguentada, puxando seus véus sobre as bocas para falar com ele, parado ali, inútil e desesperado.

– Controle – disse ele por fim.

A criatura voltou a se sentar, passando os braços sobre os joelhos, e o fitou.

Pegue o papel e a pena, disse. *Contarei o final da história. Ele vem acompanhado de um aviso.*

– Qual?

Quando você o ouvir, se tornará outra pessoa.

– Que tolice.

A criatura sorriu.

Pegue sua pena, repetiu.

Capítulo Um

O Golfo Pérsico

Dias Atuais

Sentado no peitoril de cimento da janela de seu quarto, Alif banhava-se ao sol de um setembro quente. A luz refratava-se em seus cílios. Quando olhava através deles, o mundo se tornava um friso pixelado de azul e branco. Desfocar o olhar por tempo demais lhe provocava uma dor aguda na testa e ele baixou os olhos novamente, observando sombras florescerem por trás das pálpebras. Um smartphone com tela de cromo estava a seus pés – pirateado, mas ele não sabia se tinha vindo da China para o oeste ou da América para o leste. Não mexia com telefones. Outro hacker tinha preparado o aparelho para ele, contornando a criptografia instalada por alguma gigante das telecomunicações que monopolizava a patente. Exibia as catorze mensagens de texto que ele enviara a Intisar nas últimas duas semanas, a um ritmo disciplinado de uma por dia. Nenhuma obteve resposta.

Observou o smartphone com os olhos entreabertos. Se adormecesse, ela ligaria. Alif acordaria aos solavancos com o toque do telefone, deixando-o cair inadvertidamente do peitoril para o pequeno pátio abaixo, e seria obrigado a descer correndo e procurá-lo entre os arbustos de jasmim. Essa pequena infelicidade podia evitar outra ainda maior: a possibilidade de que ela simplesmente não telefonasse.

– A lei da entropia – disse ele para o telefone.

O aparelho cintilava ao sol. Abaixo dele, a gata preta e laranja que caçava besouros pelo pátio desde que ele conseguia se lembrar apareceu mordiscando pelo chão ressecado, erguendo as patas de sola rosada para resfriá-las. Quando ele chamou, ela soltou um miado irritado e se meteu embaixo de um jasmineiro.

– Quente demais para gato ou homem – disse Alif.

Bocejou e sentiu gosto de metal. O ar era denso e oleoso, como a exalação de alguma grande máquina. Invadia em vez de aliviar os pulmões e, combinado ao calor, gerava um pânico instintivo. Intisar certa vez dissera que a Cidade odiava seus habitantes e tentava sufocá-los. Ela – pois Intisar insistia que a Cidade era feminina – se lembrava de um tempo em que pensamentos mais puros engendravam um ar mais puro: o reino do xeque Abdel Sabbour, que tentou com tanta coragem rechaçar os invasores europeus; a aurora de Jamat Al Basheera, a grande universidade; e, antes ainda, as cortes de verão de Pari-Nef, Onieri, Bes. A cidade teve nomes mais gentis do que este que traz agora. Islamizada por um santo-djin, ou assim conta a história, fica numa encruzilhada entre o mundo terreno e o Bairro Vazio, domínio dos demônios e dos *effrit* que podem assumir a forma de animais ferozes. Se não fosse pelas bênçãos do santo-djin sepultado sob a mesquita de Al Basheera, que ouviu a mensagem do Profeta e chorou, a Cidade poderia ser invadida por um povo estranho, assim como faziam os turistas e homens do petróleo.

– Eu quase me convenço de que você acredita nisso – dissera Alif a Intisar.

– É claro que acredito – respondera Intisar. – A tumba é bem real. Você pode visitá-la às sextas-feiras. O turbante do santo-djin fica bem por cima.

O sol começava a cair a oeste, pela faixa de deserto para além do Bairro Novo. Alif colocou o telefone no bolso e desceu do peitoril da janela, voltando para dentro do quarto. Depois que escurecesse, talvez, ele poderia tentar falar mais uma vez com ela. Intisar sempre preferia encontrá-lo à noite. A sociedade não se importava que você infringisse as regras; só exigia que as reconhecesse. Os encontros depois do escurecer mostravam presença de espírito. Sugeria que você sabia estar fazendo algo contrário aos costumes dominantes e se esforçava muito para não ser apanhado. Intisar, nobre e problemática, com seu cabelo preto e voz de pombinha, era digna de tal discrição.

Alif entendia que ela desejasse sigilo. Ele estava havia tanto tempo protegido por trás de seu nick, uma mera letra do alfabeto, que não pensava mais em si mesmo como nada além de um alif – uma linha reta, um muro. Agora seu nome de batismo soava desafinado aos seus ouvidos.

O ato de ocultar-se tornara-se mais poderoso do que o que era ocultado. Sabendo disso, entendia a necessidade de Intisar de manter em segredo a relação dos dois muito depois de ele próprio estar cansado do esforço. Se os encontros clandestinos arejavam seu amor, que assim fosse. Podia esperar mais uma ou duas horas.

O cheiro ácido de *rasam* e arroz subiu pela janela aberta. Ele podia descer à cozinha e comer – não comia nada desde o café da manhã. Uma batida do outro lado da parede, bem atrás do pôster de Robert Smith, o fez parar a caminho da porta. Mordeu o lábio, frustrado. Talvez pudesse passar sem ser detectado. Mas a batida foi seguida por uma série curta e precisa de pancadas leves: سطح. Ela o ouvira descer da janela. Suspirando, Alif bateu duas vezes no joelho reticulado e em preto e branco de Robert Smith.

Dina já alcançara o terraço quando ele chegou. Estava de frente para o mar, ou o que seria um mar, se fosse possível vê-lo através do emaranhado de prédios a leste.

– O que você quer? – perguntou Alif.

Ela se virou e tombou a cabeça de lado, com a testa se contraindo pela abertura fina de seu rosto com véu.

– Devolver seu livro – disse ela. – O que você tem?

– Nada. – Ele fez um gesto irritado. – Então, me devolva o livro.

Dina colocou a mão por dentro da túnica e pegou um exemplar surrado de *A bússola de ouro*.

– Não vai me perguntar o que achei? – quis saber ela.

– Não ligo. O inglês deve ter sido muito difícil para você.

– Nada disso. Entendi cada palavra. Este livro – ela o agitou no ar – é cheio de imagens pagãs. É perigoso.

– Não seja ignorante. São metáforas. Eu disse que você não ia entender.

– As metáforas são perigosas. Chamar uma coisa por um nome falso a transforma e a metáfora é só um jeito enfeitado de chamar algo por um nome falso.

Alif arrancou o livro de sua mão. Ouviu-se um silvo de tecido enquanto Dina empinava o queixo, os olhos desaparecendo por trás dos cílios. Embora não visse seu rosto havia quase dez anos, Alif sabia que ela estava fazendo beicinho.

– Desculpe – disse ele, apertando o livro no peito. – Só não estou me sentindo bem hoje.

Dina ficou em silêncio. Alif olhou com impaciência por sobre o ombro dela: via uma parte do Bairro Antigo tremeluzir em uma elevação para além do vulgar conjunto de bairros residenciais à volta deles. Intisar estava em algum lugar por ali, como uma pérola incrustada em um dos moluscos antigos que os *ghataseen* procuravam pelas praias que beijavam seus muros. Talvez estivesse trabalhando em sua monografia, estudando diligentemente a literatura islâmica primitiva; talvez estivesse nadando na piscina de arenito no pátio da casa do pai. Talvez estivesse pensando nele.

– Eu não ia dizer nada – falou Dina.

Alif piscou.

– Dizer nada sobre o quê? – perguntou ele.

– Nossa empregada ouviu os vizinhos falando ontem no *souk*. Diziam que sua mãe ainda é, no fundo, uma hindu. Alegam que a viram comprando velas *puja* naquela loja na rua Nasser.

Alif a fitou, e os músculos de seu queixo tremeram. Abruptamente, virou-se e atravessou o terraço empoeirado, passando pela antena parabólica e pelas plantas em vasos, e não parou quando Dina o chamou por seu nome de batismo.

* * *

Na cozinha, a mãe cortava cebolas verdes ao lado da empregada da família. O suor aparecia onde a *salwar kameez* que ela usava expunha as primeiras vértebras das costas.

– Mãe. – Alif tocou em seu ombro.

– O que foi, *makan*? – Sua faca não parou enquanto ela falava.

– Precisa de alguma coisa?

– Mas que pergunta! Você comeu?

Alif sentou-se à pequena mesa da cozinha e viu a empregada baixar um prato de comida diante dele sem dizer nada.

– Era com Dina que você estava falando no terraço? – perguntou a mãe, raspando um monte de cebolas numa tigela.

– E daí?

– Não devia. Os pais dela vão querer casá-la em breve. As boas famílias não vão gostar de saber que ela anda com um menino estranho.

Alif fez uma careta.

– Quem é estranho? Moramos na mesma casa geminada idiota desde que éramos crianças. Antigamente ela brincava no meu quarto.

– Quando vocês tinham cinco anos! Ela agora é uma mulher.

– Ainda deve ter o mesmo narigão.

– Não seja maldoso, *makan-jan*. Isso não é atraente.

Alif empurrava a comida pelo prato.

– Eu podia ter a cara de Amr Diab e não faria diferença – murmurou ele.

A mãe se virou para olhá-lo, franzindo o rosto redondo.

– Sinceramente, você está sendo infantil. Se pelo menos se ajeitasse numa profissão de verdade e tivesse algum dinheiro, haveria milhares de meninas indianas lindas que ficariam honradas em...

– Mas não meninas árabes.

A empregada puxou o ar pelos dentes com ironia.

– E o que há de tão especial nas meninas árabes? – perguntou a mãe. – Elas são cheias de si e andam por aí com os olhos pintados feito dançarinas de cabaré, mas não são nada sem dinheiro. Nem bonitas, nem inteligentes, nenhuma delas sabe cozinhar...

– Eu não quero uma cozinheira! – Alif empurrou a cadeira para trás. – Vou subir.

– Que bom! Leve seu prato.

Alif pegou o prato da mesa, fazendo o garfo derrapar para o chão. Passou por cima da empregada que se abaixara para pegá-lo.

De volta ao quarto, olhou-se no espelho. Pelo menos os sangues indiano e árabe misturavam-se agradavelmente em seu rosto. Sua pele tinha um tom de bronze. Os olhos puxaram ao lado beduíno da família, a boca ao dravidiano; no todo, gostava do queixo. Sim, bem agradável, mas ele jamais passaria por um árabe de sangue puro. Só o sangue puro, herdado de um milênio de xeques e emires, seria bom o bastante para Intisar.

– Uma profissão de verdade – disse Alif para seu reflexo, fazendo eco à mãe. Pelo espelho, viu o monitor do computador ganhar vida. Franziu a testa, observando a leitura de transferência começar a rolar pela tela, rastreando o endereço de IP e a estatística de uso de quem tentava invadir seu programa de criptografia. – Quem está xeretando minha casa? Que malcriado.

Ele se sentou à mesa e examinou a tela plana – quase nova, impecável, a não ser por uma rachadura mínima que ele próprio consertou; comprada a um bom preço de Abdullah, da Rádio Sheikh. O endereço de IP do invasor vinha de um servidor em Winnipeg e esta era sua primeira tentativa de entrar no sistema operacional de Alif. Então, era curiosidade. Com toda probabilidade, o intruso era um hacker também. Depois de testar as defesas de Alif por dois minutos, desistiu, mas não antes de executar o Pony Express, um cavalo de Troia que Alif escondera no que parecia um pequeno defeito na criptografia. Se fosse um pouco competente, o invasor provavelmente correria programas especializados antimalware várias vezes por dia, mas com sorte Alif teria algumas horas para identificar seus hábitos de navegação na internet.

Alif ligou um pequeno ventilador elétrico perto de seu pé e o apontou para a torre do computador. A CPU esquentava; na semana anterior, chegara perto de queimar a placa-mãe. Ele não podia se dar o luxo de relaxar. Mesmo um dia off-line podia colocar em risco seus clientes mais notórios. Há anos os sauditas estavam atrás de Jahil69, furiosos com a impossibilidade de bloquear seu site erótico amador e por ele ter diariamente mais visitantes do que qualquer outro serviço da internet no reino. Na Turquia, Truemartyr e Umar_Online fomentavam a revolução islâmica a partir de um local que as autoridades em Ancara tinham dificuldade para identificar. Alif não era um ideólogo; no que lhe dizia respeito, qualquer um que pudesse pagar por sua proteção tinha direito a ela.

Eram os censores que o faziam cerrar os dentes enquanto dormia, os censores que sufocavam todo empreendimento, fosse sagrado ou profano. Metade do mundo vivia sob sua nuvem digital de uns e zeros, tendo negado o livre acesso à economia da informação. Alif e os amigos liam as queixas de suas contrapartes norte-americanas e britânicas mimadas – militantes, conforme se declaravam, irritados com alguma nova lei de monitoramento digital – e riam. Monoglotas ignorantes, era como Abdullah os chamava quando tinha vontade de falar inglês. Eles não tinham ideia de como era operar na Cidade, nem em qualquer outra cidade que não estivesse envolta em códigos postais sanitários e leis meticulosas. Não tinham noção de como era viver em um lugar que se gabava de um dos mais sofisticados sistemas de policiamento digital do mundo, mas que não proporcionava serviço postal adequado. Emirados com príncipes em carros revestidos de prata e distritos sem água corrente. Uma internet em que todo blog, toda sala de bate-papo, todo fórum é monitorado em busca de manifestações ilegais de insatisfação e inquietação.

– O dia deles chegará – disse-lhe certa vez Abdullah. Estavam fumando um narguilé bem preparado na varanda dos fundos da Rádio Sheikh, vendo um casal de gatos selvagens procriar em um monte de lixo. – Uma manhã acordarão e perceberão que sua civilização foi puxada de baixo deles, centímetro por centímetro, dólar por dólar, assim como foi a nossa. Saberão o que é ter adormecido pelo mais importante século de sua história.

– E isso não vai nos ajudar – disse Alif.

– Não – concordou Abdullah –, mas certamente vai fazer com que eu me sinta melhor.

Enquanto isso não acontecia, eles tinham seus pesadelos locais com que se ocupar. Na universidade, frustrado com os hiatos no currículo de ciência da computação ministrado pelos próprios servidores do Estado que policiavam a paisagem digital, Alif se livrou do rancor. Aprenderia sozinho o que não ensinavam. Ajudaria a inundar seus servidores com vídeos de sexo ou obrigaria os soldados de Deus a baixar a cabeça – não importava o que viesse primeiro. Antes o caos que a lenta asfixia.

Apenas cinco anos antes – ou menos – os censores costumavam ser indolentes, dependendo de sites da mídia social e de um trabalho antiquado de detetive para rastrear seus alvos. Aos poucos, foram ficando dotados de algum conhecimento profano. A tagarelice começou em incontáveis *mainframes*: quem ensinou a eles? A CIA? Mais provavelmente foi o Mossad; a CIA não era inteligente a ponto de escolher meios tão sutis de desmoralizar o proletariado digital. Não eram unidos por credo algum esses censores; eram Ba'ath na Síria, seculares na Tunísia, salafis na Arábia Saudita. Entretanto, seus métodos eram tão idênticos quanto seus objetivos eram díspares. Descobrir, desmantelar, submeter.

Na Cidade, o aumento no policiamento da internet parecia uma singularidade bizarra. Avançava pelos blogs e fóruns dos desafetos como uma neblina, às vezes aparecendo como uma falha de código ou defeito do servidor, às vezes como uma queda repentina na velocidade da conexão. Alif levou meses e precisou se unir a outros hackers da Cidade para fazer a ligação entre esses eventos aparentemente banais. Enquanto isso, as contas de hospedagem de alguns dos mais importantes descontentes da Cidade eram descobertas e invadidas – supostamente pelo governo –, deixando-os incapazes de acessar os próprios sites. Antes de sair do ecossistema digital para sempre, NewQuarter0I, o primeiro blogueiro da Cidade, chamou a singularidade de Mão de Deus. Ainda corria solto o debate sobre sua identidade: seria um programa, uma pessoa, muitas pessoas? Alguns postulavam que a Mão era o próprio emir – não era sempre dito que Sua Alteza graduou-se em segurança nacional com os chineses, autores do Escudo Dourado? Qualquer que fosse a origem, Alif antevia o desastre na nova onda de monitoramento regional. As contas invadidas eram apenas o primeiro passo. Inevitavelmente, os censores avançariam e invadiriam vidas.

Como se iniciam todas as coisas, incluindo a própria civilização, começaram as prisões no Egito. Nas semanas que levaram à Revolução, a estratosfera digital tornou-se uma zona de guerra. Os blogueiros que usavam plataformas de software livre eram os mais vulneráveis; Alif não ficou surpreso nem impressionado quando foram descobertos e presos. E então os geeks mais empreendedores, aqueles que codificavam os próprios sites, começaram a desaparecer. Quando a violência saiu da internet e ganhou as ruas, transformando as amplas avenidas da praça Tahrir num campo de extermínio, Alif largou sua clientela egípcia sem qualquer cerimônia. Estava claro que o regime no Cairo vencera a capacidade dele de esconder digitalmente seus dissidentes. Corte o braço para salvar o corpo, disse a si mesmo. Se o nome Alif vazasse a qualquer autoridade de segurança ambiciosa do Estado, um grupo de blogueiros, pornógrafos, fundamentalistas islâmicos e militantes da Palestina ao Paquistão correria perigo. Não era com sua própria pele que se preocupava, é claro, embora tenha ficado uma semana sem conseguir cagar sólido depois disso. É claro que não era com sua própria pele.

Foi então que ele viu, pela Al Jazeera, amigos que conhecia apenas pelo apelido sendo levados para a prisão, vítimas dos estertores de morte do regime. Eles tinham rostos, sempre diferentes daqueles que imaginava, mais velhos, mais novos ou incrivelmente brancos, barbudos, com rugas de expressão. Um deles era uma menina. Provavelmente seria estuprada na cela de prisão. Provavelmente era virgem ainda e seria estuprada.

Corte o braço.

Os dedos de Alif deslizaram pelo teclado.

– Metáforas – disse ele. Digitou a palavra em inglês. Como sempre, Dina tinha razão.

Foi por esse motivo que Alif não sentiu prazer com o sucesso da Revolução Egípcia, nem com a onda de levantes que se seguiu. Os triunfos dos colegas sem rosto, que derrubaram sistema após sistema em um governo após outro, serviram apenas para lembrar a ele da própria covardia. A Cidade, antigamente uma emirado tirânico entre muitos, começou a parecer fora de época: a lembrança de uma ordem antiga, ou um sonho do qual seus habitantes não conseguiram acordar. Alif e seus amigos lutaram, abrindo brechas na fortaleza digital que a Mão erguera para proteger o governo putrefato do emir. Mas uma aura de fracasso se apegava aos seus esforços. A história os deixou para trás.

Um bruxulear verde piscou no canto de seu olho: Intisar estava on-line. Alif soltou um suspiro e sentiu suas entranhas funcionando.

A1if: Por que não respondeu meus e-mails?
Bab_elDunya: Por favor me deixe em paz

As palmas das mãos de Alif começaram a suar.

A1if: Eu a ofendi?
Bab_elDunya: Não
A1if: O que é, então?
Bab_elDunya: Alif, Alif
A1if: Estou ficando louco, me diga qual é o problema
A1if: Quero ver você
A1if: Por favor

Por um longo minuto, ela não escreveu nada. Alif encostou a testa na beira da mesa, esperando pelo som que indicaria que ela havia respondido.

Bab_elDunya: No lugar em vinte minutos

Alif atravessou a porta às pressas.

* * *

Ele pegou um táxi em direção à margem mais distante do muro do Bairro Antigo e depois seguiu a pé. O muro estava tomado por turistas. O pôr do sol refletia nas pedras transparentes, deixando-as num tom de rosa brilhante, um fenômeno que eles tentariam capturar imperfeitamente com seus celulares e câmeras digitais. Vendedores ambulantes de suvenires e casas de chá tomavam a rua junto do muro. Alif passou com dificuldade por um grupo de japonesas de camisetas idênticas. Alguém por perto fedia a cerveja. Ele reprimiu um grito de frustração quando seu caminho foi bloqueado por um guia *desi* alto que portava uma bandeira.

– Olhem à esquerda, por favor! Centenas de anos atrás, este muro cercava toda a cidade. Os turistas vinham não de navio, mas de camelo! Imagine atravessar o deserto e então, de repente... O mar! E no mar, a cidade cercada por um muro de quartzo, como uma miragem. Eles pensavam que era miragem!

– Com licença, irmão – disse Alif em urdu –, mas não sou uma miragem. Deixe-me passar.

O guia o encarou.

– Viemos todos para cá para ganhar a vida, irmão – disse ele, torcendo o lábio. – Não espante o dinheiro.

– Eu não vim para cá. Nasci aqui.

– *Masha'allah!* Perdoe-me.

Ele firmou as pernas no lugar. O grupo de turistas se reuniu atrás dele por instinto, como galinhas atrás de um galo. Alif olhou a rua além deles. Quase podia ver o telhado corrugado da casa de chá onde Intisar estaria esperando.

– Ninguém se importa se uns vitorianos gordos atravessaram o deserto para olhar um muro – soltou ele. – Agora estão mortos. Temos muitos europeus vivos nos campos de petróleo das instalações da Trans-Atlas. Mostre isso a eles.

O guia fez uma careta.

– Você é louco, *bhai* – murmurou. Deu um passo para o lado, refreando a ninhada de turistas com um braço. Alif havia invocado um vínculo de classe mais sutil do que o comércio. Colocando a mão no coração em sinal de gratidão, Alif passou.

A casa de chá não era atraente nem memorável. Era decorada com um mural de acrílico manchado mostrando a famosa silhueta do Bairro Novo e o proprietário – um malaio que não falava árabe – servia bebidas de hibisco "autênticas" que tinham saído de moda várias décadas antes. Nenhum nativo da Cidade colocaria o pé naquele simulacro. Foi por esse motivo que Alif e Intisar escolheram o lugar. Quando Alif chegou, Intisar estava de pé no canto, de costas para o salão, examinando postais empoeirados. Alif sentiu o sangue subir à cabeça.

– *As-salaamu alaykum* – disse ele. Ela se virou, as contas pretas batendo suavemente na bainha do véu. Olhos negros e grandes o fitavam.

– Desculpe – sussurrou ela.

Ele atravessou a sala em três passos e pegou sua mão enluvada. O malaio se ocupava em uma pia no canto mais distante, de cabeça baixa; Alif se perguntou se Intisar teria lhe dado dinheiro.

– Pelo amor de Deus – disse ele, a respiração irregular. – O que houve?

Ela baixou os olhos. Alif passou o polegar por sua palma de cetim e sentiu que ela tremia. Queria arrancar o véu e ver seu rosto, inescrutável por trás do muro de renda preta. Ele ainda se lembrava do cheiro de seu pescoço – não fazia tanto tempo assim. Era insuportável que tivessem de ficar separados por tanto tecido.

– Não pude impedir – disse ela. – Tudo foi arranjado sem mim. Eu tentei, Alif, juro que tentei de tudo... Disse ao meu pai que primeiro queria terminar a universidade, ou viajar, mas ele só olhou para mim como se eu fosse louca. É um amigo dele. Rejeitar seria uma ofensa...

Alif parou de respirar. Segurando o pulso de Intisar, começou a tirar a luva, ignorando sua resistência desanimada. Revelou seus dedos pálidos: uma aliança de noivado brilhava entre eles como uma pedra largada em terreno irregular. Soltou a respiração.

– Não – disse ele. – Não. Você não pode. Ele não pode. Vamos embora... Vamos para a Turquia. Não precisamos do consentimento de seu pai para nos casarmos lá. Intisar...

Ela meneava a cabeça.

– Meu pai encontraria um jeito de acabar com você.

Para horror de Alif, ele sentiu as lágrimas brotando.

– Você não pode se casar com este *chode* – disse ele com a voz rouca. – Você é minha mulher aos olhos de Deus, embora de ninguém mais.

Intisar riu.

– Assinamos uma folha de papel que você imprimiu de seu computador – disse ela. – Foi tolice. Nenhum Estado o reconheceria.

– A *shayukh* reconhece. A religião reconhece!

O malaio se mexeu, olhando por sobre o ombro. Sem dizer nada, Intisar puxou Alif para a sala dos fundos e fechou a porta.

– *Não* grite – sibilou ela. – Vai criar um escândalo.

– Isto é um escândalo.

– Não seja tão dramático.

– Não seja condescendente comigo. – Alif torceu o lábio. – Quanto você pagou àquele malaio? Ele está muito permissivo.

– Pare com isso. – Intisar levantou o véu. – Não quero brigar com você. – Um fio de cabelo se prendeu em seu queixo; Alif o empurrou de lado antes de se curvar para beijá-la. Provou seus lábios, os dentes, a língua; ela se retraiu.

– É tarde demais para isso – murmurou ela.

– Não, não é. Eu a protegerei. Venha comigo e eu a protegerei.

Um lábio aveludado tremeu.

– Você é tão criança – disse Intisar. – Isto não é um jogo. Alguém pode se machucar.

Alif bateu o punho na parede e Intisar gritou. Por um momento, eles se olharam. O malaio bateu do outro lado da porta.

– Diga o nome dele – exigiu Alif.

– Não.

– O cacete que não! Me diga o nome dele.

A cor sumiu do rosto de Intisar.

– Abbas – disse ela. – Abbas Al Shehab.

– Abbas, o meteoro? Que nome idiota, mas que nome mais idiota. Vou matá-lo... Vou passar nele uma espada feita de seus próprios ossos...

– Não fale como se fosse o personagem de uma história em quadrinhos. Você não sabe o que está dizendo.

Ela esbarrou nele e abriu a porta. O malaio desatou a gritar num dialeto incompreensível. Ignorando-o, Alif seguiu Intisar pela casa de chá. Ela chorava.

– Vá para casa, Alif. – Ela estremeceu, jogando o véu sobre o rosto novamente. – E cuide para que eu nunca mais veja seu nome. Por favor, Deus, por favor... Eu não suportaria.

Ele embolou as pernas entre uma mesa e uma cadeira e tropeçou. Intisar desapareceu no crepúsculo, um presságio sombrio contra o ar que esmorecia.

Capítulo Dois

No fundo de seu guarda-roupa, havia uma caixa. Estava escondida atrás de uma pilha de roupas de inverno que a empregada colocara ali na primavera anterior, camadas de lenços de papel separando suéteres e calças de lã. Alif conseguiu retirá-la e a colocou na cama. Sua garganta teve um espasmo; ele esperou. Outro espasmo. Não podia chorar; as mulheres o procurariam e fariam perguntas. Ele disciplinava seu corpo. Quando recuperou a compostura, abriu a tampa da caixa: dentro dela havia um lençol de algodão dobrado. Abrindo-o pela metade, viu uma pequena mancha, agora mais marrom do que vermelha, no formato de algo parecido com o subcontinente indiano.

A mancha surgira durante uma semana em que a mãe de Alif acompanhou o pai em uma de suas inúmeras viagens de negócios. Alif estimulou a empregada a visitar os parentes em um emirado próximo enquanto os pais estavam fora, insistindo que podia se virar sozinho. A empregada ficou cética, mas precisou apenas de um pouco de persuasão para concordar. Alif deu a Intisar uma chave do portão da frente e lhe disse para vestir sua roupa mais simples; se os vizinhos a vissem, iriam supor que era Dina. Quando ela chegou na primeira noite, Alif levantou seu véu sem falar nada, emudecido pelo rosto que imaginou por vezes sem conta durante meses. Num instante tinha esquecido todas as suas projeções mentais de estrelas pop libanesas e atrizes de cinema egípcias. Ela não poderia ter outro rosto além daquele, com sua covinha jovial, a boca um tanto grande demais, aquelas sobrancelhas elegantes. Ele suspeitava de que ela era bonita – ela falava como uma mulher bonita. Mas nada o havia preparado para a intensidade daquela beleza.

– No que está pensando? – sussurrou ela.

– Não consigo pensar. – Ele riu.

Com sorrisos constrangidos, eles assinaram um contrato de casamento encontrado por Alif num site que os fornecia a homens do Golfo que buscavam purificar os pecados que planejavam cometer em outro lugar. Embora o papel de alguma maneira tivesse tranquilizado sua mente, ele precisou de três noites para criar coragem de revelar mais do que o rosto dela. Os dois estavam sem graça. Alif ficou assombrado com seu corpo, o qual continuava em grande parte oculto para ele, mesmo quando ela estava despida; ela, por sua vez, parecia igualmente intrigada e assustada com o dele. Guiados pelo instinto, criaram aquela mancha. O sangue era de Intisar, mas Alif não conseguia se livrar da sensação de que algo dele o cobrira, uma marca invisível da ignorância que havia derramado. Depois disso, ele disse que a amava incessantemente até que ela lhe pediu para parar, com medo do poder que agora possuía.

Alif se curvou e mexeu numa gaveta de seu armário de arquivos. O contrato estava numa pasta sem etiqueta perto do fundo, cuidadosamente colocado entre pastas rígidas de cartolina parda. Pegou a única página impressa e passou os dedos por ela, acompanhando as marcas da caneta na assinatura de Intisar. A própria assinatura era um garrancho de estudante do ensino médio. Ele riu ao ver seu nome oficial, tão comum, carecendo da brevidade afiada do nick dele, o único nome pelo qual ela sempre o chamou. O nome que ela sussurraria à luz fraca e granulosa do poste de rua que iluminava seu quarto enquanto permaneciam deitados lado a lado, sussurrando pelas horas vazias antes do amanhecer.

Alif devolveu a pasta à gaveta e a fechou.

Tinha descoberto Intisar vários meses antes, em um fórum digital em que jovens doentios como ele despejavam sua bile no emir e em seu governo por trás de pseudônimos inteligentes. Intisar invadiu sua conversa como uma repreensão elegante, às vezes para defender o emir, às vezes para apresentar novos níveis de complexidade à crítica que eles faziam. Seu conhecimento era tão amplo, o árabe tão correto, que a estirpe logo ficou evidente. Alif sempre acreditou que os aristocratas evitassem a internet, supondo – corretamente – que era tomada pela ralé e pelas mazelas sociais. Intisar o intrigava. Ele começou a lhe mandar por e-mail citações sobre a liberdade, desde Atatürk a John Adams; ela contra-atacou com Platão. Alif ficou encantado. Enviou dinheiro para que ela comprasse um segundo celular e assim pudessem se falar sem serem descobertos pela família dela e, por semanas, conversavam todas as noites, em geral durante horas.

Quando decidiram se conhecer, na mesma casa de chá onde ela tão recentemente o destruíra, Alif quase perdeu a coragem. Não ficava sozinho com nenhuma menina além de Dina desde a escola primária. Quando viu Intisar pela primeira vez, invejou o anonimato conferido por seu véu; ele não sabia se as mãos dela tremiam como as dele, ou se seu rosto estava vermelho, ou se seus pés, como os dele, recusavam-se a obedecer. A vantagem era dela. Ela podia observá-lo, decidir se ele era bonito, avaliar sua tendência a usar preto e decidir se isso a ofendia ou não. Ele, por outro lado, nada podia fazer além de se apaixonar por um rosto que nunca vira.

Alif pegou o lençol manchado de dentro da caixa e cheirou-o. Tinha cheiro de naftalina, havia muito tempo perdera qualquer vestígio do perfume de Intisar, ou a fragrância delicada e dolorosa de suas pernas e braços entrelaçados. Ele ficou desnorteado ao pensar que um ano antes não a conhecia e em mais um ano podia ser como se jamais tivessem se conhecido. A raiva que sentiu na casa de chá do malaio desbotava depressa no choque. Por quanto tempo ela planejara aquele encontro indiferente? Em que dia, enquanto ele ficava distraído diante do computador, seu noivado acontecera? Será que ele a tocou, aquele intruso? A ideia era forte demais. Alif se enroscou no lençol com um uivo, o sangue agitado em suas têmporas.

Uma batida frenética soou na porta do quarto. Antes que pudesse atender, a mãe entrou, agarrando a ponta de seu lenço ao peito.

– Deus misericordioso, *makan,* é você que está fazendo esse barulho terrível? Qual é o problema?

Alif embolou o lençol na caixa.

– Eu estou bem – disse ele inseguro. – Só sinto uma dor aqui do lado.

– Quer um paracetamol? Uma água tônica?

– Não, nada... Nada. – Ele tentou fazer uma expressão indiferente.

– Tudo bem. – A mãe o olhou mais uma vez, de lábios franzidos, antes de se virar para sair. Alif se endireitou e respirou fundo algumas vezes. Pegando o lençol mais uma vez, dobrou-o corretamente, escondendo a mancha nas camadas mais fundas. Depois procurou em sua mesa o bloco de papel, em que escreveu um bilhete:

Isto pertence a você. Pode precisar dele.

Não assinou seu nome. Colocou o lençol e o bilhete dentro da caixa e a fechou com estardalhaço, enrolando-o em uma edição de sábado do *Al Khalij* que encontrou dobrado em sua estante. Depois bateu na parede: سطح

* * *

Dez minutos depois, Dina apareceu no terraço. Alif baixou a caixa a seu lado e balançou os cadarços do sapato para a gata preta e laranja, que tinha aparecido entre os vasos de planta por alguma alquimia que não envolvia a escada. Ele sacudiu o pé e a observou bater nos cadarços sujos, sentindo-se irracionalmente oprimido pela demorada resposta de Dina à sua convocação. Quando ela passou pela porta da escada, ele já estava pronto para brigar.

– Cuidado com essa daí – disse Dina, curvando-se para cumprimentar a gata. – Todos os gatos são meio djin, mas acho que ela é três quartos.

– Onde estava? – ele exigiu saber, colocando a caixa embaixo do braço.

Ela fungou.

– Rezando a *maghrib*.

– Deus é grande. Preciso de um favor.

Dina foi à beira do terraço e se ajoelhou para limpar a poeira das folhas de uma bananeira anã que se balançava em um vaso de argila. A gata a seguiu, apertando o corpo em sua perna com um ronronar alto.

– Você foi mau comigo – disse Dina, sem olhar para ele. – Eu só queria conversar sobre seu livro.

Alif foi se sentar ao lado dela.

– Desculpe. Eu sou estúpido. Me perdoe. Preciso fazer uma coisa importante e não posso pedir a mais ninguém. Por favor, Dina... Se eu tivesse uma irmã a quem pedir, mas você...

– Você tem uma irmã. Eu dancei no casamento dela.

Alif riu.

– Meia-irmã. Só a encontrei quatro vezes na vida. Você sabe que a outra família de Baba me detesta. Já para Fatima, sou um pequeno *abd* escuro, não um irmão.

Os olhos de Dina se abrandaram.

– Eu não devia ter tocado nesse assunto. Que Deus os perdoe pelos pecados que cometeram contra você e sua mãe.

– Pecados – murmurou Alif, batendo numa folha de bananeira. Uma nuvem de poeira deslizou no ar. – Antes você chamou a minha mãe de hindu.

Dina ofegou, cobrindo o rosto com as mãos.

– Esqueci! Estava com tanta raiva...

– Não, não faça isso. Você é uma santa imaculada. Não se torture.

Ela pôs a palma da mão no chão, perto do joelho dele.

– Sabe que minha família jamais questionou a conversão dela – disse. – Nós a amamos. É como uma tia para mim.

– Você tem uma tia. Eu comi o *qatayyef* que ela fez.

Dina estalou a língua.

– Você sempre dá um nó no que eu digo.

Ela se sentou sobre os calcanhares e passou os braços pelos joelhos, parecendo menos uma mulher do que uma impressão abstrata de mulher, escura e vincada. Ele se lembrou do dia em que ela anunciou, aos doze anos, que pretendia cobrir o rosto com o véu. As lágrimas de sua mãe e as réplicas coléricas do pai ultrapassaram facilmente a parede comum das casas geminadas. Para uma menina da classe superior do Bairro Antigo, como Intisar, usar o véu era uma coisa; seu casulo de seda e contas marcava a classe, não a religião. Mas Dina era da classe trabalhadora imigrante – uma alexandrina pobre, de quem se esperava que viesse a se tornar o ornamento mal pago e de rosto limpo do escritório ou quarto do bebê de alguém, talvez até discretamente disponível a quem pagasse seu salário. Que ela se declarasse santificada, não pelo dinheiro, mas por Deus, parecia presunção. Mesmo sendo um garoto de catorze anos cheio de espinhas, Alif compreendeu por que os pais dela ficaram tão aborrecidos. Uma santa não era lucrativa.

– Que favor é esse? – perguntou Dina por fim.

Alif baixou a caixa diante dela.

– Preciso que leve isto a um palacete no Bairro Antigo e entregue à garota que mora lá.

Uma onda de arrependimento passou por ele quando essas palavras foram pronunciadas. Quando Intisar visse o que ele estava enviando, pensaria nele com repulsa. Talvez fosse isto que ele quisesse: a última palavra, uma última cena mais vulgar e melodramática do que aquela que ela orquestrara na casa de chá. Ele a lembraria do que eles foram um para o outro e a castigaria por isso.

– O Bairro Antigo? Quem você conhece no Bairro Antigo? São todos aristocratas.

– O nome dela é Intisar. Não importa como eu a conheço. Rua Malik Farouk, 17, na frente de uma pequena *maidan* com uma fonte de ladrilhos no meio. É muito importante que você entregue isto nas mãos dela... Não para uma criada, nem para um irmão. Tudo bem?

Dina pegou a caixa e a examinou.

– Nunca conheci essa Intisar – murmurou ela. – Ela não aceitaria uma caixa de um desconhecido sem uma explicação. Pode haver uma bomba aqui.

A boca de Alif tremeu. Ela não estava muito longe da verdade.

– Intisar sabe quem você é – disse ele.

Dina o examinou por trás de seus cílios escuros.

– Você ficou muito estranho. Não sei se quero que você fale de mim com garotas de nomes presunçosos do Bairro Antigo.

Dina se levantou, sacudindo a poeira da túnica, e meteu a caixa debaixo do braço.

– Vou fazer isso. Mas, se você está me pedindo para cometer um pecado sem meu conhecimento, a culpa cairá toda sobre sua cabeça.

Alif sorriu com amargura.

– Minha cabeça já está pesada de pecados. Um pequenininho assim não fará diferença alguma.

Uma ruga apareceu entre as sobrancelhas de Dina.

– Se isso é verdade, farei uma *du'a* por você – disse ela.

– Muito obrigado.

Alif a viu atravessar o terraço escurecido e desaparecer na escada. Quando não podia mais ouvir o barulho de seus passos, ele encostou a testa na beira do vaso da bananeira e chorou.

* * *

No dia seguinte, Alif não saiu de casa. Levou o laptop para o terraço e meditou, olhando o cursor piscar num editor em branco de código Komodo, vagamente consciente da empregada que chegou se arrastando para pendurar a roupa no varal e colocar os tapetes para tomar ar. A gata reapareceu, andando pela balaustrada de concreto que ladeava o terraço. Parou para observar Alif com o que parecia compaixão nos olhos amarelos. No final da tarde, Dina e sua mãe vieram debulhar ervilhas. Quando o viram – os pés descalços para cima, a cara banhada na luz azulada do computador –, elas se retiraram para outro canto e trocaram cochichos.

Alif as ignorou, atento à chegada da noite. Observava o sol se avermelhar ao cair no deserto. Entrando em sua hora mais sagrada, a Cidade começava a tremeluzir numa névoa de poeira e fumaça. Entre as fileiras irregulares de casas geminadas e prédios de apartamentos, Alif só conseguia distinguir uma fração do morro do Bairro Antigo. Apanhado por uma última saraivada do sol, o morro iluminou-se em um tom impressionante: não era rosado, como se dizia vulgarmente, mas dourado-salmão, ou um tom nupcial de seda Jaipuri. Provido de holofotes tão espetaculares, o chamado para a oração do pôr do sol se elevou da grande mesquita de Al Basheera no epicentro no Bairro Antigo. Rapidamente ecoou por uma centena de muezins menores, cada um mais desafinado que o anterior, em mesquitas espalhadas por bairros ao acaso fora da muralha. Alif ouviu apenas até aquele primeiro barítono perfeito antes de colocar os fones no ouvido. A voz do grande muezim soava como uma reprimenda: ele cobiçava o que não deveria ter.

Quando toda a luz se foi, Alif entrou. Tomou um banho, fez a barba e aceitou um prato de peixe com curry preparado pela empregada; depois de comer, foi para a rua. Parou na esquina e considerou chamar um táxi, depois pensou melhor – a noite estava agradável; iria a pé. Um vizinho punjabi o saudou com pouco interesse do outro lado da rua. Batizado com o nome do mercado de gado que abrigava antigamente, o distrito de Baqara era ocupado por mão de obra imigrada da Índia, Bangladesh, Filipinas e dos países árabes menores da África do Norte. *El 'abeed*. Era um entre dezenas de bairros que não pertenciam a nada e estendiam-se entre os bairros Antigo e Novo como se pedissem esmola.

Placas ganharam vida no anoitecer, anunciando padarias e farmácias em meia dúzia de línguas. Alif passou por elas depressa. Entrou em uma viela cheirando a ozônio; aparelhos de ar-condicionado trabalhavam arduamente nos apartamentos acima, pingando freon em sua cabeça. No final da viela, bateu numa porta modesta no andar térreo de uma construção residencial. Ouviu um farfalhar. Um olho apareceu no visor.

– Quem é? – A voz pertencia a alguém no final da puberdade.

– Abdullah está? – perguntou Alif.

A porta se abriu, revelando um nariz e um bigode peludo.

– É Alif – disse outra voz de um ponto mais distante. – Pode deixá-lo entrar.

A porta se abriu mais. Alif passou pelo jovem desconfiado e entrou numa sala grande, apinhada até o teto com caixas de peças de computador. No meio, sobre uma bancada de soldador, estavam espalhadas suas entranhas: placas-mãe, drives óticos, minúsculos microprocessadores transparentes ainda em fase beta. Abdullah sentara-se na ponta livre da bancada segurando uma caneta a laser e trabalhava numa placa de circuito.

– O que o trouxe à Rádio Sheikh? – perguntou ele sem levantar a cabeça. – Não vemos você há semanas. Pensei que talvez tivesse sido beliscado pela Mão.

– Deus me livre – disse Alif automaticamente.

– Deus é maior. E como você está?

– Uma merda.

Abdullah levantou a cabeça, os olhos arregalados numa cara com dentes de coelho.

– Peça perdão, irmão. Da última vez que ouvi um homem responder a essa pergunta com algo além de 'louvo a Deus', o pau dele estava derretendo. Sífilis. Espero que sua desculpa seja igualmente boa.

Alif sentou-se no chão.

– Preciso de seus conselhos – disse ele.

– Duvido disso. Mas pode falar.

– Preciso evitar que alguém me descubra on-line.

Abdullah bufou.

– Ah, sem essa. Você é melhor nisso que qualquer outro. Bloqueie todos os seus nomes de usuário, filtre seu endereço de IP, assim ele não consegue entrar em seus sites... – Alif já balançava cabeça.

– Não. Não um endereço de IP, nem nome de usuário... Não uma identidade digital. Uma *pessoa*.

Abdullah baixou na bancada a placa e a caneta a laser.

– Estou tentado a dizer que é impossível – retrucou ele devagar. – Você fala de ensinar um software a reconhecer uma única personalidade humana independentemente do computador, ou endereço de e-mail, ou login que ela esteja usando.

– Sim, é disso que estou falando. – Os olhos de Alif cintilaram. – E a pessoa é uma mulher.

– Uma mulher! Uma mulher! Então é por isso que você está uma merda. – Abdullah riu. – O irmão Alif tem problemas com uma mulher! Seu eremita miserável... Eu sei bem que você nunca sai de casa. Como conseguiu essa façanha?

Alif sentiu o rosto esquentar. A expressão de Abdullah se toldou diante dele.

– Cala a boca – disse ele com a voz trêmula –, ou juro por Deus que vou esmurrar essa sua dentuça goela adentro.

Abdullah ficou assustado.

– Tudo bem, tá legal. É sério. Entendi – murmurou ele. Como Alif não respondeu, ele se remexeu pouco à vontade na bancada. – Rajab! – gritou para o jovem que espreitava no canto. – Seja um bom *chaivallah* e busque um chá para nós.

– *Chaivallah* é a sua mãe – resmungou o jovem, saindo pela porta. Quando a fechadura estalou, Abdullah se virou para Alif.

– Vamos pensar nisso – disse ele. – Em tese, todo mundo tem um padrão único de digitação... Número de batidas por minuto, intervalo de tempo entre cada batida, esse tipo de coisa. Um logger de digitação, se corretamente programado, pode identificar esse padrão com uma margem de erro aceitável.

Alif refletiu por mais um minuto antes de responder:

– Talvez – admitiu por fim. – Mas você precisaria de uma quantidade imensa de dados para conseguir detectar um padrão.

– Talvez sim, talvez não. Depende da singularidade real do padrão de digitação. Isso nunca foi estudado.

– E se você fosse mais além – disse Alif, levantando-se e andando de um lado para o outro. – Se fizer uma referência cruzada do padrão de digitação com a gramática, sintaxe, ortografia...

– Proporção do uso da língua. Do inglês para o árabe e daí para urdu, hindi, malaio, o que for. Seria um inferno para fazer, Alif. Até para você.

Eles mergulharam num silêncio meditativo. O jovem reapareceu com xícaras de chá fumegante numa bandeja de metal. Alif pegou uma e a rolou entre as mãos, desfrutando do calor em sua pele.

– Se funcionasse... – disse ele em voz baixa.

– Se funcionasse e a notícia se espalhasse, cada órgão de inteligência dessa terra de Deus cairia em cima de você.

Alif estremeceu.

– Talvez não valha a pena, irmão – disse Abdullah, tirando os pés grandes de sob a bancada e se levantando. – Afinal, é só uma *bint*.

Alif olhou o turbilhão de folhas escuras e açúcar não dissolvido em seu copo de chá. Seus olhos se anuviaram.

– Não é uma *bint* qualquer – disse ele. – É uma rainha-filósofa, uma sultana...

Abdullah balançou a cabeça, enojado.

– Nunca pensei que veria esse dia. Olha só para você, está praticamente choramingando.

– Você não entende.

– Na verdade, entendo. – Abdullah ergueu uma sobrancelha. – Você tem uma coisa que o resto de nós, *rafiqs* importados, não temos: um propósito nobre. Não o desperdice com os caprichos de sua pica.

– Eu não quero um propósito nobre. Quero ser feliz.

– E acha que uma mulher o fará feliz? Garoto, olhe-se no espelho. Uma mulher o faria infeliz.

Alif dirigiu-se até uma pilha de caixas encostada na parede.

– Quanto você quer por isso? – perguntou ele, erguendo um HD externo. – Posso precisar de mais espaço de armazenamento.

Abdullah suspirou.
– Pode levar. Deus o acompanhe.

* * *

Em casa, de volta ao seu quarto, Alif pegou um maço de cigarros de cravo-da-índia numa gaveta da mesa. Abriu a janela antes de acender um e se recostou no peitoril, soprando nuvens abundantes de fumaça no ar da noite. O orvalho se depositava no jasmim do pátio; seu cheiro se reuniu às primeiras notas temperadas do cigarro e foi soprado de volta pela janela. Alif respirou fundo. Desde criança, imaginava que podia ver o mar por aquela janela, tremeluzindo com a luz refletida para além do labirinto de prédios. Agora sabia que as luzes não dançavam no mar, e sim em uma névoa poluída; ainda assim, a imagem o tranquilizava. Ele olhou os arbustos de jasmim se balançando: a gata laranja e preta atravessou silenciosamente o pátio. Ele chamou. Ela o fitou, piscando os olhos de pires, e soltou um ruído curto. Alif estendeu a mão. A gata pulou no peitoril da janela num movimento tranquilo, ronronando e acariciando sua mão com a bochecha.

– *At'uta* boazinha – disse Alif, usando o diminutivo egípcio com que Dina a chamava havia muito tempo. – *At'uta* linda.

Ele jogou a guimba do cigarro pela janela e se virou, passando as mãos nos jeans. A gata se acomodou no peitoril com as patas metidas por baixo do corpo. Fitou-o pelos olhos semicerrados.

– Pode ficar aí – disse Alif, sentando-se à mesa –, mas não pode entrar. A empregada é uma *shafa'i* e o pelo de gato a torna ritualmente impura.

A gata piscou, concordando. Alif passou um dedo pelo mouse sem fio ao lado do computador e viu a tela ganhar vida. Havia mensagens em sua caixa de entrada: confirmação da transferência eletrônica de duzentos dirhams de um cliente; a apresentação de um militante sírio que estava interessado em seus serviços. Um hacker russo com quem Alif jogava xadrez virtual tinha feito um movimento contra o único bispo que lhe restava. Depois de bloquear o avanço do russo com um de seus peões, Alif abriu um novo arquivo de projeto. Refletiu por alguns minutos.

– Intisar – disse ele à gata. – Rastini. Sar inti.

A gata abriu e fechou um olho.

– Tin Sari – disse Alif, digitando as palavras ao falar. – Sim, é isso. Eu estava pensando na língua errada. Um véu de estanho para uma princesa rebelde.

Precisou da maior parte da noite para modificar o programa logger de digitação existente com uma série de algoritmos genéricos que podiam ser usados – assim esperava – na identificação dos elementos básicos do padrão de digitação. Levantou-se apenas para entrar de mansinho na cozinha e preparar uma *kanaka* de café turco, acrescentando vagens de cardamomo que esmagou na bancada de granito com a parte de trás de uma colher. Quando voltou ao quarto, a gata tinha desaparecido do peitoril.

– Todas vão embora – resmungou. – Até as felinas.

Ele puxou o computador de Intisar de um menu vertical. Na primeira vez que trabalhara na máquina dela, tinha capacitado o acesso remoto, permitindo que Hollywood, seu hipervisor feito sob medida, rastreasse suas estatísticas de uso. Ela nunca descobrira. De vez em quando ele se intrometia beneficamente, eliminando um malware que seu antivírus comercial não tinha apanhado, correndo seu próprio programa de desfragmentação, deletando antigos arquivos temporários – coisas que os civis comuns esqueciam ou nunca aprendiam a fazer. Sempre que havia um aumento no policiamento da internet no país de um de seus clientes, era comum que ele ficasse sem dormir e sem falar por dias; durante esses períodos, Intisar o acusava de negligência. Isso o magoava, porém ele nunca contou a ela sobre seus pequenos gestos de carinho. Ela não sabia que uma cópia de sua monografia incompleta estava por trás de um dos firewalls dele, garantindo que suas palavras sobrevivessem a qualquer evento próximo de um apocalipse. Esses eram os únicos gestos que faziam sentido para ele. Muito do que ele sentia não podia ser traduzido.

Entrou na máquina de Intisar e criou um nó para Tin Sari vI.0, conectando-o a uma botnet dos computadores de seus clientes. A botnet processaria remotamente os dados de chegada, enviando resultados a Alif através de Hollywood. Alif sentiu uma pontada de culpa por usar as máquinas dos clientes sem solicitação, e ainda por cima por motivos tão egoístas. Mas a maioria dos clientes não perceberia o programa a mais correndo discretamente ao fundo enquanto trabalhavam, e aqueles que percebessem conheciam Alif havia tempo suficiente para não fazer perguntas. Assim que Tin Sari começasse a transmitir dados, ele podia começar a refinar o algoritmo, compensando-os e acrescentando novos parâmetros. Isso exigiria tempo e paciência, mas, se Abdullah tinha razão, o resultado seria um retrato digital de Intisar. Alif podia instruir Hollywood a filtrar qualquer usuário que combinasse com as especificações de Intisar, tornando-os invisíveis uns aos outros. Alif atenderia ao pedido dela: Intisar nunca mais veria seu nome.

– Uma *hijab* – disse Alif em voz baixa. – Estou pendurando uma cortina entre nós. Dina diria que não é apropriado que nos olhemos.

Dina diria isso, mas ele não – seus próprios motivos eram ridículos e não podia falar neles. Escondendo-se de Intisar tão completamente, ela nunca poderia retornar a ele, mesmo que quisesse, e ele seria poupado da humilhação de saber que ela nunca tentaria.

Alif piscou enquanto pontos luminosos cintilavam à beira de sua visão – olhara a tela do computador por tempo demais. Sentia dor de cabeça. Lá fora, a cor do céu se alterava; logo os muezins soariam o chamado para a oração do amanhecer. Desligou o monitor e se afastou da mesa. Sem se despir, deitou-se na cama, dominado por uma onda repentina de cansaço.

Capítulo Três

Alif acordou na manhã seguinte ao som dos alto-falantes plugados ao seu monitor de tela plana, que exibia um vídeo de música. Ao abrir os olhos, a mais recente pop star libanesa, Dania, Rania ou Hania, aparecia de bunda para a tela, estendida numa cama de rosas, cantando em autotune sobre o desejo intenso do pêssego pela banana. Alif puxou o cós da cueca. Uma batida na porta o fez parar e ele se arrastou para atender, abrindo o suficiente para receber uma bandeja de café da manhã da empregada.

Comeu à mesa. Através do chão, ouvia a mãe andando pela cozinha no térreo, pegando panelas nos armários, preparando-se para a segunda refeição do dia antes de ter a oportunidade de digerir adequadamente a primeira. De olhos semicerrados, Alif tentou calcular o número de semanas desde a última visita do pai. Não conseguiu se lembrar. Quando criança, esperava ansiosamente o aparecimento dos chinelos de couro do pai na porta da frente, postos ali em preparação por sua mãe, indicando o advento de uma longa estada. Naquele tempo, elas eram mais frequentes. Agora, quando o pai estava na cidade, telefonava do opulento apartamento no Bairro Novo onde morava sua primeira esposa, o lugar a que ele se referia em várias ocasiões como sua "casa". Anos antes, quando isso ainda importava, Alif o questionou a respeito, perguntando por que a pequena casa geminada deles no distrito de Baqara não era a "casa" dele também. Houve um silêncio insatisfeito. É a *sua* casa, o pai respondeu diplomaticamente.

Tendo terminado o café da manhã e o chá, Alif deitou na cama novamente, sucumbindo à letargia. Através da parede, podia ouvir Dina falando ao telefone, sua voz subindo e descendo em uma escala familiar.

Ele pôs a mão no reboco lascado abaixo do pôster de Robert Smith. Dina também era só uma criança – sobrevivente de uma série de falsas esperanças: abortos sobre os quais a mãe de Alif fofocara com o pai numa voz triste e insinuante nos tempos em que ela ainda o pressionava a lhe dar outro filho. Mas Alif, como Dina, não tinha irmãos – o pai já gerara Fatima, Hazim e Ahmed, a prole de pele clara de sua primeira esposa, e nem sua família, nem a carteira suportariam mais um intruso matizado. Alif se perguntou se Dina se tornara uma vergonha para a mãe, como ele fora para a dele – um único sinal de fertilidade que a lembrava de seus anos improdutivos.

A voz de Dina cessara; sua porta se abriu e se fechou. Alif tirou a mão da parede. Levantando-se, despertou o computador e se acomodou para trabalhar.

* * *

A primeira versão de Tin Sari não conseguiu dizer a ele nada de substancial. Intisar costumava escrever e-mails em árabe e batia papo e postava em microblogs em inglês, mas o mesmo se poderia dizer de quase todo mundo na cidade. Sua taxa de digitação variava demais para ser identificada. Ela provavelmente ficava sentada por longos minutos em determinados e-mails e corria com outros, dependendo da urgência e da natureza da mensagem. Durante semanas ela continuou esquiva, provando, ele pensou amargamente, que Intisar era feita de uma substância mais refinada e sutil do que sua linguagem de programação podia reconhecer, ou um dia reconheceria.

À medida que os dados chegavam, Alif a imaginou sentada a sua mesa, o cabelo preto afastado do rosto num coque frouxo, vestindo apenas uma camiseta e calças de malha enquanto mandava e-mails aos amigos, fazia planos ou trabalhava em sua monografia. Ela já pesquisava e escrevia antes que se conhecessem e sairia da Universidade Al Basheera com as mais altas honrarias disponíveis a um formando. Tão instruída e bem criada, seria a esposa perfeita para um homem cujo nome Alif odiava com uma intensidade que o assustava.

Sem ela, ele vagava. Sua vida estava novamente reduzida a um círculo desagradável de mulheres dentro de sua casa e homens do lado de fora;

a tagarelice da mãe e da criada ou as piadas obscenas que contavam Abdullah e seus amigos, todas insignificantes se comparadas à lembrança da voz de Intisar subindo e descendo enquanto ele descobria alguma nova latitude de seu corpo. O trabalho que ele fazia tornou-se uma vergonha, um lembrete de que era de sangue mestiço, indesejado, inepto para uma profissão superior ou mais visível. Ele correu o diagnóstico e corrigiu firewalls com um distanciamento eficiente, perguntando-se se sua tristeza entorpecente seria perpétua.

Alif pegava o contrato de casamento e o olhava quase todos os dias, sentindo-se um tolo sempre que fazia isso; como era ridículo pensar que significava alguma coisa. Vira filmes egípcios demais e lia livros demais. A ideia de um casamento *urfi* secreto o enchera de um zelo romântico que agora parecia ingênuo. Imaginara uma cadeia de acontecimentos de conto de fadas: Intisar seria expulsa da casa do pai apenas com a roupa do corpo e Alif, como um homem, assumiria a responsabilidade, deixando-a aos cuidados carinhosos de sua mãe enquanto preparava o lar conjugal. Com o passar das semanas, a visão se atrofiou até ser uma lembrança dolorosa para ele.

E então Tin Sari voltou com algo que ele não esperava. Em uma tarde empoeirada, apenas um mês depois de ter instalado uma versão funcional do programa na máquina de Intisar, uma caixa de texto abriu-se em sua área de trabalho enquanto ele refazia algumas linhas de um código defeituoso.

– O que você quer? – resmungou Alif para a tela, clicando na nova janela. Foi informado que um padrão havia sido identificado no notebook HP Etherion 700 e seus periféricos. Alif gostaria de atribuir um nome de arquivo a esse padrão?

Os olhos de Alif se demoraram no cursor que piscava, incrédulos. Intisar, ele digitou.

Criar filtro para "Intisar" no software de diagnóstico Hollywood?

Enter.

Sua CPU emitiu uma série prolongada de zumbidos e estalos. Alif fechou todos os programas para liberar mais capacidade de processamento.

– Santo Deus. – Ele suspirou. – Santo Deus. – Clicou em outra janela na caixa de texto, revelando o relatório detalhado das descobertas de Tin Sari. Após observar Intisar por cinco semanas, determinava que ela usava árabe e inglês em uma proporção de 2,21165 para 1, evitava contrações e, o mais curioso de tudo, tinha uma preferência peculiar por palavras em sua língua natal em que ocorresse a letra *alif* numa posição mediana. Alif se perguntou o que fazer desse poema de amor subconsciente. Hipnotizado, alimentou Tin Sari com e-mails de seus primos em Thiruvananthapuram, textos da sessão de esportes do *Al Khalij*, qualquer coisa que lhe ocorresse para tentar forçar um falso positivo. Sem falhar, o programa isolou as palavras de Intisar de todo o resto.

Alif esforçou-se para compreender o que seus algoritmos informavam. Talvez, em algum lugar no fundo da mente, houvesse uma espécie de DNA linguístico, hélices enroladas de símbolos que não pertenciam a mais ninguém. Durante dias, Alif não escreveu nada – nenhum código, nem e-mail. Em vez disso, perguntou-se o quanto da alma residia na ponta dos dedos. Estava diante da possibilidade de que cada palavra que digitava pronunciasse seu nome, independentemente de qualquer outra informação superficial que pudesse conter. Talvez fosse possível se tornar outra pessoa, fosse qual fosse o avatar ou pseudônimo por trás do qual ele se escondesse.

O programa se comportava de um jeito que o deixava inquieto. Ele o escrevera usando certa quantidade de lógica vaga: os comandos que agiam como intermediários cinza no mundo preto e branco da computação binária. Alif sabia falar em preto e branco e fazê-los ver um ao outro; era isso que o tornava bom em seu trabalho. Mas Tin Sari, cheio de exceções e atalhos, não devia ser capaz de detectar um padrão tão esotérico – um padrão que ainda não era claro para Alif, por mais matemática que ele aplicasse. Pela primeira vez na vida, estava usando um programa sem compreender como funcionava.

Quando Tin Sari identificou corretamente Intisar com base em uma única frase – a mensagem instantânea de uma linha enviada num dia de baixa atividade de computação –, Alif telefonou para Abdullah.

– *Bhai* – disse ele. – Você precisa vir aqui dar uma olhada nisso.

– No quê? – Abdullah mastigava ruidosamente alguma coisa.

– Lembra aquela botnet sobre a qual conversamos? O filtro de linguagem?

– A botnet do problema com mulher?

Alif fez uma careta.

– Sim.

– O que tem ela?

– Está empurrando meu saco para dentro de minha cavidade peitoral. Devo ter feito alguma coisa errada. Quero que você verifique meus algoritmos e me diga que não estou louco.

– Não está funcionando? – Houve um estalo de vegetal seguido por uma mastigação rápida.

– Não, é que... Mas o que você está comendo?

– Palito de cenoura. Estou de dieta.

– Meus parabéns. Venha para cá.

Abdullah chegou meia hora depois, vestindo uma velha jaqueta do exército e carregando uma bolsa pendurada no ombro, que ele jogou na cama de Alif sem cerimônia. Virando um cesto de lixo vazio, ele se sentou ao lado de Alif diante do computador.

– Deixe-me ver esta fera. Foi escrito em que linguagem?

Alif abriu os arquivos de programa Tin Sari v5.2.

– C++. Mas o sistema é meio... Novo. E eu fiz muitas modificações.

– Isso não faz sentido algum, mas que seja. – Abdullah rolou pelas linhas de código, os olhos bruxuleando à luz do monitor. Sua expressão se alterou.

– Alif – disse ele devagar. – O que é isso?

Alif se levantou e começou a andar pelo quarto.

– Não sei, não sei. A primeira versão era uma zona. Então, continuei mexendo nela... No fim, nem sabia o que estava escrevendo mais. Só encontrava um jeito de resolver os problemas que apareciam. Parâmetros e exceções viraram a mesma coisa. Parei de dizer 'isso, mas não aquilo' e comecei a dizer 'isso, isso e isso' e ele ouviu.

– Ainda estamos falando do código, não é?

– Não sei.

Abdullah bateu o pé de frustração.

– Bom, isso *funciona*?

Alif estremeceu.

– Não só funciona, *bhai*. Ele me assusta. Hoje identificou corretamente aquela garota de quem falei para você com base numa única frase, Abdullah, uma frase apenas. Isso não devia ser possível. Nenhuma matemática do mundo pode identificar uma coisa tão complexa como o padrão de comportamento individual baseado num único *input*.

– Pelo visto você está errado, uma vez que ele identificou.

– Mas o que isso *quer dizer*?

Sentado no cesto de lixo virado, Abdullah girou para ele.

– Este é algum jeito complicado de pedir um elogio? Quer que eu diga que você é um gênio? Se eu soubesse que você me chamou aqui para afagar seu ego, teria trazido lubrificante.

Alif desabou na cama com um gemido, massageando os olhos fechados.

– Não me importo com isso – disse ele. – Só quero entender o que aconteceu. Preciso de uma perspectiva de fora.

Abdullah franziu os lábios por cima dos dentes projetados.

– Você está falando de uma coisa... Reconhecer uma personalidade completa e individual... É algo que fazemos automaticamente. Eu reconheço sua voz ao telefone. Poderia reconhecer seus e-mails e torpedos mesmo sem ver seu endereço ou número de telefone. Essa é uma função básica para todo mundo que não sofre de algum tipo de distúrbio mental. Mas as máquinas não podem fazer isso. Precisam de um endereço de IP ou de e-mail, ou de um nick para identificar alguém. Modifique esses identificadores e essa pessoa se torna invisível para elas. Se o que está dizendo for verdade, você descobriu um jeito inteiramente novo de fazer os computadores pensarem. É possível até dizer que, com esta botnet, você capacitou de intuição o seu próprio desktop.

Alif observou Abdullah pelo canto do olho. Ele estava sentado em óbvio relaxamento, seus pés grandes recurvados nos dedos, onde a borda do cesto de lixo encontrava o chão.

– Você diz isso com muita calma – disse Alif.

Abdullah se levantou.

– Sim, porque não estou convencido de que realmente seja verdade. É impossível, como você mesmo disse. Deve haver outra explicação para a taxa de precisão incomum de sua botnet. Apesar disso, é um truque muito, muito inteligente mesmo e eu o saúdo. – Ele pegou a bolsa na cama. – Você precisa sair de casa com mais frequência, Alif. Está com um aspecto muito doente.

* * *

Ele cumpriu sua promessa: tornou-se invisível para ela. Usando o perfil de Intisar criado por Tin Sari, instruiu Hollywood a mascarar sua presença digital. Se ela tentasse visitar o site dele, se um dia ela chegasse a esse ponto – ele o escondera na *Deep Web*, por ficar a salvo da curiosidade das ferramentas de busca –, o navegador dela lhe diria que ele não existia. Ela podia criar mil novos endereços de e-mail e mandar a ele mensagens de cada um: todos voltariam. Uma busca pelos nomes dele, de batismo e profissional, nada produziria. Seria como se ele tivesse desaparecido do mundo eletrônico.

Ele não teve coragem de virar sua arma para si mesmo. A própria ideia de torná-la invisível era insuportável. Deixou Hollywood conectado à máquina de Intisar, raciocinando que os dados adicionais de Tin Sari forneceriam um quadro ainda mais completo de sua identidade digital e que isso, por sua vez, ajudaria a compreender aqueles padrões sonâmbulos, a linguagem para além da linguagem que ele descobrira por intermédio dela. Não era espionagem. Ele não lia seus e-mails, afinal, nem verificava os logs dos chats: apenas analisava os padrões que Tin Sari detectava em suas palavras. Ele disse a si mesmo que tinha transformado seu pesar em pura ciência. Às vezes até se convencia disso.

Em meados de outubro, uma tempestade de areia soprou vinda do interior. A manhã toda, Alif ficou deitado na cama ouvindo uma cacofonia de aflição no terraço: a empregada, Dina e a empregada da família de Dina corriam de um lado a outro para pegar a roupa limpa antes que ficasse suja pelo lodo mineral que sufocava o ar. Ele cerrou os dentes e ouviu grãos microscópicos de poeira estalando entre eles. Por mais que cobrissem as janelas, a poeira inevitavelmente conseguia entrar, impelida por uma força desconhecida e perversa da natureza. Logo ele se levantaria e iria aos recessos íntimos da torre de seu computador com o secador de cabelo da mãe no ar frio, um truque que aprendera com tempestades de areia do passado. Ele fechou os olhos novamente contra a meia-luz cinzenta. Podia esperar mais alguns minutos.

Uma pancada na janela o fez pular. Ele saiu da cama: no peitoril, do lado de fora, estava a gata preta e laranja. Ela o olhou suplicante, de orelhas achatadas, coberta por uma poeira amarelada.

– Ah, meu Deus.

Alif tirou o perímetro improvisado de fita adesiva do vidro, abrindo a janela alguns centímetros. A gata se espremeu por ali e se jogou para dentro do quarto. Caiu junto ao pé de sua cama, espirrando.

– Olhe só para você, toda suja. Mal a reconheci. Vai espalhar areia por todo lado.

A gata o espiou de novo e se sacudiu.

– É melhor não fazer barulho ou a empregada virá atrás de você com uma vassoura. E não faça xixi em nada.

Alif tirou o *thobe* que usava para dormir e escolheu uma camiseta preta no guarda-roupa. Depois de vestido, abriu a porta para pegar a bandeja de café da manhã com pão árabe, queijo branco e chá que a empregada lhe deixara. O chá agora estava frio; Alif o bebeu de um gole só. Agachado ao lado da torre de seu computador, abriu o gabinete e examinou a CPU. Uma fina camada de poeira cobria as lâminas do cooler. Ele soprou, experimentando.

– Não está tão ruim quanto eu esperava – resmungou. A gata esfregou a cabeça em sua perna. Enquanto recolocava o gabinete no lugar, ouviu um tom de alarme saindo dos alto-falantes.

– Merda. *Merda.*

Alif disparou em direção à cadeira e martelou a tecla de espaço até que o monitor do computador se acendeu em resolução máxima. Sua velocidade de conexão caía rapidamente. O software de criptografia Hollywood relatava uma série de erros.

Era a Mão.

Alif sentiu o suor brotar no lábio superior. Obrigou-se a se concentrar: precisava proteger as pessoas que dependiam dele. Uma por uma, cortou as conexões de Hollywood com os computadores dos clientes – isso os deixaria expostos, mas era melhor ficar desprotegido por algumas horas do que sofrer a descoberta iminente. Seus dedos pareciam rígidos e abominavelmente lentos. Ele xingou. Outro alarme soou enquanto uma brecha se abria no primeiro firewall de Hollywood.

– Como, como, *como*? – Alif encarava a tela num pânico cheio de pavor. – Como, por todos os nomes de Deus, você está fazendo isso?

Só quatro de seus clientes ainda estavam conectados a seu sistema operacional. OpenFirst99, interromper conexão? Sim. TheRealHamada, interromper conexão? Sim. A Mão entrava cada vez mais fundo em seu sistema.

– Isso não é possível – sussurrou ele.

Jai-Pakistan, interromper conexão? Sim. Alif olhou a lista de clientes: a única máquina ainda acessível era a de Intisar. Estava ficando sem tempo.

– Não se preocupe – disse ele –, eles não estão atrás de você. – Puxou a tomada principal da parede. Com um gemido, seu computador escureceu. Alif olhou seu reflexo vago na tela preta, respirando em um arquejar irregular. Ouviu a areia golpeando a janela. A gata soltava ruídos leves e satisfeitos desde que descobrira o queijo na bandeja do café da manhã. O tempo e o mundo avançavam serenamente, como se não tivesse acontecido nada fora do comum. Alif balançou a cabeça para clarear a mente. O que acontecera? Uma série de impulsos elétricos marcados, on-off, on-off. Era só isso e podia significar uma cela de prisão pelo resto de sua vida.

Alif esperou meia hora antes de religar o sistema. Correu três programas de diagnóstico em Hollywood, rezando aos sussurros antes de cada um deles: não reportaram anomalia alguma. Reconectando os clientes, debateu consigo mesmo se devia enviar um e-mail informando o que tinha acontecido e decidiu pelo contrário – o que eles poderiam fazer, além de entrar em pânico? Descobriria como a Mão conseguira passar por suas defesas, nem que tivesse que repassar o código linha por linha.

– Posso consertar isso – murmurou ele para a tela.

Uma onda de náusea se apoderou dele. Alif se curvou para a frente com um gemido, apertando a testa na beira de metal frio de sua mesa. A areia sibilava em volta da casa, aspirada como uma voz humana demente, assombrada. Alif ouviu Dina ligar música em seu quarto – uma animada música dançante *debke* –, como se ela também achasse a tempestade inquietante. Ele se levantou e se enroscou contra a parede que os dois partilhavam. Quando seu computador estava ligado e conectado à grade, ele nunca se sentia sozinho; havia milhões de pessoas em quartos como o dele, estendendo a mão para os outros, como ele próprio fazia. Agora essa sensação de intimidade parecia fraudulenta. Ele vivia em um espaço inventado, violado com facilidade. Vivia em sua própria mente.

A gata foi até ele e colocou uma pata solidária em seu joelho.

* * *

Naquela noite, ele sonhou com uma mulher de cabelo preto e laranja. Ela se esquivou para a cama ao lado dele, nua e sem qualquer constrangimento, e o reconfortou numa língua que ele nunca ouvira antes. Seus olhos brilhavam no escuro. Alif respondeu a ela sem embaraço ou surpresa, procurando sua boca e a cavidade do pescoço onde ela ronronava. Passou a mão por sua coxa com um olhar convidativo. Foi detido por uma sensação de remorso.

– Intisar... – disse ele.

A mulher soltou um ruído irritado e mordeu seu ombro. A urgência o dominou. Ele cobriu o corpo magro dela com o seu, mexendo os quadris enquanto ela o envolvia com as pernas. O prazer se infiltrou em ondas por seu corpo. Ela gritou quando o entusiasmo dele se intensificou. Curvado sobre a orelha dela, ele sussurrou na língua que ela falara, dizendo-lhe que precisavam fazer silêncio, muito silêncio; obedientemente, ela reprimiu um gemido em seu pescoço. O fim veio rapidamente. Alif desabou contra o corpo quente abaixo dele e a mulher riu, soltando uma palavra de triunfo. Ela o beijou com um sorriso terno. Alif lhe pediu que dissesse seu nome, mas ela já recuava na escuridão, deixando atrás de si um aroma de pelo quente.

Alif acordou com o som da gata batendo a pata na janela. Sentia-se saciado e calmo. Os ventos da tempestade não eram mais audíveis e a Cidade caíra num silêncio profundo e restaurador. Ele se levantou, estremecendo; os músculos da panturrilha estavam doloridos. Quando abriu a janela, a gata piscou para ele uma vez e saltou para o pátio. Ele se curvou para fora e respirou. O ar agora era puro, livre da poluição e do calor graças à areia. O amanhecer temperava o horizonte a oeste. Ele se virou ao ouvir o ruído áspero de uma dobradiça de metal seguido por uma tosse feminina: Dina abria a própria janela, acenando para espalhar a poeira que se acumulara ali durante a tempestade. Usava um longo lenço verde e o segurava faceiramente sobre o rosto com a mão livre, como a donzela de um palácio num antigo filme egípcio. A imagem o encantou.

Ele chamou seu nome numa voz mansa. Ela se virou para ele, surpresa.

– Oh! O que está fazendo acordado?

– Eu tive um... – Ele corou. – Acabei de acordar, só isso.

– Você está bem?

– Sim, mas na verdade não. – Ele respirou fundo outra vez. – Queria que fosse sempre assim. O ar e a luz.

– Eu também.

Ela acompanhou o olhar dele pela Cidade. A silhueta das construções no Bairro Novo pareciam formadas de pérola e cinza. Em algumas horas, apareceriam trabalhadores para limpar a poeira e devolver as casas ao seu anonimato opaco, mas por ora elas pareciam parte do deserto, uma extensão natural das grandes dunas do interior.

– Parece uma história – disse Dina. – Uma cidade djin.

Alif riu.

– Parece mesmo uma cidade djin.

Os dois ficaram em silêncio por um momento.

– Vou rezar a *fajr* no terraço – disse Dina por fim. – Fique em paz.

– Deus lhe assegure o paraíso – disse Alif.

Os olhos de Dina se enrugaram num sorriso. Sua janela se fechou. Alif se demorou ali por mais um minuto, organizando os pensamentos. Tomaria um banho e um pouco de chá – não tinha sentido voltar para a cama com um dia tão claro diante dele. Redobrar suas defesas contra a Mão exigiria toda a sua habilidade; ele podia muito bem começar agora, enquanto se sentia confiante e de mente limpa. Não pensaria nas possibilidades que defrontava: a qualquer momento poderia haver uma batida na porta e dois policiais da segurança do Estado de uniforme cáqui estariam por trás dela. Ou pior – talvez nem batessem na porta. Podiam aparecer no meio da noite e arrastá-lo, amarrá-lo e encapuzá-lo, levando-o a uma das prisões políticas sem nome na periferia oeste da cidade. Alif fechou os olhos e afastou o pensamento. Não devia perder o foco.

Depois de lavar-se e tomar café, sentou-se à mesa e abriu um dos programas de edição de código. Em algum lugar deveria haver uma explicação para a rapidez com que a Mão entrara em seu sistema – um ponto fraco ou função obsoleta em seus firewalls, uma falha no projeto geral. Ele se perguntou, inquieto, se o ataque teria sido uma coincidência – o resultado de uma auditoria a esmo –, ou se teria como alvo o próprio Alif. Seu nome fora revelado? Não houve aviso nem conversa alguma nos mainframes da Cidade sobre algum hacker capturado falando sob tortura e entregando identidades ou locais. Todos os seus clientes estavam tão seguros quanto ele os podia manter até o exato momento em que a Mão havia aparecido. Não, Alif não devia ser o alvo central.

– Isso quase piora tudo – disse ele a sua máquina. Se o ataque foi uma coincidência, a Mão deveria ser mágica para romper suas defesas sem esforço algum e com tão pouca informação. Era obsceno, inacreditável. Alif não conhecia ninguém com esse nível de habilidade. Sua própria capacidade era comparativamente pueril. Ele se recostou na cadeira e esfregou os olhos. – Tem sempre um caminho – disse. – Saiba onde fica um caminho e ele se apresentará. – As palavras soaram ingênuas aos seus ouvidos assim que foram pronunciadas.

Ele trabalhou bastante até o meio da tarde, analisando e ajustando códigos com uma atenção fanática aos detalhes até para os próprios padrões. Interrompeu-se quando a empregada o chamou para almoçar. Descendo a escada, encontrou a mãe sentada à mesa da cozinha, lavando uma tigela de lentilhas vermelhas para a refeição da noite. Cantarolava uma música de Bollywood enquanto as massageava, criando rastros turvos de sedimento na água.

– Oi, mãe. – Ele deu-lhe um beijo na cabeça.

– Tem *saag paneer* no fogão – disse ela. – A empregada preparou especialmente para você. Você ainda gosta de *saag paneer*?

A pergunta o irritou.

– Sim, ainda gosto de *saag paneer*. – Ele pegou um prato no armário e se serviu.

– Seu pai está em Jidá – continuou a mãe. – Mandou-me uma foto pelo computador. Está ficando bronzeado, passando o dia todo no sol, supervisionando um novo gasoduto natural. Uma pena ficar tão escuro. Eu disse a ele para colocar filtro solar.

– Que bom, ótimo.

– Devia ligar para ele.

Alif bufou.

– Por que ele não liga para mim?

– Você sabe como ele é ocupado. É melhor que você telefone.

Alif se curvou para dar uma dentada no *saag paneer* e examinou sua mãe por sobre a beira do prato. Ela empurrava a lentilha de um lado para o outro, seu rosto sem expressão além de um leve vinco de concentração na testa. Alif se perguntou se a foto – ele conseguia imaginar perfeitamente o instantâneo indiferente de um marido abstrato – a teria deprimido. Havia outras fotos, impressos que ela guardava numa caixa de sândalo em seu quarto e lhe mostrara quando ele era pequeno. Nelas, ela e o pai estavam sempre juntos, andando pelo Bairro Antigo junto do muro ou comprando flores em uma das barracas no *souk*. Ela estava radiante: uma segunda esposa adorada e ilícita.

Alif perguntou-se em que ponto a emoção do casamento havia esmorecido para o pai. Desconfiava que tinha sido seu nascimento. Um filho problemático com sangue pagão e a pele escura em sua linhagem, fruto de uma união não sancionada pelos avós, impossível de introduzir na boa sociedade. Uma menina teria sido melhor. Se fosse bonita e com boas maneiras, uma filha podia se casar bem; um filho, não. Um filho precisava de perspectivas próprias.

Alif ouviu o telefone tocar no segundo andar.

– Tenho que atender. – Ele afastou o prato. – Por favor, diga à empregada que o *saag* estava delicioso.

Ele correu até seu quarto e atendeu ao telefone: o número de Abdullah piscava na tela. Levou-o à orelha.

– Sim?

– Alif-*jan*. Não posso falar. Pode vir aqui?

Alif sentiu o coração parar.

– Qual é o problema?

– Eu disse que não posso falar – respondeu Abdullah com impaciência. – *Yallah*, esperando por você. – Ele desligou. Alif meteu o telefone no bolso, xingando. Procurou por um par de sapatos no quarto desarrumado, calçou-os e foi para a rua.

* * *

Abdullah andava de um lado a outro pelo interior da Rádio Sheikh quando Alif chegou. Um jovem árabe de cabelo descolorido estava com ele.

– Alif, graças a Deus. – Abdullah atravessou a sala em duas passadas firmes e apertou sua mão. Alif torceu o lábio.

– Um aperto de mão? O que somos, primos de terceiro grau? O que está havendo?

– Não ligue para o aperto de mão. Estou nervoso, é só isso. Alif, este é Faris. Faris, diga a ele o que acaba de me contar.

O árabe olhou em volta, indócil.

– Tem certeza de que ele é tranquilo? – perguntou.

– Tranquilo? Tranquilo? Meu caro *sahib,* Alif está conosco desde o início. É fundamental que ele saiba.

Alif e Faris se olharam de cenho franzido.

– Tudo bem – disse Faris. – A história é a seguinte. Eu trabalho no Ministério da Informação.

– Um de meus informantes – explicou Abdullah.

– É um trabalho de nível inferior... Principalmente conferir documentos e atender ao telefone. Mas, na terça-feira, eu estava numa reunião...

– Com o assistente do ministro em pessoa – disse Abdullah animadamente.

– ... e ouvi uma coisa estranha. Havia dois homens da segurança do Estado nessa reunião. Falaram de um programa carnívoro que usam para operações de contraterrorismo digital e do sucesso que estavam alcançando. Pediram ao ministro para dar os parabéns ao homem que o projetou e agradecer a ele por usar tanto seu tempo pessoal em sua administração.

Alif sentiu os olhos começarem a se turvar.

– Você está falando...

– Da Mão – disse um triunfante Abdullah. – É um programa? Um nome? Agora sabemos: as duas coisas. A Mão numa luva, por assim dizer.

– Fica melhor ainda – continuou Faris, agora mais à vontade. – Quando se referiram a essa pessoa, eles o chamaram de 'ibn al sheikh'.

Alif ficou boquiaberto.

– Ele é da *realeza*?

– Isso mesmo! – gritou Abdullah. – Estamos sendo beliscados até a morte por um aristocrata de fralda de seda!

– Você parece quase feliz com isso – falou Alif, revoltado.

– Não estou. Estou apavorado. O que você testemunha agora é histeria.

Alif se sentou na bancada de solda no meio da sala e pôs a cabeça entre as mãos.

– A Mão invadiu a minha máquina ontem – contou ele em voz baixa.

Os olhos de Abdullah se arregalaram. Faris grunhiu em solidariedade.

– Está acontecendo cada vez mais – disse ele. – Faça o que pode... Mude seu identificador, troque todas as senhas, use um novo provedor de internet e consiga um endereço IP rotativo. E faça isso logo. Talvez tenha no máximo mais 24 horas.

Abdullah balançou a cabeça, pálido.

– Alif se desloca num éter mais rarefeito do que nós. O caso dele não é tão simples. Se a Mão cair nele, estamos todos condenados.

Alif olhou para Faris.

– Quanto tempo até termos um nome?

Faris suspirou.

– Não sei bem. Deve haver um registro do trabalho dessa pessoa no Ministério... Só preciso procurar. Estou peneirando o banco de dados remotamente do computador da minha casa agora mesmo.

– Tudo bem. – Alif se levantou. O suor fazia sua camiseta grudar nas costas. – Preciso ir. Me ligue assim que souber de mais alguma coisa.

– Coragem. – Abdullah abriu um sorriso torto para ele. Alif deu um tapa em seu ombro.

– Obrigado, irmão.

* * *

Ele pegou um desvio a caminho de casa, tentando se acalmar. Havia um pequeno terreno irrigado de tamareiras na beira do distrito de Baqara, remanescente de um pomar que um rico mercador de gado se recusara a vender quando a Cidade expandiu seus muros. Como não foi possível encontrar nenhum documento do terreno, ele ficou intocado, uma interrupção estranha e bucólica nas fileiras de apartamentos coloridos de poeira. Vários anos antes, um taxista de Gujarat começara a polinizar as árvores selvagens novamente. Agora os moradores do bairro desfrutavam de uma colheita mínima todo outono, secando e armazenando os frutos em suas casas, como fazendeiros.

O terreno já havia sido despojado de seu butim anual pegajoso e estava tranquilo quando Alif chegou. Andou por uma elevação que separava dois canais rasos entre as árvores, respirando um cheiro verdejante e opressivo e se imaginando fortalecido. Pensou na mulher de cabelo preto e laranja. Sentiu uma contração na virilha. Uma brisa ergueu a copa das tamareiras acima da sua cabeça, espalhando as sombras por seus membros cansados. As árvores, como a mulher de seus sonhos, pertenciam a alguma outra forma de ser e não eram exatamente reais. Alif se deitou na terra e fechou os olhos. Podia ficar ali até que o estresse e o suor se esgotassem de seu corpo e ele pudesse pensar novamente.

A batida de sandálias de uma mulher para além da margem do pomar o interrompeu. Alif reconheceu o andar discreto e feminino de Dina. Levantou-se, correndo à rua pela elevação até que o som do trânsito e das máquinas voltassem.

– Irmã – chamou ele. Dina se virou. Com certa inquietude, Alif notou a caixa debaixo de seu braço.

– Que engraçado – disse ela. – Eu estava justo indo procurar você. Acabo de voltar do Bairro Antigo. – Ela ergueu a caixa.

Alif engoliu em seco.

– Por quê? – perguntou ele com a voz rouca.

– Sua amiga me telefonou.

– Você deu seu número a ela?

– Ela pediu. Me pareceu falta de educação recusar. Além disso, o pai dela estava olhando.

Alif sentiu os olhos começarem a arder.

– Ela disse que tinha uma coisa para dar a você – continuou Dina. – Então, fui encontrá-la na casa dela. Parecia que a garota andou plantando bananeira... Despenteada, cheia de olheiras. Devolveu a caixa que você mandou... Agora está mais pesada... E me expulsou de lá. Sem me oferecer um chá nem nada. Foi muita grosseria dela.

Alif pegou a caixa de suas mãos.

– Não gosto de ser convocada por meninas ricas como se fosse empregada de alguém – disse Dina. – Não entendo por que ela não ligou para você ou mandou um e-mail, se queria entregar alguma coisa.

– Ela não pode me mandar um e-mail – murmurou Alif. Algo escorregou no fundo da caixa. Ele olhou em volta: mulheres a caminho do *souk* o observavam com curiosidade.

– Vamos. – Alif não podia tocar o ombro de Dina para conduzi-la.

– O quê? Para onde?

– Vamos entrar no pomar de tâmaras. Não posso abrir isto na rua. – Ele voltou para o meio das palmeiras. Dina suspirou e o seguiu.

– Não pode esperar até chegar em casa? Se ficarmos escondidos aqui juntos, as pessoas pensarão coisas erradas.

– Fodam-se as pessoas.

Dina ofegou. Alif a ignorou, sentando-se em um trecho de terra ensolarada e procurando o canivete suíço que sempre levava no bolso. A caixa fora fechada às pressas, deixando bordas enrugadas e pegajosas. Ele cortou a fita adesiva e olhou seu interior.

– Ora essa – murmurou ele.

– O que é? – Dina espiou por cima de seu ombro. Alif tirou um livro com capa de linho azul-escuro. Evidentemente era bem antigo, pois era frágil ao toque e estava desbotado em certos lugares. Um leve odor emanava de suas páginas. Por um momento desconcertante, Alif foi lembrado dos braços claros de Intisar no amanhecer logo depois de fazerem amor.

– É um livro – disse ele.

– Isso eu estou vendo – respondeu Dina –, mas o título está borrado. Não consigo ler.

Alif ergueu o manuscrito à luz e semicerrou os olhos para ele. O título parecia ter sido escrito a mão em uma caligrafia árabe obsoleta, com tinta dourada. Estava muito lascado e algumas letras mal eram visíveis. Ele se assustou ao descobrir que a primeira palavra era seu próprio nome.

– Alif – exclamou ele, animado. – Aqui diz Alif!

Dina pegou o livro de suas mãos.

– Não diz, não – retrucou ela após um momento. – Diz Alf. *Alf Yeom wa Yeom. Os mil e um dias.*

Capítulo Quatro

Alif sentou-se sobre os calcanhares.

– Deve ser brincadeira – disse ele.

– Para mim, parece mesmo. – Dina ergueu o manuscrito, virando para um lado e para outro. – Vê como é antigo? E tem cheiro de... de...

– Eu sei – cortou Alif apressadamente, corando. – Mas o que significa? Por que ela o mandou?

Dina revirou os olhos.

– E pergunta para mim? Eu só a vi duas vezes. Eu podia ter avisado que era má ideia andar por aí com uma arrogante de chinelos de seda pelas costas do pai dela. Não admira que você tenha ficado tão estranho...

– Tá legal, tá legal. – Alif arrancou a caixa das mãos de Dina. O sol batia em seu cabelo preto e fazia o suor aparecer no couro cabeludo. Ele queria café e o frio de seu quarto, o zumbido familiar e agradável das suas máquinas. – Deixa pra lá. Obrigado por me trazer isso. Desculpe por ter envolvido você.

Os olhos de Dina expressaram mágoa. Ela se levantou, pegando as dobras da túnica com uma elegância ofendida.

– Olha, espere. – Alif se sentia culpado. – Vou acompanhá-la até em casa. Se sairmos juntos sem vergonha alguma, as pessoas pensarão que estávamos aqui para pegar as últimas tâmaras.

– Obrigada.

Dina foi à beira do pomar sem olhar para ele. Alif meteu o livro na caixa e a seguiu. Passaram entre os troncos de palmeira irregulares e foram imediatamente ensurdecidos pelo trânsito de final de tarde que descia a rua numa massa superaquecida. Um homem muito magro de bicicleta motorizada estendeu a mão para o véu de Dina ao passar acelerado. Alif xingou, correndo alguns passos quando Dina o chamou de volta.

– É só um idiota que teve a criação errada da mãe – disse ela, ajeitando o tecido preto sobre a beira do nariz. – A Cidade está cheia deles.

– Você devia ter me deixado alcançá-lo – resmungou Alif. – Eu ia dar a ele a lição que a mãe não deu.

Dina se aproximou mais. Eles andaram em silêncio, costurando por uma série de ruas com e sem nome até que sua própria quadra apareceu depois de um cruzamento.

– Vou passar na farmácia – disse Dina. – O fígado de Baba está aprontando novamente. Só vai levar um minuto.

– Tudo bem.

Alif esperou enquanto ela se enfiava pela fachada branca que anunciava suas mercadorias em tâmil. Quando chegassem em casa, tomaria banho e vestiria a *kurta* cinza que a avó mandara da Índia, aquela feita de um algodão tão macio que parecia um lençol de bebê. Depois colocaria uma compressa fria nos olhos e tentaria entender os acontecimentos do dia.

O aroma de *papadums* fritos vagou de um restaurante na rua seguinte, misturando-se com gasolina e poeira: um cheiro gorduroso e reconfortante que ele conhecia desde a infância. Aquele pequeno canto da Cidade era sólido e tranquilizador, inalterado pelo que acontecera nas últimas 36 horas. As tragédias de Alif pareciam brotar de alguma cronologia perversa da qual o distrito de Baqara não fazia parte.

O olhar de Alif vagou pelo jardim na frente das casas geminadas, meio visível entre os prédios do bairro. Um homem zanzava perto do portão. Alif semicerrou os olhos. Era árabe, bem barbeado, usando *thobe* branco e óculos escuros. Estava ali como se esperasse para se encontrar com alguém ou receber alguma entrega urgente. Alif tinha esperado no portão de um jeito parecido umas cem vezes, para receber o entregador do açougue, o homem do ferro de passar, o vendedor de frutas. Mas isso não era estranho, porque aquela era a casa dele.

– Qual é o problema? – perguntou Dina, saindo da farmácia com um saco de papel pardo.

– Tem um homem parado na frente das nossas casas – disse Alif. – Como se fosse dono dela.

Dina olhou a rua.

– Deve estar esperando alguém. Talvez seja amigo de Baba. Ou quem sabe não está procurando seu pai?

– Eu não... – O telefone de Alif emitiu um som no bolso, interrompendo-o. Ele o pegou e tocou um ícone na tela: era uma mensagem de texto de Abdullah.

Faris disse: Abbas Al Shehab.

Pontos de luz dançaram diante dos olhos de Alif.

– Você está bem? – Dina o olhou alarmada. – Você ficou pálido! – Ela disse seu nome de batismo numa voz ansiosa. Ele mal o reconheceu, nem a ela.

– Por favor... – Sua voz saiu de uma luz enevoada. – Responda. Estou ficando assustada.

Ele murmurou uma oração. A adrenalina disparava por suas veias feito uma resposta angelical, clareando a sua mente como um golpe de sino. Segurou o braço de Dina.

– Preciso que faça uma coisa para mim – disse ele. – Rápido e sem estardalhaço.

Dina olhou da mão dele para seu rosto.

– Tudo bem – sussurrou.

– Bata na minha porta e diga à empregada que precisa pegar um romance que me emprestou. Diga a ela que está no meu quarto. Suba e pegue meu netbook. Está na minha mesa, ao lado do computador principal. E pegue... – Sua garganta se fechou. – Pegue a *kurta* cinza pendurada no meu armário, à esquerda.

O peito de Dina subiu e desceu rapidamente por baixo da túnica.

– O que está havendo? – perguntou ela em voz baixa.

– Aquele homem está esperando por mim.

– O que você fez? *O que você fez?*

Alif lutou para manter a respiração firme.

– Eu vou contar tudo a você, eu juro... Vou contar o que você quiser. Mas faça isso primeiro. Não é seguro eu entrar em casa agora.

Dina o deixou sem dizer nada. Alif observou enquanto ela atravessava a rua com o saco de papel apertado no corpo. Prendeu a respiração quando o homem no portão a parou. Dina se remexia de um pé a outro, gesticulando para um ponto do Bairro Novo com a mão que adejava e se sacudia. Quando ela se virou para casa, o homem a segurou pelo pulso.

Alif disparou pela rua sem pensar. Quando se aproximava do portão, Dina olhou em seus olhos com uma expressão que o fez parar: um olhar terrível, um aviso, suas pupilas se reduzindo a pontos minúsculos. Ele percebeu que os olhos dela eram pontilhados de verde, formando desenhos de estrelas em volta das pupilas, como sóis de cobre, mas isso era irrelevante. Alif teria alcançado o braço do árabe, ou mesmo batido nele, mas o olhar de Dina o repeliu com uma pressão quase física e ele se viu afastando-se passo a passo até ficar na outra ponta da rua.

Dina se desvencilhou habilidosamente da mão do homem e continuou entrando em casa. O árabe se distanciou dela, puxando um vinco na manga de seu *thobe* num gesto de irritação. Levantou a cabeça e, por um momento, Alif viu seu próprio reflexo assustado nos óculos escuros do homem. Alif se meteu atrás da esquina do prédio ao lado, ofegante. A caixa contendo o livro de Intisar se enrugou enquanto ele a segurava no peito suado. O árabe não o seguiu.

A viela entre os dois prédios era ladeada por sacos de lixo que esperavam a coleta do dia; poças de um fluido amarelo e fedorento se formavam abaixo delas, cruzando-se na terra e se encontrando em filetes. Alif teve ânsia de vômito, endireitou-se, teve mais uma, sentindo o gosto de bile. Ainda estava ofegante quando Dina tocou seu ombro.

– Não fale – sussurrou ela. – Ele ainda está lá. Continue andando pela viela.

Alif cambaleou, obedecendo. Passaram por um trecho estreito de chão limpo entre os sacos de lixo, Dina erguendo a túnica para não arrastá-la na sujeira. Quando saíram na rua seguinte, ela deu um soco no braço de Alif.

– Ai! Mas que *droga!* – Ele a olhou feio, esfregando o ponto dolorido.

– Seu filho de um cão, idiota, descuidado e egoísta – disse ela com a voz trêmula. – Você colocou a todos nós em perigo. Nossas famílias, nossos vizinhos. Sabe quem era aquele homem? Era um detetive da segurança do Estado. É, isso mesmo. – Ela jogou a mochila em seus braços. – Tome, pegue suas coisas.

Alif a encarou de queixo caído.

– Não acredito que você me xingou – disse ele. – Eu nem acreditava que você sabia fazer isso.

– Não seja idiota e não mude de assunto.

Alif ficou vermelho e abraçou a mochila ao peito.

– O que tem aqui? – perguntou ele.

– O que você me pediu, mais umas meias limpas e uma escova de dentes. E um saco de tâmaras.

– Obrigado – disse ele. – É sério. Você é... Eu sinto muito por seu pulso. – Ele olhou a manga preta da túnica, envergonhado. – É a segunda vez hoje que eu devia ter protegido você e não pude. Eu devo muito a você.

– Você me deve uma explicação.

– Bom, é, tem razão. – Alif olhou em volta com ansiedade, colocando o livro de Intisar na mochila e deixando a caixa cair no chão. – Mas não aqui. Vamos pra casa de meu amigo Abdullah.

Dina ficou nervosa.

– É pública. – garantiu Alif. – Pelo menos, tecnicamente. É uma oficina, mas só para pessoas que conhecem pessoas. Não vou fazer você infringir nenhuma regra. Vamos deixar uma porta aberta ou coisa assim.

– Tudo bem.

Alif a levou por um caminho tortuoso pelo distrito de Baqara, desviando-se a cada poucas quadras. Sempre que via um homem de *thobe,* seu estômago se revirava. Quando chegaram à porta da Rádio Sheikh, o sol se punha e as aves que permaneciam na Cidade trinavam desassossegadas ao procurarem suas posições nas árvores atrofiadas. Alif bateu na porta com mais intensidade do que pretendia.

– Sim? – Ela se abriu uma fração e Alif viu os olhos de Abdullah faiscando para ele na luz rosada.

– Precisamos entrar – disse. – Agora, imediatamente.

– Precisamos?

Alif empurrou a porta sob os protestos assustados de Abdullah e colocou Dina para dentro. Abdullah se encolheu, afastando-se dela, olhando feio para Alif por sobre a cabeça de Dina.

– Esta é Dina – disse Alif. – Tenha boas maneiras.

– *As-salaamu alaykum,* senhorita – murmurou Abdullah, voltando o olhar para o piso de concreto.

– *W'akaykum salaam* – respondeu Dina. A expressão de Abdullah se alterou.

– Esta é... Ela é a... – Ele parou no meio da frase, ruborizando. Alif precisou de um momento para entender o que ele queria dizer.

– Não! Não é ela. Dina é filha de um vizinho.

– Ah. Tudo bem. – Abdullah respirou fundo. – Alguém quer chá? Dina?

Alif jogou a mochila na bancada de solda sem responder.

– Escute, *bhai* – disse ele –, estou com um sério problema de ir-para-a-prisão-e-ser-estuprado-por-bandidos. E dessa vez é pra valer. Estraguei tudo da forma mais profunda que você pode imaginar e estou fodido de verdade.

Dina começou a andar na direção da porta.

– A Mão de novo? Aconteceu alguma coisa?

– A segurança do Estado está vigiando minha casa. A nossa casa. A família de Dina também mora ali. Ele foi muito desagradável quando ela tentou entrar.

Abdullah andou até a bancada e se sentou.

– Continue – disse ele, fingindo compostura.

– A garota... Intisar... Quando a Mão invadiu meu computador, eu estava conectado à máquina dela. Pensei que, como Intisar era aristocrata, eles não se meteriam com ela, então não me preocupei, mas então Faris... – Ele engoliu em seco. – Ele é noivo dela, Abdullah. Abbas Al Shehab... É o nome do noivo dela. Imagine a surpresa dele quando descobriu que o computador de sua futura esposa está conectado ao de um hacker. Todos os nossos e-mails, todos os nossos papos... Seria o escândalo de todos os escândalos.

– Espere um minuto. – Abdullah estalava os dedos. – Não entendo o que está tentando me dizer. Vá mais devagar e fale novamente, porque parece que você está me dizendo que se meteu com a noiva da Mão.

Alif arriou no chão e cobriu o rosto.

– Alif – disse Abdullah numa voz mansa –, você está correndo o programa de reconhecimento de padrões? Aquele em que esteve trabalhando?

– Sim. Foi instalado na máquina dela. Funciona perfeitamente também.

– Então você entregou na mão do inimigo uma ferramenta que eles podem usar para nos caçar, não importa que computador ou login usemos?

– Sim. – A palavra cresceu, estridente. – Sim.

– E você deu à Mão um motivo para decepar seu pau, assim como sua cabeça.

– Sim.

– Então, concordo. – Abdullah se levantou. – Você é um homem fodido e fodeu com todos nós junto com você.

– Por favor, parem de xingar – disse Dina.

– O que você vai fazer? – perguntou Abdullah, começando a andar de um lado a outro. – Não pode ficar aqui. Quero dizer, por enquanto pode, mas terá que continuar em movimento.

– Obrigado. Uma noite que seja já seria uma imensa...

– Não agradeça a mim. Este não é um favor para um amigo. Estou tão irritado que podia esmurrar seu nariz meio árabe agora mesmo. Mas o que acontecer com você agora vai afetar todo mundo que você conhece. E pretendo manter meu próprio rabo fora da prisão, se chegar a esse ponto.

– E quanto a Dina?

– E *quanto* a Dina? – disse a própria menina. – Dina vai para casa neste exato momento. Já ouvi o bastante.

Alif levantou a cabeça para ela com ansiedade.

– Não acho que seja uma boa ideia. Não com o Estado vigiando a casa. Eles podem se irritar e decidir que prender você é a melhor maneira de me deixar louco. Você mora ao lado de um terrorista. Pessoas já foram executadas por menos do que isso.

– E o que devo fazer? Está dizendo que não posso voltar para minha própria casa?

– Por favor, fale mais baixo – disse Abdullah, torcendo as mãos.

– Minha mãe – gemeu Alif. – Minha pobre mãe.

– Devia ter pensado em sua pobre mãe antes de comer a mulher de outro cara.

– Parem com isso!

Alif e Abdullah ficaram em silêncio e olharam para Dina. Ela respirava pesadamente, os punhos cerrados ao lado do corpo.

– Parem de falar essas coisas feias! Vocês são dois meninos tentando falar como homens... Não estão enganando ninguém! – Ela respirou um pouco mais fundo e relaxou as mãos. – Precisamos pensar com calma e decidir o que deve ser feito.

Alif examinou Dina por trás dos joelhos puxados para cima, impressionado. Um rubor úmido apareceu na pele abaixo dos olhos dela, mas seu olhar era firme. Ela se sentou à bancada de solda e alisou a túnica antes de se dirigir a eles de novo.

– Irmão Abdullah, acho que agora vamos aceitar aquele chá.

* * *

Por uma hora, eles discutiram e descartaram as opções de Alif. Poderia ele fugir do país? Não: a essa altura, seu nome certamente tinha entrado na lista negra de cada porto e fronteira. Poderia subornar algum beduíno para levá-lo pelo deserto, e de lá atravessar para Omã ou para a Arábia Saudita sem ser percebido? Dina considerou essa hipótese fantasiosa. Ele não tinha algum parente ou amigo com ligações políticas a quem pudesse pedir proteção? Alif pensou na outra família do pai: a primeira esposa tinha um ou dois primos em algum cargo modesto do governo. Mas ela jamais ajudaria.

Depois do chamado para as orações da noite, Abdullah saiu por quinze minutos, voltando com sanduíches *shawarma* quentes. Nessa hora, a ansiedade de Alif mudou de forma: ele pensava no que poderia acontecer – ou pior, no que já teria acontecido – com Intisar. Tudo dependia de a noiva ter decidido revelar o escândalo ao pai ou não. A Mão ainda não tinha controle formal sobre Intisar; o pai dela, por outro lado, tinha o direito de espancá-la quase até a morte. Por um breve e palpitante minuto, Alif se permitiu imaginar que a Mão a havia liberado do noivado e abafaria a história toda para evitar constrangimentos.

– Quando você a viu... – perguntou Alif a Dina enquanto eles comiam – ... Intisar, quero dizer, ela parecia ter sido agredida? Viu algum hematoma ou marca? Estava mancando?

– Não – disse Dina com rispidez. – Ela não estava mancando. Só parecia aborrecida.

– Então talvez esteja tudo bem – disse Alif, pensando novamente na possibilidade de Intisar ficar ao mesmo tempo livre e socialmente prejudicada o bastante, de maneira que ele começaria a parecer um parceiro adequado. Ele desistiria de seu trabalho, arrumaria um emprego numa empresa respeitável, produziria microchips para imbecis. Eles podiam ser felizes.

– Muito bem. – Abdullah resfolegou. – Você vai precisar de um guarda-costas pelo resto da vida. Se é que vai conseguir chegar ao resto da vida.

– Não importa se vou conseguir – disse Alif. – Só o que importa é a segurança de Intisar. Ela não deve ser castigada pelo que fiz... Ela nunca disse nada contra o emir, nem contra o governo, em toda sua vida. Se a machucarem, vou me matar. – Ele enterrou as palmas nos olhos.

– Deixe de ser infantil – murmurou Dina.

Abdullah amassou o papel encerado que embrulhava seu sanduíche e levou uma das mãos à boca.

– Olha – começou ele –, eu tenho uma ideia. Vocês dois passam a noite aqui. Vou colocar uma cortina no canto para Dina, e minha irmã pode emprestar algumas coisas para ela passar a noite. Depois, pela manhã, os dois irão à parte antiga do *souk* e procurarão ajuda. Vocês precisam de proteção.

– Procurar ajuda? De quem?

– Vikram, o Vampiro.

Alif soltou uma gargalhada exasperada.

– Deve estar brincando comigo. Vikram, o Vampiro? E nós temos dez anos?

– Eu costumava fazer uma brincadeira com meus primos – disse Dina. – Apagávamos todas as luzes e dizíamos o nome dele três vezes, depois cuspíamos. Ele nunca apareceu. É claro que, quando fiquei mais velha, eu me arrependi.

– Ele não é *realmente* um vampiro – disse Abdullah de mau humor. – Só o chamam assim. Depois da lenda, sabe como é. Ele é um bandido do mercado negro. Deu umas porradas no meu amigo Nargis, que importa aqueles *hacktops* chineses, num mês em que ele estava sem dinheiro. Nargis chegou aqui com o queixo quebrado e dois dentes a menos, morto de medo. Disse que o cara tinha olhos amarelos.

– Então por que vamos procurar por ele? – perguntou Alif. – Não quero ficar com o queixo quebrado.

– Você pagará a ele, idiota. Pagará para proteger você.

– Um homem não é páreo para a Mão, mesmo que tenha olhos amarelos.

– Quer me escutar? É claro que ele poderá dar ideias em que não pensamos. Contrabandistas, estivadores... Quem sabe que tipo de ligações esses criminosos têm. Eles são quase tão desonestos quanto o governo. E Vikram é o pior de todos.

– Não podemos falar com alguém normal?

– Não – disse Abdullah. – Você se afastou do normal. Quanto mais distante da rede, melhor.

Alif suspirou fundo.

– Tudo bem, tá legal. Digamos que eu encontre Vikram, o Vampiro. Ainda tem a questão do livro.

– Que livro?

Atraindo o olhar de Alif, Dina balançou a cabeça quase imperceptivelmente.

– Nada. – Alif se atrapalhou. – Só estou pensando em voz alta. Uma pesquisa que preciso fazer.

– Bom, faça quando tiver tempo. Neste momento você precisa pensar em ficar fora da prisão... E nós também.

Alif deixou a cabeça tombar e arriar entre os ombros.

– Vikram, o Vampiro. Cometi um pecado quando acordei esta manhã. É a única explicação para o dia ter dado tão errado.

– Que coisa bizarra de se dizer. – Dina zombou dele.

Eles limparam os farelos e o jogo de chá no escuro que se adensava. Quando Abdullah e Dina foram ao apartamento da irmã dele, Alif aproveitou a oportunidade para ligar o netbook. Preparou-se para encontrar algum *worm* insidioso esperando em seu e-mail, algum programa miraculoso que permitisse que a Mão descesse sobre ele do éter, bastando que ele tossisse. Mas não havia nada. Com cautela, abriu o acesso remoto para Hollywood; o hipervisor ainda estava on-line. Alif soltou o ar que prendia sem perceber. Apressadamente, criou um endereço de IP móvel – uma forma ineficiente e custosa de disfarçar sua localização, longe de ser à prova de falhas, mas que lhe daria algum tempo. A Mão veria Alif usando seu e-mail e escondendo contas de computador, mas, até que conseguisse identificar seu algoritmo, Alif pareceria estar trabalhando de Portugal, do Havaí ou do Tibete.

Em seguida, Alif passou a desmontar sua criação. Baixou o pouco que pôde para o disco rígido modesto do netbook e jogou fora um pouco mais – comandos criptografados, programas impossíveis de utilizar sem outros programas – para a nuvem que compartilhava com alguns hackers da Cidade. O suficiente para semear uma nova versão de Hollywood quando a vida real se restabelecesse. Transferiu os arquivos do programa Tin Sari intactos e completos para o flashdrive de 16 giga que sempre carregava no bolso. O drive tinha sido abençoado, havia algum tempo, por um dervixe desdentado da Somália que segurou Alif pelo pulso enquanto ele se sentava numa cafeteria de rua. Alif ainda não descobrira se a bênção funcionava.

Quando terminou de limpar o disco rígido do computador de sua casa, deixara um programa que podia fazer a CPU entrar em *overclock* – e, assim esperava, queimar – da próxima vez que fosse inicializada. Ele deixaria os agentes da Mão com um monte de silício quente demais para ser aproveitado. Não conseguiriam nada dele.

– Meu Deus, ele está *chorando!*

Dina e Abdullah tinham voltado e estavam à porta, olhando para ele. Alif percebeu que tinha o rosto molhado.

– Acabei – disse. – Eu o destruí. Todo o meu sistema.

Abdullah se ajoelhou ao lado dele com uma expressão de profunda compaixão.

– Vai ficar tudo bem, *bhai*. Você vai reconstruir.

– Não a tempo de ajudar meus clientes. Tenho que escrever um monte de e-mails horríveis.

– A ameaça sempre esteve presente, Alif... Eles vão entender.

Alif acariciou distraído o gabinete plástico de seu netbook.

– Nos quatro anos em que fiz isso por dinheiro, tive menos de 48 horas de tempo ocioso. Sabia disso? E agora sou um fantasma na máquina. Na próxima semana, todos os hackers, geeks e hats que chamo de amigos terão esquecido quem sou. Essa é a natureza desse negócio. É a internet.

– Você ainda tem amigos de verdade – disse Dina. Os dois homens soltaram um ruído idênticos de desdém.

– Os amigos da internet são amigos de verdade – disse Abdullah. – Agora que seus irmãos e irmãs devotos tomaram metade do planeta, a internet é o único lugar que resta onde se pode ter uma conversa que valha a pena.

– Mesmo que se esqueçam de você em duas semanas?

– Mesmo assim.

Abdullah tinha trazido dois colchonetes de algodão e um lençol grande. Ele e Alif esticaram o lençol num canto da sala, prendendo-o à parede com tachas. Alif tirou as caixas de computador e pôs o melhor dos dois colchonetes – já que o outro tinha uma mancha suspeita – no espaço parecido com uma tenda, criado pela cortina improvisada.

– Pronto – disse ele a Dina –, vamos sair enquanto você se prepara para dormir.

– Isso não está certo. – Dina afligia-se. – Eu disse a minha mãe que ia ficar na casa de Maryam Abdel Bassit. Se ela descobrir que estou mentindo, vai ficar arrasada.

– Viva a vida como se fosse uma aventura. Vejo você pela manhã. – Abdullah saiu da sala com um floreio e passou o braço nos ombros de Alif.

* * *

A sala estava escura quando Alif voltou. Ele tirou os sapatos e estendeu o segundo colchonete, sentindo que tinha passado por uma provação física. Suas costas e suas pernas doíam. Intisar voltava a seus pensamentos sempre que tentava esquecê-la por alguns minutos, e vinha com uma combinação inquietante de excitação e culpa, prenunciando um desastre ainda maior do que aquele que já caíra sobre ele. A vida de Intisar corria perigo: isso estava muito claro. Ele se sentia impotente diante da dor que provocava nela, do perigo que ela agora enfrentava. Não podia salvá-la com alguns comandos agrupados e programas em C++, mas esse era o único jeito que ele conhecia.

– Não gosto de chamar você de Alif.

Ele olhou o canto acortinado da sala.

– Por quê?

– Não é o seu nome.

Alif voltou a olhar o teto.

– Podia muito bem ser meu nome – disse ele.

– Mas não é. É uma letra do alfabeto.

– É a primeira letra da sura Al Baqara no Alcorão. De todas as pessoas, você deveria ser a primeira a aprovar.

Ele ouviu Dina se remexer no colchonete. Com o ângulo da luz vindo da janela, percebeu que ela provavelmente podia vê-lo através da cortina, embora ele não a enxergasse.

– Eu não aprovo – disse ela. – Seu nome verdadeiro é melhor.

– *Alif, lam, mim.* – Ele traçou as letras no ar com o dedo. – Substituições simbólicas de um dígito: Deus, Gabriel, o Profeta. Dei a mim mesmo o nome da primeira linha do maior código já escrito. É um bom nome para um programador.

– Por que um programador precisa de um segundo nome?

– Tradição. E é chamado de *handle*, não de nome. É mais seguro ficar anônimo. Se você usar seu nome verdadeiro, pode se meter em encrenca.

– Você usa um nome falso e ainda assim se meteu em encrenca.

Alif reprimiu um insulto, mantendo os dentes cerrados até poder confiar neles.

– Tanto faz. Boa noite, Dina.

Ele já não distinguia mais entre seus pensamentos e seus sonhos quando ela voltou a falar:

– Não sou o que você pensa. Não estou tentando puxar assunto, nem ser irritante. Não sou o que você pensa.

– Eu sei – murmurou ele, sem saber exatamente o que estava dizendo.

* * *

Quando acordou na manhã seguinte, tinha se esquecido de onde estava. Levantando-se depressa, olhou desvairado o ambiente, piscando até que seus olhos se adaptassem à luz insaturada que se infiltrava pela janela. Dina se mexeu em sua visão periférica como uma ave escura, cantarolando uma música popular egípcia. O lençol que a protegera enquanto dormia estava bem dobrado em seu colchonete. Alif sentiu o cheiro pungente e adstringente de chá: um bule de estanho soltava vapor no alto de um fogareiro no peitoril da janela, ao lado de um prato de ovos fritos e roti.

– Abdullah deixou o café da manhã – disse Dina. – Não queríamos acordar você. São quase dez horas.

– Aonde ele foi? – perguntou Alif, esfregando os olhos.

– Disse que precisava dar alguns telefonemas. Temos que trancar tudo quando sairmos.

Eles comeram sem dizer nada. Alif olhava pensativamente pela janela, tentando planejar os próximos passos. Aquele dia, assim como certamente os outros que se seguiriam, era insondável: já haviam exigido demais dele. Ele olhou sua mochila, desejando ter mais tempo para refletir sobre o que talvez precisasse levar.

– Por que você não queria que Abdullah soubesse do livro? – perguntou a Dina, lembrando-se do inconveniente volume retangular na mochila.

Dina deu de ombros.

– Por que ele precisa saber? Quanto menos souber, menos terá de mentir quando o encontrarem. Sua amiga evidentemente queria que o livro ficasse em segredo. Deve haver um motivo para isso.

– Quando o encontrarem – repetiu Alif. – Meu Deus, estou enjoado.

Dina foi arrumar a sala, tirando as coisas do café da manhã e endireitando as caixas que haviam deslocado a fim de abrir espaço para dormir. Alif a observava de lábios franzidos.

– Você canta – disse ele abruptamente. – Você ouve música.

– E daí?

– Pensei que as mulheres que acreditam no véu também fossem obrigadas a acreditar que a música é proibida.

– Algumas são assim. Eu, não.

– Por quê? Vocês todas leem os mesmos livros. Ibn Taymiyya, não é? Ibn Abdul Wahhab?

– As aves fazem música, o junco no rio ao vento faz música. Bebês fazem música. Deus não proibiria uma coisa que é a *sharia* de criaturas inocentes.

Alif riu.

– Tudo bem.

Dina tirou o copo de chá vazio das mãos dele e deu um muxoxo.

– Você está sempre rindo de mim – disse ela.

– Isso não é verdade! Eu rio quando você me surpreende.

– E isso melhora alguma coisa?

– Tá legal, eu rio quando você me impressiona.

Dina não disse nada, mas ele sabia, pelo jeito como completava seu copo, que ela ficara satisfeita. Alif bebeu o chá depressa e ajudou a terminar a arrumação da sala. Quando acabaram, Alif colocou a mochila no ombro e abriu a porta com cautela: não havia ninguém do lado de fora, ninguém no terraço do outro lado da rua, ninguém à espreita na esquina de um jeito que fosse óbvio. Um velho com uma carroça de burro repleta de jacas passou pela viela, em direção a outra rua. Tirando isso, estavam sozinhos.

– Vamos.

Alif conduziu Dina na frente dele e trancou a porta por dentro antes de fechá-la. Eles andaram pela viela num passo nervoso, separados demais, depois muito perto. Havia um cheiro acre no ar – o cheiro de fumaça da fábrica e do mar aquecido demais; poeira de cimento da construção no Bairro Novo. Alif foi para o porto, seguindo por ruas que desciam até encontrar a água.

– Você está indo para o *souk* – observou Dina a certa altura.

– Sim... Pensei que esse era o plano.

– Plano? Não vamos realmente procurar Vikram, o Vampiro, vamos? Até a sua ideia do beduíno era melhor do que essa.

Alif chutou um cocô seco que estava no caminho.

– Não sei mais o que fazer, Dina. Sinceramente não sei o que mais posso fazer.

– Isto não é um filme, pelo amor de Deus. Não pode simplesmente procurar um criminoso num beco e pedir um favor. E Abdullah nem conhece esse homem... Ele pode ter inventado a história toda!

– Mas o que você *quer*? – Alif se virou para Dina com um rosnado. – Estamos reduzidos a umas poucas opções de merda. Não enche!

Ele girou o corpo e continuou andando. Um minuto depois ouviu alguém fungando: Dina andava atrás dele e cobria a boca velada com a mão, de cabeça baixa.

– Ah, meu Deus. – Alif entrou numa transversal, levando Dina pela mão. – Por favor, não chore. Não queria fazer você chorar.

– Não toque em mim. – Dina desvencilhou-se da mão dele. – Você acha que isso também não é horrível para mim? Eu podia ter... – Ela titubeou e parou, a respiração apanhada em pequenas golfadas.

– O quê? – perguntou Alif.

– O detetive – respondeu ela. – Ele disse que nada aconteceria comigo ou com minha família se entregássemos você. Você estava bem ali. Se eu tivesse... Mas eu não...

Por impulso, Alif pegou sua mão novamente e a levantou, dando um beijo em sua palma. Eles se olharam. Dina se afastou, enxugando as lágrimas dos olhos.

– Está tudo bem – disse ela. – Certo, vamos procurar Vikram.

* * *

O *souk* Al Medina ficava perto de um embarcadouro, permitindo aos vendedores fácil acesso aos barcos de pesca que chegavam ao amanhecer e ao pôr do sol. Era tão velho quanto o Bairro Antigo, ativo desde os dias em que a Cidade era apenas um ponto na Rota da Seda, um local de descanso para mercadores e peregrinos a caminho da Meca. Alif o conhecia desde a infância. Lembrava-se de ficar agarrado ao xale da mãe enquanto ela comprava frangos vivos e cabeças de peixe para armazenar, ou especiarias cruas medidas por grama.

Com Dina, andou pelas vielas que nunca foram pavimentadas. O chão era meio enlameado e fedia a dejetos animais fermentados. De vez em quando as vielas eram interrompidas por arcos de calcário, remanescentes do corredor de um mercado coberto havia muito tempo depredado para dar lugar a construções mais novas. O lugar era impermeável à sua própria história. Mulheres e empregadas iam ali reabastecer suas casas à luz da manhã, uma multidão de véus negros e *salwar kameez* multicoloridos, tão indistinguíveis umas das outras que Alif olhava constantemente por sobre o ombro para identificar Dina.

– Acho que precisamos procurar no lado do cais – disse ele a certa altura, tentando aparentar confiança. – Conheço alguns importadores de smartphones ali que talvez possam nos ajudar.

– Importadores?

– Contrabandistas.

– Ah.

Alif andou com dificuldade até o cais, passando por vendedores de peixe que enalteciam com rimas o frescor de seu produto. Acima do mar de cabeças cobertas, viu uma fachada mínima com uma placa anunciando vendas e consertos de celulares, e foi para lá. Aliviado, localizou uma figura conhecida – Raj, o bengali empreendedor que tinha desbloqueado o smartphone do próprio Alif – recostada na soleira da porta.

– Raj *bhai*! – Alif ergueu o queixo no que esperava ser um gesto alegre. – Já faz muito tempo.

Raj o olhou com desinteresse, depois voltou os olhos desconfiados para Dina.

– *Hello* – disse ele em inglês. Ele brincava com um cartão SIM numa das mãos.

– Escute – disse Alif, dando um pigarro –, tenho uma pergunta esquisita. Pode parecer estranho, quero dizer. Eu estava me perguntando se você conhece...

– Um homem chamado Nargis – interrompeu Dina. Os olhos de Raj foram rapidamente à sua forma coberta. Alif se remexia inquieto, deslocando o peso de um pé a outro, e decidiu não dizer nada.

– Está procurando um *hacktop*? – perguntou Raj.

– Não – disse Dina. – Só queríamos conversar com ele.

– Ninguém vem aqui só para conversar – disse Raj.

Dina suspirou com um ar de impaciência.

– Não temos muito tempo – retrucou ela. – Conhece esse cara ou não?

Raj ficou um tanto impressionado.

– Conheço. E em geral ele aparece à tarde. Deixa eu ligar para ele. – Ele ajeitou o corpo e entrou na oficina.

– O que está fazendo? – Alif sibilou para Dina. – Que história é essa de Nargis?

– Supondo que Abdullah tenha dito a verdade, precisamos falar com a fonte da história – disse ela. – Se ficarmos zanzando pelo *souk* perguntando por Vikram, o Vampiro, vamos parecer dois idiotas.

Alif sentiu uma onda de admiração. Ela de fato era inteligente como um homem. Ele se endireitou quando Raj colocou o corpo para fora da porta e gesticulou para que entrassem.

– Nargis está vindo para cá. Entrem. Chai? – Ele disse a última palavra com um sotaque bengali que beirava o sarcasmo.

– Quente, por favor – disse Dina, sentando-se em uma cadeira dobrável junto à parede da loja. – Com muito açúcar.

Raj ficou vermelho e foi para uma sala mais para dentro. Saiu alguns minutos depois com dois copos de chai com leite, estendendo-os sem dizer nada a Alif e Dina antes de se retirar para trás de uma mesa. Alif bebericou seu chá em silêncio, observando Dina, que manobrava o copo por baixo do véu com a destreza nascida de uma longa prática. Alguns minutos depois, um homem nervoso e baixo de idade indefinida apareceu na porta. Raj se levantou.

– Nargis – disse ele, acrescentando algo em bengali que Alif não entendeu. Nargis entrou na sala, o olhar adejando de um a outro como se esperasse uma repreensão ou um golpe. Alif percebeu que seu queixo era meio torto e estava posicionado de um jeito estranho no rosto.

– Oi – saudou Alif.

– O que você quer? – perguntou Nargis. – Nunca ouvi falar de você.

– Eu sou... Somos amigos de Abdullah. Procuramos por uma pessoa e ele pensou que você talvez pudesse ajudar.

Raj disse outra coisa em bengali.

– Pode nos dar alguns minutos? – perguntou Dina a ele com doçura. – Muito obrigada pelo chá. Estava delicioso.

Abatido, Raj voltou às pressas para o interior da loja.

– Abdullah nos contou que você teve um encontro desagradável com Vikram, o Vampiro – disse Alif a Nargis. – É verdade?

Nargis tocou o queixo.

– Vikram, o Vampiro não é real – respondeu ele.

– Não estamos interessados em criar mais problemas para você – disse Dina. – Só precisamos encontrá-lo.

Nargis soltou uma gargalhada súbita e aguda, como uma hiena tuberculosa que Alif viu uma vez no zoológico real.

– Os dois devem ser loucos. Ele partiria vocês ao meio se procurassem por ele. Sabem o que ele é? *Sabem o que ele é?*

Alif ficou confuso.

– Um criminoso?

– Você é louco – repetiu Nargis.

– Basta nos dar um lugar – disse Dina. – É só isso. Não vamos incomodar você novamente.

– Vocês não entendem o que ele vai fazer comigo se eu os ajudar.

– Agradecer. Queremos pagar um bom dinheiro a ele por sua ajuda.

Nargis pareceu relaxar um pouco. Umedeceu os lábios.

– Aí é outra história – disse ele. – Se quiserem contratá-lo, já é outra coisa. Mas vai custar caro.

– Isso não é problema – disse Alif com impaciência. – Precisamos encontrá-lo primeiro. Está bem? Sim? Então, onde ele está?

Nargis o olhou por um bom tempo.

– Tem um arco rachado na margem ocidental do *souk*. Ele mora numa viela que passa por ali.

Alif reprimiu um sorriso triunfante. Olhou para Dina pelo canto do olho. O olhar dela estava fixo e calmo, sem trair nada. Ela se levantou.

– Obrigada – disse ela. – Somos gratos por sua ajuda. – Acenando para Alif, ela seguiu rapidamente para a entrada da loja. Alif saiu atrás dela, xingando seus pés desajeitados.

– Isso foi ótimo! – Ele exultou assim que estavam de volta à agitação do *souk*. – O jeito com que você lidou com eles, Dina... Parecia que nem estava nervosa. Por um minuto, esqueci que você é mulher.

Dina soltou um resmungo indignado. O sol pressionava como se fosse dotado de força física; o dia ficava mais quente. Passaram pela sombra criada por telhados corrugados de lojas que se estendiam em fileiras na direção do cais. Na extremidade de uma viela, encontraram um prédio de concreto dilapidado que fora convertido em sala de orações, anunciando sua função adaptada por uma pilha de sapatos amontoados na frente. Dina tirou as sandálias e pediu licença para fazer o *salá* do meio-dia. Alif esperou indolentemente junto da porta. A ideia de tirar os sapatos e as meias para recolocá-los era absurda naquele calor. Ele se encostou à parede de concreto fria e ouviu o imã – monótono, parecendo cansado – liderar a prostração de sua congregação de mercadores. Dina saiu logo depois, uma figura de preto em meio ao amontoado de homens que corriam para pegar suas sandálias e sapatos na pilha perto da entrada.

– *Haraman* – disse ele a Dina.

– *Gena'an inshallah* – respondeu ela.

Ele se sentiu um tolo quando ela não o repreendeu por não fazer suas orações. Andaram em silêncio pelo *souk*, seguindo para o porto, onde o cheiro de peixe grelhado e cebolas anunciava a hora do almoço em incontáveis barracas de comida. Quando Dina sugeriu que comessem antes de continuar sua busca, Alif não protestou. Uma inquietude se formava em seu íntimo: a suspeita de que ele carecia da vontade e da competência para concluir seu plano. Ele se orgulhava de conhecer o mercado negro da Cidade, mas achava que um criminoso, um bandido visceral, o faria parecer inexperiente e efeminado. Nunca portara uma arma, nunca sequer vira uma fora da televisão, só uma ou duas vezes nas mãos de um guarda de fronteira.

Alif fez um esforço para relaxar a testa e a boca. Quando ficava nervoso, tendia a franzir os lábios; era um hábito que a própria Dina já havia identificado. Agora sentia o olhar dela, examinando seu estado de espírito. Ele não deixaria que ela notasse sua insegurança. Não suportava a ideia de seu suspiro agudo e familiar, os olhos baixos, a conclusão não dita de que ele mais uma vez se comportava como uma criança e que cabia a ela resolver as coisas. Alif ergueu o queixo e tentou aparentar confiança.

– Kebab de peixe? – perguntou-lhe. – Ou curry de peixe?

– Kebab, por favor. Eles deixam o curry no sol o dia todo.

Alif se aproximou da barraca de comida mais próxima, comandada por um garoto que mal tinha altura para abanar a grelha a carvão, e pagou por dois espetos vermelhos bem queimados e duas latas de Mecca Cola. Deu um de cada a Dina, depois foram para as docas que corriam pela extensão do porto. Meninos e jovens a patrulhavam incansavelmente, jogando pedras nas gaivotas de passagem. Alif encontrou espaço perto de um barco de pesca antigo e se sentou, deixando que as pernas caíssem pela beira do mar esverdeado e encrespado.

– As mulheres não se sentam nas docas. – Dina se postou diante dele, mudando o peso de um pé a outro.

– Não existe lei que diga que você não pode. Se um daqueles idiotas criar problemas para você, acabo com ele.

– E como fará isso?

Alif lançou um olhar seco para ela. Dina murmurou alguma coisa consigo mesma e se sentou a uma distância educada, erguendo a beira do véu para meter o kebab por baixo. Comeram sem falar nada, lambendo a gordura dos dedos, parando para ouvir os sinos dos barcos que chegavam e saíam do porto. Um menino cheio de acnes sugou os lábios e gemeu para Dina enquanto passava aos saltos; Alif jogou uma lata amassada de Mecca Cola em sua cabeça. Pegou o menino em cheio embaixo de seu cabelo à escovinha. Ele gritou, mas não se virou, correndo ainda mais pelas docas.

– Cretino *desi* das docas – gritou Alif. – Gosta de sujar a imagem dos indianos diante desses lixos árabes? Gosta?

O menino desapareceu no clarão do meio-dia.

– Nós somos todos lixo? – Dina limpou as mãos num guardanapo e se levantou.

Alif gesticulou para ela com impaciência.

– Sabe o que eu quis dizer. Árabes do Golfo, essas coisas. Os egípcios não são realmente árabes, não da mesma maneira. Vocês são mão de obra imigrante, como nós.

– Você também é meio árabe.

– Meio não é o mesmo que todo. Acha que alguém me contrataria no Citycom ou no Royal Bank?

– Sim, como *chaiwallah*.

Alif bateu em seus tornozelos; ela saiu do caminho dançando com um gritinho. Colocando-se de pé, Alif olhou o porto: alguns barcos de pesca traziam o que haviam apanhado mais cedo, lutando na esteira pesada de um petroleiro que era lançado de uma rampa da TransAtlas. Ele chupou o que restava do peixe no espeto e o jogou na água, onde o pedaço de madeira gravitou para um monte flutuante de lixo. Ele não queria voltar para o *souk*. Dina mudou de posição, parecendo filosófica, esperando que ele dissesse aonde ir.

– Tudo bem – disse ele. – Acho que vamos mesmo fazer isso.

* * *

Era o meio da tarde quando encontraram o arco que correspondia à descrição de Nargis. Tinha à sua volta uma fileira de vendedores de roupas, exibindo peças de algodão e linho corroídas pelas traças, as mãos que usavam para tingir seus produtos manchadas da tinta. A viela estava estranhamente silenciosa: poucos lojistas passavam por suas barracas, conferindo a toda a rua um ar abandonado e esquecido. Alif sentiu a bile bater no estômago ao examinar cada barraca, tentando se decidir que mercador de cara comprida podia estar escondendo um criminoso e qual era a melhor maneira de abordá-lo.

– Olha.

Dina apontou para o lado esquerdo do arco. Uma tenda de retalhos fora erguida ali, feita do mesmo tecido vendido pelos comerciantes. Uma AK-47 estava encostada despreocupadamente em cima de um penico perto da entrada. Alif hesitou.

– Não quero fazer isso – disse ele, deixando de se importar se pareceria ou não um idiota. – Vamos esquecer esse assunto. É loucura e eu não posso... Não sei o que...

– Eu jamais quis fazer isso, pra começo de conversa – disse Dina –, mas você disse que era a única opção. Não podemos ficar parados aqui.

Eles olharam a tenda por vários minutos. Alif se perguntou o que os mercadores calados nas barracas de roupa estavam pensando ao olhar para eles. O silêncio na rua era enervante.

– Vá – murmurou Dina.

Alif se aproximou um pouco da tenda como se abordasse uma bomba não detonada. Pensou ter visto movimento dentro dela. Semicerrou os olhos: a sombra de um animal de quatro patas, talvez um cachorro grande, moveu-se contra a barreira de tecido. Estava prestes a chamar a atenção de Dina para o fato quando a ouviu gritar.

Alif girou o corpo e foi detido por uma dor ofuscante. Cambaleou para a frente, arrastado pela mão que ele não via, e observou a viela de terra disparar por seu rosto. Ele se encolheu. Quando abriu os olhos novamente, estava tombado por cima de Dina, dentro da tenda.

Capítulo Cinco

– Alif.

Era uma voz de homem, suave e grave, com um sotaque impossível de ser identificado. Alif esforçou-se para focalizar. Baixou a mão e sentiu uma lã áspera: um tapete, no qual flutuavam desenhos vermelhos e brancos. Ele piscou um instante. Dina estava em algum lugar à sua esquerda, respirando em golfadas agudas de pânico. Ele girou o braço com a vaga ideia de protegê-la e ouviu uma risada.

– Ela ainda não corre perigo. Nenhum dos dois. Sente-se e seja homem, uma vez que foi homem suficiente para vir até aqui. – Uma sombra se mexeu diante dele. Alif viu olhos amarelos num rosto bonito de raça indefinida, nem branca nem mulata, emoldurada por cabelos pretos compridos como os de uma mulher.

– V-V... – A língua de Alif estava pesada.

– Mas como você ficou babão. Eu nem bati com muita força.

A mão se estendeu e segurou Alif pela camisa, levantando-o. Ele respirou fundo algumas vezes e sentiu a cabeça começar a clarear. O interior da tenda era decorado como aquelas dos beduínos: uma bandeja de bronze redonda em uma mesinha dobrável, um fogareiro, um colchão de algodão fino. Também havia uma pilha de armas automáticas num canto. Dina agarrava-se inconscientemente à bainha da calça de Alif enquanto olhava dele para seu anfitrião.

– V-Vikram? – conseguiu dizer Alif finalmente.

– George Bush. Papai Noel. – O homem sorriu, exibindo dentes brancos.

– Vai nos machucar? – falou Dina numa voz fina que Alif mal reconhecia.

– Talvez. Eu poderia fazer isso facilmente. Na verdade, posso fazer sem nem mesmo perceber. – O homem se mexeu e Alif notou com horror que seus joelhos pareciam se dobrar para o lado errado. Voltou a olhar o seu rosto e tentou esquecer.

– Desculpe – disse ele –, desculpe incomodá-lo, Vikram *sahib*, eu não pretendia ofendê-lo de maneira alguma, de jeito algum...

– Pelo amor de Deus, ouça a si mesmo. Sua garota está perdendo o respeito por você enquanto conversamos. Você veio aqui me pedir alguma coisa. Provavelmente direi não e você poderá ou não ir embora com os braços e as pernas no lugar. Assim, vamos acabar logo com isso.

Alif se obrigou a olhar o homem firmemente nos olhos. Havia humor ali: um humor predatório e enervante, como a contemplação de um leopardo num curral de cabras.

– Estou com sérios problemas – falou ele. – Sou apenas um programador e não posso... Preciso de alguém que possa me proteger da Mão. É assim que nós chamamos o diretor de censura. Quero dizer, nós, os hackers. Hackers são programadores que trabalham para pessoas comuns, e não para uma empresa. Entende? Mão é um nome que inventamos para ele porque não sabemos se é um homem, um programa, ou as duas coisas. Estou apaixonado pela mulher que ele quer e ele descobriu, e ele pode me colocar atrás das grades, se quiser. Eu desapareceria e você nunca mais me veria...

O homem ergueu a mão.

– Acredito em você. Ninguém me procuraria com uma história tão idiota se não fosse verdadeira. Mas não ajudarei. Primeiro, porque você não pode pagar e, segundo, porque minha ajuda meteria você em problemas ainda maiores. Portanto, vão embora.

Alif olhou para Dina. Ela parecia prestes a desmaiar. Por um momento a preocupação superou seu desejo de sair correndo pela porta da tenda.

– Ela pode beber uma água primeiro? – perguntou ele.

O homem olhou por sobre o ombro e gritou alguma coisa numa língua que Alif não reconheceu. Uma voz de mulher respondeu de algum lugar do lado de fora. Instantes depois uma mulher entrou trazendo um copo de barro. Usava as túnicas em camadas de uma tribal do sul e um lenço vermelho que envolvia a cabeça e o rosto. Olhou para Alif e ofegou. Alif olhou para ela inquieto, embaraçado pelo reconhecimento nos olhos dourados da mulher.

– Esta é minha irmã Azalel – disse o homem. – É claro que não é seu nome verdadeiro, assim como Vikram não é o meu, mas é o mais próximo que podemos chegar de qualquer língua que você saiba falar.

– Alif não é meu nome verdadeiro – disse Alif, depois xingou a si mesmo.

– Sim, eu sei. Sua garota me disse enquanto você babava no chão. Ela também me deu seu nome verdadeiro, o que foi uma tolice. Nunca diga seu nome verdadeiro a um homem se você não o conhece.

Azalel entregou o copo de barro a Dina. A menina bebeu todo o seu conteúdo obedientemente e murmurou sua gratidão.

– Agora, é melhor vocês irem embora – disse Vikram. – Não comi nada o dia inteiro.

Alif não parou para refletir sobre essa declaração. Colocando a mão sob o cotovelo de Dina, ele a ajudou a se levantar. Saíram às pressas pela tenda e juntos emergiram ofegantes no sol da tarde. Por consenso mútuo e silencioso, seguiram a meio trote por várias quadras antes de qualquer um deles voltar a falar.

– Você viu... Você viu... – Dina se esforçava para recuperar o fôlego, como se tivesse corrido.

– Você está bem? Ele não machucou *você*, machucou?

– Não sei. – Dina tocou a testa, distraída. – Pensei ter visto uma coisa horrível e gritei, depois estava dentro da tenda. Devo ter desmaiado. Você estava deitado ali, abrindo e fechando a boca feito um peixe. Fiquei com medo de que estivesse muito ferido.

Alif sentiu ondas de arrepios subirem e descerem pelos braços.

– Precisamos tentar não entrar em pânico – falou ele, principalmente para si mesmo. – Temos que pensar nisso e processar tudo. Quebrar os componentes até que façam algum sentido racional.

– Racional? Está maluco? Aquela coisa não era humana!

– É claro que ele era humano. O que mais poderia ser?

– Você é uma criança inacreditável... Viu as *pernas* dele?

A lembrança das articulações leoninas de Vikram ganhou vida por trás dos olhos de Alif. Ele ficou tonto.

– Podia ser qualquer coisa. A luz era estranha dentro da tenda. Nós dois estávamos perturbados. Quando você entra em pânico, começa a pensar em coisas que não existem.

Dina parou de andar e o olhou de testa franzida.

– Não acredito nisso. Você leu todos aqueles romances de fantasia *kuffar* e ainda assim nega uma coisa saída de um livro sagrado.

Alif se sentou na varanda de concreto de um prédio residencial. Eles tinham passado bem além da margem ocidental do *souk* e chegado aos arredores do Bairro Novo, onde andavam por uma rua residencial bem cuidada.

– Não estou entendendo. O que estou negando? Ensine-me minha religião.

– Não precisa ser arrogante. Lembre-se: 'E o djin Nós criamos nos Primeiros Tempos de um fogo sem fumaça.'

Alif se ergueu novamente e continuou a andar pela rua, de repente com raiva. Ouviu Dina soltar um ruído de frustração.

– Você me emprestou *A bússola de ouro*! Está cheio de artifícios de djins e você ficou irritado comigo quando eu lhe disse que isso é perigoso! Por que fica chateado quando a religião diz que as coisas em que você *quer* acreditar são a *verdade*?

– Quando é a verdade, não é mais divertido, tá legal? Quando é a verdade, dá medo.

– Se tem tanto medo, não me diga para ser racional. O medo não é racional.

– Nem todo mundo pode ser como você, Dina. Nem todos nós somos santos. – Alif levou a mão ao ombro para pegar o smartphone na mochila e descobriu que ela não estava mais ali. Olhou apavorado para Dina. – A mochila – sussurrou.

* * *

Ele deixou que Dina o levasse a uma cafeteria anglo-egípcia a algumas quadras de distância e ouviu num torpor enquanto ela pedia sopa de lentilha, pão e café forte. Ele obedeceu quando ela insistiu que comesse. A clientela da cafeteria era um misto de expatriados ocidentais e os *desi* profissionais que os imitavam, andando sob o dossel higienizado e ensolarado do Bairro Novo em vez de no chão da floresta, junto com seus conterrâneos desqualificados. Alif os olhou inquieto, sentindo-se pobre e desorientado sem seus instrumentos, seus documentos de identidade, os poucos artefatos físicos que ele conseguira trazer para aquele estranho exílio.

Dina era a única *munaqaaba* no lugar: as mulheres ocidentais tinham a cabeça e o rosto descobertos, vestidas para o calor de outono com calças de linho e camiseta. Os engenheiros e arquitetos *desi* eram todos homens. Entretanto, Dina parecia menos deslocada do que ele, pedindo mais gelo e outro guardanapo ao garçom com uma frieza ríspida, metendo as dobras de sua túnica preta embaixo de si sem qualquer constrangimento.

– Não está com calor? – perguntou-lhe Alif.

– Está brincando? Aqui dentro está um gelo. Devem ter colocado o ar-condicionado no máximo.

Alif riu e apoiou os braços na mesa.

– Você é tão corajosa – disse ele. – É como se tivesse saído para fazer compras. Eu estou a ponto de desabar. Ele deve ter pegado minha mochila quando eu estava semiconsciente. Meu netbook, o livro de Intisar... Tudo que podia nos ajudar.

– Eu não o vi pegar nada – disse Dina –, mas estava com tanto medo que posso ter deixado passar.

– Não importa. Sem acesso à internet, tudo o que posso fazer é fugir. Talvez eu deva me entregar e me submeter à minha sorte.

Dina meneou a cabeça enfaticamente.

– Não pode fazer isso. A segurança do Estado vai torturá-lo e jogar seu corpo no porto. Você sabe como essas coisas terminam.

Alif olhou as elegantes paredes amarelo-limão da cafeteria e os arranjos florais coordenados em cada mesa.

– Seu djin é real – disse ele baixinho. – E isto é a ficção.

Ele sentiu que ela sorria. Ela não disse nada ao erguer a mão para gesticular ao garçom e pagar a conta. Alif suspirou quando ela pagou com o próprio dinheiro, sem ter outro recurso além de pecar contra o cavalheirismo e deixar que ela cuidasse da situação. O crepúsculo começava a cair quando saíram da cafeteria. Um muezim pigarreou no microfone e fez eco pela rua de uma mesquita próxima; de um local mais distante, podia ser ouvido o chamado melancólico e suplicante da Al Basheera. Uma por uma, as mesquitas enviavam suas súplicas melódicas até que o ar ficou denso com o som: venham para as orações, venham para as orações.

– Talvez tenhamos que dormir numa mesquita esta noite – observou Alif.

– Não sei o que vou dizer aos meus pais – disse Dina. – Eu nem mesmo olhei meu telefone. Deve estar cheio de mensagens apavoradas.

– Bom, não diga a eles que está me ajudando... Não fale nada sobre Vikram também, ou vão pensar que você enlouqueceu.

Dina resmungou à meia voz, pegando o celular num bolso da túnica. Entraram mais nos arredores do Bairro Novo, passando por condomínios e prédios residenciais no formato de algum sonho febril de um arquiteto da Califórnia e pintados em tons contrastantes de salmão e verde-água. Aquele era um território que ele raras vezes visitava. A Cidade, brincou uma vez Abdullah, é dividida em três partes: dinheiro antigo, dinheiro novo e dinheiro nenhum. Ela nunca sustentou uma classe média e não tinha ambições de fazer isso – ou o sujeito era originário de Qualquercoisistão, mandando o grosso de seu salário para parentes desesperados em seu país, ou era filho do *boom* do petróleo. Embora Alif viesse do dinheiro novo por parte de pai, só o via em pequenas porções. O distrito de Baqara parecia mais próximo da verdade das coisas do que o oásis pastel ao redor deles.

– Quero ir para casa – disse ele abruptamente. – Toda essa história é ridícula. Nunca mais vou dar a nossa rua de segunda classe por garantida novamente.

Dina soltou um bufo nada feminino.

Uma brisa vinha do porto, coincidindo exatamente, como sempre acontecia, com os últimos raios do sol poente; Alif sentiu cheiro de sal e areia quente. Respirou fundo. Precisavam continuar andando: tinham que encontrar um lugar seguro para passar a noite. Ele tinha esperanças de que as mesquitas do Bairro Novo, todas com menos de uma década, não fossem tão elegantes a ponto de contrariar o costume estabelecido e expulsar os viajantes. Alif seguia essa linha de raciocínio ao analisar suas possibilidades quando notou um homem vestido de *thobe* branco e óculos de sol. Era estranho, refletiu ele, ver um homem de óculos escuros depois do anoitecer. Um instante depois, ele percebeu.

– Vá – cochichou para Dina, conduzindo-a por uma esquina. – Ande, vá, vá.

– O que foi?

– O detetive do Estado.

Ela gemeu, depois levou a mão à boca, seguindo Alif atentamente por uma rua margeada de arbustos de hibisco. Alif só se atreveu a olhar para trás quando estavam várias quadras além e então voltou. Parou na porta recuada de uma loja de roupas femininas que encerrara as atividades do dia. Dina fluía atrás dele como uma sombra, espremendo-se na porta de vidro trancada. Alif espiou por um emaranhado de pernas de manequim: não havia ninguém na rua, apenas um zelador de uniforme empoeirado, varrendo a entrada de um prédio com uma vassoura de gravetos.

– Ele ainda está ali? – cochichou Dina.

– Acho que...

Um estalo alto o interrompeu. Olhando para baixo, Alif viu um buraco perfeitamente redondo na fachada de cimento da loja, no máximo a alguns centímetros de seu braço esquerdo. Dina soltou um gritinho. Sem pensar, atirou-se sobre ela e os dois tombaram ao chão enquanto a vitrine de vidro da loja se espatifava. Ele sentiu a respiração dela em sua orelha e seu peito subir e descer, e por um instante de despreocupação ficou agradavelmente excitado.

Outros três tiros atingiram a fachada. Alif esticou o pescoço: o detetive vestido de branco estava do outro lado da rua, apontando uma pistola com a calma de quem chama um táxi. Sentiu Dina lutar embaixo de si. Ela rolou, empurrou-o e começou a se levantar. Alif a segurou pelo braço.

– Não, *não*! Fique abaixada!

Seu coração afundou no peito quando outro tiro terminou não em uma rachadura, mas em um ofegar, e Dina arriou no chão. Ouviu o barulho de um animal selvagem – Alif pensou que ele mesmo o havia feito até ver uma figura fulva se deslocar no ar e atingir o detetive em cheio nas costas. Tremendo, pegou o corpo de Dina, que não ofereceu resistência, e escondeu seu rosto nas dobras do véu, sussurrando uma oração dirigida tanto a ela quanto a algum ser divino. Ouviu o grito de um homem: um gorgolejar agudo e apavorado, interrompido pelo estalo de um osso. O grito cessou. Alif endireitou suas mãos nos ombros flácidos de Dina.

– Venham, crianças. – A voz estava firme e saciada. Alif sentiu algo perto de seu pescoço, como garras cheirando a sangue e merda, e se viu arrancado, separado de Dina pela força bruta. Depois estava de certo modo voando pela rua, dando passos cada vez mais largos até que pareceu que seus pés não tocavam o chão.

* * *

– Me dê seu braço.

– Não! Me deixe em paz...

– Menina, escute o tio Vikram. Esse braço precisa de um curativo. Se continuar com essa afobação de devota vou arrancá-lo, fazer um curativo e costurá-lo de volta.

Houve um farfalhar de tecido. Alif esforçou-se para se sentar e de imediato foi assaltado pela náusea; com um gemido, deitou-se novamente. Não sabia onde estava, nem se se importava com isso. Virando a cabeça, viu Dina ajoelhada ao lado de Vikram com a túnica enrolada até o ombro, expondo um braço marrom-avermelhado: o ferimento arroxeado causado pela bala que sangrava era visível entre o ombro e o cotovelo. O alívio tomou o corpo de Alif, uma sensação tão intensa que por um momento ele se esqueceu da náusea ou do medo. Ela havia sobrevivido. Ela havia sobrevivido. Seus olhos arderam.

Vikram segurava uma pinça entre os dedos compridos e olhava o ferimento de Dina com um interesse que não era absolutamente saudável.

– Pode gritar – disse ele. – Está tudo bem.

Sem nenhuma outra introdução, mergulhou a pinça no braço de Dina. Ela arriou de lado, cerrando as mãos em punhos, mas não gritou.

– Aqui está. – Vikram ergueu uma bala ensanguentada presa pela pinça. – Está vendo? Este é um pedaço da sua túnica, preso nela. A bala o empurrou para dentro. Isso ia infeccionar e envenenar seu sangue. – Ele largou a bala em uma frigideira ao lado de seu joelho estendido demais. – Agora vamos limpar isso e costurar. Você me deve sua vida, mas sua virgindade já está de bom tamanho.

– Tente e eu o matarei – murmurou Alif.

– Meu bom Deus, ele está acordado. – Os olhos amarelos e desdenhosos o fitaram. – É uma ameaça? A menina aqui tem mais colhões do que você. Você se mijou todo agora mesmo.

Alif se sentou e engoliu em seco para não vomitar. Dina o olhou vagamente com os olhos vidrados de dor. Estavam mais uma vez na tenda de Vikram, ele percebia, que agora se encontrava rosada pela luz de vários lampiões dispostos em volta da base do arco. Ele sentiu cheiro de fumaça em algum lugar próximo. Vikram estava recurvado, atento a sua tarefa de passar um chumaço de algodão branco no braço de Dina, como um enfermeiro demoníaco. Quando terminou, pegou uma agulha curva e fio numa caixa que parecia um estojo de lápis.

– Essa é a pior parte – disse ele. – Acho que dez pontos. Isso significa vinte agulhadas e alguns puxões. Talvez você realmente grite. – Havia um tom triste na última frase.

Alif virou a cara. Dina gritou, berros curtos e ofegantes que deixaram Alif tenso de solidariedade.

– Pequeno *beni adam* feito de lama – disse Vikram, aparentemente para si mesmo. – Pequeno terceiro filho *beni adam*. Frágil como um pote de barro queimado, é o que você é. Agora pode olhar, irmão.

Alif levantou a cabeça: o braço de Dina estava habilidosamente enfaixado em linho branco. Ela puxou para baixo a manga da túnica com a mão que tremia.

– Obrigada – sussurrou ela.

– Por que você mudou de ideia? – Alif tentou olhar sem medo para Vikram. – Por que foi nos ajudar?

Vikram abriu um meio sorriso, puxando o lado da boca e revelando um incisivo afiado.

– Minha irmã disse que conhece você.

– Me conhece? – Alif começou a ficar nervoso. – Não me lembro de ter conhecido ninguém como ela.

– Eu achei que não se lembraria. Ela disse que você a abrigou uma vez, durante uma tempestade.

Alif olhou estupidamente para Vikram. Abriu a boca, mas pensou melhor e voltou a fechá-la.

– Estive vendo suas coisas – continuou Vikram, deixando de lado os instrumentos. – Para minha surpresa, você é um tanto interessante. Você não me disse que tinha um exemplar do *Alf Yeom*. Não sobrou quase nenhum no mundo visível. Os humanos não deveriam tê-lo. Imagino que seja uma das cópias transcritas por aqueles antigos místicos persas, não?

Fez muito mal em carregá-lo por aí desse jeito. Eu podia conseguir um preço muito bom por ele.

– Está se referindo ao livro?

Vikram andou de quatro pela tenda. Parou diante de Alif e o olhou estudadamente.

– Está dizendo que não sabe o que ele é? – Ele tirou do nada o livro de Intisar e o jogou no colo de Alif. – Estranho, porque alguém parece ter feito anotações para você.

Alif franziu a testa, olhando do livro para Vikram e de volta para o livro. Abriu o manuscrito cautelosamente e o folheou; metidos entre as páginas, havia Post-Its amarelos cobertos pela letra elegante e certinha de Intisar.

– Devem ser anotações para a pesquisa da monografia dela – murmurou ele. – Eu não entendo. A garota que me mandou isso me disse que não queria me ver de novo. Por que me daria algo de tanto valor, especialmente se ela mesma precisava disso?

Vikram tombou a cabeça de lado num movimento de ave de rapina.

– Talvez ela quisesse manter longe das mãos de outra pessoa.

– Acho que sim. – Alif ergueu o livro à luz e leu a primeira página.

* * *

O reino da Caxemira era até então governado por um rei chamado Togrul. Tinha um filho e uma filha que eram as maravilhas de sua época. O príncipe, chamado Farukhrus, ou Dia Feliz, era um jovem herói cujas muitas virtudes o tornaram famoso; Farukhuaz, ou o Orgulho Feliz, sua irmã, era um milagre de beleza. Em suma, a princesa era tão linda e ao mesmo tempo tão inteligente que encantava todos os homens que a viam; mas o amor que sentiam no fim se provava fatal, pois a maioria deles perdia o juízo, ou caía em debilidade e desespero, o que os destruiria insensivelmente.

Todavia, a fama de sua beleza se espalhou pelo Oriente, de modo que logo se soube na Caxemira que embaixadores da maioria das cortes da Ásia vinham pedir a princesa em casamento. Mas, antes de sua chegada, ela teve um sonho que tornou todos os homens odiosos para ela: sonhou que um veado, sendo apanhado numa armadilha, foi salvo por uma corça; depois disso, quando a corça caiu na mesma armadilha, o veado, em vez de ajudá-la, fugiu. Farukhuaz, quando acordou, ficou impressionada com o sonho, que não considerou ser a ilusão de uma fantasia errante. Em vez disso, acreditou que a grande Kesaya, um ídolo venerado na Caxemira, interessara-se por seu destino e a fizera compreender por essas representações que todos os homens são traiçoeiros. Eles nada davam além de ingratidão pelo afeto mais terno das mulheres.

* * *

– Isso é estranho – disse Alif, passando os olhos mais à frente. – Depois disso o rei pede à ama de Farukhuaz que lhe conte histórias que a estimulem a gostar dos homens e a aceitar um dos príncipes estrangeiros. É só um monte de histórias antigas como as das *Mil e uma noites.*

Dina se levantou vacilante e mancou para o colchão onde Alif estava sentado. Deitou-se ali, enroscando-se em posição fetal, o braço ferido junto do peito.

– Mas que raro idiota ele é – zombou Vikram. – *Os mil e um dias* não são só um monte de histórias antigas, pequena pústula. Esse título não é acidental... Ao contrário, é uma inversão das *Noites.* Nele está contido todo o conhecimento paralelo de meu povo, preservado para o benefício das gerações futuras. Não é obra de seres humanos. Este livro foi narrado pelos *djins.*

Capítulo Seis

Alif insistiu em pendurar uma peça de tecido ao longo da tenda, dividindo-a em duas salas rudimentares enquanto Dina dormia. Ele acordou-a de seu cochilo para dizer que ela podia ficar à vontade; ela só concordou depois de ele prometer que não a deixaria sozinha na tenda com Vikram. Alif retirou-se enquanto ela tirava os sapatos, deixando as roupas caírem atrás dele. Vikram estava sentado na metade oposta da tenda com uma expressão pensativa, flexionando os dedos dos pés descalços e ligeiramente peludos.

– Se ela não está segura perto de você, eu preciso saber – disse Alif. – Eu saberia dizer se você está mentindo, mesmo que você seja um... um tipo de pessoa diferente.

– Não tenho intenção de estuprar a sua amiga – disse Vikram devagar, olhando o mercado fechado pela porta da tenda. – Se tivesse, já o teria feito.

Alif estremeceu. Vikram pareceu não perceber sua reação e empinou o nariz como se sentisse algum cheiro no ar noturno e violeta.

– Você parece saber muito do *Alf Yeom* – comentou Alif depois de um silêncio hesitante.

– O bastante para dar a ele o preço que merece.

– O que quis dizer com conhecimento paralelo? O que é toda essa história de *djin*?

– Por que isso importa para você? Tenho conversado mais do que fiz em um mês. Estou cansado de abrir a boca e receber ar em vez de carne.

Alif cerrou os dentes, frustrado.

– Preciso entendê-lo – disse ele. – A garota que amo pode estar com sérios problemas. Tenho que descobrir por que foi tão importante para ela me dar esse livro, embora ela esteja com raiva de mim.

Vikram esticou as pernas e se levantou.

– Talvez ela tivesse medo de ser descoberta com ele. Seus censores só sabem fazer uma coisa com os livros.

Alif balançou a cabeça.

– Os censores não se incomodam com livros de fantasia, em especial os antigos. Eles não os entendem. Acham que é tudo coisa de criança. Iam morrer se soubessem do que se trata realmente *As crônicas de Nárnia*.

– Você leu muitos desses livros de fantasia, irmão mais novo?

– É só o que leio.

– E *você* os entende?

Alif levantou a cabeça incisivamente para Vikram. Agora a metade inferior de seu corpo parecia menos apavorante, uma confluência de homem e animal, familiar a alguma memória herdada de outra época.

– O que há entre você e Dina? – perguntou ele. – Parece que formaram uma conspiração para me convencer de que sou burro. Ou ateu.

– Você parece ser as duas coisas, mas a menina não é nenhuma das duas. Ela me viu esta tarde quando você estava andando pela viela na frente da minha tenda. Eu ia atacá-lo de surpresa. A maioria da tribo de Adão não consegue nos enxergar, a não ser com nossa permissão, sabia? O véu é grosso demais. Quando sua espécie anda pelo Bairro Vazio, só o que enxerga é o deserto.

– Isso porque o Bairro Vazio é um deserto – disse Alif.

– É um deserto, mas também é um mundo virado de lado. O país dos *djins*.

– Isso é um mito. – Alif começou a questionar a sensatez de passar a noite na companhia de uma pessoa assim.

– Mito, mito. Quem é você para falar? Já esteve no Bairro Vazio?

– É claro que não. Ninguém vai lá de livre e espontânea vontade. Não tem água, nem abrigo. Nem mesmo os beduínos vão lá.

– Ora, aí está. Se você nunca foi lá, não pode dizer que nunca encontrou um djin no Bairro Vazio.

– Tudo bem, claro, tá legal, tem razão.

– É claro – refletiu Vikram, distraído do comportamento evasivo de Alif –, houve uma época em que o mundo era cheio de *walis* e profetas que podiam olhar diretamente para nós, mas isso já faz muito tempo. Agora é diferente. Agora vocês estão mais interessados no véu entre homem e fóton do que entre homem e djin.

– Que bom – murmurou Alif, ficando pouco à vontade.

– É o que você diz, mas pode pensar diferente quando descobrir que todos os caminhos da investigação levam ao mesmo lugar.

– Não estou interessado em seu pseudo-*hikma* de beco. Preciso de respostas diretas.

Vikram latiu – Alif supôs que fosse um riso – e saiu pela porta da tenda.

– É isso mesmo, ele tem alguma coragem – ouviu Vikram dizer ao sair para o escuro. – Mas pequena.

Alif ouviu seus passos recuarem pela viela.

– E então? – A voz de Vikram saiu fraca na brisa. – Você vem ou não?

* * *

Alif teve que correr para alcançar Vikram, que havia coberto mais distância do que ele teria pensado ser possível para um homem que andava naquele passo.

– Não quero deixar Dina sozinha – disse ele quando chegou ao cotovelo de Vikram.

– A menina está perfeitamente segura. Azalel ficará de olho nela... Ela está rondando por aqui em algum lugar. Prefere andar com as feras, à noite.

Alif sentiu um desejo ardente de mudar de assunto.

– Sobre seu conhecimento paralelo. O que quis dizer com isso?

– Quis dizer que minha raça é mais antiga que a sua... Pensamos o mundo de forma diferente e o habitamos de outra perspectiva. Lembramos os Primeiros Tempos, quando éramos apenas nós e os anjos, e sua tribo ainda não tinha sido criada da terra e do sangue. Assim, contamos histórias diferentes. Ora, elas podem parecer as mesmas por fora, mas têm significados ocultos a vocês, como nós mesmos nos ocultamos.

Alif sentia seu interesse enfraquecendo. Era como ouvir um louco tagarelando no mercado; você primeiro fingia dar atenção, depois se afastava o mais rápido possível.

– O que isso tudo tem a ver com o *Alf Yeom*? – perguntou ele.

Vikram suspirou.

– Sua espécie jamais deveria ler o *Alf Yeom* – disse ele. – Vocês já têm suas próprias histórias e seu próprio conhecimento. Vocês são vistos e nós nos ocultamos. Assim as coisas foram ordenadas por Deus antes de Ele dar corda no relógio deste universo estranho. Mas vocês, *banu adam*, estão sempre se metendo com coisas delicadas e transgredindo limites. A certa altura, centenas de anos atrás, um membro inescrupuloso de minha tribo permitiu que um dos seus transcrevesse o *Alf Yeom*... sob coação ou em troca de um grande favor, dependendo da versão em que prefira acreditar. Desde então, há cópias flutuando pelo mundo visível. Muitas se perderam com o tempo, embora sejam, como você disse, um monte de histórias antigas. Mas restam algumas. Este livro que você tem é uma delas.

Alif pensou por um momento. Uma ave noturna trinou melancolicamente de um hibisco próximo. Eles andavam pela parte mais antiga do *souk*, agora silenciosa, a não ser pelo ocasional barulho doméstico de um animal em sua cama.

– Então, conforme o que está dizendo, as histórias não são só histórias. Elas na realidade são conhecimento secreto disfarçado de histórias.

– Pode-se dizer isso de todas as histórias, irmão mais novo.

– E como você sabe tanto a respeito desse livro, aliás? – perguntou Alif. Ele estava incomodado com a suspeita de que Vikram brincava com ele. – Como sabe o que essas pessoas estavam pensando?

Os dentes de Vikram faiscaram no escuro.

– Eu prestei atenção.

Seguindo um consenso silencioso, partiram de volta à tenda. A mente de Alif vagou para a princesa Farukhuaz numa Caxemira que ele nunca viu, cheia de elefantes com palanquins e homens usando *kurtas* de brocado como aquelas miniaturas mogóis. Tentou imaginar uma época em que o casamento de seus pais podia ter sido visto como algo perfeitamente natural, eliminando o tom sombrio de idolatria com o qual ele nasceu.

– Você não acredita em mim – observou Vikram.

Alif ficou vermelho.

– Em que sentido?

– Você pensa que sou um homem que ficou meio louco. Bem, esse é o resultado de passar tanto tempo andando pela periferia do mundo visível. Há perigo em ser visto como real demais.

– Não acho que você seja comum – disse Alif com um riso nervoso. Ele não sabia como agir. Seus membros pareciam pesados e a atmosfera fora tomada de um senso de deslocamento; seu quarto, sua cama e seu computador pareciam fazer parte de um mundo distante.

Apanhada pela luz de um lampião, a sombra de Azalel passou por uma parede da tenda enquanto Alif e Vikram se aproximavam. Alif ficou petrificado, dominado pelo forte impulso de evitá-la, especialmente porque o irmão estava presente. Vikram passou roçando por ele. Disse algumas palavras a Azalel em sua própria língua e ela respondeu da mesma forma, falando algo que fez Vikram rir. Com alívio, Alif viu a sombra de Azalel deslizar para a extremidade da tenda e desaparecer. Ele entrou. Vikram estava de pernas cruzadas no chão, alisando com os dedos o cabelo comprido.

– Arisco como um jovem macaco! – disse ele enquanto Alif se aproximava.

– Onde está minha mochila? – perguntou Alif, ignorando-o.

Vikram a pegou de dentro de seu colete de pastor, pequeno demais para conter um item tão grande, e a deixou cair no chão. Alif se ajoelhou para abrir a mochila: seu netbook, a carteira e o smartphone estavam intactos, mas os dois pares de meias que Dina pegara para ele tinham sido desdobrados e o saco de tâmaras fora saqueado à vontade. Alif fez uma careta.

Pegando o netbook, fez logon e passou vinte minutos invadindo a rede Wi-Fi criptografada mais próxima, a província digital de algum empresário do Bairro Novo. Os outros hackers que partilhavam sua nuvem estavam on-line e em pânico: onde ele esteve nos últimos dois dias? Cada um fora infectado por um programa de rastreamento de digitação que nenhum deles jamais havia visto – ele sabia o que isso queria dizer?

Alif sentiu o suor brotar na testa.

– Mas que droga – murmurou.

– Hummmm? – Vikram o olhou com uma sobrancelha arqueada.

– Ele descobriu Tin Sari – explicou Alif. Começou a sentir uma dor nas têmporas. – Ele o pegou na máquina de Intisar, como Abdullah sabia que aconteceria. Está tentando entender o que é e como usar. Por enquanto está fazendo uma bagunça, mas isso vai mudar.

Vikram arrebanhou o netbook das mãos de Alif.

– Plástico e eletricidade – disse ele com uma expressão de nojo. – É assim que seu povo pensa que vai subir aos céus. Mas, se subirem alto demais, irmão mais novo, os anjos perguntarão para onde vão.

– Me dê isso. – Alif lutou para recuperar o netbook de Vikram, que sorriu e o segurou com dois dedos.

– Como suas pequenas mãos de carne são fracas. Já fez alguma coisa com elas além de digitar e se acariciar?

– Vá pro inferno. – Com um solavanco, Alif conseguiu retirar o netbook dos dedos de Vikram. Deu-lhe as costas, recurvado sobre o teclado.

– O que está fazendo agora?

– Abrindo a monografia de Intisar. Pus uma cópia on-line, na nuvem. Talvez possa entender por que ela quer que eu fique com esse livro e o que espera que eu faça com ele.

Alif olhou o documento em sua tela: tinha cinquenta páginas escritas em árabe, e o título *Variações do discurso religioso na ficção islâmica primitiva.* Ele fez uma busca por *Alf+Yeom* e só descobriu menção nas últimas dez páginas. De cenho franzido, ele leu.

> *A sugestão de que o* Alf Yeom *é obra de um* djin *certamente é curiosa. O Alcorão fala do povo oculto da forma mais direta possível, entretanto um número cada vez maior de fiéis instruídos não confessará acreditar nele, embora prontamente possa aceitar até os pontos mais desagradáveis e obscuros da lei islâmica. Que Deus tenha ordenado que um ladrão deva pagar por seu crime com a mão, que uma mulher deva herdar metade da herança de um homem – essas coisas são tratadas não só como a realidade, mas como a realidade óbvia, enquanto a existência de seres conscientes que não podemos ver – e todas as coisas fantásticas e maravilhosas que sua existência sugere e possibilita – gera profundo desconforto junto precisamente àquele grupo de muçulmanos enaltecidos por seu papel no "renascimento" religioso atualmente esperado pelos observadores ocidentais:*

tradicionalistas jovens e diplomados. Entretanto, como é vazia uma tradição em que a lei, sujeita a interpretação, é considerada sacrossanta, enquanto a palavra de Deus não merece crédito quando se trata da descrição do que Ele criou.

Não sei em que eu acredito.

* * *

Em sua crescente confusão, Alif ficou aflito: por que ela nunca falou disso com ele? Por que ela não revelou sua crise espiritual? Claramente, o *Alf Yeom* a levara a um caminho profundo e perturbador, entretanto ela guardara silêncio. Se ela dera dicas sobre isso, Alif não havia identificado de forma alguma.

As últimas páginas da tese eram uma degeneração: pensamentos dispersos e argumentos afiados que Intisar não organizara em prosa. Pareciam ter uma relação cada vez menor com o trabalho em si e mais com seus pensamentos fragmentados, e terminavam numa série de exercícios de lógica pseudomatemática, uma das quais, escrita em inglês, Alif conhecia.

GOD = God Over Djinn. GOD = God Over Djinn Over Djinn
GOD = God Over Djinn Over Djinn Over Djinn.

– Hofstadter – murmurou Alif.

– O que é agora? – Na luz baixa do lampião da tenda, Vikram parecia ter congelado numa sombra; Alif se esquecera de que ele estava ali.

– Douglas Hofstadter – repetiu. – Intisar tem um de seus algoritmos recursivos na tese. 'God' é Deus em inglês e 'God over Djinn' traduz-se por 'Deus sobre os djins'. Literalmente, o algoritmo quer dizer: Deus é igual a Deus sobre os djins... É um modelo matemático em que Deus senta-se em um pilar infinito de djins que levam nossas perguntas cada vez mais para o alto e as respostas vêm descendo de forma progressiva. A piada... Ou talvez seja sério... É que GOD, ou seja, Deus, nunca pode ser plenamente expandido. – Alif coçou um trecho da cabeça com caspa, de cenho franzido. – Acho que talvez eu tenha emprestado esse livro a ela.

Vikram não disse nada. Alif o olhou e descobriu que tinha problemas para focar. Quando tentava distinguir as feições de Vikram, seus pensamentos oscilavam, anestesiados como se ele tivesse semidesperto, como em um sonho. Por um momento de desorientação, convenceu-se de que falava sozinho.

– Poderia não fazer isso? – disse ele, fechando os olhos. – O que você está fazendo. É muito esquisito.

– Não sou eu, é você. – Veio a voz de Vikram. – Você está cansado. Sua mente está enjoada de lidar com coisas que ensinou a si mesma a não ver.

Alif sentia o cansaço. Fechou o netbook e se deitou de lado, cobrindo os olhos com a mão. A última coisa que ouviu foi um suspiro exasperado. Um cobertor se desdobrou sobre seu corpo. Com uma sensação de profundo alívio, Alif se colocou em uma posição mais confortável embaixo dele e imediatamente adormeceu.

* * *

Havia cheiro de água fresca. Um cheiro azul faiscante, sem qualquer traço de poeira, acompanhado por um borrifo e um ofegar. Alif abriu os olhos. Abaixo da bainha da tenda, viu dois pares de pés: um marrom-avermelhado e faraônico, outro cor de mel, encimado por pilhas de tornozeleiras de prata. Filetes de água escorriam debaixo deles pela terra. Ele ouviu um esfregar, outro borrifo, uma mulher rindo.

– Está frio!

A voz de Dina. Alif se sentou e tombou a cabeça de um lado ao outro; seu pescoço estava rígido de dormir no chão. Azalel arrulhava em um gorjeio baixo e afetuoso, como um gato doméstico bem-alimentado, seus ruídos desarticulados organizando-se em sua mente como frases em uma língua quase esquecida. Ela chamava Dina de sua criança preciosa, sua garotinha de braços castanhos que crescera tão bem, que ela amava desde a primeira vez que a viu brincar em meio aos arbustos de jasmim em seu jardim. Alif não sabia como compreendia o que Azalel dizia até que, sentindo-se novamente nauseado, lembrou-se de que entendeu quando ela falou com ele em sonho.

O cuidado maternal de sua voz o excitou. Desnorteado por espasmos conflitantes de vergonha e desejo, Alif virou a cara. Estava com fome. Procurou em sua mochila por um par de meias limpas e o que restava das tâmaras. Depois de comer o máximo possível das frutas pegajosas, pegou o *Alf Yeom* e o abriu para ler, sabendo que seria insensato sair da tenda antes que as mulheres terminassem o banho. Encontrou o trecho onde tinha parado, debaixo de uma das anotações em Post-It amarelo de Intisar.

A princesa Farukhuaz acomodou-se em seu caramanchão, abastecida de doces, iguarias e água de rosas com a qual banhava o rosto no calor do dia, e preparou-se para ouvir o que a ama tinha a dizer. Sabia muito bem que o pai, um homem gentil, mas nada sutil, enviara a ama para manipulá-la com suas histórias que preparariam seu espírito para o casamento. Mas o sonho da corça e do veado e tudo o que ele prenunciava ainda estava fresco por trás de seus olhos despertos, e ela endureceu o coração contra qualquer persuasão que a ama tivesse a oferecer.

— Estou pronta, vamos logo com isso — disse ela com um bocejo quando a ama chegou.

— Pronta para quê? — perguntou a ama com inocência.

— Suas histórias. Você está aqui para me convencer a me casar com um príncipe que meu pai aprove. Não dará certo. Fui agraciada com uma visão da verdadeira natureza dos homens e jamais me submeterei ao casamento.

— Como preferir — retrucou a ama. — Minhas histórias são histórias, e não açoites para voltá-la para um lado ou outro.

— Se você diz — falou Farukhuaz.

— Digo — afirmou a ama. — Vamos começar?

Haroon e o Juiz Sábio de Abouzilzila

Era uma vez, na terra que os árabes chamam de Al Gharb, uma cidade chamada Abouzilzila. Tinha esse nome devido a seus terremotos frequentes, provocados pelo grande tráfego de djin*s* pela região. Abouzilzila era um lugar montanhoso e rochoso, com muitas cavernas. Em uma delas vivia um respeitado *hakim*, ou seja, um juiz entre os djins, cujos conselhos eram tão procurados que em geral ele era consultado tanto por humanos quanto pelos de sua própria espécie.

Abouzilzila também era lar de um fazendeiro infeliz chamado Haroon. Haroon, que nunca foi um homem muito inteligente, era frequente motivo das travessuras dos vizinhos djins e humanos. Os humanos davam nós em sua roupa limpa e escondiam seus sapatos; os djins faziam seus animais enlouquecerem e copularem com parceiros de espécies inadequadas. Um dia, foram longe demais: ao acordar, Haroon descobriu que sua nova safra de nabo tinha desaparecido inteiramente. Como a lavoura compunha grande parte de seu sustento, Haroon ficou fumegando de raiva e decidiu agir de forma definitiva. Preparando sua velha mula com suprimentos para um dia de jornada, subiu as montanhas até a caverna em que vivia o sábio juiz. Na soleira, ele desmontou, tirou o chapéu e chamou em sua voz mais respeitosa:

– Oh, sábio juiz! Vim da aldeia abaixo com um caso terrível para apresentar ao senhor e humildemente pedir seu julgamento.

– Eu ouço e me solidarizo. – Veio uma voz de dentro da caverna. – Prossiga.

Haroon contou sobre as peças cada vez piores de que era vítima, culminando no roubo de sua safra de nabos.

– Esta é de fato uma questão grave – disse a voz de dentro da caverna. Haroon pensou ter tido um vislumbre de dois olhos amarelos flutuando na escuridão. – Uma questão a que darei, satisfeito, minha insignificante opinião. Mande um recado aos seus vizinhos e diga-lhes para se apresentarem amanhã à noite em minha caverna. Se eles se recusarem, o sábio juiz irá apanhá-los, o que não será agradável.

Haroon agradeceu profusamente ao sábio juiz e correu para casa, batendo na porta de cada vizinho e passando o recado do juiz. Não se incomodou em esconder certo triunfo presunçoso na voz, nem o olhar de regozijo quando viu o desânimo na cara dos vizinhos.

Com a ameaça do sábio juiz em mente, os vizinhos de Haroon, tanto humanos quanto djins, apresentaram-se com máxima diligência na entrada da caverna na noite seguinte. Haroon também foi, ansioso para ver com os próprios olhos o que o juiz tinha planejado.

Assim que a escuridão caiu, uma grande criatura saiu da caverna, parte dela sombra, outra parte animal, e outra parte ainda homem.

– Eis aqui o que vocês farão – disse a criatura. – Todos passarão a noite em minha caverna. No meio da caverna, coloquei um vaso de cobre contendo um demônio terrível visível à noite. Ele pode ler os pensamentos dos homens e dos djins e marcar as costas do ladrão. Pela manhã, saberemos sem sombra de dúvida quem roubou a safra de nabos de Haroon. Haroon e eu passaremos a noite bem aqui, na entrada, para ter certeza de que ninguém fique tentado a escapar.

Os vizinhos obedeceram, embora cada um deles tremesse de medo ao entrar na caverna, alarmados com a ideia do demônio residindo na grande caldeira de cobre que encontraram em seu interior. Haroon preparou sua cama ao lado da mula, lançando olhares furtivos de vez em quando ao sábio juiz, que ficou imóvel e reto a noite toda, e parecia não dormir.

Pela manhã, o juiz conduziu os vizinhos de Haroon para fora da caverna. Um homem, o açougueiro que morava na mesma rua, demorou-se dentro da caverna com expressão ansiosa. Quando finalmente saiu, atirou-se aos pés do sábio juiz – ou o que havia no lugar dos pés – e caiu em prantos. Uma grande mancha negra era visível em suas costas.

– Perdoe-me, sábio juiz, e me perdoe, irmão Haroon – ele chorava. – Eu roubei os nabos. Era apenas uma brincadeira. Eu pretendia devolver. Isto é, vendi a safra no mercado para pagar minhas dívidas de jogo, mas pagarei a você.

– E então, Haroon? – disse o sábio juiz. – O que pediria como reparação a este homem?

– O dinheiro que recebeu pela venda dos nabos servirá – disse Haroon, imediatamente amaldiçoando seu senso de caridade e desejando ter pedido mais.

– Muito bem. Senhor, entregue seu lucro impróprio e agradeça ao Criador por eu não ter decidido tomar suas mãos também, como decreta a lei.

O homem gaguejou agradecimentos incoerentes e aliviados, jurando jamais voltar a molestar Haroon. Retornou à aldeia com os outros vizinhos de Haroon, todos muito abalados pelos acontecimentos da noite.

– Então um demônio que lê pensamentos era o segredo de sua sabedoria esse tempo todo – disse Haroon ao sábio juiz quando eles se foram. – Que felicidade possuir esta caldeira de cobre mágica.

– Não há magia alguma nela – explicou o sábio juiz, com algo curiosamente parecido com um resfolegar. – É uma caldeira comum. Mas enchi as paredes da caverna de fuligem. Os homens inocentes dormiram profundamente, mas o culpado ficou sentado a noite toda de costas para a parede, a fim de que o demônio não o marcasse.

– Impressionante – disse Haroon.

– Seja *djin* ou homem, um sábio não pode jamais recorrer a nada mais misterioso do que sua sagacidade – afirmou o juiz. – Lembre-se disso, Haroon, e vigie melhor suas plantações.

Haroon voltou à aldeia, satisfeito, e a partir desse dia exaltava as virtudes do sábio juiz de Abouzilzila a qualquer um que lhe desse ouvidos, com o cuidado de jamais revelar o segredo de seus métodos.

– E é por isso – disse a ama – que você jamais pode confiar nos vizinhos e sempre deve ler versos contra o mal olhado quando encontra panelas de cobre.

A princesa Farukhuaz ergueu uma sobrancelha delicada.

– Certamente você entendeu mal, ama. A moral da história é que o culpado sempre se revelará e que a inteligência é superior à superstição. Claramente com isso você pretende me convencer a não dar ouvidos aos meus sonhos e, em vez disso, tomar o caminho do bom senso.

– Talvez você tenha razão – disse a ama. – Mas uma história é uma história e uma pessoa pode colher dela o que lhe aprouver. O bom senso não precisa entrar nisso.

– Mas que monte de *hagoo* – murmurou Alif, fechando o livro com um baque. O cheiro perturbador das páginas cobertas de resina vagou para seu nariz. Sentiu o rosto se avermelhar e procurou o smartphone.

Desligou o aparelho e abriu seu estojo, revelando a bateria e o cartão SIM. Deslizou-o para fora com o polegar e o entortou de um lado a outro até que se quebrasse ao meio. Depois procurou num bolso lateral da mochila pelos cartões SIM sobressalentes que mantinha escondidos numa caixa vazia de fio dental.

– Bom dia – disse Dina, entrando na tenda.

– Uma manhã cor-de-rosa. – A resposta em egípcio saiu automaticamente depois de anos ouvindo o dialeto dela. – Me dê seu telefone para que eu troque seu cartão SIM. É mais seguro para nós assim, já que evidentemente estamos sendo rastreados.

Ele levantou a cabeça enquanto ela lhe estendia o celular: Dina estava com uma túnica de algodão azul, bordada em padrões geométricos de fios vermelhos e amarelos. Em vez do véu habitual, tinha um lenço preto cobrindo a cabeça e o rosto. Seus olhos estavam debruados com finas linhas de kohl.

– Você parece... – Alif procurou uma palavra que não fosse ridícula.

– A figurante de um filme andando por aí? Eu sei. Me sinto uma boba. – Dina sentou-se devagar, cuidando do braço machucado. – Era só o que ela tinha e eu já estava usando aquela abaya há dois dias. Ainda tem algum sangue nela. Ela se ofereceu para lavar para mim. Suas roupas também, se você não se importar de pegar emprestada alguma coisa do irmão dela.

– Eu não me importo – disse Alif, remexendo-se pouco à vontade. – Estou limitado ao que tenho.

Ele se curvou para os dois telefones – o de Dina era um modelo mais antigo, sem *touchscreen*, envolto em uma daquelas capas cor-de-rosa de menina que estavam na moda – e instalou um novo cartão SIM em cada um deles.

– Disque oito sete vezes – orientou ele ao terminar, entregando a Dina seu celular. – Quando ouvir um bipe, entre com o número do telefone que quer usar. Escolha alguma coisa fácil de lembrar. Depois aperte *libra* e desligue.

Dina soltou um ruído de incredulidade.

– Como você arruma todas essas coisas? – perguntou. – É loucura.

– Não é a minha área – disse Alif. – Não mexo muito com telefones. Só conheço pessoas que fazem isso.

Ele a olhou novamente, furtivo, enquanto fechava seu smartphone. Dina parecia calma com a roupa emprestada, fria e controlada como uma nativa da tribo. Seu braço, mantido em um ângulo estendido junto ao corpo, entregava os choques que ela havia suportado.

– Como está? – disse ele, gesticulando para o seu lado direito.

– Deus seja louvado – respondeu ela.

Havia certo tom de exaustão em sua voz. Foi o suficiente para incitar nele seus instintos de proteção e ele a fez se sentar, agitando-se em volta dela com o cobertor sobre o qual havia dormido, até que ela o afugentou com o braço bom.

– Estou ferida – disse ela –, mas não estou aleijada. Você faz com que eu me sinta a avó de alguém.

– Você foi *baleada*, pelo amor de Deus. Precisa descansar. Eu...

Ele parou quando Azalel entrou de mansinho com uma bandeja de cobre trazendo as coisas do chá e potes de iogurte de menta. Seu rosto estava escondido por trás de um véu creme preso por uma corrente elaborada de algum metal escuro; a túnica, num tom pagão de açafrão, não escondia a curva de seus quadris. Incapaz de falar, Alif se afastou dela sem dizer nada, ignorando a expressão curiosa de Dina. Azalel parecia se divertir com seu desconforto. Virou-se e voltou para a entrada da tenda, encarando Alif por sobre o ombro com um olhar que foi diretamente à sua virilha. Ele se sentou apressadamente.

– Chá? – perguntou Dina, estendendo a mão esquerda para a chaleira fumegante na bandeja. Alif abençoou sua discrição.

– Deixe que eu cuido disso – disse ele. – Você precisa pegar leve.

Ele serviu dois copos e colocou um dos potes de iogurte na frente dela. Os dois comeram num silêncio pontuado pelos momentos em que bebericavam o chá, olhando pensativamente para o espaço entre os dois. Alif sentia que devia tomar a iniciativa e anunciar algum plano que não envolvesse continuar dependendo da hospitalidade de Vikram, o Vampiro. Xingou Abdullah e suas ideias loucas. Claramente tinham trocado um problema por outro. E Azalel – Alif a bania de seus pensamentos.

– Que bom, estão acordados. – Vikram apareceu diante deles, emoldurado pela luz do sol, abaixado ao entrar na tenda. – Como dormiram? E como está o braço da pequena irmã?

– Meu braço está bom – disse Dina numa voz fria.

Vikram sentou-se ao lado de Alif e se serviu de chá.

– O que vamos fazer é o seguinte – começou ele. – Vamos levar sua cópia do *Alf Yeom* a uma *gori* bem-relacionada que conheço e ver se ela consegue identificá-lo. Não sobraram muitos e entender como sua garota conseguiu encontrar um pode dizer alguma coisa sobre os motivos dela. Também vamos nos livrar de todos os rabos que você arrastou, e um deles está agora à espreita na esquina da viela, esperando você aparecer. Depois conversaremos sobre tirar você e sua pequena irmã da Cidade em segurança.

– Espere aí, espere aí. – Alif sentiu o rosto ficar quente. – Eu não fui consultado sobre nada disso. O que é *gori*?

– Uma americana.

– Não. De jeito nenhum. Não quero estrangeiros envolvidos em meus problemas. Uma coisa é um *djin*, mas eu chamaria atenção dos americanos.

– Estrangeiros – Vikram bufou. – Nenhum dos dois é exatamente nativo. Você evidentemente é um vira-lata miserável e a pequena irmã, se eu não estiver enganado, é egípcia.

– Tanto faz. A questão é que não quero falar com essa sua amiga e não vou sair da Cidade sem saber se Intisar está a salvo.

– Não quero sair da Cidade de jeito nenhum – disse Dina, segurando o braço machucado. – Isso já foi longe demais.

– Como quiserem. Você estará numa prisão política do Estado dentro de uma semana. E quanto à sua pequena irmã aqui, acho que sabemos como será particularmente desagradável para ela. – Vikram ergueu uma sobrancelha preta e arqueada. – Ela vai desejar ter dado para mim, afinal. Pelo menos eu teria feito de um jeito que fosse bom para ela.

Dina ofegou.

– Mas qual é o seu problema? – vociferou Alif. – Não se atreva a falar desse jeito na frente dela.

Com uma risada, Vikram se levantou.

– Mas que macaquinho eriçado ele é. Só estou dizendo a verdade. – Ele saiu da tenda para o sol que se intensificava. – Peguem suas coisas, crianças, vamos partir.

Alif cuspiu um insulto na porta da tenda. Dina estava sentada com os joelhos puxados para cima e de olhos baixos, em silêncio.

– Desculpe – disse Alif, abrindo e fechando as mãos. – Vamos sair daqui. Isto foi um erro. Ele não é um... Ele não é...

– Não. – Dina olhou para ele. – Vamos fazer o que ele diz. É tarde demais para mudar os planos.

Alif jogou a mochila por sobre um ombro.

– E parece que essa história toda está saindo do controle.

– Vivemos numa cidade governada por um emir vindo de uma das famílias mais puras da terra, onde alguns censores podem jogar alguém na prisão por escrever coisas na internet e se apaixonar pela pessoa errada. – Dina estendeu a mão para que ele a ajudasse a se levantar. – Já saiu de controle há muito tempo.

Alif a puxou pela mão e a segurou enquanto ela se equilibrava.

– Você não costuma ser tão filosófica – falou ele.

Ela tombou a cabeça de lado.

– Como sabe disso?

Um rosnado impaciente fora da tenda assustou os dois. Alif correu para fora, repreendendo-se intimamente por não mostrar mais resistência, mais coragem, a Vikram. Dina o seguiu.

– Pode ficar aqui, se preferir – disse Vikram a ela. – Este braço está sensível e teremos que andar muito.

– Não prefiro. – O queixo de Dina se empinou por baixo do lenço preto.

– Muito bem. – Vikram seguiu pela viela com seus pés silenciosos e descalços. – Fiquem bem atrás de mim. Vou pregar um pequeno truque em nosso amigo à paisana ali na frente.

Alif olhou por cima do ombro de Vikram: no final da viela, viu um homem baixo e forte, de bigode, camisa polo grudada ao corpo por causa do calor e calça que não conseguia esconder o volume de uma pistola na cintura. Para seu pavor, o homem se virou e partiu na direção deles, a boca esticada numa linha severa.

– Vikram...

– Calma, calma.

A mão do homem foi ao volume em sua calça.

– Vocês dois – disse ele. – Parem aí. Abaixem a mochila.

Alif ficou paralisado. Vikram saltou diretamente em frente ao homem, que não pareceu notar sua presença.

– Estes não são os *banu adam* que você está procurando – disse ele.

O homem piscou. Seu rosto ficou plácido e frouxo, como se ele estivesse tendo alguma lembrança agradável. Ele sorriu.

– Agora, andem logo, crianças – apressou-os Vikram, saltando para a frente. – Esse truque se esgota muito rápido.

Perplexo, Alif obedeceu, trôpego. Ouviu Dina reprimir o riso. Quando viraram a esquina e chegaram a uma passagem mais larga do *souk*, ela começou a rir abertamente.

– Dina! – Alif nunca a ouvira rir em público; na realidade, já ouvira Dina censurar as mulheres que agiam assim.

– Não posso, não posso evitar.

Ela se curvou para a frente, apertando o braço ferido na cintura, seu riso terminando em gritinhos. Vikram parecia satisfeito consigo mesmo. Começou a cantarolar uma *raga* apropriada para a hora do dia, entremeando-a com alguma canção estranha e selvagem que Alif não reconhecia, até que a música se tornou uma melodia híbrida, sem forma, sem origem, arrastando-se pela rua em grãos de poeira.

Capítulo Sete

Eles já tinham adentrado bastante o Bairro Novo quando Alif se lembrou de ficar nervoso.

– Não quero ver essa *gori* – disse ele, ficando para trás enquanto Vikram galopava diante do edifício estéril de uma lanchonete. – Não podemos ficar com o livro? Você parece saber tudo sobre ele, de qualquer forma. Por que precisamos arrastar americanos para essa história?

– Um menino tão burro como você não devia pensar tanto. Eu sei muito sobre o *Alf Yeom*, mas nada sobre esta cópia em particular. A americana é uma espécie de cientista de livros... Se você fala sério quando diz que quer saber onde sua amiga conseguiu o manuscrito e qual é sua origem, e não está simplesmente desperdiçando meu tempo, ela poderá ajudar. Você vai detestar a mulher. Ela usa as túnicas de poliéster mais horrorosas, como uma dona de casa do interior que não cuida de si mesma. Essas irmãs ocidentais nunca sabem se vestir. Tudo para elas é roupa exótica.

Carrancudo, Alif cerrou os molares, sentindo calor e cansaço demais para aquela hora do dia.

– Essa convertida tem nome?

– Muito provavelmente.

Vikram parou na frente de um prédio de apartamentos recém-pintado e arrumado com portas de vidro largas, manejadas por um homem provinciano de aparência derrotada com um turbante sujo.

– Chegamos – falou ele.

Vikram se enfiou lá dentro enquanto o porteiro de turbante escancarava a porta de vidro para uma menina cujo véu preto tinha uma estampa de falsos diamantes. Alif e Dina se arrastaram atrás dele, encolhendo-se sob o olhar malévolo do porteiro. Ali dentro havia um saguão frio com piso de mármore ladeado por uma série de elevadores. Os moradores árabes que entravam e saíam olhavam para Alif com uma indiferença vaga, fazendo com que ele se sentisse sujo, esfarrapado e moreno demais; o pequeno número de profissionais estrangeiros e brancos simplesmente o ignorava, conversando com bom humor obstinado em vozes duas oitavas altas demais.

Seguindo Vikram de olhos baixos, Alif se viu na entrada de um apartamento no décimo andar – como, ele não tinha certeza; Vikram entrou sem pegar uma chave. Em silêncio, Alif fixou os olhos no objeto da sala de estar bem mobiliada que parecia mais familiar para ele: um laptop Toshiba, um modelo de três anos, a julgar pela aparência; provavelmente não tinha mais de dois giga de RAM. Um decalque de vinil com o crescente lunar e a estrela – algo que só um ocidental podia conceber ou usar impunemente – estava colado na tampa. Alif olhou a máquina com leve desprezo.

A mulher sentada atrás do computador parecia nervosa, olhando de Vikram para Alif e para Dina com olhos claros e agitados. Tinha um lenço na cabeça em vez de um véu. Uma mecha do cabelo louro escapava dele e caía reluzente em sua testa.

Vikram a desconcertou pedindo sua mão em casamento assim que eles passaram pela porta.

– Você pode se dar muito pior – dizia ele agora. – E provavelmente é o que vai acontecer. Sei como são vocês, estrangeiras... Seus próprios homens esqueceram-se de como tratá-las, então vocês caem nos braços do primeiro moreno que lhes faz um elogio. Como você é uma irmã convertida, ele terá de anteceder o elogio com um *bismillah*, mas, tirando isso, será a mesma coisa.

– Isso é muito grosseiro – disse a convertida. Seu árabe era abreviado, com sotaque. Vikram gesticulou com desdém.

– Você gosta. Caso contrário, nunca me permitiria entrar aqui desse jeito. – Ele passou o dedo pela beira de sua mão. Alif ficou chocado quando ela não fez esforço algum para se afastar ou rejeitá-lo. – Fiz uma pesquisa sobre você. Uma convertida pode ser perdoada por seus pecados do passado, mas ela não se esquece deles. Ainda sente falta da sensação de um homem.

– Pelo amor de Deus! – Os olhos de Dina faiscaram. – Besta ridícula! Você não serve para conviver com os outros.

A convertida parecia magoada, mas não disse nada. Dava a impressão de estar aflita com uma ambivalência que Alif não conseguia situar e que o deixava inquieto. Ele se exaltou, percebendo que cabia a ele defender a honra daquela mulher, por quem não tinha interesse algum.

– Peça desculpas – ordenou ele a Vikram. – Você lamenta profundamente e implora seu perdão.

– Obrigada – disse a convertida, sem olhar Alif nos olhos.

Vikram sorriu, recostando-se em sua poltrona de brocado, uma das várias que enfeitavam o apartamento da convertida. Uma paisagem encrespada de aço e vidro era visível pela janela atrás dele, estendendo-se para os campos de petróleo a oeste.

– Eu lamento profundamente e imploro seu perdão – disse ele. – Mas só estava dizendo a verdade.

A convertida se curvou sobre a mesa, esfregando as têmporas como uma velha.

– O que veio me pedir? – indagou numa voz monótona.

Vikram gesticulou para a mochila de Alif, que estava no piso de taco aos pés dele.

– Mostre a ela – disse.

Alif abriu a mochila e pegou o livro de Intisar, com o cuidado de não pressionar demais a capa ao tirá-lo. A convertida endireitou o corpo.

– O que é isso?

– Isto – disse Vikram com triunfo – é uma cópia autêntica do *Alf Yeom*. Está vendo, agora você me perdoa.

– Perdoar você? Acho que não.

A convertida saiu de trás da mesa e se ajoelhou para pegar o livro de Alif. Abriu-o sobre os joelhos, passando os olhos pelo texto com o auxílio de um indicador fino. Suas unhas, Alif percebeu, estavam em carne viva de tão roídas.

– Papel – murmurou ela. – Papel de verdade. Não é pergaminho. Encadernado a mão. Há uma espécie de cola aqui também. Que cheiro.

– Podemos falar em inglês se preferir – disse Alif.

– Ah, meu Deus, sério? – A convertida o olhou, o alívio evidente no rosto. – Ótimo. Obrigada. Meu árabe é tão... Eu entendo muito bem, mas, quando falo, pareço uma idiota. – Ela voltou a olhar o livro. – Isto é maravilhoso. Simplesmente maravilhoso. É costurado na lombada com um fio de seda, está vendo? Por isso durou tanto. Acho que o cheiro vem de uma espécie de resina de conservação, mas nada que eu já tenha visto.

Ela se curvou mais uma vez para o livro, acompanhando as letras que se enroscavam da direita para a esquerda e pronunciando cada palavra de um jeito que parecia ao mesmo tempo infantil e idoso.

– Você é especialista em livros?

Alif sabia que seu próprio inglês falado, uma mistura de sotaques anglo-indiano e árabe, era estranho. Sabia ler e escrever muito bem na língua, mas evitava falar sempre que podia. Dina observava em silêncio. Desistira do inglês vários anos antes, uma vez que não conseguia falar sem recorrer a uma ou outra palavra em urdu quando se esquecia de alguma coisa. Isso acontecia porque ela morava no distrito de Baqara, onde a maioria dos moradores era do subcontinente. Urdu e inglês, pensava ela, entravam na mesma categoria de línguas estrangeiras em sua mente e para ela era complicado separar as duas.

– Não, não sou uma especialista – disse a convertida, interrompendo os pensamentos de Alif. – Mas estudo história e gosto de livros. Vim fazer meu doutorado em arquivologia.

– Na Al Basheera?

– Sim... No programa de intercâmbio da universidade americana. – A convertida tinha um sorriso constrangido. – Eu sei, eu sei. *Ajnabi* clássica. Vá para um novo país empolgante para conhecer pessoas parecidas com você.

Ela piscou, parecendo míope, recurvada sobre o *Alf Yeom* como se quisesse protegê-lo com seu corpo. Alif se perguntou o que ela pensava dos joelhos improváveis de Vikram. Ele se colocara numa espécie de meio lótus, parecendo particularmente demoníaco contra o brocado de mau gosto da poltrona.

– Ela não consegue me ver como sou – explicou ele. – É uma peculiaridade americana. Metade para dentro, metade para fora. Um povo muito espiritual, mas no fundo sentem que há algo de vergonhoso no invisível. Você ficaria muito à vontade lá, irmão mais novo.

Alif ficou assustado com a precisão com que Vikram adivinhara seus pensamentos. Talvez estivesse encarando-o muito abertamente.

– Isso não é justo – disse a convertida em inglês. – Nós não somos tão ruins assim. – Ela procurou apoio em Alif. – Ele faz isso comigo porque uma vez tentei psicanalisá-lo para um artigo. Fiquei extremamente fascinada com a ideia de que um vendedor de beco do *souk* pensa ser Vikram, o Vampiro. Então o localizei. E agora não consigo me livrar dele.

Alif olhou nos olhos de Dina. Sua expressão espelhava seu desconforto.

– Eu sou Vikram, o Vampiro – disse Vikram.

– Então você está muito bem conservado para uma lenda sânscrita de duzentos anos – retrucou a convertida com acidez.

– E esse livro? – incitou Dina. A convertida ficou vermelha e folheou várias páginas do manuscrito.

– Bom, se for verdadeiro, é extraordinário. O consenso geral é de que *Os mil e um dias* foram compostos por um francês do século XVII chamado de la Croix. Ele tentou ganhar dinheiro com a onda das *Mil e uma Noites*. Luís XV encomendou a ele um estudo do Oriente... O *Rois Soleil*, ou Rei Sol. E quando o Rei Sol dava a ordem de marchar, você marchava. Ele precisava voltar com alguma coisa espetacular. Então levou para casa um monte de histórias que alegava terem sido ditadas a ele por dervixes persas que, por sua vez, as ouviram de um *djin*. Essa parte não faz sentido, é claro. Mas o consenso é de que ele mentiu sobre tudo isso e jamais conheceu místico persa algum.

– Esse não é o consenso – disse Vikram. – Esse é o consenso dos acadêmicos.

A convertida fez uma cara azeda.

– Você disse que esse francês alegou ter ouvido as histórias dos persas – disse Dina –, mas nosso livro está em árabe.

– Depois da conquista muçulmana, o árabe se tornou a língua erudita por todo o império persa – disse a convertida. – Pode ser que quem escreveu essas histórias as tenha visto como uma espécie de conhecimento avançado, apropriado para xeques e pessoas de erudição, e por isso as registrou em árabe e não persa.

– Criptografia de dados – murmurou Alif.

– Como?

– Nada.

– Tudo isso presume uma coisa – continuou a convertida, dando um tapinha na lombada do livro. – Isto é, que o manuscrito é um original, não uma tradução do século XVIII ou XIX do francês ou mesmo da versão em inglês. Isso acontece... Uma cultura inventa algo e alega ser de outro lugar, depois o povo de outro lugar a adota como se fosse dela. A história é cheia de palimpsestos assim.

Alif se sentiu estranhamente ofendido.

– Intisar acreditava que era um original – disse ele. – Ela escreveu como se tivesse certeza disso.

– Quem é Intisar?

– A jovem deste jovem – disse Vikram. – Foi ela quem enviou o manuscrito a ele.

A convertida deu de ombros.

– É possível que ela tenha se enganado. Se este é o artigo genuíno, é a primeira edição em árabe a vir à tona em cem anos de estudos do assunto.

– Estudos ocidentais – interveio Vikram.

– Com licença, mas existe outro tipo? Quero dizer, além da Cidade, a Península Árabe foi um buraco negro intelectual desde que os sauditas saquearam Meca e Medina na década de 1920. A Palestina está destruída, assim como a tradição erudita de Jerusalém. O mesmo para Beirute e Bagdá. O norte da África ainda não se recuperou da era colonial... Todas as universidades ficam em bolsões de autocratas e socialistas ocidentalizados. A Pérsia está até o pescoço em revoluções. Se existe alguma erudição nativa a respeito do *Alf Yeom*, é a primeira vez que ouço falar.

Um silêncio se seguiu às palavras da convertida. Dina mexia inquieta na manga, sem olhar para ninguém. Alif reprimia a aversão pela mulher sentada na frente dele. Ela parecia inabalável. Tocada por uma leve brisa acre que entrava pela janela, a beira de seu lenço lavanda palpitou contra sua cadeira como uma bandeira.

Cores falsas, pensou Alif.

– Olha, eu não quero ser desmancha-prazeres – disse a convertida, tentando atrair a atenção de Alif. – É só que... Se isto for real, estou surpresa. Só isso. – Ela se endireitou um pouco na cadeira.

– Você faz com que eu pareça um tolo na frente de meus jovens amigos – afirmou Vikram. Algo em sua voz fez Alif levantar a cabeça, alarmado. – Não agradeço a você por isso.

– Me desculpe! – A convertida limpou o suor da testa com as costas da mão. – Não foi minha intenção. Você me trouxe este livro e eu dei minha opinião. Parece ter pelo menos 150 anos... Não é uma falsificação moderna, nem nada... Mas, se não pudermos provar com certeza que é anterior à edição francesa do de la Croix, só o que sabemos é o consensual.

– Como podemos descobrir exatamente a idade dele? – perguntou Alif num inglês cuidadoso.

A convertida suspirou.

– Posso pegar uma amostra do papel e investigar no laboratório forense de nosso arquivo... O que é uma maneira elegante de dizer 'com o microscópio'. O modo como a polpa de madeira é processada em papel mudou com o passar dos séculos. Isso nos daria uma boa ideia. Depois, posso tentar entender como sua amiga pôs as mãos nele, antes de tudo.

– Queria poder falar com ela – disse Alif, meio que para si próprio. – Queria poder perguntar a ela por que me mandou esse livro e o que espera que eu faça.

– Por que não pode?

Uma recusa apaixonada de contar qualquer coisa à convertida se formava em sua mente quando foi assaltado por uma ideia.

– Eu posso – falou ele. – Meu Deus, eu posso. Hollywood não existe mais. Não há nada que a impeça de escrever para mim, se ela quiser... Posso criar um novo endereço de e-mail e colocar numa rede pública. Ela agora precisa falar comigo. – Esquecendo-se de sua animosidade, ele se virou ansioso para a convertida. – Posso entrar em um dos laboratórios de computação da Al Basheera?

– Sim, claro...

– É uma má ideia – disse Vikram. – Al Basheera é território da alta cúpula. Posso cuidar de um ou dois agentes gordos da segurança do Estado, mas não de dezenas deles num espaço fechado. Se pedirem a identidade dele no portão, será o fim de tudo.

– Não vá – pediu Dina com ansiedade.

– Está se esquecendo de uma coisa. – A convertida abriu um leve sorriso irônico. – Você terá a melhor acompanhante: uma americana branca com passaporte azul. Ninguém vai pedir sua identidade. Na verdade, ninguém vai se lembrar de que você esteve lá.

* * *

Precisaram de quase meia hora para convencer Dina a ficar no apartamento da convertida e descansar. Ela estava ansiosa e não queria ficar sozinha. Só depois de Alif jurar que ligaria para ela a cada meia hora, ela concordou em tomar dois comprimidos de ibuprofeno e se deitar no sofá. Quando ela se acomodou, Alif e Vikram seguiram a convertida pela escada de serviço que levava a uma viela atrás do prédio. A viela, percebeu Alif, estava melhor conservada do que sua própria rua principal no distrito de Baqara; os sacos de lixo haviam sido discretamente confinados a caçambas e caixas de madeira, o chão fora recentemente repavimentado.

A convertida os levou à extremidade do prédio e a uma rua movimentada. Alif viu um McDonald's e uma franquia de cafeteria americana com logotipo redondo e verde, parecendo deslocada contra a visão empoeirada do Bairro Antigo que cintilava numa elevação ao longe. Havia um cheiro no ar parecido com papel mentolado novo. Ele olhou de lado para Vikram; o homem parecia solene e preocupado. Sua expressão era tão humana que Alif de repente ficou inseguro, desejando o retorno de sua confiança predatória, precisando dela para se fortalecer contra o ambiente estéril.

– Vamos pegar um táxi – disse a convertida.

– Ele vai nos levar juntos? Obviamente não somos parentes. – Alif olhou em dúvida a pele rosada da convertida.

– No Bairro Novo, levam. Estão acostumados a estrangeiros fazendo todo tipo de esquisitices. – A convertida entrou no fluxo de bicicletas, carros e bicicletas motorizadas e ergueu um braço. Um táxi preto e branco parou ao lado dela.

– Você vai na frente, Alif – murmurou Vikram.

Alif aquiesceu, estremecendo ao se abaixar no banco de vinil aquecido demais ao lado do motorista, um sikh cujo turbante amarelo roçava no teto. Subindo pela porta traseira, a convertida forneceu o endereço em um punjabi de sotaque passável. Eles aceleraram para o clarão branco do trânsito de meio-dia.

– Espere... Onde está Vikram?

A convertida se virou para olhar pelo vidro traseiro, desanimada. Alif sentiu a mesma disforia perturbadora da noite anterior, quando Vikram parecia uma palavra que antigamente ele conhecia ou uma incumbência que ele se esquecera de fazer, fatos um pouco além dos limites da memória.

– Eu acho... Acho que ele vai nos encontrar lá – disse Alif, embora não soubesse por que pensava assim. Balançou a cabeça para clarear as ideias. Metade para dentro, metade para fora.

– Mas ele não sabe aonde vamos! Isso é ridículo. – A convertida soltou um suspiro forçado e se recostou no banco, que gemeu em concordância. Alif deu de ombros.

– Vikram sabe tudo.

– Acredita nele? Quero dizer, sobre quem ele diz ser? – Os olhos da convertida eram estreitos no espelho retrovisor.

– Não sei no que acredito.

– Se você não sabe, quer dizer que pensa que existe uma possibilidade de ele realmente ser um espírito do mal.

– Do mal? – Alif se virou para ela. – É o que você acha?

– Há! Você realmente acredita nele.

Os cantos da boca de Alif se torceram. Ele pensou em meia dúzia de insultos velados e, a contragosto, deixou escapar o pior deles.

– Por que *você* se tornou muçulmana?

Ele se viu alongando a pronúncia com um desprezo hostil, esquecendo-se por um momento de que partilhava parte de seu caráter estrangeiro, de seu ceticismo.

A convertida não pareceu se surpreender.

– O Islã se apresentou a mim como um sistema de justiça social – explicou ela com cautela. – Eu me converti com base nesse espírito.

– Então, Deus nunca teve parte nisso.

– Bem, é claro que *Deus* teve parte, mas como um... como um...

– Uma questão menor? Um experimento de raciocínio? Ou algo para um de seus artigos?

A convertida recuou como se tivesse sido estapeada.

– Isso não é justo – disse ela num tom mais baixo. – Isso não é nada justo.

Alif sentiu-se repreendido. Pensando em Dina e no que ela poderia dizer se estivesse ali, a sensação se aprofundou a uma vergonha pesada demais para um pedido de desculpas. Ele virou o rosto em brasa para a janela: aceleravam por lugares indiferentes, entre os bairros Novo e Antigo. O distrito de Baqara não ficava longe dali. Se saltasse naquela esquina, poderia chegar em casa em 45 minutos de caminhada. Enquanto o táxi reduzia para a passagem de um micro-ônibus, Alif considerou a ideia com afinco. A confusão frenética dos últimos dois dias se assentava em outra coisa: um mal-estar, o desejo de simplesmente dormir na própria cama, mesmo que isso significasse acordar com a polícia. Afinal, a captura não era inevitável? Alif não conseguia pensar em qualquer outro dissidente, fosse religioso ou político, que tivesse conseguido escapar do Estado. Ele não era diferente – não era mais inteligente nem melhor equipado.

O táxi arremeteu para a frente de novo. Alif observou com pesar as ruas familiares deslizarem uma após a outra. O silêncio da convertida tornava-se opressivo. Ele abriu a mochila e pegou mais uma vez o *Alf Yeom*, passando o polegar pelas páginas delicadas até encontrar onde havia parado.

Era uma vez o rei dos pássaros, que tinha uma mensagem urgente para o príncipe das salamandras. Uma grande onda fora vista por seus emissários no mar e o rei pássaro, ansioso para angariar favores onde pudesse, pensou em avisar o príncipe das salamandras da ameaça ao seu povo. Só havia um obstáculo: os costumes impediam que os pássaros falassem diretamente com as salamandras. O rei pássaro não poderia entregar a mensagem ao príncipe salamandra em pessoa, nem mesmo enviar outro pássaro como intermediário; agir assim iria contra todos os bons costumes e a propriedade.

– O que devo fazer? – perguntou o rei pássaro ao seu mais sábio vizir.

– Se posso dar uma sugestão – disse o vizir, que era um grande melro preto –, talvez sua majestade possa considerar mandar um mensageiro dentre os insetos. Afinal, podemos falar com eles. Uma libélula sincera, ou mesmo um gafanhoto, é quase tão bom quanto uma ave.

– Excelente ideia – disse o rei pássaro. – Mande chamar o comandante dos insetos imediatamente.

O comandante dos insetos ficou deliciado ao receber um convite do rei dos pássaros e chegou a toda pressa.

– Diga ao príncipe das salamandras para dar o aviso ao seu povo – falou ele ao comandante. – Uma grande onda está se formando no mar e, se eles não deslocarem suas tocas, certamente se afogarão.

– Não tema – respondeu o comandante. – Enviarei minha vespa mais veloz para transmitir a mensagem.

Voltando ao palácio, porém, o comandante dos insetos ficou aturdido. Os insetos não podiam falar com as salamandras mais do que os pássaros – era chocante até mesmo considerar a hipótese.

– O que devo fazer? – perguntou ele ao seu vizir mais sábio, um abelhão de aparência pesada.

– Se posso dar uma sugestão – disse o vizir –, por que não enviar um emissário dentre os crustáceos? Uma lagosta robusta, ou mesmo um caranguejo, é quase tão bom quanto um inseto.

– Notável – retrucou o comandante. – Mande chamar o primeiro-ministro dos crustáceos imediatamente.

O primeiro-ministro chegou assim que pôde.

– Com toda celeridade – disse o comandante – mande alguém de seu povo avisar às salamandras que uma grande baleia está vindo do mar e, se eles não se apressarem, certamente ela chegará às suas tocas.

O primeiro-ministro concordou com a missão. Mas, assim que chegou em casa, teve uma crise de aflição. Era impossível conceber um crustáceo rebaixando-se a ponto de falar com uma salamandra.

– O que devo fazer? – perguntou ele ao vizir, um pitu de garras achatadas.

– Se posso dar uma sugestão – respondeu o vizir –, por que não enviar um intermediário dentre as tartarugas? Uma tartaruga gigante inteligente, ou mesmo uma tartaruga terrestre, é quase tão boa quanto um crustáceo.

– Fantástico – falou o primeiro-ministro. – Mande chamar o presidente das tartarugas imediatamente.

O presidente ficou deliciado com o convite e chegou naquele mesmo dia.

– Isto é urgente – disse o primeiro-ministro. – Mande alguém de seu povo avisar às salamandras que um forte vento virá do mar e, se eles não tomarem cuidado, perderão a oportunidade de colher todos os detritos que serão soprados para a praia.

O presidente prometeu agir imediatamente. As salamandras eram grandes aliadas de seu povo. Ele próprio foi jantar com o príncipe das salamandras.

– A propósito – começou ele –, o rei dos pássaros disse ao comandante dos insetos para dizer ao primeiro-ministro dos crustáceos para dizer a mim para dizer ao senhor que uma grande janela de oportunidade chegou para o seu povo e, se eles não se apressarem ao mar, a perderão.

O príncipe salamandra ficou maravilhado com a notícia, pensando talvez em um navio mercante que tivesse naufragado e derramado seus tesouros na praia, ou quem sabe uma carcaça saborosa de golfinho que tivesse encalhado na areia. Apressou-se ao mar com o seu povo, onde foi prontamente tragado pela grande onda que acabara de quebrar na margem, vinda do mar.

– E é por isso – disse a ama – que crustáceos e salamandras não se entendem mais.

A princesa Farukhuaz franziu o cenho.

– O que você quer dizer é que nunca se deve permitir que costumes antiquados impeçam o progresso, ou então que é por isso que nunca se deve enviar um terceiro para transmitir informações que serão mais bem comunicadas pessoalmente – retrucou ela.

– Oh, bem, sim, isso também – respondeu a ama.

– Querida ama, embora eu a adore, você fica terrivelmente confusa quando se trata da moral das histórias.

– Querida criança, algumas histórias não têm moral. Às vezes as trevas e a loucura são apenas isso.

– Terrível – falou Farukhuaz.

– Pensa assim? Para mim, é tranquilizador. Poupa-me de ter que adivinhar o significado de cada aflição que me aparece pelo caminho.

Alif voltou a si, assustado. Franziu a testa, perguntando-se a que altura teria adormecido. As páginas sob seus dedos começavam a enrugar de suor; apressadamente, fechou o livro e o recolocou na mochila. O táxi contornava na direção de um dos antigos portões do muro do Bairro Antigo. Ele olhou a convertida pelo retrovisor: ela estava encostada à porta do carro, apoiada no cotovelo, olhando de cara fechada para a janela.

– A essa altura você deve conhecer muito bem o Bairro Antigo – arriscou ele –, melhor do que a maioria dos estrangeiros.

Ela não disse nada.

– Seu punjabi é muito bom. Eu mal falo essa língua.

– Pelo amor de Deus, não piore tudo.

Mortificado, Alif arriou no banco até o retrovisor refletir apenas o céu cor de gelo. Eles passaram pelo muro do Bairro Antigo – uma cor mundana à luz do meio-dia – e chocalharam por ruas de paralelepípedos ladeadas por graciosas casas de pedra. Janelas de madeira sobre as vidraças protegiam os moradores do olhar de quem passava. Aqui e ali, sacadas baixas de haréns estendiam-se pela rua, seus arcos de treliça como lembranças de um tempo em que os favores arquitetônicos eram a medida da vida pública de uma aristocrata.

O táxi parou com um solavanco na margem ocidental do campus da Al Basheera. As construções ali eram modernas: caixotes de vidro projetados por algum arquiteto francês com um senso pervertido de humor que, agora que as mulheres tinham permissão de frequentar a universidade, aparentemente desejava colocá-las em um tipo de vitrine. Era horário de aula. Os alunos entravam e saíam pelas portas de vidro em grupos compactos, os estrangeiros visíveis como massas de pele exposta contra os estandartes uniformes de *thobes* e véus. Um *chaiwallah* solitário vendia seu chai em um carrinho junto do prédio envidraçado, parecendo mais miserável junto ao edifício pretensioso do que pareceria sozinho.

– Vamos.

Endireitando o lenço na cabeça, a convertida saiu do táxi. Alif ficou agradecido quando ela o deixou pagar – se estivesse realmente irritada, raciocinou ele, tentaria pagar ela mesma. Ele a seguiu para o prédio mais próximo: dois seguranças flanqueavam um detector de metais, revistando as bolsas dos alunos que entravam. Alif sentiu a adrenalina brotar em seu corpo.

– É aqui que fica complicado – murmurou a convertida. Ela jogou os ombros para trás. – Me dê sua mochila. É boa demais para um subalterno.

– Como disse?

– Me dê a mochila por um minuto. Vou devolver.

Carrancudo, Alif entregou a mochila à convertida. Ela a pendurou no ombro.

– Muito bem. Agora faça cara de trabalhador imigrante entediado e oprimido. – A convertida andou com confiança até o mais novo dos dois guardas, com o passaporte na mão.

– Com licença – disse ela em inglês, com um sotaque americano agudo e exagerado –, desculpe, mas meu motorista deixou as chaves dele no térreo quando veio me buscar... Podemos entrar para pegá-las?

O guarda a olhou com malícia.

– Você é muçulmana?

– Il *hamd*ulilah.

– Procura um bom marido muçulmano?

– In*sha*llah.

Com um sorriso humilde e recatado, a convertida passou pelo detector de metais. Alif se arrastou atrás dela, sem se atrever a olhar nos olhos dos guardas. Ninguém o impediu. Quando olhou por sobre o ombro, os seguranças vasculhavam, indolentes, a grande bolsa Prada de uma mulher de véu. Nenhuma tensão obscurecia seus rostos; nenhuma indicação de que tivessem dado por sua presença. Ele era simplesmente o acessório de uma mulher rica.

– Ora, ora. – Veio uma voz em seu ouvido. – Você tem alguns talentos do povo oculto.

Alif se iluminou. Vikram apareceu ao seu lado enquanto andavam pelo saguão. Os alunos entravam e saíam às pressas das salas de aula, desviando-se deles sem olhar.

– Viu isso? – A convertida disparou para eles, vermelha de triunfo. – Eu não tinha razão? Eles nem pediram sua identidade! Eles...

Ela parou de repente quando percebeu Vikram. Ele sorriu com ferocidade.

– Como *você* entrou aqui? – Ela exigiu saber.

– Pela porta, assim como vocês.

A convertida puxou o ar como se estivesse se preparando para uma réplica. Em vez disso, expirou e se afastou.

– Tudo bem, tanto faz. Não quero saber. O laboratório fica por aqui.

Ela deixou a mochila de Alif cair aos pés dele. Ele colocou-a no ombro e a seguiu. No final do corredor, havia uma sala envidraçada com iluminação moderna embutida e uma fileira após outra de monitores de tela plana, metade deles em uso. Pela parede havia estações de trabalho com agrupamentos embutidos de tomadas elétricas e portas de dados. O cheiro de metal em funcionamento e o zumbido das máquinas recebeu Alif enquanto a convertida abria a porta. Ele suspirou de pura alegria, acelerando o passo para alcançar a porta antes que se fechasse às costas da mulher.

Vikram riu ao deslizar para dentro do laboratório atrás de Alif.

– Que felicidade por ver tantos fios mortos. Diga, irmão mais novo, você fica excitado desse jeito com a carne viva? Julgarei você por sua resposta.

– Não importa – retrucou Alif. Ele jogou a mochila na cadeira de uma estação de trabalho vaga. – E não estão mortos. É só outro tipo de vida.

Ele pegou seu netbook e examinou as portas de dados na parede.

– TNova – disse ele com reverência. – Eles conseguiram TNova. A velocidade de conexão é tanta que um site praticamente carrega antes que você tenha tempo de digitar o endereço inteiro.

– Ora, que bom que gostou. Aumentaram as mensalidades para pagar por este lugar. – A convertida parou atrás dele com as mãos nos quadris, parecendo apaziguada. – Se me der o livro, vou levar para o departamento de arquivologia. Terei de pegar amostras do papel, mas cortarei o mínimo que puder.

Alif retirou o livro da mochila e entregou a ela.

– Cuidado. – Ele ficou nervoso.

A convertida fungou.

– Quem deve ter cuidado é você. É você que está andando com ele pelo calor e pela poeira como se fosse um livro didático de biologia. – Ela colocou o manuscrito debaixo do braço e se virou para sair.

– Obrigado – disse Alif às suas costas. Ela não respondeu. Ele franziu os lábios, frustrado.

– Não se preocupe com isso – disse Vikram, agachando-se aos pés dele. – Tenho certeza de que você não foi mais babaca do que o de costume.

– Babaca é você – murmurou Alif.

Ele conectou o netbook e esperou que o aparelho identificasse a conexão TNova. Cinco barras grossas apareceram no alto da tela, junto com uma taxa em megabytes por segundo entre as mais elevadas que já vira. Com alguns cliques, estava na nuvem. Fervilhava de informações, programas semiacabados postados por feedback, piadas escritas em código – pensamentos elétricos de pessoas isoladas. Alif sentiu os ombros relaxarem. Todos os problemas são simples interrupções na transmissão e na conservação dos dados, lembrou a si mesmo. Estivera projetando um medo e uma ansiedade desnecessários para a situação: podia se acalmar e eliminar racionalmente as barreiras entre ele e seu retorno à vida normal, uma por uma.

Enquanto examinava o portal da comunidade na nuvem, sua serenidade se evaporou. Em um dia comum, o movimento dos dados na nuvem era rápido, mas Alif viu que muitos posts dos amigos tinham sido feitos dias antes. Alguns haviam entrado apenas para deixar mensagens enigmáticas em *leetspeak* e muitas eram dirigidas a ele.

Em 26/10 às 18:44:07, Gurkab0ss deixou uma mensagem:
Alif seu merda estamos perdendo kd vc
Em 27/10 às 00:17:35, Keffiyagiddan deixou uma mensagem:
Perdeu perdeu perdeu

– Merda – disse Alif. Uma caixa de chat faiscante se abriu no canto inferior direito da tela.

NewQuarter01: Alif?

Alif soltou um gemido de surpresa. Após sua dramática aposentadoria, NewQuarter tinha sumido da blogosfera e agora era mencionado apenas com um breve assombro e desdém. Alguns diziam que havia sido preso, outros que não tinha estômago para encarar o perigo de verdade. Alif permanecera neutro e sem opinião formada, envergonhado de que pudesse se sentir abandonado por alguém que nunca conhecera.

A1if: NQ! Pensei q vc tinha sumido p/ sempre
NewQuarter01: Sumi. Agora sou um fantasma. Está falando com os mortos.
A1if: ...
NewQuarter01: Vc precisa me dizer como parar esse programa q a mão pegou no seu comp. Tudo q tenho tá infectado.
A1if: Não pode procurar por malwares e deletar?
NewQuarter01: O método de operação muda todo dia. Ataques homógrafos em alguns sites nossos. Não conseguimos acompanhar o FDP. Vc sumiu e tá todo mundo em pânico. Seu amigo RádioSheikh até me fez a merda de uma ligação. Burro.
A1if: Ele te disse q o programa era meu?
NewQuarter01: Disse. Não fique puto. Tarde demais p/ isso. Agora conserte.
A1if: Não posso.

NewQuarter01: Como assim, não pode? Vc escreveu essa merda.
A1if: Não sei como funciona, NQ. Não funciona desse jeito. Eu não entendo.
NewQuarter01: Do q vc tá falando?
A1if: Q não posso consertar.
NewQuarter01: Q merda é essa? Eu devia estar APOSENTADO vc entendeu
A1if: Não sei o q dizer. Desculpe. Tentando consertar NVR.
NewQuarter01: Estamos falando de *comp*, Alif, não de consertar Na Vida Real.
A1if: É diferente. Tem outras coisas acontecendo na vida real. Trabalhando nisso.
NewQuarter01: Tanto faz. Só posso dizer que tá ficando mt ruim e é melhor fazer a coisa certa. Vc sabe do q tô falando.
A1if: Eu sei.
NewQuarter01 está off-line.

Alif passou os dedos no cabelo e os puxou até sentir a tensão no couro cabeludo.

– Merda, merda, *merda*.

Vários alunos se viraram para lhe lançar olhares de revolta quase idênticos. Alif deu de ombros e os ignorou. Um riso sibilado veio de baixo de sua mesa, onde de algum modo Vikram conseguira se espremer.

– Mas que linguajar grosseiro. Foi criado num bordel?

– Pode sair daí?

– Não.

Alif cerrou os dentes e abriu uma nova janela no navegador. Entrando em um provedor de e-mail genérico e grande, criou um novo endereço usando uma série de letras e números aleatórios. Quando digitou o endereço de Intisar no campo "Para" de uma nova mensagem, uma onda inesperada de carinho o dominou. Pensar que ela podia estar ali perto – que podia estar em aula naquele exato momento, ou fazendo compras em uma das pequenas butiques por onde tinham passado de táxi – era demais para sua mente racional. Sentia o desespero no coração e nas entranhas, ignorando o risco de ser detectado e capturado que o contato anônimo criaria. *Hayam*, diria sua mãe: o amor que tropeça pela terra num êxtase arruinado.

Ele se lembrou de mil coisas ao mesmo tempo: as maneiras sutis de falar que o convenceram de que ela era diferente como ele, que Intisar tinha um intelecto superior e travava as mesmas batalhas íntimas contra as exigências monótonas da vida diária. Não havia e-mail dela que ele não tivesse lido uma dezena de vezes, nenhum elogio feito com o nível exato de reserva recatada de que ele não se recordasse. Nenhuma outra mulher o havia lisonjeado. De vez em quando, sua mãe propunha uma ou outra das meninas de olhos opacos do bairro como possível parceira, mas, quando Alif as conhecia, elas inevitavelmente reagiam às suas perguntas nervosas e educadas com respostas monossilábicas, e ele saía deprimido. Com Intisar era diferente. Ela o procurava com a mesma paixão com que ele o fazia, empregando uma espécie de astuta evasão feminina que tornava seu interesse ainda mais enlouquecedor. A contragosto, ficou intrigado com a sua riqueza. Tinha passado tanto tempo desprezando a elite on-line que sua relação com Intisar parecia duplamente transgressora, e a ideia de que uma menina – uma mulher – com dinheiro o quisesse não era desagradável ao seu ego.

A necessidade de vê-la novamente dominava todas as outras considerações.

15:30 no chaiwallah do campus novo, escreveu ele. *Amo você.*

Clicou em *Enviar* antes de ter tempo para pensar. Afastando a cadeira da estação de trabalho, ele se espreguiçou, os músculos nervosos estremecendo em seus braços e pernas. Tinha duas horas e meia até a hora marcada. Recurvado sobre o netbook, fez uma pesquisa por "de la Croix" em uma ferramenta de busca hacker clandestina. Os primeiros resultados falavam de um pintor do século XIX; estes, ele descartou. Clicou numa entrada com o rótulo *Les Milles et Un Jours*:

> *Depois de trabalhar seis meses inteiros no Shahnama, junto com Mullah Kerim, a extrema dedicação fez-me cair numa doença que durou dois meses – deixando-me à beira da morte – da qual mal me recuperei, descobrindo que, apesar dos vinte volumes de livros que li, ainda deveria aprender com certo livro teológico e muito complexo intitulado* Masnavi *(compreendendo pelo menos noventa mil versos – o bom povo do país afirmava conter a Pedra Filosofal). Procurei por alguém que soubesse do livro, mas mesmo oferecendo pagamento não encontrei ninguém e fui obrigado a me voltar a uma sumidade do Mevlevi. Um amigo me*

conduziu para lá e eu mal havia prestado meus respeitos quando ele ofereceu seus serviços pela compreensão do Masnavi *e me permitiu que durante quatro ou cinco meses o visse frequentemente para estudar. Seu nome era dervixe Moqlas. Como ele era capaz de liderar um grupo, eu sabia que estava sob observação da corte. Por isso, tive de tomar minhas precauções. Não hesitei em informar a Monseigneur Murtaza, cunhado do rei, a Myrza Ali Reza, também da família real, e ao Xeque do Islã, o chefe da lei, que eu só fora até lá para ler o* Masnavi, *o que eles aprovaram.*

– Vikram – disse Alif à forma embaixo da estação do trabalho –, o que você sabe de um persa chamado Moqlas, que pode ter feito alguma coisa ruim no século XVII?

– Moqlas, o dervixe? – Os olhos de Vikram refletiam a luz como os de um gato. – Era uma espécie de erudito. Muito interessado no conteúdo dos livros.

– Que motivo teria o xá para se aborrecer com ele ou vigiá-lo?

– Ele é o que você chamaria de herege.

– Mas um herege instruído.

– Alguns podem dizer isso. Por que quer saber?

– Este de la Croix, de quem a convertida gosta tanto, estudou com ele. Ele acreditava que um dos livros que Moqlas o ajudava a estudar... o *Mathnawi*... continha a Pedra Filosofal. – Alif olhou para Vikram, que conseguiu passar os tornozelos pelos ombros como um acrobata de circo. – Mas isso não faz sentido algum. A Pedra Filosofal era para ser uma substância física, não? Uma coisa da alquimia. Tipo uma substância milagrosa que transforma as coisas em ouro, ou água da vida, ou coisa assim. Não um livro.

– A distinção só é relevante para um idiota novato como você. A Pedra Filosofal é o conhecimento, o conhecimento puro... Um fragmento da fórmula segundo a qual o universo foi escrito.

Alif esfregou os olhos.

– E essa coisa está no *Mathnawi*?

– Bem, está em um mathnawi, ou assim diz a teoria.

– Como assim, *um*? O *Mathnawi* não foi escrito por Rumi? Existe mais de um?

Vikram bufou.

– É claro que existe mais de um. Muitos imbecis que pensavam ter alcançado uma grande compreensão do cosmos alegaram ter escrito um. Mas a maioria deles era horrível. O de Rumi foi o único que permaneceu.

– Mas você não acredita que a Pedra Filosofal estava no *Mathnawi* de Rumi.

– Se acreditasse, estaria lá fora conquistando o tempo, e não sentado debaixo desta mesa. O que aconteceria se eu puxasse este fio verde?

– Não, não!

Vikram riu alegremente.

– Pode se concentrar por uns dois minutos? – rebateu Alif. – Preciso entender isso.

– Você já entendeu. Evidentemente o mathnawi a que se refere este de la Croix é o *Alf Yeom*. Noventa mil versos é mais ou menos o tamanho certo. É claro que Moqlas, o dervixe, é um místico persa que o iniciou no estudo do texto, assim como ele foi iniciado por seus mestres e estes pelos deles e assim por diante, até chegar no velhaco do século XIV que ouviu pela primeira vez do djin. É evidente que Moqlas acreditava que podia decifrar de algum modo o texto e chegar à Pedra Filosofal, e dessa forma ter o poder de manipular a matéria e o tempo.

Alif fez uma expressão cética.

– Isso é verdade? – perguntou. – Ler o *Alf Yeom* realmente pode fazer isso?

Vikram se mexeu, esticando o pescoço de um jeito nada natural para fitar os olhos de Alif.

– Um ser humano que deseja o conhecimento esquecido certamente pode pensar que sim. Se ele de fato teria sucesso... Não, isso nunca aconteceu. Nem acontecerá com você se é o que está pensando.

– Não estou pensando nada. Não me interesso por poderes cósmicos. Só quero entender onde Intisar pegou essa coisa e o que espera que eu faça com ela.

Como resposta, Vikram cravou os dentes no tornozelo de Alif. Alif fechou seu netbook, xingando, e chutou o braço que se estendia para o cabo de força. A convertida apareceu à porta do laboratório de computação e andou na direção deles. Vikram se desvencilhou da mesa, curvando-se de um jeito que deixou Alif um tanto nauseado, e se levantou para recebê-la, como se ficar de tocaia embaixo de mesas fosse uma coisa comum. A convertida estava com uma cara estranha: o queixo enrugado, a boca franzida, as sobrancelhas unidas numa expressão ensimesmada. Estendia o *Alf Yeom* nas duas mãos como uma travessa. Estava enrolado numa espécie de filme protetor e lacrado com fita cirúrgica.

– Como foi na arquivologia? – arriscou-se Alif.

A convertida passou o polegar pelo canto do livro, estalando o filme plástico.

– Quer a resposta curta ou a longa? – perguntou ela.

– A longa, naturalmente – disse Vikram. – Pode nos contar enquanto conseguimos o almoço. Vocês têm algo parecido com shawarma neste prédio de classe alta, não têm?

– Posso levar vocês ao refeitório.

– Esplêndido.

– Tenho que encontrar alguém daqui a duas horas – interveio Alif. – Na *chaiwallah* pela qual passamos, perto da entrada da frente.

Vikram ficou interessado.

– Como assim? Encontrar quem?

– A... minha... A garota que me mandou o *Alf Yeom*.

– Por que não disse logo? – Os olhos amarelos de Vikram estavam alegres. – Vamos todos lá testemunhar seu pequeno encontro. Será a aventura mais romântica da convertida em anos.

– Cretino – murmurou a convertida.

– Ninguém vai – disse Alif. – Não ligo para o que vocês vão fazer enquanto isso, mas eu a verei sozinho.

– Bem, que seja. O refeitório fica por ali, de qualquer forma.

Lançando um olhar gelado a Vikram, a convertida saiu primeiro do laboratório de computação e andou pelo corredor. O ar cintilante bateu no rosto de Alif enquanto eles saíam na tarde quente demais. Ele lamentou a perda do laboratório climatizado, tão agradável para o corpo e para a máquina. Do lado de fora, tudo brigava com todo o resto: o calor contra a pele, a pele contra a decência, a decência contra a natureza. Alif esfregou o suor da nuca, irritado.

A convertida passou por grupos de estudantes que conversavam até o prédio baixo perto da entrada do campus. O cheiro de fritura e farinha de grão-de-bico os alcançou de suas janelas. Alif sentiu o estômago roncar e desejou ter comido mais do iogurte de menta que Azalel oferecera pela manhã. Foi atrás da convertida enquanto ela passava por portas duplas e entrava num salão. Mesas e bancos compridos ficavam num canto; no outro, mulheres amargas *desi* de uniforme serviam comida de trás de bancadas de metal.

– É comida de universidade, mas é quente – disse a convertida, entregando uma bandeja a Alif.

Ele não precisou de outro estímulo e carregou a bandeja com *pakoras* vegetal, *naan* e *kabsa* com frango, que cheirava a comida aquecida por muitas horas. A convertida encontrou uma mesa vaga e se sentou, colocando o *Alf Yeom* em um abrigo de guardanapos limpos.

– Cuidado com essa bandeja! – Ela afastou mais o livro da mesa enquanto Alif se sentava de frente para ela. – Vai pingar gordura no manuscrito.

– Desculpe.

– Onde está o meu? – Vikram pegou a colher que Alif tentava alcançar, servindo-se de *kabsa*. Alif torceu o lábio.

– Tudo bem, o negócio é o seguinte. – A convertida parou e cruzou as mãos sobre o queixo como um ícone católico. – Tirei uma amostra de cinco por cinco milímetros de uma das páginas do meio, que tinha um espaço em branco. Pedi a meu orientador para ver. Como as páginas são de papel e não de velino e as condições do livro estão tão boas, supus que não podia ter mais de duas centenas de anos.

Vikram sorriu por trás de sua comida, olhando, Alif pensou, como um homem que esperava pelo final de uma piada.

– Meu orientador... Não contei nada a ele, só pedi que visse a amostra... Ele discorda. Acredita que não tem menos de setecentos anos.

Alif engoliu num segundo a porção de *pakora* que tinha na boca.

– Ele disse que o papel foi feito por um processo que esteve em voga na Ásia Central no século XIV. É quase certamente persa também, ou pelo menos o papel foi feito na Pérsia. Ele pensa que é a resina de cheiro ruim que mantém o livro em condições tão boas, embora não possa dizer de antemão do que foi feita. Quer uma análise do laboratório.

– Então... – Alif hesitou, sem saber o que queria dizer.

– Então, eu estava errada. – A convertida abriu um sorriso irônico. Parecia cansada. – Este é o artigo autêntico. De la Croix não estava inventando nada. O *Alf Yeom* é verdadeiro.

Vikram se recostou na cadeira com um ronronar satisfeito. A convertida o olhou firmemente, torcendo a boca num desdém exagerado. Ele parecia se divertir com a fúria silenciosa dela. Seus olhos brilhavam, refletindo o azul nos olhos da mulher enquanto ele a encarava, sem piscar, e pareceu a Alif que ele dizia alguma coisa, embora seus lábios não se movessem. O que quer que fosse, fez com que o bico da convertida evaporasse. Ela ruborizou e virou o rosto, mordendo o lábio inferior de um jeito que era quase acanhado, e ocorreu a Alif que ela ficava quase bonita quando não estava de cara amarrada.

– Agora estou realmente interessada em saber como sua amiga colocou as mãos nisso – disse ela, dando um pigarro constrangido. – Este não é o tipo de artefato que se encontra em um sebo. Nem numa livraria de obras raras. Nem no Smithsonian. Fiz buscas em todas as principais bibliotecas de empréstimo da Cidade e telefonei para alguns antiquários que vendem coisas que não deviam. Ninguém ouviu falar dele.

Alif examinou o manuscrito envolto em plástico em seu leito de guardanapos. Não podia pesar mais de meio quilo, entretanto parecia uma carga insuportável – uma responsabilidade indefinida que ele não pediu, um desconhecido que ele desconhecia. Como Intisar pudera, pensou ele, largar aquilo imperiosamente no colo dele sem considerar seu coração partido? Foi dominado pelo desprezo.

– Estou enjoado de tentar adivinhar o que tudo isso significa – afirmou ele. – Quero alguns fatos.

A convertida deu de ombros.

– Eu disse tudo que sabia a vocês. O laboratório vai entregar os resultados do teste de resina em algumas horas. Mas não posso lhe dizer de onde vem o livro.

– Talvez eu possa fazer isso – refletiu Vikram, afagando o cavanhaque. – Mas envolveria levar você a um lugar aonde não deveria ir.

– Que lugar? – perguntou Alif, novamente desconfiado.

– A Viela Imutável. Há uma entrada para ela na Cidade, mas não a uso há anos... A essa altura, deve ter mudado.

– Mas... – Alif tentou organizar os pensamentos. – As vielas não mudam simplesmente. Como pode a entrada estar em outro lugar além de onde costumava estar?

– Ela se muda.

– Mas é chamada de Viela Imutável!

– A viela é estática. Essa é a questão. O mundo se move em volta dela. Assim, podem estourar entradas e saídas em qualquer lugar. – Vikram sorriu, evidentemente satisfeito consigo mesmo.

– Que monte de asneiras – disse a convertida, torcendo o nariz. – Viela Imutável uma ova. Ele quer nos levar para uma rua escura e nos roubar. Depois, quando chamarmos a polícia, podemos dizer que estivemos seguindo um sujeito que pensa ser um gênio de um lugar que não existe e eles podem nos trancar na prisão por sermos malucos.

– Minha querida, há quanto tempo nos conhecemos? Estou magoado com sua falta de confiança. – Vikram fez beicinho na cara bonita.

– Não me importo. Não vou cair nos seus truques. – A convertida cruzou os braços e cerrou a boca numa linha fina e masculina. Vikram a imitou. Ela fingiu não perceber.

– Eu vou – disse Alif, sentindo-se encorajado. – A qualquer viela, imutável ou não, desde que tenha alguém lá que possa me dizer o que preciso saber.

– Ou então – falou a convertida numa voz lenta e condescendente, como a que se usa com uma criança – você pode apenas esperar até encontrar sua amiga e perguntar onde ela conseguiu o livro e o que espera que você faça com ele.

Alif limpou a gordura de *pakora* nos jeans, murchando sob o exame atento da convertida.

– Eu podia – murmurou ele –, mas nem tenho certeza se ela vai aparecer. Ou o que vai dizer se vier.

A convertida suspirou, colocando uma mecha solta do cabelo por baixo do lenço.

– Tudo bem – disse. Semicerrando os olhos para Alif, ela se levantou. – Mas, se eu terminar espancada, estuprada ou roubada, vou culpar você. Você é oficialmente responsável pelo meu bem-estar. Que fique claro que estou fazendo isso sob coação.

– Ridículo – zombou Vikram. – Você está fazendo isso porque está curiosa. Vamos, crianças.

Ele saltou para a porta do refeitório, cantarolando. Alif e a convertida o seguiram, mantendo uma distância tensa entre si. Do lado de fora, Vikram desceu o morro, na direção da margem do campus e do muro do Bairro Antigo depois dali. Seguiram cautelosamente pelo Bairro Antigo, depois da universidade, e suas ruas com calçamento de pedra que emitiam ecos curiosos. Tudo ali parecia mais velho, maior e mais rico do que a Cidade que Alif conhecia; havia árvores que por um século ou mais tinham sido cuidadosamente cultivadas contra o ar seco do deserto, cobertas por poeira e raízes largas, espalhando suas folhas sobre as entradas em arco de casas e palacetes. Acabaram-se os prédios de apartamentos e casas geminadas atarracadas como aquela onde ele e Dina moravam. O distrito de Baqara era indiferente ao bom gosto ou à beleza e, se alguém quisesse uma coisa ou outra, tinha de procurar bem além da aparência das coisas. Ali, as duas existiam em abundância.

– Eu queria ter dinheiro – afirmou Alif. – O dinheiro compra a beleza.

– Que coisa cínica de se dizer – disse a convertida.

– Ele tem razão – falou Vikram, pulando alguns passos. – Embora muitos de nós possam preferir negar isso. O dinheiro suaviza o caminho para muitas coisas.

– Na minha terra é diferente. – A convertida falava com uma espécie de confiança descuidada que Alif associava aos estrangeiros.

– Duvido muito – disse Vikram. – A América é um país como outro qualquer, com ricos e pobres. Se você perguntasse a um americano pobre se ele prefere continuar assim ou acordar com um milhão de dólares embaixo do travesseiro, posso garantir que terá a mesma resposta sempre.

A convertida ergueu uma sobrancelha, cética.

– Já esteve nos Estados Unidos?

– Em que sentido?

– Existe mais de um?

– Naturalmente.

– Meu Deus, você é ridículo. – Segurando a saia comprida, a convertida passou à frente de Vikram, andando pela rua com um passo decidido. Vikram riu.

– Eu não pretendia ofender sua vaidade, minha cara – garantiu ele. – Ande mais devagar. Conheço tão poucos ocidentais que esqueci como suas consciências são melindrosas.

– Sabe quantas palavras eu conheço para 'estrangeira'? – perguntou a convertida. Ela não se virou para falar; sua voz parecia flutuar de trás da cabeça envolta em seda. – Muitas. *Ajnabi. Ferenghi. Khawagga. Gori. Pardesi.* Já fui chamada de todas elas. Não são palavras gentis, independentemente do que seu povo alegue.

– Espere um minuto, quem é esse *seu povo*? – disse Alif.

– Orientais. Não ocidentais. Como quiserem chamar a si mesmos. Não importa as concessões que façamos... Se nos vestimos respeitosamente, aprendemos a língua, seguimos todas as regras insanas sobre quando falar, como e com quem. Eu até adotei sua religião... Adotei por livre e espontânea vontade, pensando que fazia algo nobre e correto. Mas não é o bastante. Vocês sempre criticam cada pensamento e opinião que sai de minha boca, mesmo quando falo da merda do meu país. Sempre serei uma estrangeira.

Alif ficou perplexo com esse desabafo amargurado. Olhou para Vikram e se surpreendeu ao ver uma preocupação genuína no rosto dele. Abaixando-se como um cachorro, Vikram avançou a meio galope, até que alcançou a convertida e a pegou pelo braço.

– Basta – disse ele baixinho. – Perdoe-me.

A convertida virou a cara, olhando uma roseira Taif morta grudada a uma parede, mumificada em meio à poeira.

– Não entendo por que você continua aparecendo – falou ela. – Não é possível que eu seja a única pessoa que você conhece digna de ser perseguida. Não sou bonita, não sou charmosa, não estou disponível e fiz um esforço enorme para não ser interessante a você. Não sei por que você está sempre voltando.

Vikram puxou sua manga, arrastando-a para ele.

– Você é a única pessoa que conheci burra o suficiente para não ter medo de mim – disse ele –, só que você não é burra. Isso me deixa louco. Você não gosta disso?

– Está mentindo.

– Eu nunca minto.

A convertida não respondeu. Vikram cochichou alguma coisa, baixo demais para Alif ouvir. Pareceu surtir o efeito desejado, pois ela levantou a cabeça para ele e sorriu com certa timidez.

– Vamos, irmão mais novo – disse Vikram com um gesto do braço. – Ande logo.

Alif correu para alcançar os dois. A convertida parecia apaziguada e reduziu novamente o passo.

– O que não entendo – prosseguiu ela num tom mais conciliatório – é como os não ocidentais podem ir de um lado a outro entre as civilizações com tanta facilidade. Acho que os ocidentais nunca conseguiram isso. Não está em nosso DNA cultural ter tanta capacidade de adaptação. Quero dizer, veja todos os escritores orientais que produziram grandes obras da literatura ocidental. Kazuo Ishiguro. Nunca se imaginaria que *Os resíduos do dia* ou *Não me abandone jamais* fossem escritos por um japonês. Mas não consigo pensar em ninguém que tenha feito o contrário... Algum ocidental que tenha escrito grandes obras da literatura oriental. Bem, talvez se contarmos Lawrence Durrell... O Quarteto de Alexandria se classifica como literatura oriental?

– Há um teste muito simples – disse Vikram. – Fala de gente entediada e cansada fazendo sexo?

– Sim – disse a convertida, surpresa.

– Então é ocidental.

A convertida pareceu abatida, depois riu.

– Meu Deus, acho que você tem razão. Que seja. Estou sendo uma tola.

– De forma alguma.

Vikram fez uma leve mesura galante em sua direção. Alif olhava de um para outro, sentindo-se um tanto excluído. Só havia conhecido alguns ocidentais na vida, a maioria instrutores da Grã-Bretanha ou dos Estados Unidos que ensinavam nas escolas particulares vagabundas que havia frequentado. Seus colegas de turma eram outros *desis* da Índia, do Paquistão ou de Bangladesh, com um punhado de malaios e um ou outro árabe de terras norte-africanas menos ricas em petróleo – os filhos de trabalhadores imigrantes com economias suficientes para educar os filhos de forma moderna. Ele sempre supusera que seus professores ingleses pertenciam a outro jeito de ser, mais etéreo, livres da angústia da identidade e do deslocamento que ele sofria. Ver a convertida aflita por essas coisas o deixava nervoso. Ele a examinou pelo canto do olho. Um sorriso brincou em sua boca e desapareceu; uma sobrancelha se ergueu e ficou ali. Evidentemente, a mulher tinha senso de humor.

– Ah. Agora, vejamos.

Vikram parou diante de um muro ao redor de um jardim que cercava um palacete. Era de calcário, do tipo retirado do deserto um século antes por mercadores ricos que tinham comprado os últimos terrenos que restavam do Bairro Antigo e construído neles.

– O que estamos procurando? Por que paramos? – perguntou Alif.

Vikram empinou o nariz e farejou.

– Sinto o cheiro de um ar errante – disse ele. – E água em poços de quartzo. E alho, possivelmente. Acho que estamos no lugar certo.

– Desculpe, mas o quê? – disse a convertida.

– Este é o cheiro certo – explicou Vikram com paciência. – Deve haver uma entrada para a Viela Imutável perto de onde estamos agora.

Alif suspirou com irritação.

– Quer dizer que você está nos guiando por aí pelo *cheiro*? Está brincando comigo?

– O que foi que eu falei? – disse a convertida, o desdém voltando ao seu rosto. – Ele nos enganou. Agora vai pedir dinheiro.

Soltando um rosnado do fundo da garganta, Vikram andou de um lado a outro na frente do muro.

– Estou começando a perder a paciência – falou ele. – Eu me ofereço para trazer vocês a um lugar que poucos de sua espécie tiveram permissão de percorrer, para conhecer pessoas diante das quais eu rezo para que vocês não me deixem constrangido e vocês ficam aqui batendo boca.

– Vikram, isto é um *muro*! – Alif sentiu que o que restava de sua paciência se esgotava. – Não tem entrada para lugar algum. Um muro é para manter as pessoas do lado *de fora*.

– Por Deus, por que isso deveria importar? – Com um olhar arrogante, Vikram foi para a construção de calcário, virou à direita e desapareceu, como se o muro não fosse uma estrutura única, mas dois painéis sobrepostos de pedra com uma passagem estreita entre eles.

Alif e a convertida ficaram olhando para o ponto onde ele desaparecera. A boca da convertida estava aberta de um jeito que Alif não achou nada atraente, mas espelhava a sensação frouxa em seu próprio crânio: ele se esforçava para entender o que acabara de ver e descobria que não conseguia.

– Vocês vêm ou não? – A voz de Vikram saiu de um ponto indeterminado dentro do muro. A convertida se sacudiu.

– Sim – respondeu ela com a voz fraca. Alif se obrigou a formar uma resposta inteligente.

– Deve ser alguma ilusão de ótica – sugeriu numa voz moderada. – Vikram tem uma boa percepção de profundidade.

– Sim – repetiu a convertida.

Ela avançou um passo, depois outro. Ao chegar ao muro, virou à direita, pareceu surpresa e desapareceu entre os blocos de pedra da mesma forma que Vikram. Sozinho, Alif de repente ficou nervoso e correu atrás dela, piscando uma vez quando viu que de fato havia uma abertura fina. O muro na realidade eram dois, unidos e tão perfeitamente alinhados que de frente se misturavam por completo um no outro.

A passagem entre eles parecia se estender muito além do que a aparência sugeria. Alif a seguiu por uma distância equivalente à quadra inteira de uma cidade, depois outra; quando continuou ainda mais, começou a entrar em pânico.

– Vikram? – Sua voz era estridente.

– Aqui, idiota.

Alif espiou o chão de lajotas de pedra e parou pouco antes de tropeçar em uma escada tão invisível quanto a passagem. Ele só sabia que era uma escada, e não uma continuação do chão, porque Vikram e a convertida estavam de pé no alto, parecendo estranhamente pequenos. Recompondo-se, Alif subiu pela escada para se encontrar com eles. Tentou aparentar indiferença.

– Oi – disse ele. – Olá. Achei que tivesse me perdido de vocês.

Vikram riu.

– Está vendo? É como eu disse. Não se arrepende de me causar tanto sofrimento?

Dando um passo para o lado, ele revelou o mais estranho emaranhado de arquitetura que Alif já vira: era uma viela, certamente, mas não se comportava como uma. O corredor central, ladeado por duas paredes e coberto por dosséis de tecido brilhante, corria deles para o horizonte. Algumas escadas levavam do nível da rua para a meia altura das paredes, depois paravam ou se viravam em direções estranhas; olhar para elas por muito tempo dava dor de cabeça em Alif. As portas se empoleiravam três metros acima do chão ou se estendiam perpendiculares na via principal, de tal modo que era possível ver os dois lados ao mesmo tempo.

A viela estava apinhada de gente: rodas de homens empoleirados em almofadas na terra, discutindo entre si em meio a anéis de fumaça de narguilé; mulheres usando véu ou túnica, ou mesmo quase nada, vendiam produtos nas barracas encostadas em cada parede. Depois havia aqueles que não pareciam homens nem mulheres, mas sombras errantes movendo-se contra a luz, aglutinando-se de vez em quando em formas bípedes. O barulho de tudo aquilo, uma mescla de línguas que Alif não conseguiu identificar inteiramente, elevava-se e caía como a maré numa praia. O efeito era hipnótico.

Vikram os levou pela multidão a uma loja construída na parede da esquerda, a vários metros de distância. Uma mulher de cabelo castanho-escuro, preso numa rede complicada de tranças, estava dentro dela, recostada a um balcão de madeira, de frente para a rua. Seus olhos, como os de Vikram, eram amarelados; suas feições não tinham qualquer característica étnica discernível. Ela sorriu para Vikram quando ele se aproximou, com a familiaridade tranquila de quem se conhece há muito tempo.

– *As-salaamu alaykum* – disse ele, tocando a testa.

– *W'alaykum salaam* – respondeu ela.

Sua voz era baixa e fluida. Ela examinou Alif de um jeito que o fez corar, deixando que seus olhos subissem e descessem por seu corpo com expressão preocupada.

– Por que os trouxe aqui? – perguntou ela em árabe a Vikram. – A viela não é tão segura quanto antigamente, sabe disso. E não creio que a garota esteja encarando tudo isso muito bem.

Alif olhou a convertida: seus olhos estavam vidrados e ela ficava se balançando como se caísse no sono e voltasse a si sempre que cochilava.

– Ela é americana – disse Vikram, como se isso explicasse tudo.

– Ah. – A mulher olhou a convertida com piedade. – Metade dentro, metade fora. Ela talvez não se lembre muito do que aconteceu aqui.

– Vai se lembrar o suficiente. O menino é o principal motivo para termos vindo, de qualquer modo, embora ele seja mais cético. Alif, esta é Sakina. Sakina, este é aquele que chama a si mesmo de Alif.

– Alif. – Sakina semicerrou os olhos coloridos pelo sol. – Um único golpe da pena de cima para baixo. A letra original. Nome interessante.

– Obrigado – disse Alif, achando desnecessário.

– Por que vieram? – Sakina olhou para ele, erguendo uma sobrancelha, em expectativa. Alif olhou para Vikram, que sorriu enquanto o observava.

– Eu... Bom. Tenho um livro e queria saber de onde ele vem – contou Alif, quando ficou claro que Vikram não daria a explicação.

– Ah, sim? Vamos ver.

Alif baixou a mochila no chão e a abriu, tirando o *Alf Yeom*. Colocou no balcão de madeira diante de Sakina. Os olhos dela se arregalaram. Ela olhou desanimada para Vikram.

– Vikram, Vikram... Você sempre foi de criar problemas, mas desta vez se superou.

Vikram deu de ombros.

– Estou ficando velho – disse ele. – Deixo que a terra perambulante me guie aonde puder. Se me trouxer pesar, o que importa?

Sakina estalou a língua e olhou a rua de um lado a outro.

– É melhor vocês três virem para dentro – disse ela, abrindo o balcão para permitir sua entrada.

Alif seguiu Vikram, e a convertida foi em seguida. O interior da loja era agradável e muito iluminado, com paredes de pedra arqueadas e janelas fundas. Um gato cinza mosqueado tirava um cochilo em uma delas e levantou a cabeça brevemente quando entraram.

Alif se surpreendeu ao ver que as prateleiras de madeira que flanqueavam a loja estavam repletas de maneira mais ou menos equilibrada de livros e peças de computador: antigos volumes encadernados em couro, romances em brochura em várias línguas, placas desajeitadas dos anos 1990, drives óticos de terceira geração com menos de um ano de beta.

– Isto é uma livraria, uma loja de computador, ou o quê? – perguntou ele. – Quem faz compras aqui?

Sakina riu, não sem alguma gentileza.

– Quantas perguntas – disse ela. – Não é uma livraria nem uma loja de computador, Alif. Eu negocio informações, independentemente da forma que assuma. As pessoas vêm aqui quando desejam comprar ou trocar conhecimento.

– Ah.

Alif desejou não ter dito nada. Observou pensativamente um processador quad-core colocado numa prateleira no nível dos olhos. Sakina olhou para Vikram.

– Computadores e livros – disse ela. – Isso significa que ele não consegue ver as outras coisas?

– Provavelmente não – retrucou Vikram, dando um tapa carinhoso atrás da cabeça de Alif. – Afinal, ele ainda é feito de lama.

Com um palavrão, Alif se desvencilhou de Vikram, esfregando o pescoço.

– Pare de falar de mim como se eu não estivesse aqui – reclamou.

Sakina abriu um sorriso bonito.

– Perdoe-nos. É só que você não está exatamente aqui, entenda. Ou, colocando de outra maneira, nós não somos inteiramente visíveis um ao outro. É como se você e eu nos falássemos ao telefone, mas Vikram e eu conversássemos pessoalmente. É tentador demais falar de você.

Indefeso, Alif se sentou no chão com um suspiro.

– Tudo bem, tanto faz – murmurou. – Isso tudo foi ideia de Vikram, para começar.

– Que bonito – disse a convertida em inglês, falando pela primeira vez. – Obrigada por nos convidar para entrar.

Alif sentiu necessidade de compensar o comportamento absurdo dela e, com isso, o seu próprio – justificar de alguma maneira a incompetência dos dois.

– Acho que o telefone da convertida está com sinal ruim – brincou com a voz fraca.

Sakina riu novamente de um jeito educado e afável.

– Está tudo bem – disse ela. – É assim para a maioria da tribo de Adão. Se sua visão estivesse inteiramente velada, ela nem seria capaz de entrar aqui. Isso já é alguma coisa.

Alif assentiu como se compreendesse do que ela falava. Sakina sentou-se no chão e colocou diante dela o *Alf Yeom*, dirigindo a ele um olhar inquisitivo, como se adivinhasse algum significado oculto. Vikram deslizou para o chão ao lado da convertida, observando sua expressão vaga com uma ironia cruel.

– Então é verdade... Ele foi encontrado. Este é o manuscrito de Moqlas, não é? – perguntou Sakina a Alif.

Alif ficou feliz diante de uma pergunta que ele realmente podia responder.

– Sim – confirmou ele –, ou, pelo menos, é o que sugere a pouca pesquisa que pude fazer.

– Acredito que esteja correto em suas descobertas – disse Sakina. – Quando o *Alf Yeom* foi ditado a um ser humano por alguém de nossa espécie, muitas centenas de anos atrás, este homem... Seu nome era Reza... Fez quatro cópias. Ele era membro de uma seita herética chamada Battini... Viviam na Pérsia e eram ligados aos Assassinos. Talvez tenha ouvido falar deles. De qualquer modo... Os manuscritos são legados e dos Battini passados de mestre a discípulo. Cada geração tentou descobrir o que acreditava ser o conhecimento oculto no texto, esperando adquirir poderes sobrenaturais. Ninguém conseguiu.

– Isso é possível? – Alif interrompeu-a. – Conseguir superpoderes desde que se entenda qual é o truque? Quero dizer, se é que *existe* um truque?

Sakina riu.

– Não existe truque... Simplesmente sua espécie e a minha veem o mundo de forma diferente, é só isso. O aspecto transcendental dos *Mil e um dias* é aparente apenas ao povo oculto. Mas... – Ela parou, olhando um microprocessador numa prateleira acima dela.

– Mas o quê?

– Eu costumava me perguntar se vocês estavam chegando perto – falou ela devagar. – A maior parte do meu povo discorda de mim, mas acredito que, com o advento do que chamam de era digital, vocês romperam uma espécie de barreira entre o símbolo e o simbolizado. Isso não quer dizer que o *Alf Yeom* faça mais sentido para vocês, mas pode significar que vocês aprenderam alguma coisa fundamental sobre a natureza da informação. Vocês, afinal, são a raça eleita... Ordenaram a nossos ancestrais que se curvassem ao seu progenitor nos Primeiros Tempos. E foi alguém da sua espécie que gerou o *Critério*, e não da nossa.

– O que é esse *Critério*? – Alif se curvou para a frente, atento ao rosto sério de Sakina.

Ela parecia se divertir.

– Certamente você deve saber, em vista de seu nome verdadeiro.

– Mas eu pensei... Como sabe meu nome verdadeiro? Não ouvi Vikram mencioná-lo.

– Eu nem precisei – disse Vikram, brincando com a bainha da saia da convertida. Ela parecia não perceber. – Uma vez que eu sei qual é, ele fica implícito em seu nome escolhido sempre que o digo. Por isso é perigoso contar o seu nome verdadeiro a um djin, se você prefere que ele não saiba.

– Isso é culpa de Dina – resmungou Alif. – Ela se recusa a me chamar de outro jeito.

– É um nome abençoado – afirmou Sakina. – Não entendo por que você teria vergonha dele.

– É comum. É o nome de todo mundo. Eu queria ser diferente.

– Mesmo assim.

Alif passou a mão, inquieto, no cabelo desgrenhado.

– Tanto faz. A questão não é essa. O que é esse *Critério*?

Sakina apontou uma prateleira atrás de seu ombro.

– *Al-Furqan*, é claro. *O* livro.

Alif se virou e olhou: em uma armação, encadernado em couro verde, estava um exemplar do Alcorão.

– Ah – disse ele.

Houve uma pausa em que Alif se sentiu tímido e pequeno. Sakina e Vikram se olharam numa comunhão felina, sem dizer nada, sorrindo ao mesmo tempo.

– Desculpe – disse Sakina, rompendo o feitiço. – Ficamos perdidos em pensamentos. Onde eu estava mesmo?

– Os Battini – falou Alif. – E Moqlas.

– Sim. Duas das quatro cópias foram destruídas em Isfahan quando Shah Abbas fechou a escola Battini local no início do século XVII. Outro se perdeu num incêndio, cinquenta anos depois, no posto avançado dos Battini no Cairo. No final do século XVII, só restava uma cópia, a herdada por Moqlas. Dizem que ele ditou as histórias a um francês, que as traduziu para sua própria língua, mas eu soube que a tradução não é levada muito a sério.

– De la Croix – disse Alif. – Todo mundo pensava que ele inventou tudo.

– Inventou tudo. – A convertida lhe fez eco.

– Todas as traduções são inventadas – opinou Vikram. – As línguas são diferentes por bons motivos. Não se pode transferir ideias entre elas sem perder alguma coisa. Só os árabes entenderam isso. Eles têm o bom senso de chamar as versões não árabes do *Critério* de interpretações, e não traduções.

– Então, a tradução francesa – quis saber Alif – não se qualifica como uma versão verdadeira do *Alf Yeom*?

Vikram o olhou com repulsa.

– E *alguma coisa* é verdadeira em francês?

– Quando Moqlas morreu, o manuscrito restante do *Alf Yeom* se perdeu – continuou Sakina. – A escola Battini acabou-se, seus membros terminaram seus dias como vagabundos estragados pelo haxixe, lamentando sua falta de sorte. Não se ouviu mais nada do manuscrito... Isto é, até sete meses atrás.

A perna esquerda de Alif estava dormente. Ele se mexeu, sentindo alfinetadas na panturrilha e no pé.

– E o que aconteceu? – Ele se sentia uma criança ouvindo uma história na hora de dormir.

– Houve o boato de que uma jovem nobre de um dos emirados identificara o manuscrito por meio de um vendedor de livros raros em Damasco e pagou uma pequena fortuna por ele. Ninguém pôde confirmar isso. Mas houve um homem, um homem da sua tribo, um *beni adam* que eles chamam de *estrela cadente*, que se convenceu o suficiente a ponto de recrutar alguns companheiros muito perigosos para procurar por ele e por ela.

– Intisar.

Alif sentiu o rosto esquentar. Ela estava ameaçada por muitas coisas fora de seu controle. Ele não tinha feito o suficiente para protegê-la. O nome *estrela cadente* significava alguma coisa para ele, mas não conseguia lembrar o quê. Estava impotente, tanto ali como no mundo externo, sua utilidade limitada a martelar comandos em computadores. Para além do quarto onde se sentava dia após dia, como uma aranha preguiçosa no meio de uma teia digital, ele não tinha ossos, protegido apenas por uma carapaça preta de camiseta e jeans, despreparado para o perigo físico. Sua mente lutava contra os limites de seu corpo.

– Ela deve ter me mandado o livro porque ficou com medo – disse ele, mortificado quando sua voz ficou abalada. – Quem quer que seja esse tal de *estrela cadente*, claramente a ameaçou. Ela então despachou o livro para se proteger. – Ele soltou uma risada fraca. – Mas não compreendo por que ela pensaria que eu poderia mantê-lo em segurança. Eu já estou fodido, sendo hackeado pela Mão e tornando-me um foragido. Estou cheio dos meus próprios problemas. Fui descuidado e burro.

Sakina tocou o pé de Alif com sua mão solidária. Alif sentiu uma calma imediata descer pelo corpo, soporífera e fria. Ele se perguntou se o efeito surgia de sua mente sugestionável ou era resultado de alguma capacidade misteriosa que a mulher possuía. Qualquer coisa parecia possível.

– Quem é esse homem que quer isto? – perguntou Alif. – O livro, quero dizer. De onde ele vem? Quem são essas pessoas que você diz que ele recrutou?

Os olhos de Sakina cintilaram.

– Eu nunca o vi – afirmou ela –, mas dizem que ele vem por conta própria à viela. Sem guia nem mapa. Tem alguma autoridade entre a humanidade... Um agente da lei, legislador, operador de punições. Como chegou a este lugar, ninguém sabe. Mas conseguiu convencer certos elementos do meu povo a ajudá-lo.

Alif olhou para Vikram. O homem parecia atento, até inquieto.

– O que ela quer dizer? – perguntou ele.

– Existem muitos tipos de djin – explicou Vikram em voz baixa. – Como existem muitos tipos de *banu adam*. Alguns são bons, como Sakina, outros nem tanto, como eu. A maioria é de covardes morais, como você. Mas existem alguns muito, mas muito maus.

– Maus... Como o quê?

– Bem, o pária Shaytan é um djin. A partir daí, você pode raciocinar.

Alif cerrou os punhos contra o rosto.

– Não posso lutar contra demônios – murmurou ele.

– Não, não pode – disse Sakina. – Mas ninguém pediu que fizesse isso. Deixe o livro aqui, conosco. Estará mais seguro na Viela do que no mundo visível. Sua espécie nunca deveria possuí-lo, antes de qualquer coisa... Vocês são descuidados demais com as próprias ferramentas, ávidos demais com o progresso para considerar seu custo.

Alif olhou com alívio o manuscrito colocado entre os dois. Se ele se livrasse do livro, Intisar não ficaria mais segura. Ele, por outro lado, se sentiria muito mais seguro. Era uma coisa honrada devolver um artefato perdido aos seus verdadeiros donos. Ele seria capaz de olhá-la nos olhos e dizer que tinha feito alguma coisa, qualquer coisa, para se provar merecedor do que ela tinha retirado dele.

– O homem que tem procurado pelo livro – falou Alif. – Ele não sabe que está comigo, sabe? Quero dizer, como poderia saber? Se eu o deixar aqui, seria o fim de minha participação nessa história toda. Eu sou anônimo.

A boca de Sakina se torceu em dúvida.

– Não tenho certeza disso. O homem em questão pode ser feito de lama como o resto de sua espécie, mas, como eu disse, não lhe faltam recursos. Seus aliados já podem tê-lo informado de que você está aqui. E se ele consegue chegar sozinho à viela, deve ter acesso considerável a informações no mundo visível também. No seu lugar, eu não presumiria nada.

A familiaridade com o nome do homem, quicando no fundo de sua mente desde que Sakina o pronunciara, adquiriu uma clareza arrepiante.

– Meu Deus – disse Alif. – É um meteoro. Uma estrela cadente é um meteoro. Al Shehab. Al Shehab significa *estrela cadente*.

– E daí? – Vikram bocejou, revelando vários dentes pontudos.

– É a Mão. – Alif teve vontade de rir. – Seu nome verdadeiro é Abbas Al Shehab. A Mão está atrás do *Alf Yeom*.

Capítulo Oito

Embora Sakina tenha insistido para ele ficar, Alif guardou o manuscrito na mochila e a pendurou no ombro.

– Tenho que me encontrar com Intisar e avisar a ela – disse ele. – Já devia ter ido embora há séculos. Vou chegar atrasado.

– Alá, Alá! – exclamou Vikram. – Sim, seja homem! Aceite seu destino!

– Não o encoraje – advertiu Sakina. – Ele pode correr riscos terríveis.

– Ele já está correndo um risco terrível. Um pouco mais não vai fazer mal – disse Vikram.

– É verdade. – Alif abriu um sorriso amarelo para eles. – Agora isso faz muito mais sentido. Quando invadiu meu computador, a Mão já devia saber que Intisar pretendia contrabandear o livro para mim. O ataque foi cirúrgico demais... Eu sabia que de maneira alguma poderia ter sido aleatório. Ele procurava por alguma coisa que lhe dissesse se eu tinha recebido o livro, ou se o escondera. Ele não se importa com Intisar, nem com o Tin Sari... Ele quer o *Alf Yeom*.

– Inventou tudo – disse a convertida. Alif a olhou em dúvida.

– Ainda acho que você deveria deixar o livro conosco – falou Sakina. – Seria mais sensato.

– Não sei se é sensato ou não, mas, se a Mão está criando problemas por causa deste livro, preciso descobrir por quê. Sou responsável por muita gente que ele pode machucar. – Com uma pontada de culpa, Alif pensou em todos os clientes que ficaram expostos quando ele desligou Hollywood.

– Muito sensato – ecoou a convertida.

– Pode cuidar dela? – perguntou Alif a Vikram.

Vikram pôs a mão no coração.

– Como cuido de meus próprios olhos – afirmou ele. – Mas onde vamos nos encontrar depois de seu pequeno encontro?

– Não sei. – Alif abriu o smartphone. Nenhuma mensagem. Ele o fechou. – Ligue para mim. A convertida tem meu número, se conseguir fazer com que ela se lembre de como um telefone funciona.

Vikram acenou para ele sair.

– Ela vai ficar bem depois que eu a levar de volta à Cidade – afirmou ele. – O efeito deste lugar se dissipa rapidamente. Ela vai pensar que passou uma tarde encantadora em algum canto do Bairro Antigo que nunca viu na vida.

Ocorreu a Alif que ele não tinha ideia de como sair.

– Onde fica a... hum... saída?

Sakina deu de ombros.

– Por onde você entrou, imagino – disse ela. – Vikram o guiará, se não conseguir sair sozinho. Posso cuidar de sua amiga até que ele volte. Mas lembre-se de que a entrada que usou provavelmente o deixará num local diferente de onde vocês entraram.

– Diferente como? Diferente no meio do Tibete?

– É difícil saber.

Alif olhou em dúvida para Vikram.

– É isso? Difícil de saber? Você não tem conselho enigmático algum?

– Nenhum – disse Vikram com um ânimo mais forçado do que era natural. – Se Sakina tem razão quanto ao tipo de gente que a Mão recrutou, você tem preocupações muito maiores do que um pequeno desvio. Pegue suas coisas.

Alif preferiu não pensar muito no aviso de Vikram. Cumprimentou Sakina, que pôs a mão no coração, e deu as costas, andando depressa para acompanhar Vikram, que saía para a rua. Homens, mulheres e criaturas entre um e outro os olhavam enquanto ele seguia no rastro do cabelo preto e ondulante de Vikram. As cores das construções e das roupas eram vivas demais. Alif começou a arrastar os pés. Sentia-se lento ao passar por um mensageiro com um enorme vidro de borboletas equilibrado na cabeça.

– Você está perdendo a narrativa das coisas. – Veio a voz de Vikram. – Venha... Segure-se em mim.

Obedientemente, Alif estendeu a mão para o braço de Vikram. Seus dedos roçaram em alguma coisa quente e macia, como a pelagem de um animal. Por um momento, o sono caiu sobre ele e Alif não conseguiu enxergar.

– Primo. Terceiro filho. Não pode ser assim.

Alif sentiu-se erguido como um bebê e aninhado contra um ombro peludo com cheiro de animal. Resistiu a um impulso há muito enterrado de chupar o polegar, criado pela lembrança de uma época em que a escuridão à beira do sono era povoada de feras.

– Acorde. – A voz de Vikram era baixa e urgente. – Você não está em segurança.

Alif forçou os olhos a se abrirem. Figuras sombreadas o fitavam com olhos de lampião. Um elefante veio a passos pesados, a cara pintada clareando vagamente os tons de açafrão das fachadas das lojas. Ele ficou plenamente desperto e lutou para sair dos braços de Vikram, sentindo-se dominado.

– Não precisa fazer isso – disse Alif, puxando a camisa amassada de Vikram. – Você não tem que ficar por perto, se a coisa vai piorar como Sakina diz. *Meu Deus.* Só o que fiz foi deixar uma gata escapar de uma tempestade e entrar no meu quarto. Uma pessoa normal me mataria por dormir com a sua irmã.

– As pessoas normais não devem amar as irmãs tanto quanto eu. – O rosto de Vikram tinha recuperado a expressão desdenhosa de sempre. – Que criaturinha ingrata ele é. – Ele virou-se e continuou pela viela, tão rápido que Alif quase o perdeu de vista.

– Espere... Eu não quis dizer isso.

Alif correu para alcançá-lo. A visão de uma menina com correntes de prata enroladas por piercings espalhados pelo rosto o prendeu, e ele a encarou; ela devolveu o olhar e sorriu, revelando uma fileira de dentes pontudos. Apavorado, Alif correu. A escada quase invisível entrou em seu campo de visão, detectável apenas por um colapso repentino no horizonte próximo. Vikram andava à frente dele como um leão inquieto.

– Pessoas normais – murmurava ele consigo mesmo. – Idiota. Depois de eu ter feito tudo por ele, menos trocar suas fraldas quando ele caga.

– Desculpe – disse Alif, sentindo-se culpado. – É só que não sei o que fazer. Este lugar é tão estranho e brilhante... Dói nos meus olhos. Não consigo pensar. Estou perdendo a cabeça.

– Seus olhos, seus olhos. É melhor sair antes que mais alguma coisa os ofenda. Aí está a escada.

A cabeça de Vikram pareceu afundar abaixo dos ombros quando ele seguiu para a rua principal, até parecer uma coisa aterrorizante e obscena. Sua figura se afastou emitindo rosnados de desdém. Tonto, Alif o observou por vários segundos antes de criar coragem para entrar em ação. Voltou correndo e segurou Vikram pelo ombro. O homem se virou com um rugido. Desajeitado, Alif deu dois beijos em seu rosto, como se fosse um irmão.

– Eu queria dizer que agradeço a você – falou ele. – Era o que pretendia dizer.

O assombro se espalhou pelas feições de Vikram, rapidamente substituído por um sorriso despreocupado.

– Vá andando, irmão mais novo – disse ele, ajeitando um pouco o corpo. – Eu o verei depois, se Deus permitir.

Alif correu de volta à escada oculta, ouvindo o barulho da viela diminuir às suas costas. Endireitando os ombros, subiu ao topo e logo se viu correndo pela passagem estreita entre os muros de calcário do jardim do Bairro Antigo, por onde haviam entrado.

A abertura não se materializou e Alif disse a si mesmo para não entrar em pânico. Reduziu o ritmo. Estendendo a mão, passou os dedos pelas pedras calcárias por onde passava, como um cego tentando se situar. Cruzou um bloco, depois outro. Finalmente a ponta dos dedos pegou o ar. Virando-se, semicerrou os olhos: a mais leve sombra informava que ali também havia um espaço quase indetectável, onde um muro se transformava em dois sobrepostos. Ele passou por ali e alguns passos depois se viu numa rua sem pavimentação, sufocando na fumaça de uma lixeira em chamas.

– Droga – murmurou. – Mas que porcaria.

Ele virou-se, tentando determinar onde se encontrava. Atrás dele viu um muro de concreto – intacto e sem interrupções quando ele pôs a mão – contra o qual havia sido construída uma série de meias-águas dilapidadas. Homens descalços com o uniforme do serviço de coleta de lixo da Cidade jogavam sacos de lixo em uma pira fumarenta no meio da rua, sem consideração pelas caminhonetes Datsun que tentavam passar. Mulheres descalças e com lama até os tornozelos avançaram através de uma segunda pilha de lixo ainda não descartada, pegando com os dedos fragmentos reutilizáveis de vidro e plástico. O fedor era horrível.

– Senhor – gritou ele para o homem mais próximo, um sujeito idoso e recurvado com um cabelo branco amarelado. – Que distrito é este? Onde posso conseguir um táxi?

O homem mostrou o que restava dos dentes estalando os lábios de forma um pouco estridente.

– Não é distrito nenhum. Só chamamos de Lugar do Lixo. Para onde precisa ir?

– Para o Bairro Antigo – disse Alif, vasculhando a rua desesperadamente de um lado a outro em busca do brilho preto e branco de um táxi.

– Está bem longe. Eu posso levar você por trinta dinares.

Alif olhou os pés descalços do homem, cético.

– Como? – perguntou.

– No Damasco. – O homem apontou uma carroça de burro atrelada a um animal de aparência desagradável, presumivelmente o próprio Damasco.

Alif mordeu o lábio, desesperado. Chegaria atrasado.

– Tudo bem – disse ele, jogando as mãos para o alto. – Vamos.

* * *

Meia hora depois, Alif chegou ao muro do Bairro Antigo, inteiramente poluído pelos cheiros conflitantes do lixo e do burro. Pagou apressadamente ao condutor, afastando-se às pressas antes que a mão nodosa do velho tivesse a oportunidade de se fechar inteiramente nas notas amassadas que entregou. Correndo pela rua de lajotas de pedra que levavam à universidade e ao centro do Bairro Antigo, ele não parou para respirar, pensando a cada passo em Intisar. A lembrança de seu perfume era tão forte que ele acreditou poder senti-lo sobre o odor mais insistente de Damasco. Pegou uma rua transversal em direção à entrada da universidade. Os alunos saíam das aulas da tarde em grupos falantes, pegando celulares e cigarros e metendo cadernos nas bolsas carteiro. Para Alif, pareciam artificialmente relaxados, inconscientes do desastre iminente que ele sentia pairar em volta de todos, tornando-o um tolo infeliz e condenado que assumira um fardo que não tinha esperanças de descarregar.

Ao longe, Alif ouvia a voz do *chaiwallah* por sobre a tagarelice dos estudantes, sua música pontuando o jargão acadêmico das falas deles. Chá com leite doce, alegria para a língua e saúde para o corpo; quando considerar que Foucault definiu o discurso pós-moderno, considere também seu próprio viés empírico; chá com leite doce, se acabar, a culpa não será minha; evidentemente você acredita que um dia o capital social terá valor de mercado; chá doce com leite, uma bebida dos céus para um príncipe terreno; você sofre da mentalidade do colonizado, cara. Esta última veio de um menino que parecia *desi*, mas usava calças cargo e uma camiseta com a estampa de uma banda ocidental cabeluda. Alif passou roçando por ele, seguindo o grito do *chaiwallah*.

Intisar não estava ali. Comprou um copo de chai e deu uma gorjeta grande demais ao *chaiwallah*. Enquanto bebia a bebida quente e densa de especiarias, ele se perguntou se ela simplesmente não aparecera. Intisar não via os e-mails com a mesma frequência que ele. Podia estar com medo de vê-lo. Talvez preferisse ser extremamente inconstante, rejeitando-o num dia, mandando artefatos perigosos no outro. Foi por ela que ele colocara a si mesmo e aos amigos em perigo, por ela escrevera o programa que podia mandar todos para a prisão. E ela continuava enlouquecedoramente indiferente.

Quando tentou ensaiar o que ia dizer, duas cenas distintas brincaram em sua mente: em uma delas, ele gritava acusações; na outra, tomava-a em seus braços. As duas terminavam com Intisar tremendo em seu ombro, pedindo desculpas e professando seu amor inquebrantável. Ele bebeu o que restava do chai depressa demais, e sentiu o estômago protestar. Não devia ter esperanças; a esperança sozinha iria matá-lo.

Alif balançou a cabeça para clareá-la e desejou que suas entranhas se aquietassem. A tarde ficava mais quente, o sol se aproximando de seu ângulo mais implacável. Um homem andou até o *chaiwallah*, vindo de uma esquina. Pediu chai e pagou com uma nota pequena, gesticulando quando o *chaiwallah* estendeu o troco. Virando-se, jogou discretamente o líquido quente no chão. Alif ficou tenso. Outros dois homens, tentando ao máximo aparentar indiferença, aproximaram-se da rua calçada de pedras que levava à entrada do campus. Um deles colocou a mão em um volume no cinto.

Alif não esperou para ver o que iam fazer. Jogando o copo vazio no chão, passou correndo pela carrocinha do *chaiwallah*. Vozes o seguiram, ordenando que parasse e levantasse as mãos. Ele não fez nem uma coisa nem outra. Puxando o ar para os pulmões, disparou por uma viela que corria entre a margem do campus e a casa particular mais próxima. Era estreita – Amitabh Bachchan não escapara por uma viela estreita no filme *Sholay*? – e eles teriam de segui-lo em fila única. Passou fazendo estrondo por uma pilha lascada de tábuas, restos de uma construção, e rezou para que um prego solto encontrasse o caminho para os pés de um de seus perseguidores. Os pés do próprio Alif doíam – não estavam acostumados ao exercício. Ofegante, saiu do outro lado da viela.

A rua que alcançou era larga e tranquila, sua superfície de pedra recentemente lavada. Subia para o centro do Bairro Antigo. Semicerrando os olhos por sua extensão, Alif viu o perfil da grande mesquita de Al Basheera contra um céu branco, de frente para o campus original e medieval da universidade. Alif subiu a rua a passos trôpegos, com as pernas doendo e a ideia louca de procurar o santuário. Certamente não podiam arrastá-lo algemado para fora da Al Basheera. Seu telefone tocou no bolso. Ele o ignorou, continuando pela ladeira punitiva até o alto do morro. Passos soaram na pedra atrás dele, acompanhados por gritos: uma voz de homem pedia reforços. Alif piscou, reprimindo as lágrimas de frustração.

– Você! Menino! Por que está correndo?

No portão de um palacete decorado, a barriga rotunda e obsequiosa de um porteiro bloqueou seu caminho. O homem vestia como uniforme uma túnica pseudo-otomana e um turbante com plumas que conferia a ele o ar de um artista de circo ou de um garçom de algum restaurante para turistas. O simulacro era insuportável. Alif foi tomado pelo desejo de bater no homem, derrubá-lo ou meter o pé na maciez abaixo de sua barriga enorme, qualquer coisa para tirá-lo do caminho. Mas a cortesia o impediu e o porteiro o segurou pelo braço.

– Vá pro inferno! – gritou Alif, sentindo-se traído.

O porteiro estufou as bochechas. Alif lutou, mas a mão carnuda de seu captor se estreitou em seu braço até que Alif sentiu a própria pulsação. Os agentes do Estado se aproximavam atrás deles, com manchas de suor visíveis por baixo dos braços de seus paletós esporte.

– Esta é a sua vida, vestido como um macaco para um bando de merdas ricos? – berrou Alif para o porteiro, arreganhando os dentes. – É esta a sua vida? É esta a sua vida? Acha que eles vão parar de tratar você como um pedaço de bosta se você me entregar?

O porteiro ficou surpreso. Suas bochechas palpitaram. A mão no braço de Alif se afrouxou e ele se torceu, soltando-se. Correndo rua acima, parou por tempo suficiente para olhar por sobre o ombro, com a culpa e o desprezo em guerra no peito ao ver o porteiro olhando para ele, os ombros arriados, a pluma de seu turbante exagerado baixando no calor.

Perto do alto do morro, a rua se ramificava em duas. Alif deu uma guinada para a esquerda e tropeçou num ressalto, depois mais uma vez em uma lajota solta, xingando o tempo todo. Algo passou zumbindo por seu ouvido. Ele gritou e se encolheu, convencido de que era uma bala. Vozes femininas flutuaram pela porta aberta de uma loja à direita. Sem pensar, Alif mudou de rumo, correndo na direção dos gritos de consternação. Foi recebido por uma profusão de artigos femininos: sapatos em suportes, bolsas em cabides, luvas em mesas. Bateu em uma vitrine de joias ao entrar afobado, procurando a saída dos fundos; uma nova rodada de gritos o acompanhou e ele sentiu um golpe doloroso atrás da cabeça.

– Eu só preciso da porta dos fundos, mas que droga! – gritou ele, defendendo-se de outros golpes com o braço.

Mãos invisíveis o empurraram para uma porta com a placa "funcionários", mantida aberta por uma pedra. Ele correu para lá, saltando um pouco a verga, e se viu em outra viela. Os fundos dos prédios encobriam a visão da mesquita. Girou num círculo frenético, na esperança de ver algum marco na paisagem que o guiasse, mas não encontrou nada. Agora chorando abertamente, disparou na primeira direção que conseguiu enxergar, passando por uma fila de gatos que o olhavam friamente de um monte de lixo.

Virou uma esquina, depois outra, correndo por grupos de homens com *thobes* brancos feitos sob medida. Não trocava de roupa nem fazia a barba havia dois dias e sabia muito bem que parecia o jardineiro ladrão de alguém em fuga. Aqueles homens, aquelas mulheres não teriam escrúpulos em apontar à polícia de segurança a direção que ele tomara, reclamando entre si de como as empregadas e os motoristas andavam desonestos ultimamente. Agora não poderia parar. No distrito de Baqara seria diferente; no distrito de Baqara, as pessoas conheciam a injustiça. Ali, ele estava sozinho.

– Parem o garoto, parem o garoto!

Alif se virou e viu seus três perseguidores ofegando pela rua. Correu com um ímpeto renovado pelo medo, e quase esbarrou em um velho que acariciava uma corrente de contas de oração.

– Desculpe. – Ele ofegou.

O homem fez uma observação particular a Deus. Alif calculou mal um passo e caiu. Quando o joelho bateu com força na pedra, ele se perguntou se o homem lançara algum mau olhado nele.

– Droga. – Alif não sabia se estava se dirigindo ao velho ou ao Todo-Poderoso. – Não é culpa minha!

Explosões de dor ardiam em seu joelho direito, no ritmo do batimento cardíaco. Ele se lançou de pé e os ignorou. Os homens do Estado agora certamente o alcançariam. Ele cambaleou por outra esquina, sob um antigo arco entalhado e fez as próprias orações em pensamentos desesperados e confusos.

A mesquita apareceu diante dele no final de uma rua estreita, estendendo-se ao sol pedra por pedra, como se tivesse sido invocada. Alif soltou uma exclamação de alívio. Partiu para lá e estremeceu, mancando pelos últimos passos até suas imensas portas de cobre. O tempo conferiu a elas um tom maçante de verde, como naquelas antigas canções sobre não haver mais sentido nos portões brilhantes da Basheera, mas Alif os recebeu como amigos que não via há muito tempo. Entrou no edifício.

O interior da mesquita era escuro. A única iluminação vinha de cinco claraboias circulares instaladas no domo, deixando entrar no espaço de oração colunas geométricas de sol e ar. Todas as luzes elétricas estavam apagadas – as orações do meio-dia tinham acabado havia uma hora e não restava fiel algum. Alif controlou a respiração e deslizou por uma parede. Vinha barulho de algum lugar no escuro – o som incongruente de uma antiga gravação de violino. Era uma canção folclórica egípcia num tom distorcido e acanhado, e por um instante Alif se lembrou de como Dina dava de ombros quando confrontada com uma pergunta para a qual não tinha resposta.

– Deus nos perdoe, rapaz! Seus sapatos!

Alif girou, apavorado. Um xeque bronzeado, usando um turbante e um manto marrom, vinha na direção dele da outra extremidade da sala.

– O que pretende com esse desrespeito? Você é louco? – O xeque parou diante de Alif e o olhou, indignado. Seus olhos eram de um azul sem foco e aquoso. – É muçulmano, senhor? – perguntou ele, passando a falar em urdu.

– Desculpe – gaguejou Alif em árabe. – Sim, sou, mas estou com um problema terrível e os sapatos são a última coisa que me passa pela cabeça.

– Problemas?

Alguém bateu nas portas principais. Alif ficou paralisado. O xeque o olhou por uma fração de segundo.

– Continue andando – murmurou ele. – Minha sala fica depois do arco na ponta da *musala*. Quando chegar lá, peça perdão ao nosso Senhor por seus pés sujos.

Alif correu, obedecendo. Ao passar pelo arco, ouviu as grandes portas se abrirem e uma voz concisa perguntar ao xeque se vira um jovem de camiseta preta entrar na mesquita. Espremendo-se contra a borda redonda da arcada, Alif escutou.

– Meus olhos não são mais os mesmos – afirmou o xeque –, e infelizmente acabo de fechar a *musala*. Terão que voltar para as orações do meio da tarde.

– Tolice. Temos autoridade para dar uma busca em toda a mesquita sempre que quisermos. – A voz era forte e gutural.

– Autoridade de quem? – perguntou o xeque.

– Do Estado, velho insolente... Existe algum outro tipo?

– A de Deus – respondeu serenamente. Houve uma pausa.

– Talvez primeiro precisemos esclarecer isso com a Superintendência Religiosa – disse uma segunda voz num tom mais baixo.

– Deem uma busca no lugar, se quiserem – continuou a voz do xeque –, mas devo insistir que tirem os sapatos e façam suas abluções antes de começar. Este é um lugar de veneração. Não o terei maculado por pés ou pensamentos impuros.

– Ele não pretendia ofendê-lo, senhor – disse a segunda voz num tom de desculpas.

– É mesmo? Bem, ele tem um talento natural.

Houve outra pausa. Alif ouviu pés se mexendo.

– Isto é *música*? – questionou a voz gutural.

– E se for?

– Música em uma *mesquita*?

– É conveniente que de súbito você tenha encontrado sua devoção – rebateu o xeque. – A Basheera está sob meus cuidados há mais tempo do que você viveu e nunca houve qualquer queixa. Ora, eu já disse que o salão de orações está fechado e meus olhos falham. Claramente não posso ser de ajuda alguma ao senhor. Espero que encontre quem está procurando.

– Se não o encontrarmos, voltaremos com um mandado da Superintendência Religiosa – disse a voz gutural. – Se for o caso, que Deus o ajude.

– Ele sempre ajuda – garantiu o xeque.

As portas se fecharam com um estrondo. Alif deslizou ao chão, de costas para o arco, percebendo o quão perigosamente perto estivera de se borrar todo. Agora tinha acabado. Enxugou com a bainha da camiseta o rosto molhado de suor e lágrimas. O xeque aproximou-se rapidamente dele, atravessando o tapete desbotado da *musala*, curvando-se com um suspiro para examinar um torrão de terra deixado pelo sapato de Alif.

– Seu caminho de destruição precisará ser limpo – disse ele ao chegar à outra ponta. – Espero contar com você como voluntário.

– É claro – respondeu Alif. – Qualquer coisa.

O xeque fitou Alif com seus olhos leitosos.

– Você é só um menino! – exclamou. – Ou quase um homem, de qualquer forma. O que você fez para a segurança do Estado ficar tão agitada? É um terrorista?

– Sou programador de computador. Eu ajudo... ajudo a quem me pede.

– Isso significa fundamentalistas islâmicos?

Alif deixou a cabeça baixar nos joelhos, infeliz.

– Fundamentalistas, anarquistas, secularistas... Quem pedir.

– Deus, tende piedade de nós. Um homem de princípios. Meu nome é Bilah... Xeque Bilah é como me chamam. Não me diga seu nome, é melhor que eu não saiba. Entre em minha sala... Você precisa se banhar e tomar uma xícara de chá.

* * *

A sala do xeque era um antigo ambiente de pedra junto à *musala*, com uma janela de treliça de madeira abrindo para um pátio. Uma mesa dobrável estava encostada a uma parede, e sobre ela havia uma pilha alta de livros, formulários e clipes de papel soltos. Chamava-se Sala Marrocos, disse o xeque, porque nos velhos tempos os estudantes da madrassa do norte da África se reuniam ali para ouvir as aulas em seu próprio dialeto. Depois que Alif colocou a mochila no canto, o xeque lhe mostrou um pequeno lavatório no final de um corredor.

– Trate de lavar os pés! – disse ele, entregando uma toalha a Alif. – Use a torneira de baixo, foi feita para isso. Você gosta de açúcar? Faço chá à moda egípcia: forte, com menta. Nada desse chá com leite que vocês, *desi*, trouxeram. Esperarei no corredor.

Ele se virou, segurando o manto em volta do corpo, e voltou para a sua sala. Alif enrolou a bainha das calças e abriu a torneira, deixando que a água tépida jorrasse nos pés quentes. Era tão agradável que ele tirou a roupa e lavou apressadamente todo o corpo, observando a poeira acumulada nos últimos dois dias escorrer em filetes de sua pele. Encostou a testa na parede de ladrilho sujo. Um afresco de estrelas octogonais projetava-se, esverdeado, no nível dos olhos – um desenho de mesquita institucional, comum, tranquilizador. Ele se permitiu sentir-se seguro. Trechos da gravação de violino do xeque ecoavam pelos cantos do lavatório, aumentando e diminuindo de volume, dependendo de como Alif virava a cabeça para ouvir.

Mais fresco e limpo, Alif vestiu-se novamente, carregando os sapatos com cautela em dois dedos ao andar descalço pelo corredor. O xeque Bilah estava em sua sala, medindo colheradas de açúcar em dois copos de chá. Um bule de estanho soltava vapor e fervia em uma chapa quente no canto. Alif tirou uma pilha de jornais de uma cadeira ao lado da mesa do xeque e se sentou.

– Pronto! Muito melhor. – O xeque entregou a Alif um copo do chá vermelho-escuro no qual se impregnava um ramo de hortelã. – Você parece menos um malfeitor e mais o que alega ser. Pensei que estivesse tentando enganar um velho para roubar o lugar.

– Não sou ladrão – disse Alif.

– Acredito em você. Mas o que o fez vir justamente para cá? Certamente seria mais sensato procurar um bom advogado.

Alif riu sem emitir som algum.

– O problema está além de um advogado, tio xeque. Seria melhor organizar meus ritos funerários. Eu pensei... Bem, é tolice.

– Possivelmente, mas diga-me mesmo assim.

– Pensei que eles não poderiam me arrastar para fora de uma mesquita. Especialmente esta.

O xeque Bilah ficou sério. Bebeu um gole do chá, chupando o líquido entre os dentes antes de engolir.

– Houve uma época na história em que talvez você tivesse razão a respeito disso – disse ele. – Mas não agora.

Seus olhos vagaram para a janela de treliça de madeira. A forte luz do sol lançava uma sombra oscilante pelo chão e pela bainha de sua túnica.

– Por muitos séculos, os emires respondiam a nós – continuou ele. – Ao *ulemá* da Al Basheera. Na época, a proteção desta mesquita tinha significado. Administrávamos a universidade e agíamos como juízes para o povo comum... Dizem que na Idade Média até dirigíamos um banco respeitado. Crédito, meu rapaz! Inventado pelos árabes.

– Sou meio árabe – falou Alif, irritado.

– Ah, sim? – O xeque Bilah piscou para ele. – Sim, talvez seja. De qualquer modo... Os emires eram os agentes da lei. Protegiam a Cidade, protegiam a nós, enviavam jovens à guerra quando ficavam impetuosos demais.

– O que aconteceu?

– O petróleo. – O xeque balançou a cabeça. – A grande riqueza amaldiçoada e subterrânea que o Profeta previu que nos destruiria. E a soberania de Estado... Que ideia terrível foi essa, hein? Esta parte do mundo não deveria funcionar desse jeito. Línguas demais, tribos demais motivadas em excesso por ideias que os cartógrafos de salto alto de Paris não podiam entender. Não entendem. Nunca entenderam. Bem, Deus os guarde... Não são eles que têm que viver nesta confusão. Disseram que o Estado moderno precisa de um único líder, um líder secular, e o emir era o mais próximo que tínhamos disso. Assim, todo o poder foi para o emir. E qualquer um que pense que esta não é uma boa ideia é perseguido e jogado na prisão, como você descobriu tão recentemente. De tal modo que algum sobrinho real sem qualquer fibra pode ter assento nas Nações Unidas, carregar uma bandeira nos Jogos Olímpicos e isso ser inteiramente ignorado.

– Isso é traição – disse Alif com um riso nervoso.

– E eu não sei disso? Mas não tema, sou completamente domesticado. Não dou mais sermões às sextas-feiras, mas, quando o fazia, evitava falar do último jornalista preso ou dissidente desaparecido, como todos os outros, e rezava pela saúde do emir e da princesa. Sim, sei o que é bom para mim.

O xeque Bilah engoliu o que restava do chá e colocou o copo na mesa com um tinido alto.

– Agora, se você acabou, vou procurar um balde e sabão e você pode começar a trabalhar no tapete.

* * *

O xeque Bilah estava sentado numa cadeira, orientando Alif, apontando a sujeira que ele deixara passar ao limpar suas pegadas com uma escova de crina de cavalo. Alif não tinha percebido que seus sapatos estavam tão sujos. Com uma humilhação crescente, pensou na lama e na bosta de burro do Lugar do Lixo e no solo bem irrigado do pequeno pomar de tâmaras no distrito de Baqara. Seu caminho o levara a atravessar mais de uma dúzia de nichos de oração impressos no tapete de uma parede a outra da *musala*, substituições pré-fabricadas dos tapetes tecidos a mão que os homens antigamente traziam de suas casas. Seus joelhos logo ficaram cansados e molhados enquanto trabalhava até as portas principais da mesquita.

– Não vejo por que isto precisa de tanto alarde – murmurou ele, recurvado sobre a escova. – É só um pouco de terra. As pessoas que vêm rezar andam por ela para chegar aqui.

– Tecnologia espiritual, meu rapaz! – respondeu o xeque Bilah. – A terra em seus sapatos é ritualmente impura, mesmo que seja praticamente inevitável. A lei ritual não é necessária para dar sentido a nós, mortais, basta que faça sentido a Deus. Quando você reza, todos os seus atos devem se encaixar como engrenagens numa grande máquina... Como em seus computadores.

– Computadores não têm engrenagens.

– Não seja teimoso. Não é atraente em alguém tão jovem. Sei que você entendeu o que eu quis dizer. Duzentos anos atrás, será que alguém, até o cientista mais preparado, acreditaria se você dissesse que um dia os homens andariam na Lua e mandariam informações pelo ar? Eu mesmo darei a resposta: *não*. Mas hoje esses são eventos comuns. Talvez o mesmo possa ser dito do ritual... Talvez no Dia dos Dias a lógica da grande máquina de Deus seja tão evidente para você como o código em seus programas.

Alif se sentou e esticou as pernas.

– Não é sempre assim. O motivo para eu entrar aqui correndo é que... – Ele parou, depois decidiu contar uma meia verdade. Não havia necessidade de trazer o djin para a equação. – Escrevi um programa e na realidade não entendo como ele funciona, e agora o governo o pegou.

O xeque Bilah se curvou para a frente.

– Que interessante. O que faz esse programa?

– Posso identificar uma pessoa simplesmente analisando o que ela digita.

– Sim, é esse tipo de coisa que o Estado adoraria. Mas tem uma garota no meio disso tudo, não tenho dúvida. Com um lindo véu de seda, cujo recato não a impede de usar mais maquiagem nos olhos do que várias Fifi Abdous.

Assombrado, o olhar de Alif foi rapidamente do tapete ensaboado para o xeque, voltando ao tapete. Ele se perguntou se o velho seria um espião, se poderia usar a escova de crina de cavalo molhada como uma arma ao fugir dali.

– Não fique tão assustado. Você tem aquela expressão emburrada dos jovens rejeitados. Por isso os homens foram feitos para ter barba... Deixando crescer todo aquele pelo, não sobra energia para o mau humor. É muito mais digno.

Alif tocou a barba rala no queixo, em dúvida. O xeque Bilah riu, arregaçando as mangas da túnica e passando nos pulsos um óleo guardado dentro de um pequeno frasco de vidro.

– Óleo de lótus? Ajuda neste calor. Estou certo sobre a garota?

– Nunca percebi que ela usava maquiagem demais – murmurou Alif. – Para mim, ela estava bem.

– Tenho certeza de que estava. Que aconteceu? Ela disse que não se casaria com você? Não tem dinheiro suficiente, o apartamento não é tão grande e essa pele... Bem, é uma pena que você tenha herdado esse lado *desi*. Hoje em dia, as meninas são muito frívolas.

– Foi o pai dela – disse Alif. – Ele a está obrigando a se casar com outro. Alguém que não a ama... Alguém que só quer usá-la para aumentar o próprio poder.

A expressão do xeque se alterou.

– Hum. Pode ser isso... E pode não ser. Segundo minha experiência, uma filha muito querida em geral consegue o que quer quando se trata dessas coisas.

– Eu sei que Intisar não quer esse homem – disse Alif acaloradamente. – Ela estava chorando da última vez que a vi, chorando...

– Tudo bem, tudo bem. – O xeque Bilah se recostou na cadeira. – Ela está prometida a esse homem e terminou com você. E agora?

Alif deu um peteleco numa bolha de sabão. Quando posta com tanta simplicidade, sua reação à traição de Intisar parecia histérica, desnecessária. Por que ele se incomodara em escrever o Tin Sari? Por que simplesmente não apagara o número dela do seu celular e deletara seus e-mails? Não teria sido difícil evitá-la.

– Ela disse que não queria ver meu nome novamente – contou ele. – Então escrevi esse programa que a identificaria, independentemente do computador ou do endereço de e-mail que ela usasse. Depois disse ao meu sistema para bloqueá-la sempre que a encontrasse e fazer parecer que eu não existia.

– E os censores do governo descobriram esse programa e estragaram seus planos.

– Algo parecido. – Alif preferiu não mencionar o outro motivo para a vingança da Mão.

– Ora, ora. Você tem instintos bastante devotos por alguém que parece uma pagã. Não são muitos os homens que usam a internet para um propósito tão elevado como a discrição.

– Não sou tão bom assim – disse Alif, metendo a escova no balde de água com sabão. – Eu ainda posso vê-la. Pelo menos, on-line. Ainda tenho acesso à máquina dela.

– Isso é muito errado da sua parte. Só à mulher é permitido ver sem ser vista... Os homens devem agir abertamente ou não fazer nada.

– O senhor ficou metafísico. Posso parar de esfregar? Meus joelhos estão doendo.

O xeque Bilah examinou a trilha de espuma de sabão que levava a sua sala.

– Não, não. Você ainda tem mais dois metros até chegar à porta. Se revigorar suas energias, pode fazer isso em dez minutos.

Alif jogou mais água no chão e passou a escova em círculos por outra pegada.

– Não precisa ficar tão mal-humorado... Você acabará antes de perceber. Fale-me mais do seu trabalho. A que altura poderei escrever um e-mail ao meu neto no Bahrein usando apenas o pensamento?

– Apenas o pensamento? – Alif sorriu com desdém. – Acho que nunca. A computação quântica será a próxima grande onda, mas não acho que poderá transcrever o pensamento.

– Quântica? Ah, rapaz, nunca ouvi falar nisso.

– Usará qubits em vez de... Bom, é meio complicado. Os computadores comuns usam uma linguagem binária para entender as coisas e trocar informações... Uns e zeros. Os computadores quânticos podem usar uns e zeros em um número ilimitado de estados e assim, em teoria, podem armazenar uma quantidade maciça de informações e realizar tarefas que os computadores comuns não podem fazer.

– Estados?

– Posições no espaço e no tempo. Formas de ser.

– Agora é você que está metafísico. Deixe-me elaborar do meu jeito o que acho que você acabou de falar numa linguagem do meu campo de estudo: dizem que cada palavra no Alcorão tem sete mil camadas de significado, cada uma das quais, embora possa parecer contrária ou simplesmente insondável a nós, existe igualmente em todos os tempos sem cair numa contradição cosmológica. É parecido com o que você quer dizer?

Alif levantou a cabeça do trabalho, surpreso.

– Sim – disse ele. – É exatamente o que quero dizer. Nunca ouvi ninguém fazer essa comparação.

– Talvez você nunca tenha se disposto a ouvir. Você parece o tipo de rapaz que foge da educação religiosa.

– Por que todo mundo insiste em me dizer isso? – Fazendo uma careta, Alif mergulhou a escova na água ensaboada mais uma vez. – O senhor, Vikram, Dina...

– Nada de nomes, por favor! – O xeque Bilah pôs as mãos nos ouvidos. – Se aqueles idiotas gorduchos do Estado voltarem aqui, quero que me encontrem em completa ignorância. Não relutarão em acender um isqueiro nos pelos do rabo de um velho se pensarem que isso o fará falar.

A ansiedade beliscou a cintura de Alif. Estava cansado e nauseado, sem disposição para ser a causa dessa possível humilhação.

– Desculpe – disse ele.

– Não importa. Aos olhos de Deus, o que acontecer, já aconteceu. Não precisa parecer tão culpado.

– Não sei parecer outra coisa.

Alif se curvou sobre outra pegada. Estava quase nas grandes portas de cobre, onde começava seu caminho de lama. Pela primeira vez, teve consciência do profundo silêncio do lugar, isolado do barulho da rua pela pedra e pelo metal. Conferia à mesquita um ar solidário, como se ela pudesse falar, mas preferisse ouvir. Uma lembrança antiga veio à tona: ele tinha seis anos e seu pai, ainda frequentador assíduo de sua casa naquele tempo, considerou-o com idade suficiente para ir às orações da sexta-feira. Eles foram até lá, de mãos dadas, e rezaram naquela *musala* – talvez o sermão tenha sido de um xeque Bilah bem mais novo, mas Alif se lembrava apenas de um *ameen* entoado com gravidade, ressoando no teto abobadado. Ele estava feliz. Baixou a escova e se deitou de lado, dominado. O tapete estava úmido e ensaboado embaixo de seu rosto.

– Meu pobre garoto. Isso não ajuda em nada. – Alif ouviu um farfalhar de tecido e sentiu a mão do xeque Bilah em seu ombro. – Não se desespere. É cedo demais para isso. Você claramente está exausto... Venha, levante-se. Deixe esta última parte. Pedirei a uma das mulheres da limpeza. Você precisa descansar.

Alif deixou que o velho o retirasse da *musala*. O xeque Bilah cheirava a naftalina, óleo de lótus e amaciante – os cheiros de um avô que deixavam Alif à vontade. Numa sala do outro lado do corredor, distante do escritório onde haviam tomado chá, ele abriu uma antiga cama de campanha que deixou uma marca de ferrugem na parede onde estivera encostada, resmungando consigo mesmo ao se esforçar para abri-la.

– Pronto, deite-se. Digamos que você está em segurança aqui. No momento, é funcionalmente verdade. A oração do pôr do sol começará daqui a alguns minutos... Trancarei a porta quando sair.

Alif concordou com a cabeça, já à beira do sono. Quando ouviu o estalo da tranca na porta, enterrou-se na cama de campanha mofada e fechou os olhos. O sono não vinha. Seu coração batia errático, estimulado pela adrenalina e pelo chá preto do xeque. Colocando a mão por baixo da cama, pegou o *Alf Yeom* na mochila e folheou-o com uma inquietação negligente. Seus olhos caíram na transliteração estranha de uma palavra conhecida.

– *Feh-kaf-reh-mim* – murmurou ele. – Vikram.

O Vampiro e Rei Vikram

Na terra de Hind, palavra que em nossa língua representa uma espada tão afiada que corta sem produzir som, morava um grande rei chamado Vikram. Era ao mesmo tempo bonito e nobre, como devem ser os reis. Seu povo o amava quando era bem-sucedido na guerra e baixava os impostos, e o odiava quando nada disso acontecia, como os povos costumam fazer. Por muitos anos, seu reino foi próspero, e seu reinado, frutífero.

Um dia, porém, uma trupe de aldeões de uma província distante o procurou com as faces tomadas de medo: um espírito vampiro dos djins, que o povo de Hind chama de *vetala,* passara a residir em uma figueira nos arredores da cidade e aterrorizava os aldeões à noite. Eles imploravam ao rei Vikram que interviesse. Sendo ao mesmo tempo humilde e corajoso, o rei prometeu despachar o *vetala* pessoalmente.

– Que tolice – disse a princesa Farukhuaz. – Um rei jamais deve arriscar a própria vida para se livrar de um único espírito do mal em uma cidade provinciana duvidosa.

– Ah – retrucou a ama –, mas este o fez. Nem todos os reis são homens cruéis e imorais que mandam os outros fazerem um trabalho assustador demais para que eles mesmos o façam.

– Está tentando me levar a abrandar meu coração para o casamento – falou Farukhuaz. – Não funcionará. Mas, por favor, continue.

– Muito bem – disse a ama.

O rei Vikram pegou seu cavalo mais veloz e cavalgou prontamente até a aldeia da província distante. À meia-noite, sob uma lua cheia, confrontou o *vetala* que estava pendurado pelos pés na figueira. Embora a criatura fosse uma coisa terrível, mais sombra do que substância, e seu semblante fosse o de um chacal, o rei Vikram era mestre de seu medo.

– Você não é bem-vindo aqui – afirmou o rei Vikram. – Como senhor desta aldeia, ordeno que retorne às terras invisíveis das quais você saiu.

O *vetala* riu.

– Não reconheço senhor algum – disse ele. – E, a mim, esta árvore e esta aldeia são muito agradáveis. Creio que ficarei.

O rei sacou a espada. O *vetala* simplesmente riu ainda mais alto.

– Não se incomode – disse ele. – Eu o matarei antes que consiga desferir seu golpe. Mas como você se provou corajoso e obstinado, concordarei em sair deste lugar se me vencer em um jogo de perspicácia.

– Será uma satisfação tentar – respondeu o rei Vikram.

O *vetala* dobrou o tornozelo contra o joelho, assumindo a posição do Enforcado, a fim de canalizar melhor sua inteligência.

– Muito bem – disse ele. – Sou uma fortaleza poderosa alojada na pedra.

O rei Vikram pensou por um momento.

– Sou uma catapulta – retrucou ele. – Quebro a pedra, rompo a fortaleza.

– Sou um sabotador – contra-atacou o *vetala*. – Rompo juramentos, neutralizo armas.

– Sou a má sorte – disse o rei Vikram. – Derrubo tramas, espanto planos.

O *vetala* ficou bastante impressionado.

– Sou a fortuna – continuou ele. – Coroo a sorte com o destino.

– Sou o livre-arbítrio – rebateu o rei Vikram. – Desafio o destino com a escolha.

– Sou a vontade divina – disse o *vetala* –, para a qual escolha e destino são uma só.

– Sou eu mesmo – falou o rei Vikram. – A única coisa que é minha para dar, por escolha ou pelo destino.

O *vetala* ficou em silêncio. Esticou as pernas e desceu da árvore, colocando-se de pé na frente do rei Vikram.

– Você é inteligente demais para um humano – disse. – Você venceu, mas também se aprisionou. Creio que você sabia que isso aconteceria.

– Eu estava preparado para essa possibilidade quando aqui vim – disse o rei. – Caso contrário, não teria vindo.

– Deste modo, você é tão sincero quanto inteligente – afirmou o *vetala*. – Uma pena que tenha se entregado a mim.

– Cumprirá sua parte no trato?

– Tem a minha palavra. Partirei desta aldeia e jamais voltarei. Mas, repito, tampouco você.

O rei Vikram guardou a espada e a prendeu na sela de seu cavalo. Com um assovio agudo, mandou o animal voltar pela estrada que levava à capital da cidade. Em seguida, ficou de frente mais uma vez para o *vetala*.

– Faça o que deve fazer – disse ele.

– Muito bem – respondeu o *vetala*. – Eu o respeito, rei Vikram, como fará toda minha raça, por ter demonstrado a verdadeira nobreza: a disposição de sacrificar sua maior posse pelo bem de seus súditos.

Com isso, o *vetala* entrou no corpo do rei Vikram e assumiu sua forma. Fiel à sua palavra, deixou a aldeia, viajando para o oriente, à terra dos Hyksos conhecida hoje como as Arábias. A memória do rei Vikram foi para sempre honrada entre homens e djins, e muitas histórias foram atribuídas ao seu nome.

– Ridículo – disse a princesa Farukhuaz, recostando-se em uma almofada. – Um rei perfeitamente bom sendo desperdiçado, tudo para pacificar alguns aldeões que teriam se saído muito bem com um exorcista competente. A nobreza é superestimada.

– Talvez – respondeu a ama. – Por outro lado, Vikram pôde ter um papel maior como vetala *do que como rei. A atitude certa e a mais inteligente nem sempre são iguais. Só o Senhor dos Senhores sabe tudo e Ele criou três quartos do mundo invisíveis.*

Alif fechou o livro com um riso que beirava a histeria até aos próprios ouvidos. Uma mistura estranha de cansaço e vertigem percorreu seu corpo como um tremor. Era tarde demais para combater a crença ou a incredulidade; só o que sentia era exaustão. Ele se enroscou de lado como um bebê, sucumbindo por fim ao sono.

Sonhou que vagava pelo deserto. Dunas leitosas espalhavam-se sob os seus pés, debaixo de um céu do qual estavam ausentes as estrelas e a lua. Estivera numa estrada: uma rodovia elevada que saía da cidade para o oeste, entrando nos campos de petróleo. Mas a certa altura havia se perdido e agora nem mesmo as luzes do Bairro Novo eram visíveis na paisagem que avançava. Àquela hora da noite, a areia era de um frio glacial. Alif não usava sapatos. O deserto roubou o calor da sola de seus pés, depois de seus tornozelos e pernas, até que ele estava morto do joelho para baixo e arrastava seus membros como um sonâmbulo.

Esperava por alguém. Ela apareceu na beira de uma duna, usando um dos véus pretos e debruados de Intisar.

– Princesa! – Alif agitou os braços, sem confiar que suas pernas geladas o levassem duna acima.

A princesa Farukhuaz virou-se e o fitou, os olhos cintilando de reconhecimento, então deslizou graciosamente pela areia na direção dele. Também estava descalça, seus pés pálidos e de um dourado quase branco.

– Você está errada a respeito de muitas coisas – disse Alif. – Não há nada que você possa fazer com uma esfera que não faça com uma linha reta.

Ela meneou a cabeça. As contas em seu véu se agitaram musicalmente.

– Eu poderia fazer isso – disse Alif, ficando impaciente. – Poderia programar seu livro. Conheço todos os códigos certos, mesmo que não os compreenda.

O riso da princesa pareceu subir da areia congelada.

– E nem todos nós somos assim – continuou Alif. – Eu teria feito qualquer coisa por Intisar. Seu amor era como três refeições de kebab para mim, com tahini e pimenta vermelha. Para mim, ela nunca esteve garantida. Nunca.

– Você está sempre falando dela quando tento conversar sobre outra coisa com você.

Alif percebeu com surpresa que a mulher por trás do véu era Dina. Os pés que apareciam por baixo da túnica, de um tom dourado mais claro um instante antes, agora eram de um cobre avermelhado.

– O que quer dizer? – perguntou ele, confuso.

– Eu não deixarei ele entrar – respondeu ela, numa voz que não era a dela. – Se são realmente amigos dele, tudo bem, mas esta... esta *coisa* não pode colocar o pé dentro da mesquita.

Houve uma pausa.

– Eu disse para ficar do lado de fora! – gritou Dina.

* * *

Alif acordou assustado na cama de campanha. Havia uma comoção do outro lado da porta. Piscando acelerado, tentou clarear a mente. Ouviu vozes elevadas: a do xeque Bilah e de duas mulheres perturbadas. Acima das três trovejava um riso malicioso e sarcástico.

– Não se preocupe, velho. Prometo não devorá-lo. As paredes não sangrarão. O Mensageiro andou entre nós em nosso próprio país e ouvimos o Aviso. Deixe-me entrar.

Alif cambaleou para as portas da sala e mexeu na maçaneta, ainda meio adormecido. Ela se abriu, puxada por fora de repente. O xeque Bilah estava diante dele e toda a cor sumira de seu rosto.

– Algumas mulheres vieram ver você – sussurrou ele. – E elas trouxeram... Deus nos proteja de Sat...

Alif passou para o corredor empurrando o xeque e correu pela *musala*. Estava muito escuro. As grandes claraboias que cortavam o domo no alto só deixavam passar feixes finos e rosados das luzes da rua. As portas de cobre tinham uma fresta aberta e Alif reconheceu naquele espaço o rosto branco e inchado da convertida.

– Alif! – Ela sibilou. – Jesus Cristo! Por que não respondeu às minhas mensagens?

– *Hello* – murmurou ele em inglês.

– Viu só? Eu disse que ele estava aqui. – Os olhos amarelos de Vikram brilhavam, flutuando no escuro acima da cabeça da convertida.

– Como vocês me encontraram? – perguntou Alif, sem acreditar.

– Seu cheiro – disse Vikram. – Você fede a eletricidade e metal quente. Nunca senti um cheiro parecido. A pequena irmã ficou histérica quando perdemos você, então saí farejando pela Cidade até apanhar o seu cheiro aqui.

Dina, com mechas de cabelo preto e molhado escapulindo do véu, espremeu-se pela abertura nas portas e entrou na *musala* com um grito assustado. Estava novamente usando as próprias roupas; a túnica preta e o véu pareciam recém-lavados.

– Não faça mais isso! – Ela tremia. – Não me deixe com gente que não conheço, desaparecendo assim.

– Desculpe! Aqueles homens do Estado me pegaram numa emboscada quando eu esperava por Intisar...

Dina deu um gritinho. Alif se virou a tempo de ver o xeque Bilah agitando uma vassoura na direção da porta aberta e de Vikram.

– Pare, pare! – Alif bateu na vassoura com as duas mãos. – Ele não é perigoso! Ele está me ajudando!

Ofegante, o xeque Bilah largou a vassoura.

– Não sei no que você se meteu – disse ele em voz baixa –, mas se isso significa deixar mulheres jovens andarem pela Cidade à noite sem acompanhante, com esta... esta *criatura*, então não sei se posso mais lhe oferecer minha proteção.

Olhando a vassoura, a convertida espremeu-se para dentro da *musala*. Alif olhou de Vikram para o xeque.

– Como assim, criatura? – perguntou ele.

– Isto! Esta coisa na porta! Os cães não deviam falar, ou teriam duas pernas quando devem ficar de quatro.

– Parece que você encontrou um homem santo – disse alegremente Vikram.

– Ele não é tão ruim quanto parece – afirmou Alif, com certa súplica na voz. – Ele salvou nossas vidas.

– Com licença, você disse um *cão*? – intrometeu-se a convertida. – Meu árabe não é cem por cento.

O xeque Bilah enxugou a testa com a manga.

– Muito bem – falou ele. – Recite a Fatiha, ó, Oculto, e o deixarei entrar.

– Em nome de Alá, o Clemente, o Misericordioso – ronronou Vikram. – Louvado seja Alá, Senhor do universo. O Clemente, o Misericordioso. Soberano do Dia do Juízo. Só a Ti adoramos e só de Ti imploramos ajuda. Guia-nos à senda reta, à senda dos que agraciaste, não à dos abominados nem à dos extraviados. Amém. – Ele sorriu. – Viu só? Nem queimou minha língua.

– Isso não significa nada – murmurou o xeque Bilah, abrindo mais a porta. – Dizem que o Diabo é sábio.

– Eu não sou o Diabo – disse Vikram. Ele entrou num salto. – Pronto, velho... Assim está melhor?

O xeque Bilah colocou a mão na cabeça como se estivesse prestes a desfalecer. Recuperando-se, franziu a testa para Vikram, surpreso.

– Você pode assumir a forma de um homem – disse ele. – Como fez isso?

– Eu me virei de lado.

O xeque Bilah balançou a cabeça. Atravessando a *musala*, resmungou alguma coisa sobre preparar mais chá. Alif se ajoelhou ao lado de Dina, que tirara os sapatos e sentara-se no tapete com os joelhos puxados para cima.

– Como está o seu braço? – perguntou ele, hesitante.

– Doendo – disse ela. – Quero ir para casa.

– Não sei se já é seguro.

– Não importa mais. Isso é loucura. Se vierem atrás de mim, vou contar tudo. Talvez sejam generosos quando perceberem que não tenho nada a ver com seus esquemas.

Alif ficou magoado.

– Você realmente me entregaria ao Estado? Sem nem pensar duas vezes?

Dina levantou a cabeça para ele. Suas pálpebras brilhavam de suor. Alif percebeu, alarmado, que ela talvez precisasse de assistência médica, que ser costurada numa tenda por Vikram dificilmente seria o suficiente para um ferimento a bala. Ele disse a si mesmo que ela estava cansada demais.

– Você ainda precisa descansar – disse ele. – Venha... Tem uma cama de armar em uma das salas. Não é ruim. Eu estava dormindo quando vocês apareceram.

Dina o seguiu pela *musala* sem dizer nada. Ele a levou para uma sala na frente do escritório do xeque Bilah, do qual vinha o cheiro de hortelã fervendo. Dina desabou na cama, cravando os dedos dos pés no tecido mofado, e soltou uma espécie de gemido.

– Desculpe – disse Alif. – Se eu soubesse que uma coisa dessas ia acontecer, não teria...

– Você insiste em pedir *desculpas* sem sinceridade. Fiquei tão preocupada, deitada sozinha no apartamento daquela mulher... E então, quando eles voltaram parecendo mortos e disseram que tinham perdido você, achei que ia desmaiar. Ou gritar. Foi horrível. E você não lamenta nada.

Alif sentiu sua paciência se esgotar.

– Tanto faz. Acredite no que quiser. Eu tentei ao máximo. Até parece que você não cometeu seus erros, embora finja ser perfeita. Se tivesse continuado abaixada quando aquele sujeito estava atirando em nós, não teria se machucado.

– Eu entrei em pânico!

– E eu também, mas até eu sei que não devo *me levantar* quando tem balas batendo na parede por cima da minha cabeça.

– Você estava deitado em cima de mim! Eu precisava fazer *alguma coisa*.

Alif ficou pasmo.

– Não acredito no que estou ouvindo. Eu estava tentando proteger você dos tiros. Está falando sério quando diz que se levantou porque preferia morrer a tocar em mim por cinco segundos? Sou tão nojento e pecaminoso assim?

Um som sufocado e exausto escapou da garganta de Dina.

– Não! Você não entende, não quer entender.

– Tem razão. Não me importo. – Alif saiu pela porta e a fechou com estrondo, calando seu choro magoado.

* * *

Na *musala*, o xeque Bilah servia copos de chá numa bandeja de cobre. Vikram se esparramou de lado e a convertida se sentou com os joelhos embaixo do corpo, parecendo nervosa.

– Como está a outra irmã? – perguntou o xeque Bilah quando Alif entrou na sala. Havia certa frieza em sua voz. Alif fechou e abriu uma das mãos.

– Ela precisa de uma boa noite de sono – disse ele rispidamente.

– Ela é bem-vinda. Nossa irmã aqui pode se juntar a ela na cama do depósito. Você terá que dormir aqui na *musala*. E você... – O xeque olhou para Vikram com uma expressão hostil.

– Não se preocupe – falou Vikram, sorrindo. – Eu não durmo.

– Como quiser. Todos devem ir embora antes da oração do meio-dia de amanhã.

Alif se ajoelhou no chão ao lado da bandeja de chá.

– Peço desculpas, tio xeque – declarou numa voz fina. – Não pretendia causar tanta confusão. Vikram não é de todo mau. Eu não sabia que eles iam aparecer no meio da noite. O senhor foi muito gentil comigo... Não quero metê-lo em problemas.

A expressão do xeque se abrandou.

– *Khalas*. Está tudo bem. Vou descansar... A oração do amanhecer acontecerá daqui a três horas. Vocês ouvirão o chamado para se levantar. – Ele puxou a túnica em volta do corpo e seguiu para o fundo da *musala*, lançando um último olhar a Vikram antes de desaparecer no corredor para sua sala.

– Por que você sempre tem que fazer tanta cena? – vociferou Alif quando o xeque se foi. – Por que ele pensou que você era um cachorro?

– Aos olhos dele, eu era. – Vikram se recostou de lado, bebendo o chá.

– Você é ridículo.

– Podemos falar em inglês novamente? – perguntou a convertida.

– Certo, tudo bem. – Alif esfregou os olhos.

– Obrigada. Estou preocupada com Dina – continuou ela. – Acho que ela está começando a desmoronar. Quero dizer, ela foi *baleada*. Pode precisar de remédios ou coisa assim.

Vikram deitou a cabeça na perna da convertida.

– Você me magoa. Duvida das minhas capacidades como enfermeiro?

A convertida se afastou.

– Sim, francamente. Acho que a essa altura há necessidade de médicos e um plano de ação.

Embora concordasse, Alif sentiu a necessidade de mudar de assunto.

– Seu orientador disse mais alguma coisa? A respeito do livro, quero dizer?

A convertida ficou vermelha.

– Não recebeu minha mensagem?

A mão de Alif foi ao bolso onde ele carregava o telefone. Estava quente da pressão contra o seu corpo. Era estranho pensar que até muito recentemente ele dependia daquele pequeno estojo de silício mais do que das próprias pernas.

– Não verifiquei minhas mensagens – disse ele.

– Ah. Tudo bem. O fundamental é que... O básico é que... Eles concluíram do que é feita a resina de cheiro estranho.

Alif esperou. A convertida não parecia disposta a continuar.

– E do que é? – Ela deu um pigarro.

– *Pistacia lenticus*, que é seiva de almécega. Não é um ingrediente incomum em resinas antigas, embora seja meio estranho vê-la sendo usada para conservar papel. Mas eles também encontraram vestígios de material amniótico. Material amniótico humano.

– *Anioti* o quê?

– O revestimento do feto – disse Vikram em árabe.

Alif fez uma careta.

– Que nojo! Quem faria uma coisa dessas? Estive carregando aquele livro nojento, tocando nele e segurando-o por três dias. Vou queimar minha mochila.

– Eu não faria isso. Este livro é tremendamente valioso. Aposto que pode vendê-lo a algum instituto de pesquisa ocidental por meio milhão de dólares.

Alif pensou numa coisa horrível.

– Esse anioti – disse ele –, você não acha que significa que os bebês foram...?

A convertida o olhou exasperada.

– O quê? Sacrificados? Devorados? De jeito nenhum, não na Pérsia medieval. Eles provavelmente só pensavam que o saco amniótico protegeria o livro como protegia o bebê.

– Isso é *extremamente nojento.*

– Não seja tão presentista.

– Na época, era comum – disse Vikram, rolando o copo de chá entre as palmas das mãos. – Livros vivos. Os alquimistas sempre tentaram criá-los. Havia o Alcorão, que rompeu com a linguagem e a reintegrou de um jeito que ninguém foi capaz de reproduzir, usando palavras cujos significados evoluíram com o passar do tempo sem alteração de um único ponto ou golpe da pena. O que está em cima é como o que está embaixo, raciocinaram os alquimistas... Eles pensavam que podiam fazer a engenharia reversa da palavra viva usando compostos químicos. Se pudessem criar um livro que fosse literalmente vivo, talvez ele também produzisse um conhecimento que transcendesse o tempo.

– Isso é bastante blasfemo – declarou a convertida.

– Ah, muito. Herético, minha cara. Eles faziam o *hashisheen* parecer ortodoxo.

– O que quer dizer com palavras cujos significados evoluíram? – perguntou Alif. – Isso não faz sentido. O Alcorão é o Alcorão.

Vikram cruzou as pernas – Alif decidiu não observar a operação atentamente – e sorriu para a plateia.

– A convertida compreenderá. Como eles traduzem ذرة em sua interpretação inglesa?

– Átomo – disse a convertida.

– Você não acha isso estranho, considerando que os átomos eram desconhecidos no século VI?

A convertida mordeu o lábio.

– Nunca pensei nisso. Tem razão. De maneira nenhuma *átomo* é o significado original dessa palavra.

– Ah. – Vikram ergueu dois dedos num sinal de bênção. Ele parecia, pensou Alif, a caricatura demoníaca de um santo. – Mas é. No século XX, *átomo* se tornou o significado original de ذرة, porque um átomo era o menor objeto conhecido pelo homem. E então o homem dividiu o átomo. Hoje, o significado original pode ser hádron. Mas por que parar aí? Amanhã, pode ser o quark. Daqui a cem anos, algum objeto tremendamente pequeno, tão estranho à mente humana que só Adão se lembrará de seu nome. Cada um deles será o significado original de ذرة.

Alif bufou.

– É impossível. ذرة deve se referir a alguma coisa fundamental. Está ligado a um objeto.

– Sim, está. A menor partícula indivisível. Esse é o significado contido na palavra. Nem uma parte dela se perde... Ela não quer dizer menor, nem indivisível, nem partícula, mas todas essas coisas ao mesmo tempo. Assim, na infância do homem, ذرة era um grão de areia. Depois, um grão de poeira. E depois uma célula. Então, uma molécula. Até que virou um átomo. E assim por diante. O conhecimento que o homem tem do universo pode aumentar, mas ذرة não muda.

– Isso é... – A convertida se interrompeu, perdida.

– Um milagre. De fato.

– Não entendo – disse Alif. – O que isso tem a ver com *Os mil e um dias*? Não é um livro sagrado. Nem mesmo para os djins. É um monte de contos de fadas com duplos sentidos que não conseguimos entender.

– Como ele é estúpido e literal. Pensei que tivesse um cérebro mais sofisticado.

– Estúpida é a sua mãe – disse Alif cansado.

– Minha mãe era uma crista errante de espuma do mar. Mas isso é totalmente irrelevante. As histórias são palavras, Alif, e as palavras, como ذرة, às vezes representam coisas muito maiores. Os humanos que obtiveram originalmente o *Alf Yeom* pensavam que poderiam extrair imenso poder dele... Assim, era do interesse deles preservar esse manuscrito da melhor forma possível. Desse modo, mesmo que eles próprios jamais decifrassem o código, os livros seriam fundamentais e estariam em bom estado para as gerações futuras, que poderiam ter mais sucesso.

A convertida bocejou no seu lenço.

– Não consigo fazer mais nada – disse ela. – Vou dormir. O quarto extra fica por aqui?

– Sim – disse Alif distraído.

Um pensamento à margem, ainda não totalmente formado, colocou-se à beira de sua mente, importunando-o. Vikram desapareceu de sua visão. Ele se enroscou no chão, puxando os joelhos ao peito e fechando os olhos. O pensamento podia esperar; ainda estava exausto. Se dormisse agora, podia ter mais uma ou duas horas de descanso antes da oração do amanhecer. Os passos da convertida terminaram no rangido de uma porta sendo fechada e num *boa noite* murmurado. Ele não respondeu.

Uma corça saltou por suas pálpebras, perseguida por um veado; a paisagem que eles atravessavam era uma plataforma Linux. Ele sabia que havia uma armadilha esperando pela corça – *Os dias* diziam isso – e observou passivamente enquanto a criatura caía, sua perna esmagada em um tornilho oculto de comandos cortantes. Um cavalo de Troia, pensou Alif, uma armadilha escondida com inteligência. Com toda probabilidade, a corça havia convidado aquilo para entrar sem saber; talvez tivesse executado algum conteúdo duvidoso de uma terra estrangeira. O veado continuou correndo distraidamente. Era um programa utilitário, incapaz de responder aos gritos angustiados da corsa, construído para fins mais básicos do que a empatia.

Alif xingou. Animal idiota. Um pacote pequeno de uns e zeros – ele era apenas isso; era este seu problema. Dina precisava de ajuda com seu pequeno casco preso na armadilha. A culpa era dele. Por que não conseguia voltar? Um médico, um médico...

– Alif.

A voz de Vikram parecia vir de dentro da própria cabeça.

– Acorde, seu filhotinho idiota. Tem algo errado. Pare de pensar em animais da floresta e trate de se levantar.

Suas pálpebras se abriram lentamente. Ele sentiu um bafo quente no rosto. Com muito esforço, mexeu os dedos, batendo no que respirava em seu cangote. Encontrou pelo.

– Merda!

Alif sentou-se ereto e encarou um cachorro grande – ou chacal, ou alguma coisa horripilante – que estava agachado na frente dele com uma expressão atenta nos olhos amarelos.

– Pelo amor de Deus, deixe de ser um bebezinho. – Uma figura tremeluziu como uma miragem, transformando-se em Vikram. – Você estava sonhando.

– Não faça isso – resmungou Alif, esfregando os olhos. – Por favor, falo sério. Nunca mais faça isso.

– Eu não fiz nada. Você precisava prestar atenção. Tem uma mulher aqui que quer ver você. Você precisa mandá-la embora.

– O quê?

– Ela está sendo seguida por algo terrível. Se essa coisa entrar aqui, podemos nos preparar para o pior. Não posso proteger você de tudo, Alif, as mulheres tampouco, aliás. Entendeu?

Alif se esforçou para se levantar. A expressão de Vikram o alarmava. Ele abriu a tranca e levantou a trave, empurrando a porta esquerda com o ombro. Ela se abriu sem ruído algum. Nos degraus da mesquita, estava uma mulher de costas e véu preto. O ar noturno flutuou por ela, tocando o rosto de Alif; era úmido, tinha cheiro de mar e do amanhecer iminente. Luzinhas eram visíveis nas janelas dos palacetes e das lojas pela rua.

– Olá? – chamou Alif, hesitante.

A mulher se virou e o fitou com seus familiares olhos pretos. Alif prendeu a respiração.

Era Intisar.

Capítulo Nove

– Que a paz esteja com você – sussurrou ela.

Alif não conseguia falar. Não retribuiu a saudação.

– O que você está fazendo aqui? – perguntou ele por fim.

– Não posso ficar – disse Intisar, ignorando a pergunta dele. – Recebi seu recado. Fui me encontrar com você na universidade, como você queria, mas Abbas... Abbas descobriu. Ele descobre tudo. Tudo que escrevo nos e-mails ou digo ao telefone. Você não deve tentar entrar em contato comigo novamente.

– Eu não planejava fazer isso – disse Alif. Sua voz falhava. – Tentei deixar você em paz. Mas o livro...

Os olhos de Intisar vacilaram, incapaz de sustentar o olhar de Alif.

– Eu devia simplesmente ter entregado a ele. Tomei todas as notas que precisava para minha tese... Não entendia por que ele estava tão interessado no livro. Mas fiquei com raiva, com muita raiva dele, do meu pai... Pensei que, se lhe desse o livro, você poderia entender por que ele o queria tanto. Você é inteligente com essas coisas. Eu queria castigá-lo.

– E você sabe? – perguntou-lhe Alif. – Sabe o que ele é? Você sabe quem... o que... escreveu esse livro, Intisar?

Os olhos que espiavam por trás do véu eram muito escuros.

– Não sei no que acreditar – sussurrou ela. – Só descobri sobre o *Alf Yeom* por acaso... Foi mencionado em um artigo que li sobre os tradutores orientalistas franceses. Tentei encontrar uma cópia em sua língua original. Mas, assim que comecei a procurar por ele, as coisas ficaram... estranhas.

Alif prendeu a respiração.

– Fui procurada por um vendedor de livros da Síria que disse ter uma cópia para vender por cinquenta mil dinares. Fiquei cética... É muito dinheiro. Perguntei a ele se o livro estava esgotado havia muito tempo, pensando que podia encontrar outro exemplar e conseguir um preço melhor. Ele simplesmente riu de mim. Disse que nunca houve um exemplar impresso, para começar. Disse que o original nem mesmo foi escrito por mãos humanas. Pensei que ele fosse louco. Mas fiquei tão intrigada que no fim concordei em pagar o que ele pediu.

– E você o leu.

A contragosto, os olhos de Alif se demoraram no ombro magro de Intisar. O tecido de sua roupa era tão fino que ele podia detectar uma sugestão da clavícula por baixo e ele se contraiu com o desejo de poder beijar a pele coberta.

– Li. Ficou claro para mim que não era uma coletânea de histórias comuns. Quando cheguei ao último capítulo, quase entrei em pânico, de tão perturbador que era. E então, uma noite, acordei de repente e vi um homem sentado na cadeira da minha mesa, perto da minha cama. Estava simplesmente sentado ali, olhando para mim. Tinha olhos amarelos. Percebi que ele não era exatamente um homem. Era outra coisa. Quando acendi a luz, ele sumiu. No dia seguinte, Abbas foi pedir minha mão ao meu pai.

– Um espião. – O coração de Alif batia forte no peito. – Sakina tinha razão. Ele tem aliados. É assim que ele encontra você. Intisar... – Ele segurou sua mão. – Ele não precisa mais de você. Você se livrou da coisa que ele realmente queria. Pode deixá-lo. Vou devolver o *Alf Yeom* ao povo que sabe o que fazer com ele e você e eu iremos para algum lugar, qualquer lugar, juntos. Dane-se a Cidade. Podemos ir para Istambul, Paris ou a merda de Timbuktu. Eu viveria numa cabana, se isso significasse ver você todo dia.

Ele podia perceber o interesse se esvaindo dos olhos dela. As primeiras ondas de desespero começaram em algum lugar em suas entranhas.

– Não é assim tão simples – murmurou ela. – Ele já pagou parte do dote... Um dote muito generoso. Acho que ele fala sério, Alif... Não se trata só do livro. Se fosse assim, poderia ter jogado tudo na minha cara depois que eu o traí, mandando o livro para você. Mas ele não fez isso.

Na verdade, tem sido mais gentil comigo desde então. Hoje mesmo veio se sentar ao meu lado e falou como nossos filhos seriam bonitos, porque eu sou linda, e me perguntou da minha monografia, disse que estava feliz por ter uma esposa instruída. Ele se importa com meu intelecto. Nenhum dos outros homens que meu pai sugeriu dava a mínima para o que eu pensava, ou mesmo se eu chegava a pensar.

– Ele está tentando suborná-la. – Alif procurou vencer a sensação abrasadora que queimava em suas veias, o início de uma fúria que seria o fim do autocontrole. – Ele pensa que, se mimá-la, você me entregará e ele terá tudo o que quer... O livro, a garota e o hacker que ele vem tentando esmagar há anos.

Intisar não disse nada.

– Me diga – disse Alif, respirando com dificuldade. – Diga que você ainda me quer e não a ele. Diga que falou sério quando disse que me amava todas aquelas vezes.

– É claro que falei sério – rebateu Intisar. – Mas o amor não é tudo, Alif. Onde moraríamos? Do que viveríamos? Não posso passar o resto da vida num apartamento de dois cômodos no distrito de Baqara, lavando roupas.

As palavras dela caíram sobre Alif como pedras, deixando hematomas.

– Era nisso que você pensava quando ficávamos juntos? – perguntou ele. – Quando estávamos deitados na minha cama, contando os postes da rua pela janela como se fossem estrelas, era isso que passava pela sua cabeça? Que não podia acreditar que tinha concordado em se misturar com um Rafiq do distrito de Baqara?

Ela se afastou repentinamente, as sobrancelhas bonitas se unindo acima do véu.

– É claro que não. Eu queria ficar com você. Briguei com meu pai quando ele me disse que ia me entregar em casamento a Abbas. Escondi o *Alf Yeom* dele, lembra? Mandei para você. Para atingir Abbas. É só que... – Ela se interrompeu, olhando inquieta a praça deserta. – É só que estive pensando nas coisas desde então – continuou ela num tom mais moderado. – E conversei com meu pai e com Abbas. Eles não vão me obrigar a fazer nada que eu não queira. Mas me convenceram de que um casamento fora de meu próprio meio só pode trazer problemas. Você sabe disso melhor do que ninguém. Veja só os seus pais.

O raciocínio dela parecia forçado, ensaiado. Embora ele não pudesse refutar sua lógica, o insulto era grande demais para ser suportado. Uma coisa era ele criticar os próprios pais – o que ele fizera várias vezes enquanto Intisar ouvia no que ele havia suposto ser solidariedade –, mas outra bem diferente era ter essa crítica jogada na cara. Achava que a traição dela à sua confiança era mais penetrante do que a traição ao seu corpo.

– E eu?

Intisar baixou inteiramente os olhos. Seu rosto era inescrutável por trás do tecido preto do véu.

– E eu? – perguntou Alif novamente, agora mais agitado. – Você ficou noiva desse monstro pelas minhas costas, me impôs aquele livro velho de cheiro esquisito e, enquanto estou fugindo feito um criminoso em minha própria cidade, você está fazendo o quê, exatamente? Sabe o que passei nos últimos dias?

– Desculpe – sussurrou Intisar. – Eu pensei... Mas agora isso não importa. Estou com medo por você. Não sei o que ele está planejando. Ele me disse que, mesmo sem o *Alf Yeom,* tem provas suficientes de suas atividades ilegais para colocar você atrás das grades pelo resto da vida. O que é Tin Sari, Alif?

Alif engoliu em seco.

– Um programa – disse ele com a voz rouca.

Intisar o olhou.

– Ele disse que você se envolveu com criminosos, criminosos de verdade. É verdade?

– Não. – A indignação começou a superar a raiva que ele sentia. – Isso é mentira. Meus clientes não são criminosos. Só estão tentando escapar da merda coberta de ouro em que vivemos, como todo mundo. A única diferença é que eles têm colhões para defender o que acreditam.

– Você disse que me amava – disse Intisar mansamente. – Como pôde se misturar com essas pessoas, quando sabia que me arrastaria também para isso?

Ele achou a pergunta inusitada. O caráter estranho desse encontro – tarde da noite, na escada da mesquita, a ausência do carro e do motorista de Intisar, até onde podia ver – crescia por Alif como uma náusea.

– Intisar – sussurrou ele –, como soube que eu estava aqui?

Ela desceu a escada.

– Queriam que eu fizesse você sair. Para onde pudessem vê-lo. Eles precisavam ter certeza. Eles me obrigaram, Alif... Não queria que isso acontecesse...

O feixe vermelho da mira a laser dançou perto da têmpora de Alif. Com um grito, ele se jogou atrás da grande porta e a bateu. A viga desceu em seu suporte com um tinido alto.

– Sua vaca – gritou ele pela porta densa. – Você vendeu todos nós ao Diabo!

As luzes dentro da *musala* bruxulearam e sombras começaram a se deslocar sob o domo em padrões estranhos, contra a luz. Alif sentiu-se gelar. Vikram apareceu atrás de seu ombro.

– Pegue as meninas e o velho – disse ele. – Tranque as outras portas.

Alif olhou para ele desvairado.

– O que quer dizer? O que vamos fazer?

– Vamos ficar exatamente onde estamos pelo maior tempo que conseguirmos. Os novos amiguinhos da sua amiga não podem entrar numa mesquita, mas isso não os impedirá de tentar. Preciso avisar... Isso só pode terminar de um jeito.

– O quê? De que jeito?

– Com você nas mãos deles.

Alif passou a mão trêmula pelo cabelo.

– É melhor se eu me entregar? – perguntou. – Você acha que eles serão misericordiosos se eu cooperar?

– Duvido muito.

– Minha mãe *chode*. – Alif se sentou no chão.

– Eu disse a você. – Vikram escalou a parede do outro lado e a parte de baixo do domo com as garras. Parou, pendurado feito um morcego nas pedras lisas, para examinar uma das cinco claraboias do domo. As sombras enroscadas foram embora quando ele se aproximou. – Não posso proteger você de tudo. Pelo menos, não permanentemente. Entretanto, algum tempo é mais útil do que tempo nenhum, por isso darei a você tudo que posso. – Sua voz reverberava pela sala e chegava aos ouvidos meio abafados de Alif.

Um pensamento ocorreu a ele.

– Vikram – chamou ele. – Você pode morrer?

Vikram pousou no chão sem ruído algum.

– Ah, sim – disse ele.

– Como?

– Do mesmo jeito que você. De fome, sede, velhice, decapitação, um ferimento a bala, coração partido.

– As pessoas não morrem de coração partido – disse Alif.

Vikram bufou.

– Você está morrendo neste exato momento – retrucou ele.

Alif baixou os olhos para o peito, apavorado. Não havia nada fora do comum. Ele apertou a ponta dos dedos nas têmporas até sentir a pressão crescer em sua cabeça; os parâmetros do mundo declinavam, sua velocidade de processamento comprometida.

– Pegue as mulheres e o velho – repetiu Vikram. – Se elas já não foram acordadas por seus xingamentos.

Alif se levantou e correu para o fundo da *musala*. O xeque Bilah saía de sua sala, abotoando o colarinho da túnica comprida com dedos trêmulos.

– O que é toda essa balbúrdia profana? – sibilou ele. – Por que a *musala* está vazia? Onde estão os devotos para a oração do amanhecer?

– Acho que eles não virão hoje, tio xeque – gaguejou Alif. – A Mão... os homens do Estado e talvez algumas coisas piores... vieram atrás de mim. Vikram quer que tranquemos todas as portas.

O xeque Bilah estufou as bochechas.

– Sou o responsável pela Al Basheera há 32 anos – falou ele. – Jamais dei as costas aos muçulmanos na hora da oração. Esse seu problema...

– Eu fui traído – gemeu Alif, o que restava de seu autocontrole escapulindo. – Ela me enganou e agora estamos todos fodidos, tio xeque, fodidos...

– Deus nos perdoe! Como se atreve a usar esse linguajar aqui? Isto é *Hamlet*? Estamos num palco? Pare de tagarelar e vá fazer suas abluções... Vamos fazer nós mesmos a oração do amanhecer, pelo menos.

Alif fez uma careta para o xeque idoso, espantado.

– Como pode pensar em orações numa hora dessas?

– Como você pode não pensar? Saia daqui e vá lavar os pés.

Incrédulo e obediente, Alif cambaleou para o lavatório. Ouviu vozes femininas e nervosas vindo da sala com a cama de campanha. Uma lufada de ar bateu nele quando a convertida abriu a porta de repente e olhou nervosamente para fora.

– O que está havendo? – perguntou em inglês. – Ouvi gritos.

– Estamos cercados – gemeu Alif, arregaçando a bainha da calça com muita energia.

– Cercados pelo quê? O que está fazendo?

– Lavando-me para a oração.

– Meu Deus... Espere. – A convertida voltou para o quarto de hóspedes. Saiu novamente com Dina, que puxava apressadamente o véu para seu lugar, sobre a ponte do nariz.

– O que você fez agora? – perguntou Dina numa voz carregada.

– Nada. Aquela vaca me vendeu ao Estado.

Embora não pudesse ver seu rosto, Alif detectou nela um leve ar de satisfação.

– Eu disse a você que ela era encrenca. Qualquer menina rica disposta a andar por aí pelas costas do pai no distrito de Baqara é problema.

– Eu sei que ela estava se misturando com inferiores quando ficava comigo – vociferou Alif. – Não precisa esfregar na minha cara. Ela ia ser minha mulher... Ela fez isso por amor...

– Se você diz.

Alif xingou novamente e foi pulando pelo ladrilho frio do perímetro do lavatório. A água que espirrava da torneira na parede era gelada; ele gritou quando bateu na sua pele suada. Uma confusão de vozes vinha do corredor e se separava ao ecoar nas paredes do lavatório, criando uma harmonia operística: a indignação alta do xeque Bilah, o desdém musical de Vikram, os protestos nasalados da convertida. Dina estava em silêncio, mas ele podia adivinhar o que ela pensava. Foi atingido por uma pontada de culpa. Ele não tinha o direito de trazê-la para sua órbita perversa, tão distante da pequena casa geminada no distrito de Baqara, onde cuidava dos assuntos ocultos do seu sexo. Ela seria maculada pela infâmia dele – talvez ele a tivesse afastado de pretendentes jovens e bonitos com barbas bem-aparadas e salários decentes. E tudo isso simplesmente porque a enviara à casa de Intisar com aquele lençol manchado e a acompanhara na volta do pomar de tâmaras numa tarde quente. Era preciso muito pouco para destruir uma mulher.

O xeque Bilah o chamava pelo nome. Alif terminou suas abluções e correu de volta à *musala*. O xeque estava de pé em um nicho decorado de frente para Meca, dois degraus abaixo do chão, para demonstrar a humildade do líder da oração. Dina e a convertida postaram-se ombro a ombro no fundo do salão, perto das portas grandes. Alif deu as costas apressadamente; Dina não poderia levantar o véu para rezar com ele olhando. Ficou um pouco atrás do xeque Bilah, procurando furtivamente por Vikram – que tinha desaparecido – e baixou a cabeça.

Alguém bateu nas grandes portas do lado de fora. O xeque Bilah ignorou o barulho e deu um pigarro. O chamado para a oração subiu melodioso de seus lábios, numa voz que sugeria um homem muito mais novo: confiante, bem-treinado, inabalável. Por um momento, Alif se distraiu com a força das palavras conhecidas que louvavam a devoção acima do sono. Não era exatamente cantada, mais parecia uma escala ou outra, a música das esferas. A batida soou novamente. Alif cerrou os dentes, obrigando-se a não olhar para trás. Alarmado, percebeu que quem passasse pelas portas pegaria primeiro as mulheres. Era ridículo ficar parado ali e não fazer nada, pensou ele, como o rebanho que toma as ruas na véspera da Festa do Sacrifício, balançando suas pequenas cabeças e fazendo planos para a semana seguinte.

Na frente dele, o xeque Bilah se curvava; Alif se apressou a imitar seus movimentos. A comoção do lado de fora das grandes portas ficou mais alta. De repente o barulho cessou, substituído por um grito apavorado. O pelo da nuca de Alif se eriçou. Ele se ajoelhou e encostou a testa no tapete mofado, reprimindo a bile que subia pela garganta. Enquanto se levantava para a segunda *raka*, o barulho externo redobrou, pontuado por uma sirene de polícia. O xeque Bilah elevou a voz.

– E nos lugares elevados ficarão os homens que saberão todas as coisas por seus sinais; clamarão os habitantes do Jardim: que a paz esteja convosco! Eles ainda não entraram, embora assim esperem.

De joelhos, Alif cumprimentou o anjo à sua direita; quando se virou para a esquerda, viu Vikram ajoelhado ao lado dele. Ele gritou.

– Silêncio – disse Vikram. – Você parece uma garotinha.

– Você acaba de *matar alguém lá fora*?

– Não. Pensei que o velho ficaria muito aborrecido se encontrasse tripas na porta da frente. Mas dei um bom susto neles. Um ou dois ficaram catatônicos.

– Quantos são lá fora?

– Cercaram a rua toda. Isso deve dar uma ideia a você. As outras coisas... Bom, é difícil imaginar quantas são. Elas se movem como uma só. Não sei se alguém além do homem que as invocou pode vê-las. O pessoal do Estado não parece perceber que estão ali.

Dina se esgueirou de trás da sala e sentou-se a uma boa distância de Alif.

– Se eu sair e disser a eles que somos reféns de um terrorista, acha que vão deixar que eu volte para casa? – perguntou ela a Vikram. Infeliz, Alif tentou olhá-la nos olhos. Ela o ignorou.

– Como você deliberadamente enganou um agente do Estado para proteger o seu sequestrador, duvido disso. – Vikram tombou a cabeça de lado para ela. – Como está seu braço, pequena irmã? Sinto cheiro de sangue.

– Está bem. Eu estou bem.

A convertida foi até eles, torcendo as mãos. O rosto acima da bainha do lenço violeta era pálido e inchado.

– Eu sinceramente não sei nada sobre isso – disse ela em inglês. – Não sabia que vocês estavam metidos em tantos problemas. Eu nem deveria estar aqui... Tenho aula hoje... – A histeria insinuava-se em suas palavras. Alif soltou um grito inarticulado de frustração.

– Sentem-se. – A voz do xeque Bilah não abriu espaço para recusas. Ele carregava uma cadeira dobrável debaixo de um braço e um volume do *tafsir* sob o outro. – Basta de lamentos. Vocês todos ouvirão em silêncio a lição que preparei para o *dars* que estaria acontecendo neste momento, se as suas aventuras não impedissem o comparecimento de meus alunos.

– O quê? Por quê? – Alif olhou do xeque para as grandes portas. O rangido de metal sugeria que o Estado passara da força humana para métodos mais potentes. – Isso é loucura. Eles estão cortando as portas e o senhor quer que nos sentemos aqui junto aos seus joelhos como um bando de estudantes espinhentos da madrassa? Estamos acabados se ficarmos.

– Estamos acabados se partirmos. Pelo menos assim você pode dizer a eles que não ofereci nada além de chá e instrução religiosa. Minha pele estará segura.

O xeque se sentou na cadeira dobrável, arrumando a túnica em volta. Vikram saltou pelo tapete e correu à parede mais distante outra vez, desaparecendo por uma claraboia. Uma luminescência clara e insaturada, um falso início de amanhecer, desceu pela abertura assim que ele sumiu.

O xeque Bilah abriu o *tafsir* numa página marcada.

– Começaremos com uma pergunta – disse ele –, que é particularmente apropriada neste contexto. Deus, em Sua misericórdia, nos diz que a boa ação é registrada assim que a pessoa decide realizá-la, enquanto uma má ação é registrada apenas depois de ter sido realizada. Mas o mundo de hoje é mais complicado do que antigamente. Assim, coloco diante de vocês o seguinte dilema, apresentado a mim por um jovem de minha congregação: quando você joga um videogame e seu avatar consome um pedaço de porco digital, você cometeu um pecado?

Alif esperou.

– Está perguntando a mim? – disse ele quando o xeque Bilah ficou em silêncio. – O senhor é o *alim*. Como eu poderia saber?

– Estou interessado em sua opinião. Sei muito pouco de videogames. Pelo que entendi, esse menino está muito envolvido em algo chamado World of Battlecraft.

Alif suspirou, exasperado.

– Não sei. Não importa. – As grandes portas guincharam como se sofressem a pressão de uma serra. – Não consigo me concentrar.

– Importava muito para esse jovem. Eu estava inclinado a dizer que, se ele estava preocupado com a questão, provavelmente *era* um pecado, ou no mínimo aquilo pesaria sobre ele como um pecado. Pois Deus também nos diz que quando se realiza um ato que você acredita ser um pecado, ainda conta como um pecado, mesmo que tenha se provado permissível. Consciência. A consciência é a medida definitiva do homem.

– Tudo bem, é um pecado – gemeu Alif. – Não ligo. Não jogo Battlecraft. Isso é para adolescentes.

– Não estou procurando por uma resposta em particular. Não sinta que deve concordar. Quero saber o que você pensa.

– Eu penso que as pessoas precisam de um tempo. Não é como se elas estivessem lá fora vendendo bacon e álcool. Elas querem fingir por algumas horas por dia que não vivemos nesse buraco medonho, sendo oprimidos pelo Estado de um lado e por cabeças de vento devotas do outro, enquanto abrimos nosso sorriso de merda para que as petrolíferas continuem metendo dinheiro em nossos bolsos. Certamente Deus não se importará de as pessoas fingirem que a vida é melhor, mesmo que isso envolva um porco fictício.

– Mas esse não é um precedente perigoso? Uma coisa é o porco fictício... Não se pode sentir seu cheiro, nem seu sabor, assim a tentação de consumir um porco verdadeiro é baixa. Porém, se estivéssemos falando do adultério fictício... Sei que existem muitas pessoas que fazem e dizem todo tipo de coisas obscenas on-line... Então, seria outra questão. Estes são desejos verdadeiros manifestando-se na tela do computador. Quem sabe quantas relações adúlteras começam na internet e terminam no quarto?

Alif empalideceu.

– E mesmo que não o façam – continuou o xeque –, quem pode dizer que os danos espirituais não são verdadeiros? Quando duas pessoas formam um relacionamento on-line, não é uma ficção baseada na vida real, é a vida real baseada numa ficção. Você acredita na perfeição da pessoa que não pode tocar nem ver, porque ela prefere revelar apenas as coisas que sabe que vão agradá-lo. Certamente isso é muito perigoso.

– É possível dizer a mesma coisa do casamento arranjado – disse Alif.

O xeque Bilah abriu um sorriso tristonho.

– Ah. Sim. Agora você me pegou.

O barulho da serra aumentou vários decibéis, guinchou e parou. Vozes gritaram do lado de fora, agudas e confusas.

– Aquelas portas têm quatrocentos anos – disse o xeque numa voz melancólica. – Presente de um príncipe catariano que passou pela cidade enquanto fazia a *hajj*. Ela é insubstituível.

– A culpa é minha. – Alif enxugou a testa com as costas da mão trêmula.

– Sim, é verdade. Mas... você é igualmente insubstituível. – O xeque Bilah folheou seu *tafsir*. – Creio que seu amigo desativou a serra deles.

A convertida, que estivera andando de um lado para o outro da *musala*, colocou-se ao lado da cadeira do xeque.

– Isso está me deixando preocupada, muito, muito mesmo – disse ela em árabe. – Não suporto mais. Quero sair.

– Sim, tenho certeza de que quer – respondeu o xeque. – Mas não parece possível no momento. Se importaria se eu pedisse para que preparasse um chá e pegasse a lata de biscoitos em minha sala? Deus abençoe as suas mãos.

A convertida o encarou por um momento, depois se arrastou para fazer o que ele pedia. Dina se levantou do chão e foi em silêncio atrás dela, puxando a túnica apertada contra o braço ferido, como uma tipoia. Alif a olhou com uma ansiedade cada vez maior.

– Preciso dar um fim a isso – murmurou ele. – Tenho que tirá-la daqui. – Ele se lembrou das palavras de despedida de NewQuarter01: *Só posso dizer que tá ficando mt ruim e é melhor fazer a coisa certa. Vc sabe do q tô falando.*

O xeque Bilah suspirou e fechou o livro.

– Tanto medo e dúvida por causa de um programa de computador – disse ele. – Hoje em dia não se precisa mais cometer um crime para se cometer um crime. Vivemos em um simulacro. Eu tenho um djin em minha mesquita e agentes do Estado na porta... Bah! Quem acreditaria nisso? Logo perderemos o fio da história e as aves e animais selvagens nos dirão o que é real e o que não é.

As palavras do xeque incitaram uma lembrança. Ele estava dormindo no quarto extra, na cama de campanha, e começara a sonhar. Aves e animais selvagens. Um veado e uma corça – como a história no *Alf Yeom*. Mas o veado não era realmente um veado. O veado era um avatar, substituto para um...

– Programa utilitário – sussurrou Alif.

Seu rosto esquentou e ele começou a transpirar. A ideia estivera rondando pelo fundo de sua mente, longe do seu alcance, precipitando-se para fora como um ladrão de rua pronto para afanar a sua carteira. Isso o encheu de comandos e equações, camadas em cascata de informações, plataformas de codificação. Fitou o xeque de olhos vidrados.

– Tio xeque – disse ele com a voz rouca –, lembra-se daquela coisa que me disse quando eu tentava explicar a computação quântica?

– O quê?

– Aquela coisa, aquela coisa! Sobre as camadas de significado no Alcorão...

– Ah. Cada palavra tem setecentas camadas de significado e todas existem sem contradição o tempo todo?

Alif foi tomado de euforia.

– Sei o que ele quer fazer com *Os mil e um dias* – disse Alif. – Sei por que está tão desesperado para colocar as mãos nele.

– O que quer dizer com isso?

– A Mão – disse Alif. – Ele está tentando construir um computador.

Capítulo Dez

Felizmente o xeque Bilah tinha uma linha DSL em seu escritório. Era utilizada em um desktop Toshiba muito antigo, infestado por malwares, mas com RAM suficiente para os propósitos de Alif. Depois de xingar para recuperar seus arquivos Word e os e-mails arquivados na nuvem, Alif convenceu o xeque a deixá-lo formatar seu disco rígido, deixando uma *tabula rasa,* um vazio na máquina que Alif pudesse preencher. Instalou uma plataforma Linux a partir de seu netbook, sentindo uma onda quase erótica de excitação quando carregou a tela familiar, acompanhada por uma série de estalos vigorosos das entranhas da CPU. Alif encostou o *Alf Yeom* em uma garrafa d'água pela metade que estava no fundo da mesa larga e abarrotada do xeque, abrindo o livro na história do veado e da corça: o ponto de origem. Ele respirou fundo.

– Desculpe-me, meu rapaz – disse o xeque Bilah da porta –, mas ainda não entendo bem o que está tentando fazer. Você disse que este censor quer *construir* um computador. Meu computador não só está construído, como já se encontra meio ultrapassado.

– Se eu estiver certo, isso não vai importar. – Alif semicerrou os olhos contra o amanhecer rosado que fluía em segredo lá para dentro pela janela de treliça. – Vou ensiná-lo a pensar de novo. Farei com que nasça de novo.

– Como disse?

Alif olhou o velho por sobre o ombro com uma ternura benevolente. Não devia ficar impaciente; ele ardia tomado por um propósito, por uma luz mais fria e mais pura do que o amanhecer avermelhado. Podia explicar qualquer coisa.

– Lembra-se de nossa conversa sobre a computação quântica?

– Sim, mais ou menos.

– Teoricamente, um computador quântico faria funções de dados usando íons... Que são difíceis de pegar, controlar e manipular. Por isso a verdadeira computação quântica ainda é principalmente um sonho. Nem mesmo a Mão tem um equipamento desses. Mas... Mas...

– Mas?

Os olhos de Alif brilhavam.

– Mas é possível chegar a quase isso se conseguirmos fazer um computador normal, baseado em silício, pensar em metáforas.

O olhar aquoso do xeque se aguçou.

– Se cada palavra tem camadas de significado...

– Sim. O senhor entendeu. Eu sabia que entenderia. Foi sua analogia com o Alcorão que me levou a pensar. Metáforas: conhecimento existente em vários estados simultaneamente e sem contradição. O veado, a corsa e a armadilha. Em vez de trabalhar com séries lineares de uns e zeros, o computador pode trabalhar com pacotes que são um e zero e cada ponto entre os dois, tudo ao mesmo tempo. Se, e apenas se, conseguirmos ensiná-lo a vencer a sua natureza binária.

– Isso me parece muito complicado.

– Deveria ser impossível, mas não é. – Alif começou a digitar furiosamente. – Todos os computadores modernos são pedantes. Para eles, o mundo é dividido em preto e branco, ligar e desligar, certo e errado. Mas ensinarei o seu a reconhecer múltiplos pontos de origem, gêneses inter-relacionadas, sistemas de causa e efeito multivalentes.

Ele podia ouvir o xeque trocando o peso de um pé ao outro.

– Quando falamos sobre o Alcorão, eu só estava tentando entender o que você queria me dizer sobre os computadores – disse ele. – Não pretendia que você o usasse tão literalmente...

– Não estou usando o Alcorão – explicou Alif concisamente. – Estou usando o *Alf Yeom*. O Alcorão é estático. Não se deve mudar um único ponto. É preciso ser treinado para recitar as palavras corretamente, porque, se uma única delas for mal pronunciada, não é mais o Alcorão. O *Alf Yeom* é algo dinâmico, ele muda. Acho... Acho que *ele* muda, quero dizer, o próprio livro, dependendo de quem o ler. Os dervixes viram a Pedra Filosofal, mas eu vejo códigos.

– O conhecimento deve ser fixado de uma forma que possa ser preservado – disse o xeque. – Por isso o Alcorão não pode ser alterado. Outros profetas foram enviados a outros povos, mas, como seus livros foram alterados, o conhecimento se perdeu.

– Posso compensar isso – disse Alif, sentindo-se menos seguro do que parecia. – Deve ser possível. A Mão acredita que é. Ele quer traduzir as séries de metáforas em séries de comandos.

– Mas o livro é antigo! Seus autores não poderiam saber nada de computadores.

– Nem precisavam saber. O que importa não é o que disseram, é como disseram... Como codificaram a informação. Eles jogaram tudo o que conheciam numa panela e desenvolveram um sistema de transmissão de conhecimento que pode acomodar as contradições. É esse sistema que quero reproduzir em seu computador.

Os dedos de Alif pararam no teclado. Uma visão pressionava seus seios nasais, dentro de sua cabeça: Dina, delineada em preto no terraço deles no distrito de Baqara, seu rosto velado, uma interrupção flutuante dos minaretes claros como poeira que se projetavam pelo horizonte. Ela segurava seu exemplar de *A bússola de ouro* como uma bandeira inimiga. Alif piscou rapidamente. A tela diante dele voltou a entrar em foco.

– Ainda não tenho certeza de como tudo isso se relaciona – confessou ele.

– Se é assim, eu teria muito cuidado – afirmou o xeque Bilah. – O maior triunfo de Shaytan é a ilusão de que você está no controle. Ele fica à espreita nos caminhos bifurcados, à espera daqueles que se tornam confiantes demais e perdem o rumo.

– Tenho que codificar – disse Alif.

Ele ouviu o silvo de túnicas de algodão enquanto o xeque Bilah se retirava. O sol ficara mais persistente, lançando um padrão complexo de luz e sombra no chão ao entrar pela janela com treliça de madeira. Sua cabeça começou a doer enquanto ele se curvava diante da tarefa. De vez em quando, ouvia o som de fuzis e uma ou duas vezes algo mais pesado, um estrondo surdo, como um trovão distante. O barulho sempre parava abruptamente, substituído pelo canto desordenado de pardais no pátio externo. Depois ouviu o som entremeado de estática de um megafone e uma voz, fraca ao chegar aos seus ouvidos, anunciou que quem saísse desarmado não seria machucado.

– ... Acham que temos armas? – A voz de Dina, abafada pela pedra, foi transmitida através da porta, com o eco de suas sandálias que batiam no chão do corredor.

– Não sei, minha filha. – Veio a resposta cansada do xeque Bilah. – Talvez seu amigo... Bem. Eles não podem entrar, de qualquer modo. Este lugar foi construído para suportar invasores beduínos...

As vozes desapareceram no corredor. Alif fechou bem os olhos até doerem e então, abrindo-os novamente, foi assaltado por pontos de luz. Apesar do sol, sentia uma pressão malévola no ar ao redor, uma senciência que ele não queria investigar com atenção. A sensação vinha em ondas e, a cada vez que recuava, Alif entrevia Vikram, que aparecia em sua consciência febril como um rolo de matéria escura desenroscando-se contra a ameaça invisível. Alif conseguia notar que Vikram estava se cansando.

Trabalhou com afinco. Seus dedos sabiam o que precisavam fazer antes mesmo da sua mente. Partes do fragmentado hipervisor Hollywood ainda podiam ser usadas; inseriu linhas do código conhecido na máquina do xeque, observando com satisfação as torres de algoritmos crescerem diante dos seus olhos. De vez em quando, parava para reler uma parte do *Alf Yeom*, separando a história básica em duas séries de códigos: Farukhuaz, a princesa morena, tornou-se um conjunto de algoritmos booleanos; a ama, sua contraparte irracional, expressões não booleanas. Não havia nada que ele não pudesse interpretar numericamente. Os próprios números, como as histórias, eram meramente representativos, substitutos do significado que jazia mais fundo, incrustados em pulsos de eletricidade dentro do computador, o disparar dos neurônios na mente de Alif, eventos cujos elementos determinantes toldavam-se e se fundiam enquanto ele trabalhava.

O sol se fortaleceu até quase o meio-dia, quando a treliça da janela serviu ao seu propósito, dobrando uma matriz de sombras num trecho mais escuro. Alif ficou admirado quando a sala do xeque de repente ficou fresca e escura. Séculos atrás, um carpinteiro medira o ângulo de alteração da luz contra aquela parede leste da sala e construíra uma tela de madeira que proporcionaria sombra na parte mais quente do dia, sem interromper a visão do pátio para um erudito que estivesse ali. Era simples e elegante. Alif sentiu uma pontada de inveja – sua própria criação, quando acabada, não seria simples, nem elegante. Seria um miasma desajeitado, em evolução, uma vastidão perpetuada pela mera pressão da informação. Seria capaz de funções além do cálculo, mas, em si, não teria significado algum.

* * *

Dina apareceu no final da tarde. Trouxe um copo de chá e um prato de *ful* que evidentemente tivera uma longa vida dentro de uma caixa aquecida demais. Alif cheirou antes de dar uma mordida.

– É tudo o que temos – disse Dina. – Não podemos exatamente mandar alguém buscar comida.

Alif a observou. Ela mantinha os olhos baixos; a pele transparente de suas pálpebras estava descolorida, como se estivesse machucada ou privada de sono. Ele estendeu o prato.

– Coma você – falou. – Você precisa de forças. Devia estar deitada, aliás.

Dina fez um gesto impaciente com o braço bom.

– Já comi. Está tranquilo lá fora... Vikram disse que a rua ainda está bloqueada e que há atiradores posicionados nos telhados. Estamos sitiados.

– E aparecemos nos noticiários?

– Você apareceu. E eles usam seu nome fal... Seu pseudônimo. Chamam você de terrorista.

Alif deixou a cabeça cair para trás, fechando os olhos. Seu nome. Pensou em Intisar respirando-o no escuro, santificando-o. Vê-lo tornado tão feio e público era pior do que o rótulo de terrorista, que ele já havia visto ser aplicado a homens superiores.

Dina apertou o copo de chá na mão dele.

– Você nunca me disse que trabalhava para grupos fundamentalistas islâmicos.

– Eu não trabalho para ninguém. Trabalho contra os censores.

– Mas você ajudou os fundamentalistas.

– Também ajudei os comunistas. E as feministas. Vou ajudar qualquer um que tenha um computador e ressentimentos.

– Tudo bem, enfim, só estou dizendo que os âncoras da *City Today* não fizeram distinções filosóficas tão refinadas.

– É claro que não. Nunca fazem.

Alif colocou uma colherada de *ful* na boca. Dina se demorou por ali, olhando a sala, as ilhas de pastas e livros.

– O que está fazendo? – perguntou ela depois de vários segundos.

Alif cerrou a boca numa linha fina.

– A Mão roubou minha maior ideia. Agora estou roubando a dele.

– E que sentido tem fazer isso? O único jeito de você sair deste lugar é algemado, com um saco preto metido na cabeça.

– Não importa. A essa altura, terei bombardeado todo o sistema deles. Todos os dados que têm sobre mim, os meus amigos ou qualquer outra pessoa na Cidade vão parecer ovos mexidos. Eles não vão conseguir usar o Tin Sari para atingir mais ninguém. Podem me matar, se quiserem... Ainda terei vencido.

Um arrepio percorreu seu corpo. O cheiro do *Alf Yeom* suscitou alguma coisa desconhecida nele, um instinto atlético latente que o fez querer correr, rasgar e dilacerar até que o adversário fosse derrotado. Uma pequena parte dele estava assustada com a ferocidade da sua agressividade. Ele a reprimiu.

– Não gosto quando fala desse jeito – declarou Dina. – Como se você fosse o herói de um desses romances que está sempre lendo. – Havia um tremor em sua voz que fez Alif levantar a cabeça. A umidade cercava seus cílios. A culpa tomou o lugar da agressividade. Ele se levantou um pouco, esbarrando os pés nas pernas da cadeira do xeque Bilah.

– Desculpe – disse ele. – Não pretendia aborrecê-la. Por favor, não chore. Você não tem ideia de como é injusto quando você chora... Não posso fazer nada além do que estou fazendo.

– Não posso evitar – sussurrou Dina, a voz um tanto embargada. – Estou muito cansada. Não queria estar aqui. Estou com medo do que vai acontecer, mas quero que aconteça... Ficar na ignorância é ainda mais terrível.

– Dina...

– Quando você fala desse jeito, como se não se importasse com o que vai acontecer com você, como se ninguém fosse sentir a sua falta nem se preocupar com você, me dá vontade de gritar. Você pode ser tão estúpido com essas coisas!

Alif caiu na cadeira, desolado. Engoliu o que restava do chá. Dominado por algum impulso misterioso, beijou a borda do copo duas vezes antes de devolver a Dina. Os dedos dela se fecharam na marca deixada por sua boca.

– Deus abençoe as suas mãos – disse ele com a voz rouca. Ela se virou e saiu da sala.

* * *

Quando a noite caiu, Alif começou a tremer. O ar não estava frio; as paredes de pedra da sala irradiavam um calor agradável acumulado durante as longas horas ao sol, mas a combinação entre a pressão trazida pela codificação, pelo medo e por uma noite insone pesava em seu corpo. Alif sabia que estava perigosamente cansado. Ficou alarmado com a ideia de cometer um erro, criando um sinal digital tão enterrado por baixo das camadas de código que ele não conseguiria descobrir sem um grande esforço. Em um dia comum, sua própria meticulosidade teria impedido que chegasse a esse ponto; por muitas vezes se interrompera no processo de um acesso de codificação que estava indo ladeira abaixo e dormiu, comeu ou se lavou, raciocinando que o tempo custava menos do que um erro. Agora sentia a pressão de cada minuto. Alguma função superior de seu cérebro reconhecia o absurdo de passar suas últimas horas de liberdade sozinho na frente de um computador em uma tarefa que talvez nem terminasse, mas ignorou isso, esforçando-se para manter o nível de transe do foco que precisava para continuar.

Conforme a noite se arrastava, começou a sonhar. Imaginou que as colunas de código na tela de computador eram na verdade uma torre de pedra branca, crescendo cada vez mais à medida que digitava. Enfeitou a torre com o jasmim trepadeira e o hibisco amarelo empoeirado que cresciam no jardim de sua pequena casa geminada no distrito de Baqara. Imaginou-se no alto da torre, olhando seus domínios, como um general. À meia-noite um pé dourado apareceu à beira de seu campo de visão.

Você voltou, disse Alif.

Voltei, disse a princesa Farukhuaz. O pé se escondeu atrás de uma túnica preta e fina. Ele lamentou sua partida. Farukhuaz se ajoelhou ao lado da mesa, ou da pedra branca do parapeito – ele perdeu a capacidade de distinguir entre os dois. Pôs uma das mãos em seu joelho, os dedos finos carregados de ouro com pontas de henna vermelha. O tremor de Alif aumentou.

Você está construindo uma torre, disse ela. *Sobe sem parar e, bem no alto, eu espero. Todas as coisas são possíveis no alto. Todas as coisas assumem a forma que preferem ter. Eles o chamaram de transgressor, mas eu o chamarei de livre.*

Sim, respondeu Alif, *é isso que eu quero.*

Você está muito perto, falou Farukhuaz.

Ele acessou o mainframe do Estado quase sem pensar. Os firewalls que foram erguidos para proteger a intranet oficial agora lhe pareciam banais, tão decorativos e permeáveis como o muro do Bairro Antigo que cercava sua fortaleza literal, uma atração turística. Alif sentia que olhava de cima de uma grande altitude. Grades de código espalhavam-se dentro do muro, representando contas de e-mails do governo, a segurança municipal, o escritório de orçamento da prefeitura. A maior de todas, ocupando uma quantidade quase satírica de memória RAM em uma sala cheia de servidores em algum lugar, era o escritório do serviço secreto.

Alif ficou assombrado. Durante anos tinha rejeitado a própria bravata; ele, Abdullah, NewQuarter0I e todos os outros eram, no fim das contas, hackers, não revolucionários. Por mais que odiasse o Estado, a ideia do confronto físico o repelia. Todos os seus esforços tinham sido fruto do medo, um dedo anônimo na cara de homens que jamais enfrentaria diretamente. Ele supunha que o Estado esmagava pessoas como ele porque podia, não porque os visse como uma ameaça verdadeira. A vasta grade de inteligência que sugava energia lhe dizia o contrário. Aquele era um governo com medo do próprio povo.

A Mão espreitava por ali, uma massa matemática carniceira, soltando milhões de worms sobre a Cidade digital. Alif reconheceu a carga útil que eles portavam. Tin Sari estava mergulhado em suas entranhas, pronto para ser injetado nos discos rígidos dos dissidentes como um DNA parasita.

Alif levou um momento admirando a habilidade necessária para a criação da Mão. Chamá-la de sistema carnívoro era insuficiente – era o mesmo que dizer que as pirâmides são um conjunto de lápides. Funcionava a partir de um único ISP central. Os protocolos de *packet-sniffing* de sempre foram substituídos por algo muito mais dinâmico: um software que podia aprender e se adaptar aos padrões de uso de cada alvo, eliminando os alarmes falsos que costumavam ocorrer quando termos de busca eram usados com um viés negativo. A marca de uma personalidade singular era clara em todo seu projeto: o homem que o programara era inventivo, cirúrgico, com um intelecto que mesclava ortodoxia e inovação. Era evidente que compreendia a capacidade metafórica das máquinas; incorporara intuitivamente alguns dos elementos básicos que Alif usava para construir sua torre.

Foi assim que ele invadiu minha máquina, disse Alif. *Ele falava uma língua que nenhum de meus firewalls compreendia. Falava uma língua que eu mesmo não compreendia na época.*

Sim, respondeu Farukhuaz, *mas você tem algo que ele não tem. Algo que ele cobiça.*

Eu tenho o Alf Yeom.

Você tem a mim.

Alif olhou a planície digital abaixo. Era mais fácil atacar dali de cima; o mundo binário ainda era plano. Alif se isolou dele, com os ouvidos tinindo da música das esferas. A torre se agitou embaixo.

Solte, disse Farukhuaz. *Destrua tudo.*

Alif digitou uma série de comandos de execução. Imediatamente a planície começou a brilhar de atividade. Um alarme depois de outro foi desativado enquanto programas antimalware apressavam-se a conter os danos, tentando desativar funções secundárias para bloquear o progresso de Alif, criando uma espécie de perímetro de fogo entre ele e os blocos de código mais sensíveis do Estado. Ele riu; Farukhuaz riu. Agora era tão fácil! Ele estava no topo. O perímetro era um círculo manchado abaixo dele, o desenho a lápis de uma criança numa folha de papel, sem qualquer profundidade. Ele entrou no coração da intranet do Estado.

A Mão despertou. Colocou-se de pé lentamente, fedendo a ar ionizado e ossos metálicos secos, revelando um nível de funcionalidade que Alif não detectara. Ele recuou, recalibrando. Abrindo uma brecha nos confins da intranet do Estado, a Mão começou a atacar a base da torre de Alif, eliminando camadas de código através de um protocolo de espelhamento que Alif nunca vira na vida.

Quebre-o, sussurrou Farukhuaz.

Não sei como! Alif sentiu uma onda de pânico enquanto sua criação estremecia. Desesperado, começou uma complicada operação de troca de códigos, alterando o estado dos dados que a Mão atacava mais rápido do que podia. O tremor diminuiu. Alif controlou a respiração. O pânico em seu peito, nascido da adrenalina de não ter para onde ir, logo transformou-se numa fúria sulfúrica e frustrada. A Mão tomara o seu amor, a sua liberdade, o seu nome; entretanto, agora essas coisas importavam menos para ele do que destruir o homem que as havia tomado. Eram um sacrifício aceitável.

Alif virou-se para a fera eletrônica. Ela tinha pontos fracos. Não havia sistema que não os tivesse. Sua criação alterou a si mesma e aos seus métodos até descobri-los – erros que Alif agora reconhecia não como limites computacionais, mas como falhas de imaginação. Sua criação era melhor, maior, operando num reino da quase consciência, sem as limitações das dualidades. A torre se ergueu. Espalhou suas raízes nas entranhas da Mão, injetando na infraestrutura mais básica da fera declarações multivalentes que ela não poderia processar. A Mão caiu de costas com um grito de silício, retirando-se para trás da linha em chamas da intranet.

Exultante, Alif virou-se em sua perseguição, mas descobriu que todo o edifício agora parecia menor – em uma proporção alarmante. A altura o deixou eufórico. Os braços de Farukhuaz estavam passados pelas suas costas, sua cabeça velada pousada em seu ombro. Ela o estimulava com palavras que ele apenas entreouvia, mas ele não conseguia respirar; a altitude, seus braços, a falta de oxigênio naquela estratosfera eletrificada, tudo o pressionava simultaneamente para baixo. Começou a ver pontos de luz. Balançou a cabeça para clareá-la, mas em vez disso os pontos grudaram em algo que atravessava o horizonte, subindo em arco para um nexo improvável – não um rosto, não olhos, orelhas e boca, mas uma massa brilhante inquietantemente parecida com todas essas coisas.

Alif foi invadido por uma lembrança: flutuava num poço estreito, nu, enroscado em si mesmo. Sua mente era morosa, como se não tivesse sido formada; ele não conseguia distinguir entre seu corpo e o mundo salino à volta. De repente o poço se iluminou de todos os lados por este mesmo objeto, este não rosto: o tempo havia começado a correr então e ele passara a saber que estava vivo.

O nexo brilhava mais. Alif retraiu-se dele, dominado por uma emoção que não conseguia identificar.

Para onde vai?, perguntou o nexo.

Alif não encontrava sua voz. Tinha cometido um grave erro. O código era instável. Enquanto ele subia às cegas, sem ter mais certeza do seu controle sobre o que havia criado, percebeu que, no ardor pela inovação, sacrificara a integridade do seu conhecimento. A base da torre se toldava conforme os dados não conseguiam se reproduzir de forma limpa, deixando incertezas, hiatos em seu DNA teórico. A torre não aguentaria muito tempo. Ele se aproximava de uma espécie de teto, um ponto em que a natureza superadaptável do seu esquema de codificação não compensaria mais a instabilidade inerente. Se você diz ao conhecimento que ele pode ser tudo o que deseja, corre o risco de que ele se transforme em absolutamente nada.

Você me enganou, disse Alif a Farukhuaz, tremendo. Ela não respondeu, mas tombou a cabeça de lado, fazendo os pequenos sinos que tremulavam em seu véu soarem. Ela era uma cifra. Alif lutou por algo real, algo que o fizesse se lembrar da terra que parecia tão trêmula e pequena abaixo dele. Tentou pensar em Intisar. Mas ela também se tornara um ídolo de cinzas. Ele viu a própria vida poluída pela ambivalência dela, primeiro pelo casamento incerto dos dois, depois por aquele livro incerto, os dois propósitos obscurecidos por um sigilo sem sentido.

Ele havia considerado o sigilo algo de suprema importância, evidência de que fora iniciado numa verdade maior do que o povo invisível em volta dele poderia compreender. Naquela altitude, a importância que dava a si mesmo parecia de mau gosto. Ele não se escondia porque era melhor, escondia-se porque tinha medo. Não era culpa de Intisar – começou com seu nome, o nome por trás do qual ele se ocultava, uma única linha aparentemente tão reta e impregnável quanto a torre que disparava para o céu ao redor dele. O nome sem o qual ele nunca teria coragem de abordá-la. Entretanto, ainda assim culpava Intisar.

Ocorreu-lhe que talvez ele não a amasse.

O nexo se aproximava mais. A luz emitida por ele penetrou no crânio de Alif mesmo quando seus olhos estavam fechados e ele gemeu, tomado por um pânico renovado.

Para onde você vai?, repetiu o nexo.

A torre começou a rachar.

* * *

Alif ouviu a porta da sala do xeque se abrir. Havia um cheiro de carne queimada no ar. Ele ofegou, afastando-se do teclado: brilhava, quente, e bolhas se formavam na ponta dos seus dedos. O monitor do computador era um amontoado derretido, revelando entranhas mecânicas que crepitavam com uma descarga de estática azulada. A dor superou o verniz protetor da adrenalina. Alif gemeu, aproximando de si as mãos feridas. Vozes vinham da direção da porta. O odor de pele queimada foi substituído pelo de suor e sangue; uma figura peluda e escura, ora parecida com um chacal, ora humana, mancou em direção à mesa e fitou Alif diretamente nos olhos.

– Você fez uma tremenda confusão, irmão mais novo – disse a coisa num tom estridente. Um fluido escorria da sua boca.

Alif virou-se de lado na cadeira e enterrou o rosto no ombro peludo mais perto dele.

– Eu ferrei tudo completamente – sussurrou ele. – Dina tinha razão... O xeque tinha razão... Você tinha razão...

– Eu costumo ter. – Uma tosse fez vibrar o peito abaixo do rosto de Alif.

Alif levantou a cabeça.

– Você está machucado!

Vikram se apoiava em um membro que terminava numa pata, ou mão, curvada para dentro num ângulo nauseante. O sangue escorria por seus pelos.

– Agora eles são muitos – disse ele – e estão entrando.

O xeque Bilah apareceu atrás do ombro agigantado de Vikram, com a convertida e Dina bem às suas costas. Por instinto, Alif estendeu a mão para Dina; ela parou pouco antes de tocar a mão dele, mas deixou que a ponta dos dedos se demorassem no ar acima dela.

– Deus nos proteja! Mas o que houve aqui? – O xeque Bilah avaliou os destroços ferventes em sua mesa. – Você ateou *fogo* em meu computador?

– O fogo do inferno – falou Vikram, com um riso sibilado que terminou em outra tosse. – O garoto esteve mexendo numas coisas muito desagradáveis. É cheiro de enxofre que está sentindo. – Ele riu da própria piada.

– Não temos tempo para jogar conversa fora. Precisamos tirar as mulheres daqui. Só Deus sabe o que pode acontecer com elas se forem presas.

– Sou uma cidadã americana – disse a convertida numa voz abalada. – Mostrarei a eles meu passaporte... Eles não podem me interrogar sem alguém da embaixada presente...

Alif não tirava os olhos de Dina. A visão dela, escondida como se estivesse por trás de metros de preto, drenou parte do medo em seu peito. Ela olhava firmemente para ele, as chamas verdes e solares em volta de suas pupilas que brilhavam sem lágrimas.

– Não vou deixar que nada aconteça a você – disse-lhe Alif.

– Você muito certamente não deixará, porque vai se entregar – disse o xeque. – Explicará às autoridades que essas mulheres foram coagidas a ajudá-lo e que não participaram de qualquer esquema em que você tenha se envolvido.

Alif abriu as mãos, estremecendo.

– Onde eles estão agora? – perguntou.

– Passaram pelas portas externas – disse o xeque Bilah. – Bloqueei a entrada dos fundos da *musala* para ganhar um pouco mais de tempo. Creio que talvez, se as mulheres forem escondidas no porão...

– Que ideia idiota – disse Vikram. – Elas serão descobertas em uma hora. Não, eu as levarei comigo.

– Levará para onde? – A pergunta da convertida terminou num gritinho. Seu rosto estava muito branco.

Vikram suspirou.

– Para o Bairro Vazio – explicou ele. – Para o país de meu povo.

– Do que está falando? *Do que ele está falando?*

– Isso é seguro? – perguntou Dina em voz baixa. Vikram balançou a cabeça.

– Dizem que só o povo sagrado pode caminhar por ali sem enlouquecer – disse ele. – É muito difícil conseguir que seus pequenos corpos de lama passem por lá intactos. Muito difícil. – Ele estremeceu. Mais fluido pingou da lateral de sua boca e caiu sobre o joelho de Alif. – Mas é melhor do que o que acontecerá se ficarem.

Alif procurou pela origem do sangue no pelo de Vikram. Pensou ter visto uma ferida vermelha entre duas costelas, abrindo-se e fechando a cada respiração, como uma boca horrenda.

– Você está... bem o bastante para fazer isso? – perguntou ele.

A cabeça de Vikram baixou um pouco.

– Num dia bom custaria minha vida. Hoje pode me custar consideravelmente mais.

– Não! – exclamou Dina. – Não...

– Não grite comigo, pequena irmã – disse Vikram irritado. – Deixe que eu mesmo escolha meu último feito, de modo que os anjos tenham algo impressionante para escrever na última página de meu livro.

Vozes masculinas, coléricas e baixas, ecoaram pelo corredor, vindo da *musala*.

– Quero cinco minutos – disse Alif. – Posso ter cinco minutos? Com Dina. A sós.

Vikram se colocou de pé.

– Terá sorte se conseguir três – afirmou ele, andando para a porta. O xeque Bilah conduziu a convertida na frente dele.

– Vou esperar por você do lado de fora – falou ele a Alif. – Planeje seus próximos atos com muito cuidado. *As-salaamu alaykum.*

A porta se fechou às costas dele. Alif se ajoelhou aos pés de Dina.

– Tem brilho demais na minha cabeça – gaguejou ele. – São tantas coisas que quero dizer, mas o brilho é tão forte que não consigo pensar... Me ajude, por favor. Você é a única que sabe o que fazer. Só... Faça brilhar menos...

Dina hesitou. Depois se ajoelhou diante dele, joelho com joelho, e jogou o véu por cima da cabeça de Alif.

* * *

A escuridão tranquilizou os olhos ofuscados de Alif. Depois de um momento, suas pupilas se adaptaram, reduzindo a dor lancinante na cabeça. Ele não podia ter imaginado o mundo que ela criara para si mesma. Costurados por dentro do seu longo manto externo, havia trechos de seda brilhante: decorados com estampas e contas, coroados de pontos de luz; pendiam sobre ele como uma tenda, escorada por seu braço despido e coberto com o curativo. Estavam deitados no chão, um de frente para o outro. Alif pousou a testa na curva de seu pescoço, sentindo o cheiro do seu cabelo. Ela o olhava. Não era bonita, não pelos padrões das revistas escondidas embaixo da sua cama em casa. Não como Intisar. Seu nariz era tão grande quanto ele se lembrava. Ela era morena demais para estar na moda, levando Alif a deduzir que Dina nunca se incomodara com os cremes clareadores de pele que tantas meninas usavam para se envenenar. É claro que não. Dina tinha brios.

– No que está pensando? – perguntou ela.

– Estou pensando que você é todas as coisas boas num lugar só.

Ela ficou vermelha. Sua boca era macia, expressiva, a pele castanha avermelhada impecável. Alif percebeu com certa humildade que seu traço mais impressionante sempre estivera visível para ele. Os olhos esverdeados e puxados para cima, colocados contra a paleta de sua carne, eram ainda mais atraentes agora.

Não, não era bonita, mas não se podia esquecer seu rosto com facilidade.

– Fui infiel a você – murmurou ele. – Perdoe-me.

– Eu o perdoo.

A bela boca se curvou para cima. Ele queria beijá-la, mas se conteve. Ele não tocaria nela antes que ela permitisse, antes que tivesse falado com o pai dela e acertado tudo. Precisava deixá-la ir embora.

– Por favor, continue vivo – sussurrou ela.

– Você também. Vou voltar para você.

– Diga isso de novo.

– Eu vou voltar.

* * *

O xeque Bilah esperava no corredor com uma expressão severa. Vikram, feito um imenso cachorro, arfava aos seus pés, molhado de sangue coagulado e suor. Levantou-se sem equilíbrio quando Alif e Dina saíram.

– Você, espere ali, pequena irmã – disse ele a Dina. – Mantenha aquela outra calada. Ela ficou meio histérica.

A convertida estava encostada a uma parede mais adiante do corredor, gemendo. Dina lançou a Alif um olhar indagador antes de se virar para obedecer. Com um doloroso nó na garganta, Alif a viu se afastar.

– Se você for cruel com ela, voltarei para assombrá-lo – disse Vikram. – Proteja-a como aos seus próprios olhos. Ela provavelmente é circuncidada, o que significa que você precisa ser muito paciente e gentil quando levá-la para a cama.

– Deus nos perdoe, homem! – O xeque Bilah olhou horrorizado para Vikram. – Pelo menos deixe este mundo com boas maneiras.

– Só estou dizendo ao rapaz o que ele precisa saber – reclamou Vikram, rabugento.

Alif pôs os braços nos ombros largos e borrados, que se alternavam entre homem, animal e sombra de uma forma que traía sua dor.

– Obrigado – murmurou, constrangido pelo próprio afeto atrapalhado. Vikram deu um tapa nas suas costas com o braço bom.

– Que sua mente continue afiada, irmão mais novo. Não acredito que nos encontraremos novamente nesta vida.

Alif fez que sim rapidamente, na esperança de que seu lábio não tremesse.

– Então verei você na próxima.

– Se Deus quiser.

Vikram mancou pelo corredor até Dina e a convertida, que o olhavam de mãos dadas, como se esperassem por um trem que talvez não chegasse. Alif virou o rosto, sentindo que de algum modo podia prejudicar o que estava prestes a acontecer só de observar. Fez uma oração muda pela segurança de Dina. Pensando melhor, rezou também pela convertida, com a sensação pouco caridosa de que ela precisava mais.

– Vou desbloquear a porta – disse o xeque Bilah, desviando os olhos sensatamente da cena no final do corredor. – No seu lugar, eu tiraria as mãos dos bolsos. Esses homens não passariam um dia sequer na cadeia por atirar em você no ato. *Bismillah.* – Ele ergueu a barra de madeira marcada da porta entre a *musala* e as salas de aula e escritórios depois dela.

– Espere! – exclamou Alif. – O que vai acontecer com o senhor? Eles não atirariam no imã da Al Basheera, não é?

O xeque Bilah bufou.

– Vai ser um jeito divertido de descobrir.

Alif tirou as mãos dos bolsos e as enxugou na calça. A porta de madeira se abriu, revelando duas fileiras de policiais da tropa de choque de farda completa, que começaram a bater os cassetetes nos escudos de policarbonato num ritmo coordenado. Alif reprimiu o impulso de rir. Seus nervos, arruinados e esgotados, não conseguiam invocar a química necessária para o medo. Olhou por sobre o ombro: Vikram e as mulheres haviam ido embora. A única prova de sua passagem era um rastro fino de sangue, manchado em vários lugares pelo que pareciam as pegadas de um cachorro muito grande, pegadas que paravam de repente um metro antes da parede de pedra no final do corredor.

Virando-se para a polícia, Alif recolocou as mãos nos bolsos.

– *Hi* – disse ele em inglês.

As filas de homens se separaram enquanto três oficiais da segurança do Estado, com pistolas nos quadris, avançaram às pressas. Alif ouviu o xeque Bilah gritar. Antes que pudesse olhar para o velho, um cassetete desceu no crânio de Alif. A dor berrou por sua cabeça e pelo pescoço. Ele botou para fora o conteúdo do estômago, ofegando.

– A bichinha vomitou nos meus sapatos!

A voz era gutural e familiar. Alif a reconheceu como pertencente a um dos homens que o perseguiram desde a universidade.

– Seu merda idiota. Devia fazer você lamber. É a última refeição que terá por muito tempo.

– F-F...

– Que foi?

– Foda-se.

Alif cuspiu o que restava de bile em sua boca. Depois, de repente, não conseguia enxergar nada. Um saco preto desceu sobre os seus olhos e o mundo desabou num vazio monótono.

Capítulo Onze

Ele acordou no escuro. Piscar não revelava nada: não conseguia distinguir nem formas, nem profundidade, nem qualquer tipo de luz. Passando a mão no rosto, descobriu que o saco preto fora retirado; aquela escuridão era algo mais completo. Por um momento, pensou ter sido enterrado vivo e gritou, agitando os braços. Tocou apenas o ar e ouviu o grito ecoar numa parede a certa distância: não estava num caixão. Estaria cego? Ele esfregou os olhos, hesitante, e viu pontos. Isso o tranquilizou, mas apenas por um momento; deu-se conta de que não sabia o que um cego podia ou não perceber. Era como ver a escuridão, ou era a completa ausência de todo sentido visual? A pergunta o manteve ocupado por vários minutos cansativos. O medo voltara, renovado e descansado, despejando-se por seus braços e pernas numa agitação de adrenalina.

A sensação do ar em várias partes do corpo revelava que ele estava nu. Passou as mãos pelo tronco e ficou aliviado ao se descobrir intacto. Sua cabeça estava dolorida e uma exploração dolorosa do couro cabeludo revelou a divisão na pele onde o cassetete encontrara resistência. O corte não fora tratado; ardia sob seus dedos. Tinha sangue seco no cabelo. Ele se deslocou para a frente, arrastando os pés, e estendeu os braços, encontrando uma parede fria. Acompanhou a parede por vários cantos, chegando enfim a uma dobradiça em um trecho de metal que podia ser uma porta. Socos e gritos de nada adiantaram. Deslizou ao chão, de costas para a fachada de metal, sucumbindo a uma crise ruidosa e molhada de choro que o deixou exausto.

Quando as lágrimas cessaram, ele se enroscou no chão, de frente para a porta. Uma brisa mínima tocava seu rosto, fazendo-o perceber que havia uma abertura pequena onde a porta encontrava o chão. Por mais que tentasse, não conseguia divisar luz alguma ali. Ou o espaço depois da porta também era escuro, ou ele estava verdadeiramente cego. A ideia ameaçou encher seus olhos com novas lágrimas. Ele queria Dina, queria sua escuridão sagrada, tão diferente daquela ausência hostil de luz. Ela era escura como a hora antes do amanhecer, uma hora consagrada por Deus para a oração. Queria o cheiro de limão de seu cabelo e as estrelas que cintilavam no interior secreto do seu véu. Pensou no que ela havia arriscado para reconfortá-lo e foi dominado pela urgência; sabia que o irritante decoro de Dina não permitiria que ela aceitasse qualquer outro parceiro agora que tinha mostrado o rosto a ele. Precisava voltar. Recomeçou a socar a porta.

Não houve resposta. Quando suas mãos ficaram esfoladas, ele parou e se retraiu para o outro lado do ambiente, irrequieto e consciente de que havia criado um terceiro problema para acompanhar a cabeça ferida e as pontas dos dedos queimadas.

– Estou condenado – disse para o ar que não ouvia.

O som de sua própria voz o assustou. Precisava urinar. Tateando pela parede, parou no primeiro canto que encontrou. Refletiu por vários minutos antes de se aliviar ali, estremecendo de humilhação. Todas as histórias que lera na internet sobre as prisões do deserto ocidental pareciam teóricas demais, um estímulo para o seu ultraje contra o governo, e não reais em si e por si mesmas. Faziam parte da ficção em que vivia. Mas não havia nada de fictício naquela sala, nenhum mal tangível contra o qual pudesse provar sua coragem. Só havia o silêncio negro e opressivo, que amplificava os seus pensamentos de forma a agitar o pavor nos recessos da mente.

Ele se afastou do canto na esperança de que conseguiria lembrar depois qual era, para não pisar na própria sujeira. O ar em volta dele ficava desagradavelmente quente. Então era dia? Não parecia haver opção além de tentar dormir. Alif tateou até a porta novamente e se deitou na frente dela, ao longo de seu comprimento. O vento mínimo que ela admitia era um tantinho mais frio e mais fresco do que o ar abafado e viciado dentro da sala. Tomou golfadas longas e lentas dele, de olhos fechados, e tentou se convencer a relaxar.

A velocidade com que perdeu o senso de tempo o alarmou. Quando despertou, não sabia dizer se tinha dormido minutos ou horas; voltando ao canto, cujo fedor estava entranhado no calor, ele urinou novamente e se perguntou se a recorrência dessa função corporal dizia alguma coisa sobre o tempo em que estava confinado. Ele estava com sede. Tentou voltar a dormir, mas não conseguiu. Deitado, porém acordado, escreveu códigos mentalmente, batendo sequências de teclas na porta de metal para fazer algum barulho. A certa altura, cochilou mais uma vez.

Foi difícil identificar o som que o despertou. No início, pensou que era vapor escapando de algum lugar, talvez um duto de ventilação ou cano escondido no teto. Por um momento teve medo de que o estivessem envenenando com gás. Mas o som era sincopado e irregular, parando a intervalos orgânicos e, depois de ouvir por algum tempo, percebeu, apavorado, o que estava ouvindo.

Era uma risada.

Procurou loucamente no escuro por sua origem, mas a escuridão era densa demais para se ter certeza de alguma coisa. Apavorado, Alif começou a ofegar, de costas para a porta, puxando os joelhos para o peito. A risada ficou mais alta. Havia algo de familiar nela. Alif foi dominado por uma esperança desvairada.

– Vikram? – sussurrou.

Quem ria parou.

– Não. – Veio uma voz, sibilando, neutra, sem corpo. – Ele não. Você não está a salvo. Vikram está morto. Bem morto.

– Quem é você? – A voz de Alif falhou na última sílaba. Houve movimento pela sala, o barulho seco de tecido sendo arrastado pelo chão.

– Não me reconhece? – A voz se aproximava. – Depois de tudo que construímos juntos, Alif.

Ele ouviu o barulho de sinos pequenos. A beira de alguma coisa macia, como seda, deslizou por seus pés. Sua cabeça latejava.

– Farukhuaz – sussurrou.

A risada recomeçou. Alif apertou as orelhas com as mãos.

– Você não é real – disse ele. – Eu a inventei para me ajudar a terminar o código... Você é uma fantasia, está na minha cabeça...

– Sou muito real – afirmou a voz por entre os ossos do crânio de Alif. – E também estou na sua cabeça.

Alif apertou os olhos com as mãos até ver pontos mais uma vez.

– Eu podia ter feito muito com você – continuou a voz –, se tivesse me deixado. Você chegou tão perto! Mais alguns minutos e teria chegado nos portões do Paraíso. Todas as coisas visíveis e invisíveis estariam expostas diante de você.

– Era o jeito errado – respondeu Alif, apertando-se mais contra a porta. – Não teria dado certo. O código era instável demais.

– Você tem medo do próprio poder. – Alif sentiu a mão deslizar entre seus joelhos nus. Teve um solavanco.

– Não teria dado certo – repetiu. – Começou a desmoronar diante de meus olhos. Você viu. A informação não tinha integridade nem um princípio norteador. Todo o projeto estava em colapso quando o computador se fundiu.

– Covarde – disse a voz. – Está blefando. Não teve coragem de vê-lo terminado.

Alif se esforçou para escapar dos dedos investigativos de Farukhuaz. Correntes arrepiantes de asco passaram por seu corpo.

– Pare com isso. – Ele ofegou. – Por favor, pare.

– Que foi, também não é um homem? Um porquinho.

Alif se debateu no vazio. As mãos encontraram tecido, sinos trêmulos e algo medonho, parecido com limo; gritou e lutou com uma força maior, empurrando a coisa viscosa para o escuro. Ocorreu-lhe recitar a *shahada*. A coisa começou a gritar. Estimulado, Alif berrou cada verso sagrado talismânico que conhecia, declarando a unidade de Deus, a indivisibilidade da Sua natureza, a perfídia de Satã. O grito se elevou a um decibel anormal, chocalhando pela sala em reverberações minguantes até se tornar indistinguível do zumbido nos próprios ouvidos.

Alif ficara sem fôlego. A luz inundou a sala, provocando arcos de dor por seu crânio já sensível. Ele se curvou, protegendo o rosto com um arquejar.

– Já está choramingando? Isso não é um bom testemunho de sua resistência. Levante-se.

Não era a voz de Farukhuaz. De olhos semicerrados, Alif encarou o orador: um homem estava parado à porta, vestindo um *thobe* tão branco que fez as retinas de Alif doerem. Era alto, com um cavanhaque bem-aparado e uma atitude que sugeria uma antiga autoridade. Alif teve dificuldades para focalizar e não conseguiu adivinhar a idade do homem; vertia lágrimas quando mantinha os olhos abertos por mais de um ou dois segundos.

– Levante-se. Quero olhar você cara a cara.

Alif levantou-se com esforço. A sala, agora via, era uma caixa vazia de concreto, pintada com alguma tinta barata manchada por impressões asquerosas de dedos sujos de sangue e talvez coisa pior. Havia um ralo num canto – não o canto, ele percebeu com pesar, que estivera usando como urinol.

O homem de *thobe* branco o observava com ar crítico.

– Você parece mais novo do que eu esperava. Sei sua data de nascimento, naturalmente... Entretanto, esperava que você parecesse maduro para a sua idade. Mas você ainda nem criou corpo direito.

Alif se lembrou de sua nudez e corou, tentando se afastar e esconder as partes mais vulneráveis. Não havia jeito másculo de fazer isso.

– Por favor, não se incomode – disse a figura vestida de branco. – Isto é procedimento operacional padrão. Muito eficaz... Isolamento, sem luz, sem roupas. Ultimamente, nem mesmo precisamos tocar muito as pessoas. É claro que existem exceções. Alguns tipos religiosos mais enfáticos passaram por treinamento psicológico, coisa muito rigorosa. Bem impressionante. Mas todo homem tem seus limites.

Alif piscou para ele estupidamente.

– Toda mulher também – continuou o homem, passando um dedo pela parede e esfregando o resíduo calcário da tinta contra o polegar. – Mas Deus fez a mulher perversamente fácil de brutalizar, não é verdade? Isso me parece injusto. Não concorda?

Alif abriu e fechou a boca, perguntando-se se havia alguma ameaça implícita na pergunta.

– Não tenho como saber – disse ele por fim. Sua voz saiu rouca. Ele teve medo de recomeçar a chorar e cerrou os dentes.

– Você não tem como saber. – O homem riu. – Você é um menino. Estou um pouco decepcionado... É preciso sentir respeito pelo inimigo. Especialmente um inimigo tão talentoso como você se provou. Estou surpreso de que ela tenha se interessado por você. Esperava que ela tivesse um gosto melhor.

– Ela?

– Vejo que a letargia mental começou a afetá-lo. Muito bem. Intisar, Alif. Lembra-se de Intisar? Espero que sim, uma vez que você teve dela o que devia ser meu de direito. Um de nós devia extrair algum prazer ou orgulho disso.

Alif sentiu o coração saltar. Sentia-se contrariado, de pé ali, ridículo e despido; sempre imaginara que quando aquele momento chegasse estaria com as mãos no pescoço do homem parado diante dele.

– É você – disse ele rispidamente. – Você é ele. Você é a Mão.

O homem sorriu.

– Se preferir. Jamais gostei desse nome, embora seja lisonjeiro. É um tanto exagerado. Vocês, dissidentes, gostam de seu teatro amador.

– Você... Você é... – Alif tremia de fúria. Não conhecia palavras cruéis o suficiente.

– O filho de uma cadela, de uma prostituta ou do quê? Já ouvi tudo isso. Vamos pular essa parte e ser civilizados. Chegará uma hora, muito em breve, em que sua raiva se queimará toda e será substituída pelo desespero. Você se rebaixará aos meus pés e nessa postura desejará que sua língua tivesse sido educada. Estou fazendo um favor avisando agora.

– Não preciso de aviso algum, seu comedor de porco e de cu.

– Criativo, muito criativo. Viu a rapidez com que as faculdades mentais voltam quando as luzes são acesas? A luz estimula todos os pontos sensíveis do lobo frontal. Sem ela, até o filósofo mais civilizado fica à mercê de seu cérebro primitivo. Já vi respeitáveis professores universitários perderem a capacidade de falar depois de alguns meses aqui. Funciona até com os cegos, se puder acreditar nisso. Eles não conseguem enxergar a luz, mas seu cérebro ainda a percebe em algum nível. A não ser que tenham sido cegados recentemente... Não há adaptação neurológica de longo prazo nesse caso. Acelera as coisas tremendamente.

Alif sentiu vários de seus órgãos corporais se contraírem.

– Há quanto tempo estou aqui? – perguntou ele num tom diferente.

A Mão riu.

– Se eu dissesse, jogaria pelo ralo todo o meu bom trabalho em sua destruição psicológica.

– O que quer de mim?

O sorriso da Mão desapareceu.

– Que pergunta banal – falou ele em voz baixa. Com uma das mãos, ajeitou a beirada pontuda do seu turbante. Segurou-a entre os dedos por um momento com uma expressão que Alif não conseguiu interpretar, examinando um vinco no tecido branco. – Há quanto tempo estivemos jogando esse jogo, Alif? De um lado a outro, Estado e insurgentes, firewalls e vírus. Toda a sua vida adulta. Muitos anos preciosos da minha. Nenhum progresso, nenhuma vitória para nenhum dos lados. Enfim, pensei ter uma vantagem; sabia que *Os mil e um dias* era real e tive uma forte intuição... Quase uma visão... Sobre o que podia fazer com ele. Aqueles místicos medievais fumadores de haxixe não entendiam realmente o que queriam dizer quando falavam da Pedra Filosofal. Nem tinham os mesmos recursos intelectuais ou tecnológicos que nós temos. A mente humana não é preparada para fazer os vários cálculos necessários para dar alguma utilidade a um manuscrito codificado e multivalente como *Os mil e um dias*. Mas um computador é.

– Não deu certo – afirmou Alif.

A Mão o ignorou. Ele examinou Alif com uma curiosidade desligada, seus olhos se demorando no queixo de barba rala e fendido do jovem.

– Todos partimos do mesmo ponto, esse é o problema. Você não se importa realmente com a revolução e eu não me importo realmente com o Estado. O que nos excita de fato é o código em si. Criei o que acreditava ser a mais bela sinfonia de programas de segurança já feita, uma continuação dos tendões de minha própria carne, de certo modo. Pensei que estivesse vencendo. Certamente me ajudou a localizar muitos amigos seus. Mas nunca você... Você continuava enlouquecedoramente invisível. Então, você roubou a maior ideia que já tive e a usou para destruir o trabalho da minha vida.

– Eu sou melhor do que você – disse Alif, balbuciando as palavras. Ele se perguntou se a Mão estaria certa sobre o efeito da luz em sua mente.

– Acho que você deve ter razão – retrucou a Mão, sem parecer ofendido. – Para mim, a programação nunca foi um processo intuitivo. Estudei muito enquanto todos os meus colegas de turma relaxavam, sabendo que empregos do governo esperavam por eles, quer se saíssem bem na escola ou não. Eu não era diferente porque tinha um dom especial para os computadores... Era diferente porque tinha ambição. Antigamente, minha raiva do Estado era tão grande quanto a sua... Não pelos mesmos motivos, mas ainda assim era raiva. Eu não desejava ficar num palacete e suportar um desfile interminável de criados apavorados, nem me sentar num escritório com um bando de príncipes gordos e letárgicos fingindo governar um emirado. Eu via que tipo de aparato de segurança os nossos vastos recursos eram capazes de criar e decidi colocá-los em ação. Deus sabe que ninguém mais teria assumido esse trabalho.

– Você é um tirano de merda – disse Alif.

– Que outro tipo de homem os camponeses respeitam nesta parte do mundo? Vamos lá, Alif. Me diga o que você sinceramente deseja para a Cidade. Uma democracia? A república de Platão? Você absorveu demais a propaganda ocidental. Dê aos cidadãos do nosso lindo porto um voto verdadeiro e eles farão uma de três coisas: votar na própria tribo, votar nos fundamentalistas islâmicos ou votar em quem lhes pagar mais. – Os olhos da Mão cintilaram. – Gostaria de fazer suas apostas no tipo de tratamento que uma pessoa como você teria se os fundamentalistas chegassem ao poder?

– Eles provavelmente fariam de mim o califa – murmurou Alif. – Projetei do zero todo o sistema de criptografia para e-mail deles.

– Eles o apedrejariam até a morte por adultério. Não imagine nem por um momento que se incomodariam com a sutileza de quatro testemunhas para provar sua culpa.

Alif sentiu a raiva retornar.

– Nunca cometi adultério – declarou ele. – Intisar é minha esposa aos olhos de Deus.

As palavras soaram profanas assim que as pronunciou. Ele não a amava. A promessa que fez a Dina, a promessa que ela despertara das suas entranhas, da sua virilha e do seu coração ao mostrar o rosto, era maior do que sua união furtiva com outra mulher.

– Ah, você assinou um precioso pedacinho de papel. Suponho que não tenha se incomodado também com testemunhas.

Alif foi obrigado a admitir que não.

– Está vendo? Você é tão hipócrita quanto seus amigos barbudos. Seu casamento não é válido aos olhos de Deus nem de mais ninguém. É isso que acaba comigo... Por que não podemos ser sinceros com nós mesmos? Por que temos que arrastar Deus para cada um dos nossos pecados?

Você queria ir para a cama com Intisar e assim o fez. É melhor ser um fornicador sincero do que um falso devoto.

Uma réplica morreu na língua de Alif, eliminada por um alívio rancoroso.

– Então eu devo admirar a sua sinceridade? – questionou ele por fim. – É isso?

– Eu tinha esperanças de que o fizesse. – A Mão parecia meio triste. – Imaginei nossa primeira conversa se desenrolando de um jeito diferente. Pensei que você adivinharia mais prontamente o propósito de tê-lo trazido aqui.

Alif piscou, afastando as lágrimas na forte luz.

– Você está aqui porque eu venci – disse a Mão. Sua boca se acomodou numa linha nada amistosa. – Perguntou-me o que quero de você... Pensei que estaria evidente, mas, como não está, eu lhe direi. Eu venci. Embora você tenha apanhado meu trunfo e o jogado contra mim, eu venci. Quero que a percepção caia em você como uma premonição da morte. Quero que sua derrota penetre em seus ossos enquanto fica sentado no escuro, observando a sua vida e a sua sanidade se esgotarem diante de você até se reduzir a nada. Quero ver as suas capacidades intelectuais desabarem uma a uma, até que você se transforme numa bagunça trêmula e mijona aos meus pés. A essa altura, terei conseguido a pouca informação que preciso de você para reconstruir meu sistema. Você então se tornará inútil para mim. Nessa ocasião, permitirei que morra. Talvez até mande executá-lo, embora mais provavelmente vá matá-lo de fome. A ideia de ver você devorar as próprias unhas em desespero é atraente.

A respiração de Alif ficou laboriosa. Encarou a Mão, ignorando as lágrimas que escorriam dos próprios olhos dilatados e doloridos. O medo era tão intenso que não podia ser distinguido da euforia, e isso lhe deu forças.

– Viverei para vê-lo atirado aos cães – disse ele em voz baixa.

A Mão riu.

– Nos seus sonhos. – Ele se virou para partir, batendo na porta do outro lado da sala. Ela se abriu de fora com um tinido alto. – Da próxima vez – disse ele por sobre o ombro –, conversaremos mais sobre o livro.

* * *

Depois disso, começaram a lhe dar comida. De vez em quando, uma fenda se abria na porta – sem que a luz a acompanhasse – e uma bandeja era empurrada por ela para dentro da cela de Alif. Ele não acreditava que essas refeições, em geral pão e lentilhas, viessem a intervalos regulares; às vezes ainda estava satisfeito quando chegava a seguinte, entretanto, em outras ocasiões, passava avidamente faminto pelo que pareciam dias antes que a fenda voltasse a se abrir. Desconfiava de que a incerteza fazia parte do procedimento da Mão, que pretendia mantê-lo ansioso, ou suprimir ainda mais o seu senso de tempo. Alif aprendeu a pular ao som da abertura da fenda; se não o fizesse, a bandeja cairia no chão com estrondo, numa sujeira impossível de comer. Uma certeza paranoica o dominou e ele estava convencido de que cada refeição seria sua última, inaugurando a ameaça da Mão de fazê-lo passar fome.

A barba crescia em seu rosto. Ele tentou adivinhar o número de dias do seu confinamento pelo tamanho dos fios, mas isso se mostrou impossível; a única época em que ele tivera mais de alguns dias de crescimento de pelos foi quando codificara Hollywood. Ela simplesmente crescia e a certa altura ele acordou e descobriu que tinha o tamanho de um punho embaixo do queixo. Pouco depois, as luzes se acenderam novamente e revelaram dois agentes de segurança do Estado, que o arrastaram por um corredor a outra sala deserta para banhá-lo com uma mangueira e esfregá-lo com uma escova larga feita para limpar o chão. Alif gritou de dor, sem se preocupar com a dignidade; gritou novamente quando levaram uma navalha à sua cabeça e ao rosto, removendo todo o pelo e o deixando sangrando com cortes. Por um tempo, fantasiou que tinham lido sua mente, e não tocou o rosto para avaliar a extensão dos pelos ali.

Começou a falar sozinho numa tentativa de se livrar da névoa que caía rapidamente sobre sua cabeça. Teve início, ele pensou, como um exercício racional, um método de autopreservação. Citava letras de música, o máximo em que conseguia pensar, refrescando a memória ociosa e cada vez mais não verbal em busca de fragmentos de coisas que tivesse ouvido no rádio depois de ter repassado vários discos de Abida Parveen e do The Cure. Só parava quando a voz ficava rouca, satisfeito com sua cota de exercício mental. Logo, porém, o tom desses monólogos mudou e ele acordava meio pasmo ao som da própria tagarelice, parando no meio de frases que não pareciam conter palavras.

O pânico, então, retornou; um pânico lento, escoando devagar, parecia emanar dos seus poros em um suor de cheiro desagradável. Ele se viu chamando por Vikram, na esperança insensata de que a criatura aparecesse por entre as rachaduras da parede e o libertasse em meio a uma saraivada de insultos. Mas Vikram não vinha e, com um pavor que se originava de alguma parte incorrupta de sua alma, Alif sabia que Farukhuaz dissera a verdade. Ele se condoeu, grato por estar abalado por aquela sensação que se alimentava de algo superior à adrenalina animal. As súplicas pela alma de Vikram fluíam pelo escuro, assim como as que fazia pela mulher que fora levada por ele. Ele não dizia o seu nome, com medo de que a Mão estivesse ouvindo, mas projetava a imagem do seu rosto exposto com todo seu poder, até acreditar que podia vê-lo pairando diante dele, uma escuridão mais verdadeira do que aquela que embotava a sua visão.

Podia sentir Farukhuaz. Ela – ou a coisa, o caráter inanimado primordial dela, inventado, porém eterno – ficava à beira da sua percepção como um predador cauteloso esperando que a presa se cansasse. De Farukhuaz ele tinha mais medo, agora certo do que ela verdadeiramente era e, quando conseguia se lembrar, enquanto pudesse se lembrar, recitava versos sagrados à meia voz. Sentia-se um charlatão; sabia que a coisa podia notar a indiferença de sua fé. Enquanto seu ser verbal declinava, ele a sentia se aproximar, uma presença fétida que assediava o perímetro cada vez menor da sua sanidade.

Quando a Mão reapareceu, Alif ficou feliz em vê-lo.

– Magro e repugnante – disse a Mão com aprovação enquanto Alif chorava na luz forte, incapaz de manter os olhos lubrificados contra o influxo luminoso repentino.

– Vivo – grasnou Alif.

– Sim, pelo tempo que me for adequado. Veja, eu trouxe uma cadeira para você.

Ele abriu um objeto de metal e o colocou na frente de Alif. Alif o olhou e, concluindo que era o que a Mão alegava ser, sentou-se. O assento laminado era frio contra seus músculos doloridos.

– E então. – A Mão pegou outra cadeira, sentou-se e cruzou as mãos no colo. – Com o que tem se ocupado? Os guardas dizem que você canta. E recita absurdos.

– Mantenho-me ocupado – disse Alif.

– Sim, uma boa ideia. Já está alucinando?

– Estou sendo vigiado pelo Diabo.

A Mão riu.

– Naturalmente. Ele é um convidado muito comum por aqui. Muitos internos o viram. Mas os realmente loucos veem Gabriel e aqueles ainda mais loucos veem Deus.

– Vi o Diabo antes de você me trancar neste buraco. Ele saiu daquele seu livro.

A Mão ficou insatisfeita.

– Não seja tão devoto. Não existe conhecimento maligno.

– Eu também costumava pensar assim – disse Alif.

– Então você começou certo e terminou errado. Eu era o contrário... Quando comecei a descobrir o invisível, tinha tantos pudores espirituais quantos queria meu professor de Alcorão da infância. Mas minha introdução ao povo oculto foi basicamente um acidente. Comecei a pesquisar a magia como um mero exercício intelectual. Tinha esperanças de que isso ampliasse minha compreensão do código. Nosso impulso para armazenar e acessar dados por meio de linguagens codificadas é anterior em milhares de anos aos computadores e a magia não passa realmente disso. Eu estava simplesmente procurando uma nova perspectiva. Na primeira vez que tentei invocar um demônio, não esperava que algo aparecesse.

– O que aconteceu?

O sorriso da Mão era mecânico. Seus dentes brilhavam como metal polido na luz forte.

– O que você acha? Funcionou.

Alif se sacudiu quando um arrepio tomou seu corpo. A Mão enganchou um pé na barra transversal da cadeira de Alif e a puxou para mais perto.

– Agora, preciso que você preste atenção – falou ele. – Há coisas que preciso saber.

– Eu já disse tudo o que você precisava saber. – Alif sentia-se beligerante. – O *Alf Yeom* não é o que você pensa. Ou talvez seja exatamente o que você pensa. Seja como for, é perigoso.

– É claro que é perigoso. Este é exatamente o motivo porque eu o quero. Sua capacidade de atropelar o meu amado sistema de segurança me diz que a metodologia de escrita de código embutida no *Alf Yeom* funciona melhor do que eu me atrevia a esperar. Fiquei tão impressionado com o que você conseguiu tirar dela que, no fundo, não encontrei motivos para me enfurecer. Bem, isso é mentira. Mas minha fúria foi temperada pelo respeito.

– Ele não funciona como você pensa – disse Alif. – É instável demais. Quando você pede que a informação se adapte a novos parâmetros com tanta rapidez, os comandos fundamentais se perdem. Há um enorme problema de deterioração dos dados. Todo o sistema esqueceu-se da sua função original e entrou em colapso. Isso fundiu a máquina em que eu trabalhava. Nunca vi um computador ficar tão quente.

– Sim, eu vi. Era um amontoado inútil de metais quando chegamos a ele. Totalmente irrecuperável. Mas, na minha opinião, o colapso teve mais a ver com a quantidade verdadeiramente idiota de memória RAM que você estava usando. Aquele pequeno desktop nunca foi feito para lidar com uma carga de dados tão grande.

Alif balançou a cabeça enfaticamente.

– Não tem nada a ver com a RAM. Eu me certifiquei de que cada programa estivesse correndo com eficiência máxima. E eliminei todos os softwares originais antes mesmo de começar.

– Isso não teria feito diferença. Na análise final, você estava trabalhando em um computador muito pouco sofisticado para o que tentava realizar. Se tivesse acesso a uma de nossas máquinas, todas conectadas a um servidor, seu pequeno experimento científico teria mudado o futuro da computação.

– Não.

A Mão fez um gesto de irritação.

– Se ainda está tentando discutir comigo, claramente não passou tempo o suficiente por aqui. Não estou interessado em falsa humildade ou em alertas horríveis. Sei que está tentando me dissuadir para que eu não me baseie no seu trabalho e supere seus esforços. Você ainda está jogando o jogo, Alif. Ainda não percebeu que o jogo acabou e eu venci.

Alif cerrou as mandíbulas de um lado a outro.

– Não estou jogando nada. Estou lhe dizendo que o *Alf Yeom* é um câncer ideológico. Os djins tinham razão... Não podemos compreender verdadeiramente o seu jeito de pensar e fazemos uma confusão quando tentamos. Se você tentasse usar essa metodologia em um sistema que fosse realmente importante... a rede elétrica da Cidade ou coisa assim... o resultado seria o caos. Sem luz, sem telefones, as pessoas enlouquecendo.

A Mão suspirou. Seus olhos refletiram a luz de uma forma estranha, como se fossem só pupila. Alif ficou embrulhado.

– Vamos falar como colegas por um momento – pediu a Mão. – Certamente você vê os limites da computação binária. Estamos nos aproximando depressa do limite da sua utilidade. Depois disso, o que virá? Será este o auge da civilização? Não haverá outro caminho a não ser descer? O quantum é um castelo no ar. Para que o progresso humano continue, precisamos reaprender a usar as ferramentas que já temos. Ensinar novamente às nossas máquinas. Olhar o que os antigos egípcios conseguiram realizar com rodas e polias rudimentares. É isso que o *Alf Yeom* nos permite fazer, Alif. Construir uma pirâmide com rodas e polias. Os djins que se danem... Eles conseguiram algo poderoso e não querem compartilhar. Seus alertas sombrios se resumem unicamente a isso.

Alif não respondeu. Lembrou-se da sensação que a Mão descrevia, a sensação do que ele, por breves instantes, vira através dos tendões do código, os ossos da linguagem em si, conhecendo-os de uma forma profunda. Mas essa sensação não estava ligada ao *Alf Yeom.*

– Você está errado – falou Alif. – Ainda não esgotamos as possibilidades da computação binária. Ainda há o que fazer.

– E o que o faz afirmar isso?

Alif pensou na letra representada por seu nome, repetida em um padrão vezes sem conta nas palavras de Intisar, invisíveis até para ela.

– Às vezes, quando você pede mais a Deus, Ele afasta o horizonte só um pouco. O suficiente para deixar que você respire.

A Mão fez uma careta.

– Ainda estamos falando de computadores, ou você desmoronou, envenenado por ergotina? Esta gororoba com que o alimentam não é nada fresca.

– Estou falando de coisas que importam.

A Mão se levantou abruptamente, derrubando a cadeira atrás de si.

– Muito bem, para mim, acabou. Não vim aqui para ter uma aula de filosofia. Pensei que você ficaria agradecido por conversar um pouco.

Só quero saber uma coisa antes de sair: onde está o *Alf Yeom*? O Estado não conseguiu localizá-lo na mesquita onde encontramos você.

Alif franziu o cenho.

– Eu não sei – disse ele. – Estava do meu lado enquanto eu trabalhava. Não o tirei de lá.

– Nem mesmo depois do seu computador quebrar? Nem para tirá-lo do caminho?

– As pontas dos meus dedos estavam queimadas e eu não dormia havia dois dias. Eu não estava raciocinando direito.

– Se estiver tentando me impedir de recriar seu código, essa não é a atitude certa. Meu pessoal está fazendo a engenharia reversa dele a partir da bagunça que você deixou na intranet do Estado enquanto conversamos.

– Fique à vontade. Só vai acabar ferrando a si mesmo. Não sei onde está o livro e não me importo.

– Isso é triste. Significa que teremos que continuar interrogando o xeque. Nesse ritmo, não sei quanto tempo mais ele vai durar. Ele não é jovem.

Alif sentiu o sangue sumir do rosto.

– Você trouxe o xeque Bilah para cá? – Sua voz ficou rouca.

– Ah, sim. Bem aqui no corredor. Estou surpreso por você não ter ouvido. Ele fez muito barulho quando começamos com os estímulos elétricos. Imagino que as paredes sejam mais grossas do que eu pensava.

Alif agora respirava intensamente.

– Ele não sabe de nada – disse ele. – Posso jurar pelo que você colocar na minha frente. Ele nem mesmo sabe meu nome. É só um velho com uma consciência.

– Consciência é algo que os velhos que abrigam terroristas não podem ter, infelizmente.

– Não sou terrorista. Nunca fui terrorista. Só o que faço é proteger pessoas que querem ser livres para dizer o que realmente pensam.

A Mão se afastou para a porta. Seus olhos ainda brilhavam estranhamente na luz, discos pretos refletindo apenas fluorescência.

– Mas que lixo indiano. As pessoas não querem mais liberdade... Mesmo aquelas para quem a liberdade é uma espécie de religião têm medo dela, como acólitos trêmulos que fazem sacrifícios a algum deus pagão. As pessoas querem que os seus governos guardem os segredos delas. Elas querem que a mão da lei seja brutal. Ficam tão apavoradas com o próprio poder que votariam para que fosse retirado das suas mãos. Veja os Estados Unidos. Veja os Estados sharia. A liberdade é uma filosofia morta, Alif. O mundo está voltando ao seu estado natural, a regra do fraco pelo forte. Embora você seja jovem, é você que está fora de sintonia, não eu.

Alif passou a mão nos olhos. Sua cabeça doía.

– Por favor, deixe o xeque em paz – pediu ele numa voz baixa. – Direi o que você quiser. Direi que você venceu. Não me importo. Só não o machuque mais. Será culpa minha se ele morrer. Tudo culpa minha. Não posso suportar isso.

Os olhos da Mão se arregalaram. Sua expressão deixou Alif nervoso: uma disposição vaga, ameaçadora, quase sensual – o olhar de um estuprador.

– O que você estava pensando – murmurou ele – quando vim aqui hoje? O que passou pela sua cabeça quando me viu?

Alif começou a tremer.

– Fiquei feliz por ver você – disse ele. – Fiquei aliviado por ver você. Queria que você ficasse. Ainda quero que fique. Não quero voltar para o escuro.

Soltando o ar, a Mão fechou os olhos. Sua expressão se abrandou.

– Muito bem. Sim. Muito bem. Estive esperando por isso.

Alif se perguntou o que ele deveria compreender por "isso". A bile subiu à garganta diante da ideia do que a Mão podia lhe pedir para fazer, algo que talvez ele próprio concordaria sem reclamar. Qualquer coisa era melhor do que mais tempo no vazio com a coisa que não era Farukhuaz andando em volta dele no escuro em círculos cada vez menores.

Mas a Mão apenas se virou e bateu na porta.

– Fico feliz que tenha sentido que podia partilhar os seus verdadeiros sentimentos comigo – disse ele. A porta se abriu. – Quero que nossa relação termine exatamente nesse tom. Espero que coma bem a sua última refeição... Você não terá outra.

Alif engoliu em seco. A Mão o olhou com algo parecido com simpatia.

– Adeus, Alif. De certo modo, sinto como se perdesse um amigo. Pensarei em você sempre que tomar Intisar por trás. Que estranha coincidência que nós dois desejemos a mesma mulher, mas por motivos muito diferentes. É apropriado, de algum modo, mas estranho.

* * *

Mais uma vez sozinho no escuro, Alif quase imediatamente sentiu fome. Andou pela cela com a mão na parede como guia, evitando o canto sujo, e tentou levar a mente a outro lugar. Pensou na luz do dia. Pensou em estar sentado na janela do seu quarto no distrito de Baqara numa tarde de primavera, seus braços e pernas cozinhando agradavelmente no calor do peitoril de cimento aquecido pelo sol. Pensou em Dina com sua túnica de verão, cinza ou verde, diferente do preto habitual, as sandálias batendo nos pés enquanto passava pelo pátio, carregada de sacolas de frutas do mercado. Isso faria do dia um sábado. Ele ficou desnorteado que tivesse havido uma época em que uma cena dessas o enchia de pavor existencial, uma agonia com os tranquilos ritmos femininos que o envolviam, incitando-o a fugir de volta aos computadores, à nuvem, ao mundo digital povoado por homens.

Agora a ideia de uma tarde dessas parecia extraordinária. Ele deixara que várias passassem com total indiferença. Na sua mente, obrigou-se a sair do peitoril e ajudar Dina com as sacolas, depois ver se havia alguma coisa que a mãe precisava; falou com a empregada em frases completas e se lembrou de limpar a terra dos sapatos ao voltar para dentro. Despido no escuro, com a lembrança dos olhos reptilianos da Mão, percebeu que o mundo ritualizado que ele desprezava por ser feminino era na verdade a civilização.

Enquanto o tempo começava a se toldar novamente, ocupou-se escrevendo mais da própria história. Não se alienou do pai e não o odiava; em vez disso, exigia educadamente que a mãe recebesse igual tempo, lembrando ao homem de tudo que ela abandonara para se casar com ele e criar um filho dele. Ele era útil e ativo pela casa. Contribuía com mais dinheiro para as despesas mensais. Por fim, apresentou-se aos pais de Dina assim que soube o que ela queria – algo que ele devia ter percebido anos antes, quando os dois ainda eram crianças e Alif continuava sendo o único menino que ela procurava e com quem falava a sós. Ele sentiu uma agonia então, uma agonia pelas conversas dos dois no terraço, xingando a si mesmo por tratar a intimidade dela de um jeito tão desligado. A decisão dela de usar o véu o irritara, assim como irritara à família dela, e ele ficou absorto demais em si mesmo para perceber que sua amizade contínua era uma espécie de súplica, um fio de retorno à vida que ela deixara para trás.

A necessidade de voltar a ela mantinha vivos os seus instintos de sobrevivência. Ele bebia toda a água que lhe davam, sem vontade de acelerar sua morte acrescentando a sede à fome. O nó no estômago se transformou numa cólica aguda e contínua, e agora era doloroso sentar-se; parecia que os ossos dos quadris feriam a carne abaixo deles. Pôs a mão na barriga para tentar conter a dor. Esperava sentir medo, mas não; seus pensamentos, embora lentos, eram claros. Seu corpo continuava incansavelmente vivo. Ele se admirava disso, uma máquina mais complicada e eficiente do que qualquer computador que tivesse usado. Era ali que residiam os ecos de Deus: não na mente, mas nas suas células e tendões, as partes dele que não podiam mentir. Ele sentiu que a sua carne transcendia a si mesma.

Farukhuaz foi até ele pela última vez quando Alif estava deitado de lado para aliviar a pressão sobre os quadris.

– Ossos, ossos, bile, ossos, trancados para morrer sozinhos – disse ela rispidamente. – Você está digerindo as próprias entranhas.

– Estou vivo – retrucou Alif. – E sei o que você realmente é. Você não é de maneira alguma Farukhuaz. É só a ilusão que projetou para me influenciar a fazer o que queria. Você é algo muito pior.

– Eu sou eu. Acabe com isso rapidamente e de forma limpa.

– Não pretendo morrer.

O riso sibilado começou, reverberando nas paredes invisíveis da cela como se não tivesse uma origem exata.

– É um tolo – falou a coisa que não era Farukhuaz. – Você já está morrendo. Não há ninguém aqui para elogiar sua bravura ou testemunhar o seu sacrifício. Sua morte será invisível. Tenha algum brio e termine as coisas nos próprios termos.

Algo molhado e quente deslizou por seu pé. Alif teve um sobressalto, sentindo, pela primeira vez, uma inquietude na sua determinação em sobreviver. Mesmo que durasse algum tempo miraculoso, a porta de sua cela permaneceria fechada. Ele não tinha, estritamente falando, um plano.

– Há outro jeito – sussurrou Farukhuaz. – Posso tirar você daqui.

Alif vasculhou a escuridão, alarmado, certo de que a coisa havia lido seus pensamentos.

– Seria bem fácil – continuou Farukhuaz. – Só o que precisa fazer é dizer aos seus captores que tem uma coisa que eles querem. Dê a eles o seu amigo Abdullah, ou qualquer dos dissidentes que você conhece. Dê-lhes códigos de acesso, handles, senhas. Você tem muitas coisas com que barganhar pela vida. Eles estão surpresos por você ainda não ter oferecido nada.

Alif enroscou o corpo numa bola.

– Eu ajudaria você. – A voz estava muito perto de seu ouvido. – Diria a melhor maneira de influenciá-los. Seria simples para mim.

Ele pensou novamente na luz do dia. Pensou em voltar para Dina e se deitar sob seu véu estrelado e se sentir seguro.

– Não – ele se ouviu dizer.

– E por que não? – A voz beijou os pelos de sua nuca. – Você parece decidido a viver.

– Estou – respondeu Alif. – Mas, se a única saída é por intermédio de você, prefiro continuar passando fome.

A onda repentina de raiva que atravessou a cela o fez gritar. Ele a sentia como uma força física, como o recuo da terra depois de um tremor.

– A quem quer impressionar?

A voz veio de dentro da sua cabeça, mais alta do que qualquer pensamento. Ele bateu as mãos nas orelhas e gritou.

– Você realmente pensa que Ele, que está criando estrelas e devorando os intestinos de bebês disentéricos, se importa se você viver como traidor ou morrer como mártir? Acha que isso importa de verdade?

Alif reprimiu as lágrimas. Não podia responder *sim*. Sua dúvida estava exposta diante dele, como uma coisa molhada e lamurienta, um acanhamento que nunca amadureceu na crença ou na incredulidade. Ele não tinha meios para lutar.

– Pobre criaturinha. – A voz se abrandou. – Só estou aqui para mantê-lo a salvo. Você pensa que nos conhecemos há pouco, mas estive com você por toda a sua vida. Estive nos pequenos sussurros em suas veias, entorpecendo você, mantendo-o entre as paredes do seu quarto quando o mundo parecia grande demais. Estive no soar em seus ouvidos, despertando-o altas horas da noite para lembrá-lo da sua infelicidade. Você está sozinho e eu sou a única simpatizante que você tem.

Enroscando-se em si mesmo, Alif tentou controlar a respiração. O ar na cela parecia denso, como uma exalação coletiva da qual fora esgotado todo o sustento.

– Não acredito em você – disse ele.

– Você não sabe no que acredita.

– Não importa em que acredito, as besteiras que você diz não fazem parte disso.

Um silvo.

– Seja sensato. O único jeito de sair desta cela é por meu intermédio.

– Então, ficarei nesta cela até me tornar uma mancha repulsiva de podridão no chão. Estou enjoado de você.

– Uma parte de você ainda tem esperanças de que exista outro jeito. Uma parte de você ainda espera que a porta se abra e que você saia livre de corpo e consciência. É essa parte que você deve matar se realmente quiser sobreviver.

Alif sentiu o coração acelerar novamente e, com ele, uma nova onda de raiva.

– Não. Não. Esta é única parte de mim que ainda quero.

A cela ficou mais fria.

– Fique à vontade.

Ele se retesou para ouvir por mais alguns minutos, pronto para o som renovado do riso, o suave arrastar de pés. Mas a cela parecia vazia de um jeito enfático e desconhecido. Ele estremeceu na repentina falta de calor. A exaustão lutava com seus músculos desnutridos. A coisa tinha razão: ele estava profundamente só. Uma autopiedade desagradável o tomou, sem trazer qualquer conforto. Ele queria dormir. Fechando os olhos, falou com a noite artificial e indiferente.

– Por favor – disse. – Por favor, que ela não tenha razão. Por favor, abra a porta.

Por um momento ele realmente esperou que alguma coisa acontecesse. Mas o silêncio e a escuridão ainda eram completos e inflexíveis e, com uma sensação próxima do desespero, Alif se permitiu cochilar.

Foi o som agudo da dobradiça de metal em atrito consigo mesma que o despertou. Colocando-se de pé com dificuldade, ele piscou: uma lanterna se balançava na escuridão, iluminando uma figura de túnica branca e lenço.

– Meu bom Deus – falou a figura num tom irônico. – Que fedor de mijo. Detestaria ser o zelador que virá depois que retirarem seu cadáver.

– Quem é você? – grasnou Alif, protegendo os olhos da luz.

A figura se ergueu rigidamente e levantou um pouco a lanterna, que brilhou em um rosto jovem e arrogante, de perfil aristocrata e algum pelo nas bochechas e no queixo, como ditava a moda.

– Quem é o *senhor* – corrigiu ele.

Alif tentou processar a correção.

– É da realeza? – perguntou ele, o ceticismo arrastando as suas palavras.

– Sim, sou – respondeu com frieza o portador da lanterna. – Sou o príncipe Abu Talib Al Mukhtar ibn Hamza.

A privação deixara Alif atrevido; não havia nada que pudessem fazer com ele que já não tivessem feito.

– Esse nome devia significar alguma coisa para mim? – Ele o desafiou.

– Não, suponho que não. – O jovem sorriu timidamente. – Existem outros 26 príncipes na linha de sucessão ao trono antes de mim. Você me conhece como NewQuarter01.

* * *

Alif sentiu que a mente não engrenava, deixando-a girar inutilmente, sem tração.

– Você não pode ser NewQuarter. NewQuarter é... Ele era um...

– Um camponês, como vocês? Ah, que bom. Eu estava torcendo para conseguir me encaixar. Não queria parecer uma espécie de impostor. Mas suponho que eu seja justamente isso. – NewQuarter pôs a mão sob o cotovelo de Alif e o ajudou a se sentar. – Você está mesmo péssimo. Eu não esperava que eles tivessem tirado suas roupas... Terei que voltar e buscar algumas. As minhas provavelmente serão curtas demais para você, mas servirão até nós o tirarmos daqui.

– Nós o quê? – Alif se mexeu para aliviar o peso de suas nádegas doloridas.

– Deixa de ser burro. Vim resgatar você. – NewQuarter colocou a lanterna no chão, de pé, lançando um brilho azulado no teto.

Alif ofegou, mordeu o lábio e caiu em prantos. A boca de NewQuarter se retorceu numa expressão de horror reprimido. Ele deu um tapinha desajeitado no ombro de Alif.

– Eu não... Não sou muito bom com choro, preciso avisá-lo. Especialmente quando o cara em questão está pelado e sujo.

– Desculpe. – Alif fungou. – É só que pensei que ia morrer aqui.

– Se não comer alguma coisa, ainda pode morrer. – NewQuarter pegou uma barra de chocolate no bolso da túnica. – Tome, pegue isto.

Com as mãos trêmulas, Alif abriu a barra de chocolate e deu uma mordida. A substância era deliciosa e quase doce demais para ele engolir.

– Obrigado – disse ele com a boca cheia.

– Trarei alguma coisa mais substancial da próxima vez – falou NewQuarter. – Agora preciso ir, antes que os guardas voltem.

– Quantos são? Como conseguiu que eles saíssem?

NewQuarter se sentou sobre os calcanhares com um sorriso tenso.

– São cinco estacionados neste corredor. Dois em cada ponta e um no meio. Felizmente eles mantêm mulheres nas celas do outro lado... Eu disse a eles que queria ficar algum tempo a sós com uma delas. Eles simplesmente me deram as chaves e fizeram um intervalo para fumar.

Alif estremeceu.

– Eles deixam você fazer isso? Simples assim?

NewQuarter virou a cara. O cinismo em seus lábios o fazia parecer mais velho do que provavelmente era.

– Existem alguns xeques muito bem pagos que dizem que as cativas... as prisioneiras... são como escravas, do ponto de vista da shariah. Assim, seus senhores têm o direito de trepar com elas. Se você tivesse um título, poderia muito bem entrar e sair deste lugar sempre que quisesse.

A ideia de Dina sendo obrigada a se submeter a algum aristocrata devasso deixou Alif nauseado. Vikram estivera certo em levar as mulheres para o esconderijo, apesar do risco – e do custo. Alif engoliu o líquido melado que subiu pela garganta. Era um horror que a nobreza de Vikram só tivesse ficado evidente agora que ele estava morto.

– Eu sei – disse NewQuarter numa voz baixa e distraída, vendo Alif prender a respiração. – Dá vontade de quebrar coisas. Por isso comecei a hackear. Não quero estar do lado errado.

Ele se levantou e sacudiu cautelosamente a túnica, olhando ao redor com um leve nojo.

– Espero que você não tenha contraído nenhuma doença horrível aqui dentro, porque não vai levá-la para casa comigo. Voltarei amanhã. Sua tarefa é ficar vivo até lá.

Alif o olhou com uma gratidão muda. NewQuarter sorriu e tocou a testa em um *salaam* antiquado, virando-se para a porta. Ao sair, Alif se lembrou de uma coisa.

– O xeque Bilah! – exclamou ele. – Não podemos partir sem ele. Por favor...

NewQuarter parou, o cenho franzido.

– O que disse? Quem é o xeque Bilah? Não planejei resgatar mais uma pessoa.

Alif se levantou novamente, vacilando um pouco, e olhou nos olhos de NewQuarter.

– Ele é o imã da Al Basheera e é muito velho, e eles o estavam torturando, querendo informações que ele não tem. A Mão disse que está neste corredor. O homem arriscou a própria vida para me proteger... Não posso deixá-lo para trás.

– Não pode de jeito nenhum?

Alif balançou a cabeça.

– De jeito nenhum. Não é uma opção.

NewQuarter suspirou de irritação.

– Tudo bem. Deixe-me recalibrar um pouco. Verei você amanhã. – Ele se virou para ir embora.

– Que horas são agora? – perguntou Alif com pressa. – Que mês? Qual é a estação do ano?

NewQuarter sorriu com candura.

– São umas dez horas de uma noite de inverno cálida no final de janeiro.

Alif fechou os olhos, o rosto frouxo de alívio.

– Obrigado – disse ele.

* * *

A percepção de tempo de Alif voltou com uma velocidade torturante. Se era final de janeiro, ele tinha ficado sob custódia da Mão por quase três meses, um período que parecia alternadamente impensável e abençoadamente curto. O dia que restava até a volta de NewQuarter inchou diante dele, maior do que qualquer dos períodos indiferenciados de sono e vigília que tivesse vivido no escuro. O açúcar no estômago o deixou nervoso e a sua pulsação se acelerou; o sono não vinha. Ele andou pela cela, de um lado a outro com os pés doloridos.

Uma tentativa de contar os segundos logo o frustrou. Ele se concentrou em vez disso na sua respiração, lembrando-se de uma ou outra bobagem que ouvira na Rotana sobre técnicas de relaxamento, e pensou com alegria que podia estar muito perto dessa vida novamente, do privilégio de acordar e assistir bobagens na televisão. Fez uma lista mental das novelas diurnas egípcias que veria quando estivesse livre. Todas as brigas de gato e rato entre mãe e filha, closes melodramáticos e roteiros tão fracos que seria possível recitar monólogos inteiros antes que os atores os falassem. Antigamente o enojavam, convenciam-no da superioridade da sua mente. Agora eram lembretes humilhantes de um mundo mais seguro.

Conforme o dia se arrastava, ele ficava tenso. Imaginou que era quase o amanhecer, mas ainda não conseguia dormir; embora finalmente pudesse adivinhar que horas eram, os caprichos do sol há muito tinham perdido o impacto sobre o seu corpo. Ele recomeçou a cantar. Entoou antigas canções de pesca alexandrinas que agradavam a Dina, sobre barcos pintados, a segurança do antigo porto e, para além dele, o antes frutífero Mediterrâneo. Ela cantava sozinha essas músicas no terraço enquanto estendia a roupa lavada e pensava que ninguém ouvia; Alif escutara sua voz vagando pela janela, assumindo um tom mais grave e suave com o passar dos anos, à medida que ela se tornava uma mulher. Ele se perguntava como era possível que ela ainda sentisse uma ligação com o Egito, um lugar onde não morava desde que era bebê. Talvez devessem passar algum tempo juntos lá depois de se casarem. Podiam alugar um apartamento com vista para o porto de Alexandria, com uma sacada onde Dina se sentaria ao sol com a cabeça exposta. Ele perguntaria a ela. Talvez houvesse partes dela que ele ainda não compreendesse, ansiosas por coisas que ele não podia adivinhar, embora a conhecesse a vida toda.

Devaneando a respeito de Dina e de um país que ele nunca viu, Alif cochilou. Acordou novamente com uma sensação de presságio e instantes depois ouviu uma chave girar na fechadura. NewQuarter entrou de mansinho.

– Graças a Deus – Alif suspirou. – Acho que nunca fiquei tão feliz por ver alguém como agora. Estou tão...

– Sim, sim, muito obrigado. Não vamos exagerar. – NewQuarter baixou uma mochila carregada no chão. – Aqui tem roupas para você. Trouxe outra muda para o seu amigo. As duas são *thobes*. Espero que você não se importe. Minha família não costuma usar roupas ocidentais.

– Eu não ia reclamar.

Alif abriu a mochila e pegou uma túnica branca parecida com a que NewQuarter vestia. Seu cheiro era deslumbrante de tão limpo.

– Tem um lenço para a cabeça também... É melhor você usar, está parecendo um sem-teto. Para levar você daqui num BMW, precisamos de certa plausibilidade.

– Vamos sair daqui num BMW?

– Pensei em trazer o Lexus – emendou NewQuarter sem ironia –, mas um BMW é mais anônimo. Todos os príncipes dirigem um.

– Ah.

– Rápido, certo? Se quisermos pegar esse xeque, precisamos andar logo.

Alif vestiu a túnica pela cabeça. Parecia um curativo em sua pele maltratada, que ficara escamosa em alguns lugares e sensível em outros. NewQuarter arrumou rapidamente o lenço sobre a testa de Alif e o prendeu no lugar com dois anéis trançados de algodão preto.

– Meu bom Deus – disse ele –, você ainda está péssimo. Ah, que seja. Mantenha a bainha do lenço baixa sobre o rosto e não diga nada. Seu sotaque vai entregá-lo. Há certo toque de criado indiano no seu árabe.

Alif fez que sim, obediente. NewQuarter passou pela porta aberta e olhou o corredor, segurando a lanterna na altura do ombro.

– Tudo bem – falou ele. – Vamos.

Alif o seguiu para o corredor. Uma euforia desesperada o dominava enquanto NewQuarter fechava em silêncio a porta de sua cela. A incerteza de estar livre e ainda não estar seguro era demais. Ele se controlou, piscando para se livrar do início de uma vertigem.

– Sabe em que cela está esse cara? Ou vamos ter que andar de um lado a outro chamando seu nome pelas fendas de comida de cada porta? – NewQuarter balançava a lanterna em arco pelas portas que ladeavam o corredor.

Alif sondou o cérebro ainda lento.

– Você disse que as mulheres ficam do outro lado, não é? Isso diminui as opções.

– Acho que sim. Mas ainda são seis portas deste lado.

Alif olhou pelo corredor e mordeu o lábio.

– Não podemos simplesmente abrir todas? Dos dois lados. As mulheres... – Ele não conseguiu terminar a frase.

NewQuarter bateu a lanterna na sua perna.

– Eu sei – disse ele em voz baixa. – Mas, para ser franco com você, Alif, quanto mais bancarmos os heróis da libertação, menores serão nossas chances de sair daqui nós mesmos. Se desaparecerem apenas vocês dois, talvez os guardas levem várias horas para perceber. Se instigarmos uma fuga em massa, logo haverá um caos. Como vamos conseguir nos livrar disso?

– Pelo amor de Deus – retrucou Alif –, não é o que devemos fazer? O que era tudo aquilo que fizemos com os computadores? Diversão? Você não dizia acreditar em alguma coisa?

– Todos seriam apanhados novamente, de qualquer modo. Não dá para sair daqui a pé, Alif... Existe um muro de dois metros de espessura, coberto por arame farpado e, depois dele, oitenta quilômetros de deserto entre nós e a Cidade. Como você bem sabe, a maioria das pessoas nestas celas provavelmente não está em boas condições de saúde.

Alif olhou as fileiras de celas com portas de aço que bruxuleavam à luz da lanterna de NewQuarter. Ficou tonto.

– Vamos ter que deixá-los? – perguntou ele numa voz mais baixa.

– Não temos alternativa. Você é mais útil para essas pessoas fora da cadeia do que dentro dela, *akhi*.

NewQuarter andou pelo corredor e bateu na porta da cela ao lado da de Alif.

– Xeque Bilah? – chamou ele suavemente. Uma voz ali dentro murmurou uma negativa tímida. As duas celas seguintes produziram resultados semelhantes. Quando bateu na quarta, uma voz conhecida raspou uma imprecação num árabe clássico e floreado.

– É ele – murmurou Alif.

NewQuarter pegou um grande aro de chaves e as examinou, com a lanterna equilibrada na curva do braço. Escolhendo uma, girou-a na fechadura e abriu a porta pesada. Alif se esticou sobre o seu ombro para olhar o interior: o xeque Bilah, enrugado e emagrecido, piscava com os olhos injetados para o brilho da lanterna. Alif sentiu uma pontada de constrangimento pelo homem mais velho, cuja posição social tornava sua nudez de certo modo mais grotesca. A visão da sua cabeça descoberta fez Alif estremecer; ver o crânio careca e pontilhado de um xeque, cercado de cabelo branco, sem a dignidade nem mesmo de um *taqiyah*, deixava-o nervoso. Ele não conseguia se forçar a falar.

– Tome, tio – disse NewQuarter, estendendo desajeitadamente a mochila. – Há roupas aqui dentro. Eu tenho água e comida esperando. Mas não temos muito tempo.

O xeque Bilah pegou a mochila com as mãos trêmulas.

– O que é isso? – grasnou. – É um dos seus malditos truques de cachorro?

– Não é um truque, tio xeque – falou Alif, a voz presa na garganta. – NewQuarter é da família real. Está aqui para nos libertar.

O xeque Bilah tentou cuspir. Uma massa de baba escorreu por seu queixo.

– Qualquer lasca de lealdade que eu possa ter sentido pela família real morreu nesta cela – disse ele. – Não quero nada desses cretinos de sangue puro.

– E não terá nada – respondeu NewQuarter com um sorriso irônico –, exceto eu. Um cretino de sangue puro com espírito de vingança.

O xeque olhou para NewQuarter.

– Como vou saber que você não vai simplesmente me entregar a um destino pior do que este? – perguntou ele.

NewQuarter deu de ombros.

– Não vai saber. Não vim aqui pelo senhor, vim pegar Alif. Ele é que insistiu que não podíamos sair sem o senhor.

O xeque virou os olhos baços para Alif.

– Então você está vivo – murmurou. – Boa sorte nisso.

– Desculpe, tio xeque – disse Alif. – Eu lamento muito.

O xeque Bilah não disse nada. NewQuarter olhou do homem mais novo para o mais velho e passou o braço sob o cotovelo do xeque.

– Pode gritar com ele mais tarde. Agora precisamos sair. Ajude-me a colocar a roupa no senhor.

* * *

Eles andaram pelo corredor em fila única. Alif sofria a cada porta por que passavam, pensando nos prisioneiros silenciosos por trás delas. Pensou ter ouvido um choro abafado emitido pela fenda de comida perto do final do corredor e parou.

– Não podemos simplesmente...

– Ah, podemos sim – disse com firmeza NewQuarter. – Não há nada que possamos fazer por eles, Alif, nada, não daqui.

Alif foi atrás dele, tentando ouvir outro som, mas nada escutou. No final do corredor, NewQuarter parou com a mão na maçaneta de uma grande porta de metal.

– Os guardas estarão esperando ao pé da escada – murmurou. – Aquela é a saída. Esperem aqui enquanto os mando buscar meu carro. Vou bater do lado de fora da porta quando for seguro.

Alif ficou incrédulo.

– Os guardas da prisão vão trazer o seu carro como um bando de manobristas?

– Pode acreditar nisso. – NewQuarter sorriu e desapareceu na escada do outro lado da porta. O xeque Bilah estremeceu, oscilando sobre os pés; Alif o segurou pelo braço.

– Me perdoe – sussurrou Alif.

O xeque bufou.

– Não posso desperdiçar fôlego. Fale comigo novamente quando eu tiver comido.

Alif virou o rosto que ardia. Eles ficaram em silêncio por vários minutos, assustando-se com os ecos de outras alas da prisão. Finalmente o som de um motor bem-lubrificado tornou-se audível. Seguiram-se três batidas incisivas, subindo a escada para além da porta. Alif sentiu as palmas começarem a transpirar.

– Vamos – disse ele, abrindo a porta.

O xeque Bilah precisou de ajuda para descer a escada de metal soldado. Alif se conteve para não gritar de frustração, emprestando corajosamente as mãos ao velho. Ao pé da escada, Alif abriu uma porta muito pesada, sentindo o ar da noite penetrar, limpo e frio.

– Agora – sibilou NewQuarter do interior de um carro preto. – Agora, agora, agora.

Alif meteu o xeque no banco traseiro antes de subir pela porta do carona.

– Em nome de Deus, o Clemente, o Misericordioso – disse NewQuarter, acelerando o motor.

Alif deslizou no seu banco, com o coração aos saltos. NewQuarter levou o carro para o exterior de um prédio pardo e sem janelas. Alif precisou de um momento para perceber que fora ali que vivera nos últimos três meses, que aquela era a forma do seu inferno sem luz. Parecia ao mesmo tempo surreal e tremendamente comum, como um prédio de escritórios sem acesso visual ao seu interior.

O prédio era cercado por um pátio pavimentado que terminava ao pé de um muro alto, talvez de dois andares, encimado por um feio emaranhado de arame. Duplas de seguranças patrulhavam a cavalo o perímetro interno. Com uma ansiedade distante, Alif observou que os cavalos de cada dupla combinavam: uma dupla de pretos, uma dupla de fulvos, uma dupla cor de areia com crina e rabo brancos. Parecia-lhe a última perversidade: cavalos iguais nos portões de um matadouro. Fechou os olhos. Sua cabeça martelava como se os vasos sanguíneos do seu cérebro tivessem inchado.

– Lá vamos nós – resmungou NewQuarter.

Eles se aproximavam de um portão de metal gradeado. Havia um guarda em cada ponta, ambos armados com fuzis automáticos. NewQuarter reduziu a velocidade.

– Olá, capitão! – chamou ele pela janela, estalando os dedos para o guarda à esquerda. – Abra, terminei aqui.

O guarda correu à janela do motorista do carro.

– Sim, senhor. Agora mesmo, senhor – disse ele. Seus olhos alcançaram rapidamente Alif, no banco do carona. Alif olhava para a frente fixamente.

– Desculpe, senhor... Esses homens...

– São meus criados pessoais – vociferou NewQuarter. – Acha que dirijo sozinho feito um entregador?

– Não, senhor, claro que não. É só que... Eles têm certo *cheiro*...

– E quem não teria um cheiro desses depois de passar uma hora neste lugar imundo? Abra o portão.

O guarda recuou, murmurando no walkie-talkie pendurado na frente da camisa. Gesticulando para o guarda oposto, apertou uma série de números em um teclado na beirada do portão. A grade de metal começou a subir.

– Graças a Deus – disse NewQuarter. – Juro que suei por baixo de todo o meu *thobe*.

Enquanto o portão se abria, NewQuarter avançou devagar com o carro. Alif ouviu o xeque Bilah soltar um suspiro. Os ombros de Alif doíam; percebeu que os estivera retesando desde antes de saírem da prisão.

– E é assim, meus amigos – disse NewQuarter com triunfo, apertando o botão para fechar a janela – que vocês saem da prisão.

Houve um lampejo de preto no retrovisor. Alif franziu a testa: um guarda corria para eles, vindo do complexo da prisão, agitando os braços com raiva. Através do vidro escurecido e isolado, Alif não conseguia ouvir o que ele dizia. Virou a cabeça e viu o guarda no portão martelar o botão vermelho na base do teclado.

O portão começou a se fechar.

– Merda!

Houve um guincho de borracha enquanto NewQuarter metia o pé no acelerador. O carro disparou para a frente. Alif ouviu uma série de estalos altos. Girando no banco, viu o guarda do outro lado do portão apontar o fuzil para o carro.

– Estão atirando em nós! – gritou Alif.

Ele foi jogado contra o encosto do banco enquanto o carro dava uma guinada, derrapando na areia soprada pela estrada que subia diante deles. NewQuarter estava recurvado sobre o volante, cerrando os dentes. Do banco traseiro, Alif ouviu o xeque Bilah murmurar uma oração encantatória, pedindo a Deus para protegê-los do mal da Sua criação.

Outro estalo alto criou um padrão fractal no vidro traseiro do carro. O xeque se jogou deitado no banco.

– *Allahu akbar!* – gritou. – *Allahu akbar!*

– Merda! Está ferido? – Alif se curvou para o velho e foi recompensado com certa asfixia pelo cinto de segurança quando o carro deu outra guinada.

– Não fui baleado se é o que quer dizer – respondeu o xeque, agarrando a cabeça coberta.

Luzes faiscaram na estrada: dois Peugeots pintados de preto fosco aceleravam na direção deles.

– Engole isso.

NewQuarter girou o volante para a esquerda, tirando o carro da estrada. Eles esbarraram por veios suaves de areia. Dunas altas assomavam contra um céu tomado de estrelas. NewQuarter acelerou para uma delas.

– O que está fazendo? – Alif gemeu. O carro começou a inclinar-se para cima.

– Indo a um safári, seu babaca. Gostou da vista?

Alif cerrou as mãos em volta da cabeça enquanto o carro chegava à crista da duna. Por um momento, só viu o céu. Escuro e tomado por pontos brilhantes, parecia cercá-los, separando-os de alguma forma essencial da terra, da gravidade, da poeira. Alif ofegou. Seu estômago se embrulhou.

Com um estrondo, o carro bateu na crista da duna e começou a deslizar pelo lado oposto. NewQuarter pisou no freio. O carro girou, as rodas traseiras derrapando de um lado a outro na areia.

– Segurem-se! – Ele acelerou o motor. Eles dispararam duna abaixo, batendo mais uma vez no nível do chão. A cabeça de Alif atingiu o teto.

– Aonde vamos...

– Longe, só para longe. Talvez eles sofram um acidente ou se percam.

NewQuarter rodou ao pé de outra duna, provocando um borrifo de areia contra as janelas traseiras. Alif viu uma forma preta no alto da duna atrás deles começando a descer. Uma segunda forma o seguiu.

– Eles ainda estão atrás de nós!

– Tudo bem, tudo bem.

Eles disparavam por um corredor estreito entre duas colinas de areia. O chão ficou inesperadamente rochoso e o carro estremecia ao esmagar nas rodas os restos de conchas fossilizadas, remanescentes de um antigo mar. Alif olhou por sobre o ombro novamente. Os dois Peugeots deslizaram por uma curva e os perseguiram até o corredor. NewQuarter trocou de marcha, acelerando, e virou para outra duna. Assomava-se diante deles como uma pirâmide, imensa e inabalável, sobrevivente de centenas, talvez milhares de anos de tempestades de vento. A boca de Alif se abriu.

– Nunca vamos conseguir subir nesta!

– Dane-se! Nem eles.

O carro subiu rugindo pela lateral da duna num ângulo apavorante. Alif se curvou para a frente, com a vaga noção de que contrabalançar seu peso poderia evitar um capotamento. O xeque Bilah começou a bater a cabeça ritmadamente.

– Ah, meu Deus – Alif gemeu. – Ah, meu Deus.

A borda superior da duna entrou no seu campo de visão. Agora estavam perpendiculares ao chão, preservados apenas pelo ímpeto. As rodas do carro jogavam areia para todo lado. O motor lutava. Xingando, NewQuarter trocou de marcha novamente. Com uma explosão de velocidade, eles deslizaram pelo alto e ficaram pendurados no espaço.

Por um momento Alif pensou que talvez aquilo terminasse bem. As rodas da frente do carro tocaram o outro lado da duna quase com gentileza, numa nuvem modesta de areia. Depois a física os alcançou. Precipitando-se subitamente, o carro começou a rodar, girando em círculos ao deslizar para baixo. NewQuarter tirou as mãos do volante, de olhos arregalados. Alif sentiu a pressão crescer em sua bexiga e fechou bem as pernas, alarmado. Parecia não ter controle dos seus músculos; estava em queda livre, livrando-se de todo o peso desnecessário. O carro continuava a girar.

Quando chegaram à base, Alif sentia os ossos estremecerem. Uma vibração percorreu o carro, espatifando todas as janelas; o metal gemeu quando o para-choque dianteiro foi amassado na areia. Alguém gritava. Alif protegeu o rosto contra os cacos de vidro que pareciam voar na direção dele de todo lado, perfurando seus braços através do tecido fino da túnica. Pensou em Vikram. Pensou em Dina. Fechou os olhos.

O silêncio veio de repente. A noite penetrou no carro pelas janelas vazias, tocando o rosto de Alif com uma brisa fresca e confiante. Ele baixou os braços. Estavam em diagonal no espaço onde a duna encontrava a terra plana, as rodas traseiras escoradas num aclive, o nariz desabado como uma lata amassada. NewQuarter estava lívido e piscava.

– Caramba – sussurrou ele.

Ouviram uma tosse do banco traseiro: o xeque Bilah limpava o pescoço, sacudindo cacos de vidro de sua túnica.

– Bem, meu filho, prometo nunca pedir para ver a sua carteira de habilitação – disse ele, parecendo, para alívio de Alif, mais com ele mesmo.

– Que escuridão – reclamou NewQuarter, saindo pelo lado do motorista.

– Não, não é verdade – murmurou Alif. Ele estava deslumbrado pelas cores: azul-marinho e roxo no céu; prata e preto no chão. – Não está nada escuro.

– Onde estamos, aliás? – perguntou o xeque Bilah. Ele se apoiou no ombro de Alif com um braço que tremia. Alif se perguntou se devia interpretar isso como um sinal de que podia ser perdoado.

NewQuarter tirou o lenço da cabeça e o deixou cair no chão, passando a mão por uma coroa de cabelos pretos com gel.

– Acredito que estejamos na margem do Bairro Vazio – disse ele.

– Deus de misericórdia. Tão longe assim? – O xeque girou em um círculo lento, olhando boquiaberto a paisagem.

– Tio, essa prisão fica de frente para o deserto. Construíram ali de propósito, assim, qualquer idiota que conseguisse escapar morreria de sede ou de insolação antes de ver alguma coisa parecida com a civilização. – NewQuarter chutou um pneu traseiro que murchava rapidamente. – Como sem dúvida acontecerá conosco.

– Tenha fé – disse o xeque num tom que Alif não conseguiu identificar.

NewQuarter soltou um ruído desdenhoso e mexeu suas chaves na mala do carro.

– Sim, fé. Tomem. Trouxe água e comida. Se é para morrer de fome, podemos começar amanhã.

Ele ergueu uma garrafa de água mineral e um cooler. Abrindo-o, revelou uvas e laranjas, pão árabe enrolado em fatias de carne curada e um bloco de queijo feta mergulhado em óleo dentro de um Tupperware.

Alif jogou os braços em volta de NewQuarter com um grito estrangulado.

– Obrigado – disse ele. – Mil vezes obrigado. Você não tem ideia do que...

– Sim, tem razão, eu não tenho. – NewQuarter se desvencilhou dos braços de Alif e espanou sua túnica. – Está tudo bem. Nunca fiz nada realmente corajoso na minha vida fora de um computador. Este parecia um bom lugar para começar.

– Mas você arriscou a sua vida!

NewQuarter ficou surpreso.

– *Akhi*, você é um herói. Existem milhares de dissidentes e hackers ativistas na Cidade que fariam fila por uma oportunidade de conhecer você, que dirá ajudá-lo. Sua prisão apareceu em todos os noticiários. A mídia do Estado o chamou de terrorista, é claro, mas ninguém acredita no que o Estado diz. Esconder-se justo na Al Basheera... Foi um golpe de mestre. Reclamando nossa mais famosa mesquita como um símbolo contra a tirania. Genial. Seus amigos comunistas e seus amigos fundamentalistas provavelmente ficaram com lágrimas nos olhos ao mesmo tempo. Me pergunto se algo assim já aconteceu antes.

Alif ficou vermelho.

– Eu não pretendia fazer nada disso – afirmou ele. – Estava fugindo a pé de um bando de agentes do Estado e a Basheera me pareceu o lugar mais seguro para ir.

NewQuarter ergueu uma sobrancelha.

– Bom, de qualquer modo, deu certo. Toda a Cidade ficou falando de você por semanas. Desde que você desapareceu, porém, muita gente supôs que estivesse morto.

Alif pensou com horror em sua mãe.

– O quê? Pensaram? E a minha família?

NewQuarter deu de ombros.

– Não saberia dizer. Eu não tinha certeza nem de que você estava vivo. Tive que puxar umas cordinhas para descobrir onde você estava. Foi por pura sorte que acabei encontrando.

– O que quer dizer?

NewQuarter começou a preparar um prato de pão, frutas e queijo, agachando-se na areia ao lado do cooler aberto.

– Por acaso, somos meio aparentados – disse ele. – A primeira esposa do seu pai vem de uma boa família. É sobrinha da irmã da minha mãe por casamento. Acho que isso faz de mim mais ou menos o seu tio. Imagine só... Conhecemos um ao outro pela reputação durante anos e nunca soubemos o quanto éramos realmente próximos.

Alif fez uma cara irônica.

– Mas isso... Isso é duas vezes mais distante do que uma relação de parentesco. Pensei que você ia me dizer que eu era secretamente o herdeiro do trono ou coisa assim.

– Há! Vai sonhando. Não, tudo isso significa algumas fofocas passando por minha família que talvez não tivessem chegado a mim em outra situação. A sobrinha dessa minha tia, mulher do meu tio, ficou histérica, preocupada que o marido, seu pai, perdesse o cargo, que a família tivesse os seus bens apreendidos pelo Estado ou coisa assim. Graças à ligação com a realeza, nenhuma dessas coisas aconteceu, mas ainda me deu uma boa pista para sair procurando por você.

Alif se sentou na areia gelada, refletindo sobre as informações.

– Que coincidência feliz – murmurou ele.

– Todas as coisas são chamadas de destino – disse o xeque Bilah, aceitando o prato de comida de NewQuarter.

Ele o atacou com um prazer evidente, os olhos entreabertos, um filete de óleo escorrendo por sua barba. NewQuarter entregou outro prato parecido a Alif. O cheiro de comida o deixou tonto. Colocou um pedaço de queijo na boca, deixando que se dissolvesse, o sabor pungente espalhando-se pela língua. Sentia-se eufórico; o desespero opressivo que o importunara antes do aparecimento de NewQuarter agora parecia irreal. Ele fora libertado. Tinha a sensação de que ocorrera algo profundo, entretanto não tinha palavras para descrevê-lo. Seus sentidos, novamente despertos, estavam saturados de coisas simples e imediatas: o cheiro do ar e da comida, a vastidão da paisagem. Sobrepujado, baixou o prato e se ajoelhou com a testa na areia, sussurrando um agradecimento desarticulado.

– O que ele está fazendo? – Veio a voz de NewQuarter.

– Creio que tentando rezar – disse o xeque Bilah.

– Mas ele não está limpo. Não fez as abluções, não procurou a direção de Meca, nem começou na posição correta.

– Meu caro senhor – retrucou o xeque –, Deus gosta de pegar Seus servos despreparados. O rapaz baixou o que evidentemente é o primeiro prato de comida que vê em muito tempo a fim de agradecer ao seu Criador. Poucos atos de devoção são mais sinceros do que este.

– Ou mais decrépitos. Dá para ver os ossos do homem através da pele. Queria que ele simplesmente comesse e se dirigisse ao Criador quando estivesse limpo e civilizado.

Alif ouviu o xeque rir.

– Tive muita experiência com sujos e incivilizados no passado recente. Devo lhe contar o que descobri? Eu não sou o estado dos meus pés. Não sou a sujeira nas minhas mãos ou a higiene das minhas partes privadas. Se fosse essas coisas, não estaria em liberdade para rezar em momento algum desde a minha prisão. Mas eu rezei, porque não sou essas coisas. No fim, não sou nem eu mesmo. Sou uma série de ossos falando a palavra *Deus*.

Alif levantou a cabeça e voltou a se sentar na areia. O xeque Bilah entregou seu prato a ele num gesto longo e deliberado, como se tivesse envelhecido consideravelmente ou sentisse muita dor. Alif o aceitou com preocupação.

– Eles o machucaram – disse ele.

– Sim.

– O senhor está com raiva de mim.

– Muita.

– Não sei como me desculpar.

– Pode começar me dizendo onde está o danado do livro. Era isso que procuravam.

Alif rolou uma uva entre os dedos.

– Não tenho ideia de onde ele está. Não me lembro de mexer nele depois que o computador derreteu. Era muita coisa acontecendo ao mesmo tempo.

– Com licença – disse NewQuarter. – Que livro é esse?

Alif e o xeque Bilah se olharam.

– Chama-se *Alf Yeom* – disse Alif. – Foi escrito por gênios.

NewQuarter acabou-se de rir.

– Eles devem mesmo ter dado um aperto em você lá dentro. Preso pela Mão por causa de um livro escrito por gênios? Você está alucinando.

Alif meneou a cabeça.

– Ele existe. A Mão o queria para criar um método de programação inteiramente novo. Os djins pensam no conhecimento de uma forma diferente de nós, de maneira que seus livros são uma espécie de longas séries de metáforas codificadas e, se você traduzir essa metodologia no mundo da computação...

– Você claramente enlouqueceu – falou NewQuarter, mastigando a carne e o pão árabe. Olhou para Alif com desprezo. – A Mão estava atrás de você havia anos, como esteve atrás de nós, todos os hackers. Somos inimigos do Estado. Não tem nada a ver com livro algum.

– Mas por que agora, NewQuarter? Por que esperou até agora para atacar? Era porque eu tinha algo que ele queria com urgência... Algo que não queria que mais ninguém tivesse, especialmente alguém que podia entender o uso que ele pretendia fazer do livro.

NewQuarter sorriu.

– Qual é a graça? – perguntou Alif.

– Você me chamou de NewQuarter. Nunca ouvi alguém dizer isso em voz alta.

– Bom, seu outro nome é comprido demais.

– Só para um camponês. – NewQuarter lhe passou mais carne e queijo. – Continue comendo. Vamos fazer um banquete hoje e não pensar demais no que será de nós quando formos encontrados pelo Estado ou morrermos de sede.

Colocando-se de pé, Alif olhou as dunas ao longe. Pareciam limpas, inócuas, livres da sujeira, de escombros e da maldade – tão diferentes da paisagem da Cidade! A lua que pendia baixa fazia o horizonte tremeluzir como vidro. Entretanto, Alif se lembrou de suas aulas de geografia na escola: não havia água por centenas de quilômetros em todos os lados, exceto na Cidade. O deserto era tão implacável quanto belo e reclamava muitas vidas. Ou, pelo menos, muitas vidas humanas.

– Se esta é a margem do Bairro Vazio – disse ele –, em teoria, só precisamos vagar por ele para que os djins nos encontrem.

– De novo os djins – falou NewQuarter, começando a perder a paciência.

– Os djins estão no último verso do Alcorão – falou Alif com impaciência. – Não me olhe como se eu fosse maluco. Você acredita no Alcorão, não acredita?

– Bom, sim, mas... Só porque existem djins, não quer dizer que os encontraremos na rua. Eles parecem... Eles são simplesmente...

Alif se levantou e se afastou. Lembrou-se da reprimenda de Dina na primeira vez que viram Vikram, e da própria raiva quando ela perguntou por que era tão difícil para ele acreditar no que queria acreditar. Quando é a verdade, não é mais divertido, ele dissera. Quando é a verdade, dá medo.

Era bom esticar as pernas, andar mais do que alguns passos para qualquer lado. Seu estômago reagia estranhamente à comida depois de ter passado tanto tempo sem ela, e protestou; ele queria ficar longe o suficiente do xeque Bilah e de NewQuarter para que não vissem se acontecesse alguma coisa constrangedora. Parou na beira de uma pequena elevação na areia, onde a terra caía numa depressão vitrificada cuja areia era mais escura e mais pesada. Teve vontade de correr, mas o seu coração deu um salto fraco com a ideia; se tentasse, poderia cair morto.

– Sou um velho – resmungou consigo mesmo.

Cada tendão do seu corpo parecia esticado e gasto, como se a estada de três meses na prisão o tivesse envelhecido em décadas. Só a mente continuava clara. Respirou fundo várias vezes o ar limpo e escuro e se voltou para os destroços do carro de NewQuarter.

NewQuarter tinha se deitado perto do capô amassado e jogara o lenço de cabeça sobre si, como um cobertor.

– Preciso dormir um pouco – murmurou ele quando Alif se aproximou. – Eu não esperava que o dia terminasse assim. Acredite se quiser, pensei que a essa altura todos estaríamos acampados em meu apartamento no distrito de Dahab. É nisso que dá ser criado para acreditar que o dinheiro pode consertar tudo. Claramente, sou um fracasso.

– Mas muito habilidoso ao volante de um BMW.

– Obrigado. Acho que isso já é alguma coisa.

Alif se deitou a pouca distância de NewQuarter, remexendo-se na areia para criar uma cavidade no formato do corpo. O xeque Bilah se recostou na carcaça ainda quente do carro, roncando suavemente. Alif se viu sucumbindo ao silêncio do lugar, uma quietude tão aberta e ampla que parecia quase roncar, como se não fosse silêncio, mas música em algum tom ancestral e inaudível. Seus olhos se fecharam e ele dormiu sem sonhar.

Quando acordou, o xeque Bilah cutucava o seu ombro.

– Hummm? – Alif rolou, sem saber onde estava.

– Olhe ali – disse o xeque.

Alif abriu os olhos. O céu estava cheio de luz colorida: azul, branco, dourado-avermelhado. Começou a respirar muito rápido, dominado por uma alegria que chegava a doer.

– O que é isso? – perguntou.

– O amanhecer – respondeu o xeque. – É o amanhecer.

Capítulo Doze

Embora fosse inverno e o tempo estivesse cálido, mas não quente, o sol logo afirmou a sua supremacia. Não havia sombra, exceto a que podiam criar com os lenços de cabeça e aquela que o carro oferecia. As dunas que pareciam extraterrestres à noite tornaram-se severas, prontas para mumificar os despreparados e descuidados.

– Não há todo um exército persa perdido em algum lugar por aqui? – brincou NewQuarter a certa altura, enquanto olhava as provisões. Sua voz estava frágil.

– Eles se perderam no Saara – disse Alif. – Não aqui.

Ele semicerrou os olhos para as dunas. O céu estava refletido na tigela de areia que vira na noite anterior, criando uma miragem quase perfeita. Parecia um lago mínimo, muito azul, tão real quanto o BMW amassado atrás dele. Alif percebeu que os outros dois evitavam olhar para lá, como se a pressão da falsa esperança os deixasse nervosos.

– Acho que temos água suficiente para dois dias – disse NewQuarter –, talvez três. Não planejei esta pequena expedição. Será que o Estado vai aparecer? Não estamos tão distantes assim da estrada principal.

– Duvido que até mesmo o Estado consiga passar por essas dunas com alguma coisa menor do que um tanque sem se acidentar – respondeu o xeque Bilah. – Talvez nem venham. Talvez simplesmente esperem na estrada para ver se vamos aparecer e, caso isso não aconteça, imaginem que perecemos.

– Uma suposição justa – falou NewQuarter, escavando o cooler. Ele estava pálido.

– Talvez. Prefiro acreditar que a nossa vida foi poupada por um propósito, até que provem o contrário.

O xeque segurava o lenço de cabeça por cima do rosto, abanando-se com as pontas soltas. Alif se animou com a cor que voltava à face do homem mais velho.

– Não há muito propósito em morrer aos poucos em vez de rapidamente – murmurou NewQuarter, recolocando o cooler na mala do carro.

Andando até a miragem, Alif refletiu sobre a situação dos três. Ele não estava assustado, nem ansioso; seu medo da morte fora embotado durante as semanas que passara esperando por ela. Pensou no que dissera Vikram, a respeito do Bairro Vazio conter não apenas o deserto, mas um mundo virado de lado – o lar dos djins. Dissera que era difícil um ser humano passar por ali intacto. Houve uma ansiedade momentânea quando Alif pensou em Dina e na convertida e se perguntou se elas haviam saído vivas dali e, se sim, onde estariam agora. A coisa na prisão dissera que Vikram estava morto. Deveria deduzir que as mulheres também morreram? Essa ideia o impeliu para a frente e ele deslizou pelo banco de areia na direção da ilusão azul.

A miragem era tão completa que por um momento ele acreditou ouvir o barulho da água batendo na areia e pegou o cheiro da névoa em evaporação. Riu consigo mesmo e da própria impotência, recostando-se na areia inclinada.

– Você fracassou com ela – disse em voz alta. – Se alguma coisa acontecer com ela, a culpa é sua. Ela confiou em você.

– Como disse?

Alif se ergueu, atrapalhado. Um homem estava parado no meio da miragem, o peito exposto, a pele morena salpicada de gotas de água. Era como se tivesse nadado. Alif soltou um ruído estrangulado e correu feito um caranguejo de volta pelo aclive de areia.

– Por favor, não faça isso. Só queria saber se você se dirigia a mim. Infelizmente, não sei quem é essa mulher que você me acusa de ter negligenciado. Quem sabe me confundiu com outra pessoa?

Abrindo a boca para responder, Alif soltou um som estridente e desarticulado, então ficou vermelho. O homem saiu da água – pois era água, ou algo muito parecido – e se postou na base do aclive arenoso para olhar Alif. Tinha um tecido preto em volta da cintura, como um pescador.

– Maldição – disse ele, franzindo a testa. – Tomei você por um dos nossos. Eu não devia ter falado. Como consegue me enxergar?

– Não sei. – Alif titubeou. – Desci para olhar a miragem e pensei ter ouvido água...

O homem encarou Alif firmemente. Havia algo de distorcido no seu rosto, como se Alif o estivesse olhando através de uma janela antiga e torta. Quando Alif se concentrava demais em um traço de suas feições, ele estremecia e fugia, parecendo uma sombra ou um ponto no olho causado pelo sol.

– Que interessante – disse o homem, meio que para si próprio. – Tem um estranho cheiro do invisível nisso. – Ele balançou a cabeça e pareceu se recuperar. – É melhor voltar para o lugar de onde veio, terceiro filho. Não é muito seguro para você na área de fronteira, se você pode nos enxergar.

– Não posso voltar – soltou Alif enquanto o homem se afastava. – Batemos nosso carro... Vamos morrer aqui se não conseguirmos água e abrigo.

O homem pareceu pesar essa declaração por um momento.

– Desculpe, não posso ajudá-lo – disse ele por fim e voltou a chapinhar pela miragem.

– Eu era amigo de Vikram – chamou Alif. – Ele morreu tentando salvar duas mulheres que conheço. Ele as teria trazido para o Bairro Vazio.

O homem se virou, surpreso.

– Aquele que suas lendas chamam de Vampiro? Ouvi falar da sua morte. Nada sobre as duas humanas, porém. Mas o Bairro Vazio é muito grande.

– É perigoso, não é? Foi o que Vikram disse. Perigoso para os humanos. Você acha... acha que duas mulheres saudáveis podem ter passado por ele sem problemas?

O homem deu de ombros.

– É difícil saber. A tribo de Adão é frágil, é bem verdade. Dependeria da disposição das duas pessoas envolvidas. Vocês costumavam andar entre nós com muita frequência, e nós entre vocês. Agora as coisas são diferentes.

– Por quê? – Alif queria que o homem continuasse falando. Talvez pudesse convencê-lo a ajudar.

– Crença – disse o homem. – Não significa o mesmo que antigamente, não para vocês. Vocês desaprenderam a metade oculta do mundo.

– Mas o mundo está tomado de fanáticos religiosos. Certamente a crença prospera.

– A superstição prospera. O pedantismo prospera. O sectarismo prospera. A crença é moribunda. Para a maior parte do seu povo, os djins são fantasias paranoicas que andam por aí causando epilepsia e doença mental. Encontre alguém que acredita que o povo oculto é simplesmente real, como descrevem os livros. Procurará por muito tempo. O espanto e a admiração desapareceram das suas religiões. Vocês estão dispostos a aceitar o irracional, mas não o transcendental. É por isso, primo, que não posso ajudar.

– Conheço alguém que acredita exatamente no que acaba de descrever – afirmou Alif. – Talvez ela ainda esteja no Bairro Vazio. Ajude-me a encontrá-la.

O homem ficou de pé até os quadris na miragem e examinou Alif por um bom tempo.

– Se há realmente duas humanas presas no Bairro Vazio, certamente podem estar metidas em problemas – disse ele por fim. – E não pode ser assim. Se prometer que vai partir assim que as encontrar, suponho que possa ajudá-lo a entrar.

– Eu prometo – garantiu Alif apressadamente. – Juro pela minha vida, ou pelo que resta dela. Mas há outros dois que preciso levar comigo, caso contrário morrerão aqui... Um xeque idoso e um homem mais jovem que salvou a nós dois. Por favor, deixe-me levá-los.

O homem suspirou e olhou por sobre o ombro, como se temesse estar sendo observado.

– Rápido, então – falou ele. – Quanto mais tempo ficarmos aqui falando, mais atenção vamos atrair.

Alif disparou areia acima até o BMW. NewQuarter e o xeque Bilah estavam deitados na pequena faixa de sombra que restava, abanando-se com a bainha das suas túnicas.

– Temos que ir – disse Alif. – Encontrei alguém que pode nos ajudar.

NewQuarter colocou-se de pé rapidamente.

– Deus seja louvado. Você teve alguma sorte, *akhi*... Quem é, um beduíno fumando haxixe? Um daqueles grupos de turismo medonhos que andam pelas dunas?

– Não importa quem seja – retrucou Alif. – Mas venham logo. Ele está com certa pressa.

NewQuarter ajudou o xeque a se levantar e pegou o cooler de comida na mala do carro.

– Pobre carro – lamentou. – É minha segunda perda total este ano. Papai não vai ficar nada satisfeito.

O xeque Bilah soltou um ruído de desdém, mas não disse nada. Pendurado no braço de NewQuarter, arrastou-se o mais rápido que podia seguindo Alif, que voltava para a miragem. De certo modo, Alif esperava que o homem e o lago ilusório tivessem desaparecido quando voltassem. Quando viu o azul sobre a borda de areia, seguindo a trilha de suas pegadas, soltou um longo suspiro. O homem estava parado onde Alif o deixara, de braços cruzados.

– Este será um problema – disse ele, apontando para NewQuarter. – Já posso afirmar.

– Mas o que é isso? – exclamou NewQuarter. – Olha, cara, onde está seu carro? Eu esperava algo um pouco mais impressionante. – Ele olhou para Alif. – Pelo amor de Deus, o que você estava pensando? Este homem nem mesmo usa uma *calça*.

– Nem você – retorquiu o homem. NewQuarter empinou o queixo.

– Sim, mas estou *vestido* – disse ele. – Estou com uma túnica, com roupa de baixo e tudo.

O xeque Bilah tocou o braço de Alif.

– Meu rapaz – retumbou ele num tom grave. – Estou começando a me preocupar com a quantidade de... de pessoas duvidosas que você parece atrair.

– O caso é recente – garantiu Alif. – Mais ou menos por acidente. Mas eles parecem tremendamente úteis numa crise.

– Muito bem, vamos – chamou o homem, acenando. – Um por um.

– Para dentro da miragem? – Em dúvida, Alif olhou a tigela azul tremeluzente.

– Sim, se prefere chamar assim. Mande o velho primeiro.

Alif ajudou o xeque Bilah a descer o curto declive da depressão, entregando-o ao homem no fundo. O brilho da ilusão aumentou, como o sol refletido em vidro, e os dois desapareceram dentro dela. Depois de uma pausa, o homem apareceu sem o xeque.

– Mas o que é isso? – NewQuarter o olhou de cima, abrindo e fechando os olhos rapidamente, como se tentasse focalizar.

– Você é o próximo – falou o homem. – Uma vez que é o mais problemático.

– Problemático uma ova – respondeu NewQuarter, a voz alta de alarme. – Foi você que desapareceu com um xeque inteiro.

– Bah. Ele está parado bem ali, acenando para você. *Yallah*.

Ele estendeu a mão. Depois de hesitar por um instante, NewQuarter a pegou e deslizou um pouco pela areia, evaporando quando chegou ao fundo. Alif andou até o alto do aclive enquanto esperava que o homem voltasse. A luz do dia, de que ele sentira tanta falta, queimava o rosto exposto, e ele ficou agradecido pelo lenço de cabeça de NewQuarter, que protegia a nuca do sol. Ser livre e ainda não estar seguro: havia algo de enlouquecedoramente incompleto nisso. Chutou a areia, que voltou contra ele numa brisa lépida, cheirando a vidro quente.

– Onde você está? – murmurou para a miragem. Um instante depois o homem apareceu com uma expressão exasperada.

– Isso foi desnecessariamente complicado – contou ele. – Seu amigo pode precisar ser acalmado um pouco. Está sofrendo um ataque.

– Desculpe – disse Alif. – Foram dois dias muito longos.

– Não é problema meu. Venha, desça você agora.

Alif pegou a mão estendida do homem e deslizou para o azul. Foi assaltado pelo cheiro de ozônio e uma descarga de estática ondulou pela sua pele, eriçando os pelos dos braços. Quando abriu a boca para respirar, convenceu-se de que não havia oxigênio e começou a arranhar o pescoço com a mão livre. O cheiro de ozônio penetrava em suas narinas, na boca, nos poros de sua pele, até que ele sentiu que se dissolveria nele, tornando-se uma nuvem de partículas estratosféricas. Ele ficou flácido. Sentiu um puxão no braço e, quando piscou novamente, estava de pé sobre um banco de poeira estelar.

– O quê?

Alif olhou em volta, ofegando a cada vez que puxava o ar. A alguns metros de distância, NewQuarter estava ajoelhado em um montinho de pó luminoso, balbuciando, enquanto o xeque Bilah se colocava de pé sobre ele e falava com uma voz baixa e tranquilizadora. O homem que os havia atravessado espanou mais da estranha poeira dos ombros de Alif, olhando-o subitamente preocupado.

– Tudo bem?

Sua forma era ainda mais indistinta ali; as orelhas esticavam-se em extremidades pontudas, depois se cobriam de pelo, em seguida encolhiam novamente ao formato mais humano; o cabelo parecia flutuar em volta do seu rosto como tinta na água.

– Tudo – respondeu Alif com a voz fraca.

Ele mexeu as pernas, testando, e ficou feliz quando elas obedeceram. Forçando a vista além dos limites da sua visão, examinou a paisagem. Embora a areia tivesse sido substituída pelo material mais fino e mais claro em que estavam postados, ainda era uma espécie de deserto: dunas se estendiam ao longe, derramando nuvens de vapor de cristal no vento leve. O céu tinha várias tonalidades, como o início do crepúsculo. Sol e lua eram visíveis ao mesmo tempo, com algumas estrelas, dando a impressão de um dia que nunca começara ou uma noite que jamais tivera seu fim. A visão despertou algo primitivo no cérebro de Alif: uma sensação de que entrara por engano num lugar a que não pertencia e se tornara a presa em meio a predadores.

– O que é isso? – gritou NewQuarter. – O que é isso?

O homem deu de ombros como se a pergunta fosse banal.

– A margem do Bairro Vazio, perto da estrada para Irem – respondeu. – Exatamente onde você estava um minuto atrás, só que diferente.

– Irem, a Cidade dos Pilares? – perguntou o xeque Bilah, parecendo absurdamente inabalável a Alif. – A cidade construída pelos djins nas lendas antigas?

– Isso mesmo – disse o homem. – Mas saiu de moda ultimamente, receio dizer. A maioria de nós prefere viver em lugares abandonados por humanos. Menos trabalho para nós. Detroit é muito popular.

Alif se ajoelhou na poeira ao lado de NewQuarter e pôs a mão no seu ombro.

– Sai dessa, *bhai* – disse ele. – Você está bem. Pense nisso como um jogo de computador. Você costumava jogar World of Battlecraft, não é?

– Isto – falou NewQuarter com um guincho – é real demais para ser Battlecraft. É mais real do que a alta definição. É mais real do que a vida real.

– Precisamos ir andando – incitou o guia. – Haverá outros se deslocando por aqui e nem todos serão tão compreensivos quanto eu. Vikram tinha muitos inimigos.

– Vai nos dizer o seu nome? – perguntou Alif, colocando NewQuarter de pé.

O homem soltou uma série de sons musicais que deslizaram pela audição de Alif feito óleo.

– Nunca vou conseguir pronunciar isso – disse ele. – Você usa outro nome? Vikram usa. Usava. Quero dizer, Vikram não é o verdadeiro nome dele.

O homem bufou.

– Não lido com frequência suficiente com a sua tribo para ter um segundo nome. Não vejo sentido nisso. Você não pode usar meu nome contra mim se nem mesmo o consegue pronunciar.

Ele partiu na direção da lua e chutou uma névoa de poeira ao prosseguir. Alif o seguiu, puxando NewQuarter atrás de si. O xeque os acompanhava, andando com mais lentidão pelo terreno flexível. O homem os levou por uma série de pequenas dunas que se alteravam ao vento, remodelando-se como a superfície do mar. Enquanto lutava para acompanhá-lo, pareceu a Alif que o homem andava na água e a poeira espirrada pelos seus passos eram os respingos salgados de um oceano seco. A ideia tinha um efeito soporífero em sua mente. Ele se viu atraído para uma espécie de transe conforme caminhavam e seus olhos começaram a estremecer, as pálpebras pesadas.

– Cuidado aí atrás – disse o guia. – Se você dormir, eu posso perdê-lo. Dá muito trabalho manter os seus corpos intactos aqui.

Alif se sacudiu, abrindo bem os olhos. Ouviu o xeque Bilah respirar fundo várias vezes atrás dele.

– O ar aqui não ajuda – disse o xeque. – Tem um efeito estranho em nós. Parece aquele gás que dão a você no dentista.

Alif farejou, experimentando. O cheiro de ozônio que quase o havia dominado na miragem ainda era detectável, embora mais fraco; ou talvez estivesse se acostumando com ele.

– O que há de tão ruim em dormir? – Ele ouviu NewQuarter perguntar. – O sono é a misericórdia divina. Eu bem que podia tirar um cochilo.

– As áreas de fronteira são traiçoeiras – avisou o homem. – Você está sonolento porque sua mente quer voltar ao mundo que conhece. Mas nunca chegará lá. A mente sonolenta vaga entre o visível e o invisível sem se acomodar em nenhum deles. Se dormir aqui, pode ser que jamais volte a acordar, pelo menos não de uma forma que compreenda. Você poderá dormir assim que chegarmos a Irem. Fica tão fundo em nosso território que você não pode perambular mais além, nem mesmo em sonhos.

Alif se lembrou da preocupação de Vikram quando ele cochilou na Viela Imutável e sentiu uma pontada de remorso pelo modo como reagiu. Perdido em pensamentos, seguiu o rastro das pegadas do homem no pó macio. Levava-os duna após duna, parando com impaciência na crista de cada uma delas enquanto eles labutavam pela terra cintilante e flexível demais. Cada passo era um esforço. O homem parecia não afundar no pó como eles, andando de leve como se o chão tivesse a elasticidade da grama. Por fim, na beirada de uma duna que se enroscava como uma onda, ele apontou: abaixo, em uma espécie de vale entre as colinas de poeira, havia uma estrada.

– Ali – disse ele. – Ela nos levará à cidade. Quando chegarmos a Irem, sugiro que se coloquem sob a responsabilidade de outra pessoa... Não posso responder pelo que venha a acontecer com vocês lá.

– Tudo bem – disse Alif, com uma confiança que não sentia. NewQuarter andava de um lado para o outro no alto da duna, esfregando as têmporas.

– Estrada – comentou ele. – Não é bem uma estrada. Nunca vi uma estrada branca. Por que a estrada é branca?

Alif olhou para lá: a estrada era pavimentada com blocos de cristal leitoso que captava as cores cambiantes do céu. Isso o fez lembrar de uma coisa.

– Quartzo! – exclamou. – Como o muro do Bairro Antigo na Cidade.

O homem confirmou.

– Retirado, na realidade, da mesma montanha. O quartzo é valorizado pelos djins. Alguém do nosso povo construiu seu muro, muitos séculos atrás.

– Sidi Abdullah al Jinan – falou o xeque Bilah e desatou num riso ofegante. – O gênio que levou a religião à Cidade. Confesso que sempre supus que fosse um mito e que a tumba onde seu turbante é mantido era um jeito inteligente de arrancar mais dinheiro dos turistas.

– O turbante de um companheiro é uma coisa séria – explicou o homem com gravidade.

– Oh, é claro – respondeu o xeque. NewQuarter olhou de um para o outro e gargalhou.

– Não vou a lugar algum – disse ele, sentando-se em uma nuvem de pó luminoso. – Nem mais um passo. Leve-me para casa. Quero uma boa refeição e um banho com sais muito caros de alguma localidade nativa explorada. Quero minha antiga vida, por Deus. Certamente você compreende isso, não? – Ele olhou para Alif, desesperado.

– Não essa parte dos sais – retrucou Alif –, mas, sobre a sua antiga vida, sim. Você não a terá de volta, *bhai,* nunca. Mesmo que pudesse estalar os dedos e se teletransportar para o seu apartamento, não deixaria de ser alterado por isso. É o preço que você paga por pensar que tem uma visão quanto às coisas, que conseguiu um jeito de contornar o mundo comum porque é inteligente demais. Deus o ajude se for verdade.

– Admito que meus planos heroicos tiveram graves falhas – disse NewQuarter com um olhar penetrante –, mas os gênios são culpa inteiramente sua.

– Não estamos mortos – afirmou o xeque Bilah –, então fico tentado a não colocar a culpa nem no heroísmo, nem nos gênios. *Yallah,* meninos, vamos.

– Sim, vamos – chamou o homem. – Como tenho tentado dizer a vocês, não é seguro aqui fora.

Alif o seguiu duna abaixo para a estrada, com NewQuarter e o xeque bem atrás. Ao pisarem na superfície vítrea, a estrada pareceu ficar reta e o vale sinuoso entre as dunas tornou-se um canal esculpido e plano. A estrada se estendia para o horizonte com uma perpendicularidade militar. Não era exatamente uma estrada, pensou Alif, mas uma marcha triunfal ou processional, a obra de um povo que desejava impressionar. Agora tinha um ar abandonado, uma elegância melancólica que se tornou inflexível pela estranha luz e o silêncio das colinas de poeira.

– Antigamente – contou o homem, andando num passo animado – nunca se via essa estrada tão vazia. Imagino que não esteja realmente vazia mesmo agora... Pois existem coisas nos céus e na terra que nós também não conseguimos ver e são conhecidas apenas por Deus. Mas, pelo bem da argumentação: Irem não é o lugar que costumava ser.

– Por quê? – perguntou NewQuarter, experimentando com o pé a superfície da estrada.

– Infelizmente, a maior parte disso é culpa de vocês – revelou o homem, sem maldade. – Coube a Adão dar a todas as aves, feras, anjos e djins os seus nomes legítimos, mas os seus herdeiros esqueceram-se de muitos deles. Irem está perdendo a memória.

– Pensei que os djins gostassem de lugares abandonados – disse Alif.

– Gostamos dos lugares abandonados pelos homens – respondeu o sujeito –, não pela história. Devia ter visto Irem quinhentos anos atrás, quando nossos povos ainda reconheciam um ao outro. Caravanas, competições de poesia, comércio de todo tipo de quinquilharias bizarras que vocês, terceiros filhos, não paravam de inventar. Era uma visão e tanto. Os banheiros... Ora, isso jamais será igualado. Todos pensávamos que os banheiros eram bastante animados.

– Adoraria um banheiro agora mesmo – disse NewQuarter.

– Vocês têm uma estranha relação com o seu ambiente – refletiu o homem. – Uma relação paranoica. Parecem decididos a existir em espaços cada vez menores, cada vez mais tomados de engenhocas, com a impressão equivocada de que isso lhes garante mais controle sobre a própria vida. Há algo um tanto ímpio nisto.

– Não há nada de errado com as engenhocas – murmurou Alif.

– Não, exceto pelo fato de que não são mágicas – falou o homem –, embora muitos de vocês pareçam acreditar que são.

Seguiu-se um silêncio a essa observação. Eles andaram pelo que Alif sentiu ser um longo tempo, embora a posição inefável do sol e da lua dificultasse a distinção. Isso o deprimiu e novamente ele foi assombrado pela sensação de que não pertencia àquele lugar e tinha trocado um perigo por outro. Ansiava por um dia cheio de sol seguido por uma noite e perguntou-se como algo tão fundamental lhe poderia ser negado. Sentiu que devia haver uma lição acompanhando seu deslocamento celeste, primeiro na cela sem luz da Mão, depois no Bairro Vazio, mas não conseguia determinar qual era.

Um ruído baixo foi o primeiro sinal de problemas que ele detectou. O deserto dos djins, como aquele comum que conhecia, era silencioso, sem água, árvores ou a massa crítica de seres vivos necessários para o barulho. Assim, um ruído significava alguma coisa. Era inócuo em si e por si mesmo, como o grito distante de uma raposa ou alguma criatura pequena e lastimosa. Mas o guia enrijeceu quando o ouviu, parando a meio passo na estrada de quartzo.

– Vocês precisam ficar muito calmos – instruiu ele, com a voz deliberadamente baixa. – Não se encolham nem corram, e em circunstância alguma respondam às perguntas dele.

NewQuarter abriu a boca para responder, depois a fechou, de olhos esbugalhados ao olhar a coisa que aparecia na estrada.

Era uma fera, embora diferente de qualquer outro animal que Alif tivesse encontrado: imensa, avermelhada, indistinta, uma mancha de sangue nas pedras claras da pavimentação. O pelo caía em tufos pelas pupilas de cabra em olhos de um azul cintilante. Não havia dentes em suas mandíbulas primitivas; em vez disso, fileira após fileira de facas recuavam para o escuro de sua garganta. Era o pesadelo de uma criança, a fantasia de um cérebro inocente demais para incluir a maldade humana, mas capaz de imaginar algo muito pior. Alif ouviu um grito alto e fino e ficou mortificado ao perceber que ele próprio o soltara.

– *Banu adam* – chamou a fera numa voz que parecia metal triturado. – *Banu adam* na estrada para Irem.

– Eles não são nada – disse o homem. – Duas crianças e um velho.

– São três coisas a mais do que nada – respondeu a fera.

– Não para você – falou o homem. – Para você, eles não são nada. Deixe-os passar.

A fera soltou outro grito de raposa, bem mais terrível para Alif porque era suave e parecia vir de outro lugar.

– Se estão aqui, significa que alguém lá fora procura por eles – disse a criatura. – Este é o único motivo para que três terceiros filhos que não são nada estejam na estrada para Irem num momento destes da história, quando os tambores da guerra do Impostor são tudo o que a espécie deles se lembra do invisível.

– E daí? Ainda não quer dizer que fariam alguma coisa contra você.

Alif detectou certa tensão na voz do guia.

– Mas valem alguma coisa para *alguém* – declarou a fera, andando pesadamente até eles –, e isso os torna interessantes. – Ela parou diante de NewQuarter, que ficara branco como sua túnica. – Diga-me, menino da lama, como prefere morrer?

– Aos noventa anos – disse NewQuarter com a voz estridente –, em uma cama feita de dinheiro, num palacete com vista para o mar enquanto pelo menos três esposas tiram sangue do próprio corpo de tanta tristeza.

A fera rugiu de rir.

– Imbecil – sibilou o guia. – Eu disse para não responder às perguntas dele.

– Me *desculpe*!

– Deixe o rapaz falar. – As facas na boca da fera soaram quando ele sorriu. – Qual é o seu nome, pequeno amigo?

Para horror de Alif, NewQuarter estava prestes a responder. Alif segurou o seu braço e o puxou para trás.

– Não o seu nome – sussurrou ele. – Pelo amor de Deus, o seu nome, não.

O olhar da fera mudou, caindo sobre Alif.

– Ora. Este sabe de uma coisa ou duas. – Ele fechou a boca num estalo, as facas de suas mandíbulas cerrando-se como uma armadilha.

– Ele não sabe de nada. – O homem olhou feio para Alif com uma fúria que não conseguia esconder.

– Sou um idiota – concordou Alif mansamente.

– Não. Este aqui tem um cheiro forte. – A fera farejou o ar perto do pescoço de Alif. – Fio de cobre, elementos terrosos raros e eletricidade. Mal cheira a lama. Por que está aqui, homem químico?

– Eu estou...

Alif reprimiu o terror que fazia com que responder parecesse a saída mais fácil. Retraiu-se para as coisas que conhecia. Hélices e parábolas diminutas apareceram na sua mente e ele se lembrou de que era possível evitar resultados defeituosos acrescentando um novo parâmetro de entrada.

– Quem pergunta? – Ele se arriscou. Quando a fera meramente piscou, ele ficou mais atrevido. – Por que eu deveria responder às suas perguntas, se você não responde à minha? Por que meu amigo deveria dar o nome dele, se você não nos dá o seu?

A fera olhou boquiaberta para ele, parecendo quase magoada.

– Eu gostava mais deles quando se esqueciam – disse ela numa voz baixa. Parecendo se encolher, afastou-se da estrada na direção da poeira, desaparecendo de vista lentamente. Por vários minutos, o único som foi uma respiração laboriosa. O xeque Bilah tremia visivelmente e seus olhos estavam vagos. Alif passou a mão sob seu cotovelo para oferecer apoio.

– Isso foi muito bom – disse seu guia num tom mais brando.

– Mas não fiz absolutamente nada! – exclamou Alif.

– Você respondeu perguntas com perguntas. Isso revela mais presença de espírito do que a maioria dos *banu adam* tem diante de demônios. – Ele riu. – A expressão dele... Foi como uma raposa que persegue um coelho, quando de repente o coelho se vira e arreganha os dentes.

– Aquilo era um demônio? – NewQuarter descreveu um círculo, segurando a cabeça. – Oh, Deus, oh, Deus.

– Sim, um demônio. – O homem soltou um suspiro musical e continuou pela estrada a um passo mais rápido. – Em tempos de ignorância, eles ficam mais ousados.

O riso agudo e desenfreado de NewQuarter deixou Alif nervoso.

– Quem imaginaria que os demônios eram tão covardes? – falou ele num falsete de louco. – Alif o afugentou só olhando feio.

– Eles são covardes – disse em voz baixa o xeque Bilah, expulsando seu silêncio. – Como o Inimigo do Homem é covarde. Não devíamos ter medo deles porque são poderosos, mas porque nós mesmos somos facilmente desencaminhados.

Andaram pelo que, para Alif, pareceu muito tempo, embora as trajetórias alteradas do sol e da lua, que pareciam girar no céu sem subir nem se pôr, tornassem difícil de saber. Um brilho no horizonte foi o primeiro sinal da cidade djin. À medida que se aproximavam, Alif viu pilares finos do mesmo mineral que compunha a estrada erguendo-se a uma altura indefinida acima das dunas. Eram clareados por uma luz cuja fonte não estava evidente e parecia ser gerada de dentro dos próprios pilares, lançando sombras de âmbar e rosa pela poeira. Um portão grande em arco era visível entre os pilares, entalhado com desenhos geométricos semelhantes a estrelas. A estrada passava por baixo dali, penetrando na cidade.

Ao se aproximarem, o xeque Bilah e NewQuarter caíram num silêncio assombrado. Alif ficou nervoso. Começaram a aparecer figuras na estrada ao redor deles, e a maioria parecia não notar a presença de migrantes humanos em seu meio: algumas eram simples sombras, andando eretas e independentes de qualquer superfície; outras, como o guia, eram amálgamas borrados de homem e animal. Uma criatura fez Alif se jogar para trás com um grito de alarme: tinha a altura de um prédio de dois andares, sem pelos e musculosa, com um tronco que virava neblina conforme se deslocava pela estrada.

– O que... O que é...

– É um *marid* – explicou o homem num tom desinteressado. – Como o gênio da lâmpada das suas histórias do Aladim. Não se preocupe, você é pequeno demais para que ele se incomode com a sua presença.

Alif não foi reconfortado por essas palavras.

– Quem deve ser motivo de preocupação são os *sila* – contou o guia. – Vocês não encontrariam um *marid* escondido em seu porão, mas os *sila* podem assumir muitas formas e preferem viver perto de seres humanos. Todos são fêmeas, sabiam? Eles podem parecer menos apavorantes, mas são duas vezes mais perigosos. Lembrem-se disso quando forem para casa.

– Até parece que vemos espíritos femininos todo dia – bufou NewQuarter.

O guia deu de ombros.

– Provavelmente você vê.

Ao se aproximarem dos primeiros pilares da cidade, a atividade em volta deles aumentou e Alif pôde ouvir um murmúrio baixo de vozes falando em uma língua – ou línguas – que ele não conseguia entender. Foi lembrado da cacofonia de vozes da Viela Imutável e pensou imediatamente em Sakina.

– Acho que sei como você pode se livrar de nós – disse ele, virando-se para o guia. – Conhece uma mulher, uma negociante de informações da Viela Imutável, chamada Sakina?

O homem o olhou, surpreso.

– Você já esteve na Viela? Quem o levou? Por quê?

– Foi Vikram. Tentava localizar a origem de uma coisa para nós. – Alif se conteve, na esperança de que o homem não compartilhasse da capacidade misteriosa de Vikram de ler seus pensamentos.

– Você parece ter a tendência de se meter em muitos problemas – disse o homem, embora seu tom fosse de admiração. – Não conheço essa Sakina, mas seria bem fácil localizá-la. Deixe-me primeiro esconder vocês, depois verei o que posso descobrir.

Ele os levou sob a arcada e entrou numa rua muito movimentada. Prédios de quartzo ladeavam a rua, suas janelas cobertas com ornamentos de madeira como as mansões no Bairro Antigo da Cidade. Alif não sabia se essas construções abrigavam residências ou lojas; seus habitantes estavam protegidos por trás de treliças de madeira nas janelas e só eram visíveis como interrupções na luz que se derramava para a rua. Em volta deles, Irem fervilhava de atividade anônima, nenhuma claramente identificável a Alif como comércio, socialização ou trabalho: apenas conversa e movimento. Havia, pensou ele, um caráter dormente em tudo aquilo. Era como se a cidade se lembrasse do esplendor da sua antiga identidade e, sem conseguir reproduzi-lo, caísse na indiferença.

– Por aqui.

O homem os conduziu por portas duplas de madeira de uma construção grande e quadrada. Em seu interior, havia longas mesas onde várias figuras estranhas estavam sentadas conversando. Viram um indivíduo alto, magro e de um laranja em tom de brasa que parecia uma chama de vela em movimento, duas mulheres com cabeça de cabra e uma criatura do tamanho de um sapo grande, sentada na mesa em si, gesticulando com duas mãos gordas e reluzentes. Suas vozes se elevaram em risos e novamente caíram, iluminadas de trás por um fogo azulado que ardia numa lareira de metal na extremidade do salão. A grade da lareira tinha o formato de um homem e uma mulher envolvidos num ato que o próprio Alif nunca tinha realizado. Enquanto observava, incapaz de virar a cara, o fogo dançando por trás dos entalhes parecia animar as figuras, trazendo-os a uma vida lúgubre e lançando suas imagens pelo teto.

Uma prateleira perto dali era abastecida com garrafas de líquido em cores que não pareciam naturais. Alif ficou surpreso ao ver uma grande televisão de tela plana instalada na parede oposta, sintonizada na Al Jazeera, e teve um reconhecimento repentino.

– Isto é um *bar*?

O homem riu.

– Pode chamar assim. Procuramos este lugar para comer, beber e discutir as coisas. Sentem-se ali no canto... Trarão alguma coisa para encher seus estômagos.

Antes que Alif pudesse protestar, o homem atravessou a sala, desaparecendo pela porta. O xeque Bilah e NewQuarter, parecendo profundamente deslocados, sentaram-se num banco junto à mesa que o homem indicara. Alif se empoleirou na frente deles. Abriu a boca para falar, pretendendo dissipar seu constrangimento pela lareira sugestiva com uma piada, mas um grito o interrompeu. Na mesa do outro lado da sala, a criatura que parecia um sapo tinha agarrado a chama de vela pelo que Alif supunha ser o seu pescoço e, com uma força alarmante para algo tão pequeno, passou a estrangulá-la violentamente. Uma das mulheres de cabeça de cabra arrebanhou uma garrafa na prateleira e, com um balanço preciso, quebrou-a na cabeça do sapo. O sapo ficou de barriga para cima na mesa e deu um coaxar alto.

– Isto parece suspeitosamente um antro de vícios – resmungou o xeque.

– Parece? – NewQuarter fez um exame nervoso do ambiente. – Não sei dizer o que parece. Pode não parecer nada. Quem é essa mulher que você mandou o cara encontrar? Como conhece essa gente?

Alif esfregou os olhos. Seu corpo fazia queixas fracas, exigindo comida e descanso.

– Não os conheço. Não tenho certeza se é possível que gente como nós os conheça. É só que... Teve um homem que morreu ajudando a mim e aos meus amigos, e ele era um deles. Ele me falou deste lugar. Ele trouxe duas mulheres que conheço para escondê-las do Estado aqui, e eu gostaria de descobrir o que aconteceu com elas.

NewQuarter deu uma gargalhada aguda e desamparada.

– É nisso que dá escapar do Estado hoje em dia? Não há literalmente lugar algum na terra que seja seguro, restando a Terra do Nunca como o único lugar lógico para se fugir? Eu fiquei louco, Alif. Fiquei louco.

– Desculpe – disse Alif.

Ocorreu-lhe que ele tinha pedido mais desculpas nos últimos meses do que em todos os seus vinte e três anos de vida. Parecia absurdo que tentando consertar algumas coisas simples ele pudesse cometer erros de cálculo tão astronômicos. Uma menina que ele amava decidiu que não o amava – pelo menos, não o bastante. Como abordar um problema desses? Certamente não com trocas clandestinas de livros, vigilâncias de computador e buscando a ajuda dos djins. Alif se esforçou para situar o exato momento em que ele próprio tirou a sua vida dos trilhos.

Uma sombra apareceu carregando uma travessa de comida e copos cheios de um líquido esverdeado. Baixou as coisas na mesa entre Alif e seus companheiros sem dizer nada enquanto NewQuarter observava num pavor silencioso. De cenho franzido, o xeque tocou o copo diante dele.

– Isto é alcoólico? – perguntou, como se estivesse acostumado a falar com espectros.

Não, veio uma voz na cabeça de Alif. *O álcool não é algo que possamos fabricar ou consumir. Mas certamente é uma bebida inebriante, se foi o que pretendeu perguntar.*

– Foi, obrigado – disse o xeque, afastando o copo com dois dedos. – Posso beber água pura?

– Eu também – pediu Alif.

Como quiserem. A sombra se afastou.

– Vou ficar com o inebriante, por Deus – falou NewQuarter, agarrando o copo. – Depois do dia que tivemos, acho que mereço.

– *Khumr* é *khumr* – repreendeu o xeque Bilah. Ele olhou severamente para NewQuarter.

– *Khumr* é birita, tio – disse NewQuarter. – E aquela coisa disse que isto não é birita.

– Que bobagem. *Khumr* é qualquer substância que obscureça a mente por motivos recreativos e não medicinais. Claramente é proibido.

– Bem, acho que nosso vexame se qualifica como motivo medicinal – NewQuarter jogou a cabeça para trás e tomou um longo gole da bebida fosfórica. Alif olhou, fascinado, mesmo a contragosto, enquanto o rosto do homem mais jovem ficava pálido e explodia de suor.

– E então? Tem gosto de quê? – perguntou.

– Parece limpa-vidro – engasgou NewQuarter. Ele tossiu e um fio de fumaça saiu dos seus lábios. – Ah, meu Deus.

Alif se lembrou da sua primeira e única experiência com bebida alcoólica: Abdullah lhe dera meia garrafa de uísque escocês em troca de um drive de DVD-R e eles tomaram algumas doses juntos no depósito da Rádio Sheikh. Alif precisou de toda a sua força de vontade para não vomitar o líquido ardente.

– Você não bebe! – exclamou ele, adivinhando a origem da bravata de NewQuarter.

– Não – admitiu o amigo, infeliz, dando um pigarro. – Não bebo. Mas, quando colocam alguma coisa na minha frente, eu entro em pânico... Não tem ideia das festas pavorosas a que tive de ir, com príncipes e mulheres contratadas embriagando-se por toda parte depois que o bufê vai embora e o armário de bebidas é aberto. Eles praticamente despejam vodca goela abaixo. Se eu não tomar pelo menos um gole e fingir que participo, minha masculinidade é questionada de uma hora para outra.

O xeque Bilah riu – o primeiro riso real e sincero que Alif ouvia dele desde a fuga.

– Está enganado – afirmou ele. – É a masculinidade *deles* que está em jogo, por isso atormentam você. Se você se recusasse, faria com que parecessem fracos. Você devia se orgulhar da abstinência.

NewQuarter arrotou com a mão na barriga.

– Fazer um príncipe parecer fraco é má ideia – respondeu ele. – Especialmente se você é outro príncipe. Parece uma competição. Qualquer dia um daqueles cretinos vai descobrir de que lado eu realmente estou e aí vocês é que terão de me resgatar de uma prisão no deserto.

– Por isso você se aposentou? – perguntou Alif.

– Sim – disse NewQuarter, enxugando o suor da testa. – O caso é que... Quando entendi que a Mão devia ser alguém da aristocracia, não consegui me livrar da sensação de que talvez o conhecesse. Que eu o havia encontrado num almoço da família, no Ramadã, no Eid... Ora essa, talvez fosse um daqueles beberrões de fim de semana. E isso me deixou nervoso.

Alif hesitou, de repente constrangido.

– Eu o vi – contou ele em voz baixa. Um tremor correu pelas suas costas. Ele não sabia como falar da Mão, exceto com intimidade, descrevendo o vínculo grotesco entre carcereiro e prisioneiro. – Sei o nome dele.

NewQuarter curvou-se para a frente, baixando os cotovelos na mesa de madeira arranhada, os olhos brilhando.

– Até que enfim. Ah, este é um bom dia. Quem é ele?

– Abbas Al Shehab.

Para surpresa de Alif, NewQuarter começou a rir.

– Impossível – disse ele. – Não Abbas. Conheço o homem... Ele é meu primo em terceiro grau pelo casamento do tio, ou talvez primo em segundo grau. Uma coisa ou outra. De qualquer modo, não faz o perfil. É um geek, como nós. Não acho que um dia eu o tenha visto em outro lugar que não fosse pelos cantos, tentando sem sucesso começar uma conversa encantadora. Acho que não é possível nascer árabe e não ter essa habilidade. Ele deve ter sido trocado no nascimento por algum turco taciturno das montanhas ou coisa assim. Não é casado, acredite se quiser, embora seja muito rico. É ruim desse jeito. Não, Abbas não conseguiria dizer *buuu* a um cachorro, nem que sua vida dependesse disso.

A indignação e a vergonha travavam uma luta no peito de Alif. Ele descobriu que não queria falar da Mão agora, embora o homem costumasse ser presença constante nas suas conversas com os descontentes da cidade.

– Eu sei o que sei. – Ele reagiu rigidamente.

– Não duvido que você... Sabe, que você, na prisão... Só me pergunto se entendeu o nome certo, isso é tudo. – NewQuarter remexeu um pedaço de pão entre os dedos erráticos. Alif ignorou a tentativa franca e embriagada do jovem de olhá-lo nos olhos. – De qualquer modo – continuou NewQuarter quando o silêncio tornou-se constrangedor. – Deixando de lado a questão da identidade. Eu não sou a pessoa mais resistente da terra... Se a Mão me colocasse numa sala e beliscasse meu queixo com uma lâmina de barbear, eu teria entregado todo mundo. Você. A Rádio Sheikh. Gurkhab0ss. Não poderia viver com esse lembrete constante da minha própria covardia, então desisti.

Alif ficou comovido contra a própria vontade.

– Você não é covarde – afirmou ele. – Você apareceu para me tirar da prisão no meio da noite. Em um BMW.

– Eu fiz mesmo isso, não fiz? – NewQuarter se iluminou. – Ponto para mim. Agora estou tão fodido quanto o resto de vocês. Nem mesmo estou com medo. Essa coisa verde deve estar fazendo efeito.

O xeque Bilah afastou o copo criminoso da mão de NewQuarter. A sombra voltou com três copos de água e os baixou na mesa.

Comam, disse ela. *A comida não lhes fará mal. Não tenho interesse num trio de cadáveres humanos.* Ela flutuou de volta para a outra extremidade da sala.

Alif voltou a atenção ao prato diante dele: continha, ou assim esperava, carne cozida e arroz de açafrão, com uma verdura cozida que parecia espinafre. Havia uma pilha de pão árabe quente ao lado do prato, na beira da bandeja. Partindo um ao meio, ele o usou para pegar a carne e o arroz e deu uma dentada insegura. Os sabores de cardamomo, pimenta e carne de caça explodiram em sua língua.

– Cabra – disse ele. – Ou, pelo menos, é o que acho.

– Parente de uma daquelas senhoras ali da outra mesa, talvez – murmurou NewQuarter.

O xeque Bilah arregaçou a manga e atacou a comida sem precisar de mais incentivo. NewQuarter curvou-se para a frente e cheirou antes de pegar um único pedaço de carne do cozido. Mastigando, assentiu sua aprovação. Comeram em silêncio. De vez em quando, sorriam um tanto ironicamente um para o outro, desfrutando da camaradagem do deslocamento, como turistas abandonados juntos no mesmo posto de fronteira anônimo. Na mesa do outro lado da sala, o sapo foi apanhado pela sombra que tomava conta do lugar e depositado num monte de terra do lado de fora da porta; seus companheiros de mesa continuaram a conversa sem aparentar solidariedade ou aflição. Alif cruzou o olhar com NewQuarter e fez uma careta. NewQuarter deu uma risadinha, escondendo-se por trás da mão quando uma das mulheres-cabra o olhou incisivamente.

Após encher a barriga – o que não demorou muito, levando-o a se perguntar se seu estômago tinha encolhido durante o período na prisão –, Alif ficou sonolento, aquecido pelas especiarias da comida. Recostou-se à parede e deixou que os olhos se fechassem.

– Será que existe algo parecido com uma cama neste prédio? – murmurou ele.

Ouviu dedos estalarem. NewQuarter chamava a sombra, querendo saber se ela podia providenciar um lugar para dormirem. Alif sorriu sem abrir os olhos, na esperança de que a volta do caráter imperioso de NewQuarter significasse que ele se sentia melhor. Alguém sacudiu seu ombro: ele esfregou os olhos, despertando, e se agitou atrás do xeque Bilah e da sombra até uma escada nos fundos da sala. No alto da escada havia um corredor ladeado por portas pintadas da mesma gama de cores do céu: rosa-crepúsculo, azul-escuro, lavanda. Engastadas na parede de quartzo leitoso, o efeito era o de olhar através do nada, para o próprio céu; Alif teve que piscar várias vezes para que a cena se definisse em algo que pudesse compreender.

Podem ficar no quarto azul, disse a sombra, guiando os três através da porta cor da meia-noite. Ali dentro havia um pequeno quarto com um lampião a óleo na janela e alguns tapetes para dormir junto à parede. O teto era pintado para parecer um braço da Via Láctea, com estrelas prateadas aparecendo e sumindo à luz do lampião.

A sombra desejou boa-noite a eles. Alif mal ouviu, sua mente já pesada de sono. Tirou as sandálias aos chutes e se deitou no tapete mais próximo, puxando para baixo o lenço de cabeça e se enrolando nele como um cobertor. NewQuarter bocejou ostensivamente. Alif ouviu a voz baixa do xeque Bilah em oração e o raspar dos pés do homem ao se ajoelhar em súplica. As palavras conhecidas o reconfortaram. Estava dormindo antes que o xeque saudasse os anjos à sua direita e à esquerda.

* * *

– Alif? É você mesmo?

Sentiu um cheiro parecido com jasmim e, por baixo dele, algo mais bestial. Alif rolou de costas e piscou os olhos com crostas de sono: uma figura castanha e felina pairava acima dele, com ar preocupado. Ele se apoiou nos cotovelos. Era Sakina, as tranças pretas enroladas no alto da cabeça, ouro pendurado das orelhas. Ela baixou um saco de pano no chão ao lado.

– Você parece meio morto – observou ela. – O que aconteceu?

– Prisão – disse ele, sem pensar em um jeito mais elegante de colocar a questão.

Sua solidariedade e alarme eram tão evidentes que Alif descobriu a garganta se fechando e começou a desconfiar de que havia partes da sua mente e do seu corpo que não estavam verdadeiramente doentes. A glória do seu resgate parecia mais profunda do que nunca, mas por baixo dela jaziam os danos do escuro e de tudo que lhe fizera companhia ali. Um ruído baïxo e assustado escapou da sua garganta.

– Não, por favor, não fique perturbado... Desculpe-me. Tome aqui. – Ela mexeu na bolsa e pegou um frasco de uma substância arroxeada e grossa, colocando-o em sua mão. – Tome um gole disto.

Obediente, Alif abriu o frasco e o virou entre os lábios. O líquido espesso tinha gosto de mel e frutas escuras, deixando um sabor de ervas. Uma sensação agradável, como a expectativa das férias, impôs uma distância de três meses entre a sua mente desperta e os resíduos de sua noite.

– Isso é bom – falou ele. – O que é?

– Um elixir contra a dor de cabeça. – Sakina exibiu uma fileira de dentes delicadamente pontudos. – Fique com ele. – Ela cruzou as pernas sob o corpo e se sentou. Alif sentiu o ânimo aumentar enquanto a olhava; ela era a prova de que ele, mesmo agora, não estava desprovido de recursos.

– Você sabe que Vikram está morto – disse ela em voz baixa.

O efeito do elixir falhou por um momento.

– Sim – respondeu Alif. – Ele sabia que estava morrendo quando o deixei... Ele é o único motivo pelo qual a convertida e Dina não terminaram na cadeia, como eu. Ele salvou as duas.

O sorriso de Sakina era melancólico.

– Pobre Vikram – comentou ela. – Podia ser muito imprevisível e perigoso... Você não sabe o quanto era perigoso, ou nunca teria viajado com ele. Mas, quando queria, era capaz de coisas nobres.

Alif se lembrou do ferimento fatal no corpo de Vikram e tocou a si mesmo, sentindo uma pontada de dor imaginária.

– Ele teve uma vida longa. Uma vida muito longa... Longa como a idade da terra, ao que parecia. Imagino que, ajudando você, tivesse esperanças de morrer do próprio jeito. Ele conhecia a história daquele manuscrito em que você colocou as mãos. As pessoas que entravam em contato com ele não tendiam a morrer numa velhice satisfeita.

– Eu o perdi – disse Alif, baixando a cabeça. – O *Alf Yeom*. Eu o perdi.

Os olhos de Sakina se arregalaram.

– Perdeu? Como? Quem o tem agora?

– Não faço ideia de quem pode tê-lo apanhado. A Mão não o pegou. O xeque Bilah não o pegou. Fiquei entocado na Basheera, usando-o para codificar, depois foi um inferno...

Sakina curvou-se para a frente e apertou as mãos unidas sob o queixo, fixando em Alif um olhar urgente, da cor do sol.

– Repita. O que quis dizer sobre usá-lo para codificar?

Alif se esforçou para encontrar as palavras certas para explicar.

– Eu deduzi o que Al Shehab... nós o chamamos de a Mão... queria fazer com ele. Ele acreditava que todos aqueles místicos que estiveram tentando compreender o *Alf Yeom* pelos séculos abordavam as coisas do jeito errado. Pensava que, como o livro pode ser compreendido como um conjunto de símbolos, havia uma aplicação óbvia para a computação. Ele acreditava, em outras palavras, que poderia usar o *Alf Yeom* para criar uma metodologia de codificação inteiramente nova, uma espécie de supercomputador construído de metáforas.

Sakina se recostou e examinou Alif de um jeito que o deixou ligeiramente pouco à vontade.

– E você conseguiu – disse ela. – Você o fez funcionar.

– Mais ou menos. O código só foi viável por alguns minutos, até quebrar o computador que eu usava. É preciso eliminar parâmetros demais para trabalhar assim. Isso provoca um monte de erros. Os computadores são como os anjos... São construídos para obedecer a comandos. Se você criar desvios interpretativos demais, eles ficam confusos.

– Hummm. – Sakina mexeu na ponta de uma das tranças com um dedo em forma de garra. – Estou impressionada que você esteja disposto a admitir tanto. A maioria das pessoas que se convencem de que um poder desses está ao alcance deixa de acreditar na possibilidade de fracasso. Também estou preocupada que o livro esteja agora por aí e que outros de sua espécie tentem usá-lo para os mesmos fins. Nem todos os *banu adam* enxergam tão longe quanto você.

Alif torceu as mãos, ansioso. Atrás dele, NewQuarter e o xeque Bilah se agitavam nos tapetes.

– Vou descobrir quem o pegou – afirmou Alif, baixando a voz. – E, quando descobrir, vou me livrar dele.

– Não tenho autoridade para lhe dizer o que fazer com ele – comentou Sakina com um leve estremecimento. – Mas não me agrada a ideia de se livrar de livros. Esse manuscrito é um legado de nossa raça, para o bem ou para o mal.

– Principalmente o mal – disse Alif.

– Mesmo assim. O *Alf Yeom* não é cruel em si ou por si mesmo... Para os djins, é história. Como tantas coisas, corrompeu-se nas mãos do homem. Mas, se fôssemos destruir todas as coisas que o homem corrompeu, a terra ficaria desolada em um dia.

– Eu não iria destruir o *Alf Yeom* – observou Alif. – Só a cópia feita por um humano. Os djins ainda terão as deles. Vocês não perderam nada.

Sakina reagiu virando a cara, como se considerasse algum aspecto sobrenatural da conversa. Embora tivesse elogiado seu intelecto, Alif se sentia inferior a ela até em seus silêncios. Tentou trazê-la de volta à sua preocupação mais imediata.

– Vikram disse que ia trazer a convertida e Dina para cá, para o Bairro Vazio. Você sabe se tem algum jeito de descobrir se elas conseguiram, ou onde podem estar, se conseguiram?

Sakina despertou dos seus devaneios.

– Podemos procurar por elas, mas preciso avisá-lo, Alif, qualquer *beni adam* sem um protetor no Bairro Vazio não sobrevive por muito tempo. Vocês não deveriam estar aqui e a mente de vocês não é equipada para interpretar o que vê. É cobrado muito da sanidade mental de todos, exceto da elite mais espiritualizada. Você vai começar a sentir a contracorrente deste lugar muito em breve.

– Então, precisamos ir agora. – Alif foi assombrado pela imagem de Dina destruída pela loucura. Precisava vê-la.

– Ir aonde? – NewQuarter se sentou, esfregando a cabeça suja ao bocejar.

– Encontrar minhas amigas – contou Alif. – Elas podem ter sido abandonadas aqui depois de tudo o que aconteceu na Al Basheera.

– Meu bom Deus, você trouxe uma mulher.

NewQuarter só agora notava a presença de Sakina. Apressadamente, passou a mão pelo cabelo desgrenhado pelo sono.

Alif apresentou a ela o xeque Bilah e NewQuarter, que gaguejou uma saudação enquanto arrumava o lenço de cabeça amarrotado, ainda não plenamente desperto. Sakina sorriu para eles, parecendo não perceber os seus olhares furtivos para seus olhos, dentes e mãos. Quando estavam apresentáveis, seguiram-na pela escada até o salão principal do bar, ou estalagem, ou o que quer que fosse; agora as mesas estavam menos povoadas e só alguns fregueses estranhos podiam ser vistos por ali. A criatura "chama de vela" da noite anterior parecia desmaiada em sua mesa, despejando com o sono o conteúdo do copo vazio pendurado em sua mão bruxuleante. A sombra que servira a eles – se fosse a mesma sombra – apareceu com tigelas de um líquido branco e fumegante que parecia leite quente com mel e um prato de pão. Alif comeu com um apetite melhor do que o do dia anterior.

– Como vamos pagar a esse sujeito? – perguntou ele a Sakina ao rasgar um pedaço de pão, percebendo que não tinha nenhum tipo de moeda. Nem mesmo sabia se os djins usavam algum dinheiro.

– Se não podem pagar com coisas, podem pagar com habilidades – respondeu Sakina, gesticulando para a sombra.

– Ora, espere um minuto – disse Alif, olhando da sombra para Sakina. – Minhas habilidades se limitam mais ou menos a computadores... Não sei quanta ajuda isso teria para um, ah, para um...

Effrit, disse a sombra, *eu sou um* effrit. *E tenho um desktop Dell de dois anos ali nos fundos que tem algum tipo de vírus há séculos. A tela fica preta cinco minutos depois de eu ligar a maldita coisa. Toda vez, tenho que fazer um reboot.*

Alif sentiu uma nova janela de oportunidade inesperada se abrir diante dele.

– Vocês têm internet no Bairro Vazio? – perguntou ele numa voz assombrada.

Amigo, disse a sombra, *nós temos Wi-Fi.*

* * *

Alif precisou de no máximo quinze minutos para depurar a máquina do *effrit.* O problema era um antigo spyware muito pesado que ele já vira antes e conseguira passar por uma série de programas antivírus desatualizados. Alif removeu o programa e fez algumas atualizações.

– Deletei todos os cookies, só por segurança – disse ele à sombra. – Por isso, talvez os sites que você visita com frequência precisem de instalações. Isso vai acontecer automaticamente. Mas cuide para manter o antivírus atualizado... Saem definições novas quase todos os dias, assim você não ficará para trás.

Eu soube que os cookies são perigosos, falou a sombra.

– Não são. Não se pode pegar um vírus sem conteúdo executável, coisa que os cookies não têm. Mas os geeks de spyware gostam deles porque são uma maneira rápida de coletar as suas informações, então é a primeira coisa que muitos programas de phishing procuram. Basta manter o software atualizado... inclusive as atualizações do navegador... e você vai ficar bem.

Obrigado. A sombra flutuou sobre o teclado enquanto Alif se levantava e, pelo que podia dizer, verificou o seu e-mail. Alif ficou satisfeito consigo mesmo. Virou-se para sorrir para NewQuarter e o xeque, que ficaram à porta da sala dos fundos à qual a sombra os levara, olhando duvidosos.

– Poxa, *akhi* – comentou NewQuarter. – Estou impressionado que você simplesmente tenha sentado e solucionado o problema. Não tenho certeza se eu conseguiria dizer duas frases coerentes com um efeito especial telepático pairando sobre meu ombro.

– Ele ainda está ali – disse Alif, na esperança de que a sombra não tivesse ouvido.

– Sim, estou vendo. Agora podemos ir?

Voltem sempre, respondeu a sombra, com um toque do que parecia sarcasmo. Alif agradeceu de uma forma mais floreada do que necessário, tentando compensar a grosseria de NewQuarter, e correu de volta ao salão principal, onde Sakina os esperava.

– Acho que devemos começar consultando alguém cujo trabalho é saber o que acontece em Irem – sugeriu ela. – Só posso imaginar que as suas amigas ainda estejam aqui na cidade... Vikram não as teria deixado no deserto. Vocês viram como é lá fora.

– Eu achei muito bonito – disse o xeque Bilah.

– Eu também acho – concordou Sakina –, mas não gostaria de ficar lá fora sozinha nem por um minuto. Existem coisas mais antigas e estranhas do que eu rondando pelas dunas.

Ela pôs a bolsa no ombro e os levou pela porta até a rua. O céu tinha um tom de rosa brilhante, como o momento mais extraordinário do nascer do sol esticando-se e se espalhando de um horizonte a outro. A lua estava forte e azul – quase cheia, Alif percebeu –, pouco acima dos telhados planos das construções em volta. Sakina seguiu um caminho que só ela conhecia, entrando por vielas que terminavam em praças mínimas tomadas por jasmins ou pontilhadas de poças de água parada que refletiam a lua; lugares parecendo joias que Alif só pôde olhar por um momento antes de precisar correr para alcançá-la. Ouviu o xeque Bilah murmurar a sua apreciação do cenário enquanto andava atrás dele.

– Uma maravilha – disse o xeque. – Verdadeiramente, a obra do Senhor dos Mundos ultrapassa nossa compreensão diminuta. Sabe, li uma vez que a mente humana é incapaz de imaginar qualquer coisa que não exista em algum lugar, de alguma forma. Na época, pareceu-me uma verdade bastante insignificante... Eu pensei: é claro que deve ser assim, uma vez que, de certo modo, todos acabaremos por descobrir ou inventar o que, aos olhos de Deus, já foi descoberto e inventado, porque Deus está acima do tempo. Vendo isto, porém, começo a compreender o quanto essa declaração é mais profunda. Não significa simplesmente que a inovação humana é inteiramente conhecida de Deus; significa que não existe uma coisa chamada ficção.

Alif sorriu, alegre com a euforia do lugar.

– Dá um sentido diferente à conversa que tivemos sobre o porco fictício – comentou ele.

– Então você mudou de ideia?

– Não sei bem. Ainda me sinto pressionado a não dar a mínima para World of Battlecraft.

– Eu não – afirmou o xeque num tom mais sério. – Se um videogame faz mais para satisfazer um jovem do que as palavras da profecia, significa que as pessoas como eu são um fracasso estrondoso.

Alif reduziu o passo para caminhar ao lado do xeque.

– O senhor não é um fracasso, tio – disse ele, as palavras desajeitadas e insuficientes em sua boca. – É só que não nos sentimos seguros. Um jogo tem o botão de reiniciar. Temos oportunidades infinitas de sucesso. A vida real é pavorosamente permanente se comparada a isso, e muitas pessoas religiosas fazem com que pareça ainda mais permanente... Um passo para o lado errado, um pecado a mais pode significar a fornalha ardente para o sujeito. Cuidado. Mas, ao mesmo tempo, vocês nos pedem para amar o Deus que mantém essa espada terrível acima de nossos pescoços. É muito confuso.

– Ah – disse o xeque Bilah melancólico –, mas a questão é essa. O que é mais apavorante do que o amor? Como uma pessoa pode não se sentir dominada pela majestade de um Criador que dá e destrói a vida em igual medida, com uma velocidade estonteante? Veja todas aquelas rosas brotando no jardim: vão murchar e morrer sem sequer germinar e parece um milagre que você esteja vivo. Como não se pode reconhecer este milagre de alguma maneira?

– Já basta – falou NewQuarter, ficando para trás, rabugento. – Estou me sentindo estimulado demais com toda esta situação. Preciso conservar minha capacidade de raciocínio.

Ao virarem uma esquina, Sakina parou na frente de um muro baixo com uma porta de madeira em arco.

– Quando entrarmos – instruiu ela numa voz sussurrada, como se temesse ser ouvida por terceiros –, vocês devem fazer o máximo para não gritar nem desmaiar, nem fazer nenhuma das outras coisas que estiverem tentados a fazer. E o principezinho deve aprender a ter alguma humildade. Respondam a qualquer pergunta que ele fizer prontamente e da forma mais completa que puderem. Tudo bem?

– Ele? – Alif olhou para NewQuarter, que fez uma cara infeliz. – Quem vamos ver?

Em resposta, Sakina abriu a porta. Para além dela havia um pátio de ladrilhos com uma pequena fonte no meio, borrifando alegremente numa bacia rasa; tamareiras cercavam o perímetro, guarnecendo as paredes dos seus frutos com uma dignidade generosa. Numa extremidade do pátio, sobre uma pilha de almofadas, sentava-se ou pairava um monstro. Era muito parecido com a aparição gigante que Alif vira na estrada na margem da cidade: um tronco enorme encimado por uma cabeça improvável e cheia de dentes, a pele brilhando escura na meia-luz, seu corpo desaparecendo em uma névoa abaixo da cintura. Ouviu NewQuarter recuar com um grito abafado. Sakina lançou-lhe um olhar feio por sobre o ombro e foi se ajoelhar diante da criatura, os ornamentos brilhando em suas tranças enquanto ela baixava a cabeça.

– Nobre senhor – disse ela –, vim com esses três insignificantes e indignos *banu adam* para pedir informações. Espero que o senhor não nos recuse.

A coisa soltou um ruído grave e insatisfeito da garganta.

– Depende – respondeu, numa voz que reverberou no peito de Alif – da informação que você quer.

Sakina olhou para Alif, atrás dela. Ele engoliu em seco uma vez, depois uma segunda; a umidade parecia ter evaporado de sua garganta.

– Minhas amigas – começou ele num ofegar seco. – Duas meninas... Duas mulheres, quero dizer. Foram trazidas para cá por um homem chamado Vikram, o Vampiro, se é que realmente vieram para cá. É muito importante que eu as encontre. Eu... de certo modo sou responsável pelos problemas em que elas se meteram.

– Vikram, o Vampiro – falou a coisa. – Vikram, o Vampiro morreu há três meses ou mais.

– Eu sei – disse Alif, tentando conter a impaciência na voz. – Mas ele deixou alguma dessas mulheres para trás quando morreu? Ele disse a alguém onde elas estavam, ou as deixou sem qualquer proteção?

– Se o fez, foi em estrita confiança e não se trai a confiança dos mortos.

Alif olhou desesperado para Sakina.

– Nobre senhor – disse ela apressadamente –, ninguém pode questionar sua sabedoria. Mas este rapaz tem uma dívida a pagar e não pode fazer isso se não encontrar as mulheres a quem deve. Sabemos que aqueles feitos de lama não conseguem sobreviver indefinidamente no Bairro Vazio. Não seria melhor para nós todos se eles simplesmente se reencontrassem e deixassem este lugar?

– Está supondo que sei dessas mulheres e onde elas poderiam estar. Em momento algum eu disse que sabia.

Uma forma escura era visível na parede para além do contorno nebuloso abaixo da cintura da criatura. Semicerrando os olhos, Alif percebeu que era uma porta. Foi tomado por uma ideia louca.

– Perdoe-me, nobre senhor – pediu Sakina –, eu apenas supus que um *marid* da sua classe saberia tudo o que é digno de se saber em Irem.

A coisa pareceu satisfeita.

– Essa não é uma suposição injusta – disse numa voz magnânima. – Contudo, não posso ajudá-la. A situação pode ser mais complicada do que você imagina.

– O que, em nome de Deus, isso quer dizer? – NewQuarter explodiu. Sakina sibilou para ele. Ele a ignorou. – Você sabe onde estão essas mulheres ou não? Por que é tão difícil para vocês falarem abertamente?

O *marid* se ergueu em toda a sua altura, assomando sobre o pátio como um ídolo de pedra. Um ronco baixo foi emitido de sua garganta, fazendo as copas das palmeiras tremerem.

– Menino – disse ele –, você está em minha casa e, enquanto estiver em minha casa, não tolerarei insultos... Especialmente partindo de alguém encarquilhado e de pernas fracas como você.

Alif começou a se sentir nauseado. Sakina pôs o rosto entre as mãos, sem dizer nada. Enrijecendo as costas, NewQuarter olhou feio para o *marid*.

– Deus colocou o homem acima do *djin* e colocou *a mim* acima da maioria dos homens que vai encontrar na vida. Creio que tenho o direito a uma resposta direta para uma pergunta direta.

As cores começaram a se alterar na superfície oleosa da pele do *marid*. Ele criou um punho imenso acima da cabeça. NewQuarter não se mexeu. Uma ideia louca cresceu na mente de Alif e se tornou um imperativo, incitado pela calma demente de NewQuarter enquanto o punho do *marid* descia para sua cabeça. Preparando-se, Alif puxou o ar para os pulmões até que o som da sua respiração tornou-se ensurdecedor. Quando ouviu o grito de Sakina, disparou, correndo pela abertura nebulosa da parte inferior do corpo do *marid* – de novo, o cheiro de ozônio e nuvens de chuva – até a porta na outra parede. Foi seguido por uma saraivada de vozes elevadas. Seus pés pisavam nas lajotas e os dentes batiam. Chegando à porta, puxou com força o anel de ferro que fazia as vezes de maçaneta e foi recompensado quando o arco de madeira se mexeu um pouco.

– Abra, *abra* – gritou ele, sentindo a aura úmida do *marid* se fechando em volta dele.

Escorando o pé no dintel, Alif empurrou até que os tendões dos seus braços começaram a arder. A porta girou para ele com uma lufada repentina de ar. Alif cambaleou para trás, recuperou-se e correu para dentro de uma sala grande e abobadada. Lançando o peso contra a porta, ele a fechou na cara ardente do *marid* com um grito de triunfo desarticulado.

Ali dentro estava silencioso. A sala era agradável e caiada, com janelas de treliça – que ele não havia notado pelo lado de fora – dando para o pátio. Junto a uma parede, havia uma enorme plataforma para dormir, coberta de almofadas, com a altura de um homem. Aves canoras trinavam em uma gaiola de prata decorada no alto de um poste. Parecia, pensou Alif às cegas, o cenário de um filme antigo de Bollywood, no qual ele inevitavelmente veria mulheres dançando em seda cor de chiclete. Só quando ouviu seu nome de batismo percebeu que não estava sozinho.

Dina se aproximava dele vindo da plataforma de dormir. Disse o seu nome novamente, numa voz sussurrada e apavorada, e Alif colocou a mão no rosto, percebendo como devia estar magro, com a barba por fazer. Estava com uma túnica preta e véu, mas o tecido era mais fino do que qualquer coisa que Alif a tivesse visto usar e parecia ter sido feito sob medida para seu corpo, de tal modo que, mesmo frouxo, destacava as boas proporções dos ombros e dos braços. Ele correu para ela, chorando.

Capítulo Treze

– Ah, meu Deus, ah, meu Deus... Como você chegou aqui? Como nos encontrou? – Ela caiu de joelhos com ele, as lágrimas borrando o kohl que maquiava os olhos cor de relva. – Tive medo de que estivesse morto. – Sua voz falhou na última palavra. Ela lutou para recuperá-la pela respiração sufocada e instável. – Você está tão magro! Por favor, fale alguma coisa, está me enlouquecendo de medo...

Alif abriu a boca para dizer que estava bem e prontamente perdeu a capacidade de falar. A tensão que estivera animando o seu corpo se afrouxou e ele se balançava de joelhos, sentindo a sujeira, o suor e o muco escorrerem por cada abertura da pele. Obrigando os lábios a se mexerem, conseguiu gaguejar o nome dela.

Foi recompensado com uma mão quente em sua têmpora tirando o cabelo de seu rosto. Deixou que a cabeça tombasse no joelho de Dina e caiu em prantos. Houve uma comoção na porta quando NewQuarter entrou de rompante com o xeque Bilah e Sakina bem atrás, seguidos por um tremor no chão que só podia ser o próprio *marid*.

– Você enlouqueceu? – perguntou Sakina, indignada de fúria. Alif sentiu Dina colocar a mão protetora na sua nuca.

– Está tudo bem – disse Dina. – Eu o conheço. A convertida também o conhece. Ele não é perigoso.

Houve outro tremor. Alif levantou a cabeça e viu o *marid* pairando na porta, de braços cruzados. Sua cabeça quase roçava na parte de baixo do teto abobadado.

– Muito bem – falou ele, ao mesmo tempo trovejando e silencioso. – Por você, não o matarei, nem o outro insignificante grosseiro. Mas não os quero perto da nossa paciente... Ela não deve ser perturbada nem aborrecida em suas condições.

– O que está havendo? Quem será morto?

A voz, nasalada e americana, era conhecida. A convertida, com um vestido turquesa de capuz, entrou correndo na sala através de uma porta pequena na parede, perpendicular à plataforma de dormir. Alif franziu o cenho. Ela parecia ter engordado, em particular na cintura. Ele levou um instante para compreender.

– Como... você está... você está...? – Seu inglês lhe escapou.

Ela olhou, o constrangimento e o orgulho em desacordo no seu rosto redondo.

– Grávida – disse ela.

* * *

Depois de convencerem o *marid* de que Alif, o xeque e NewQuarter não representavam perigo para a saúde da convertida, ele permitiu que se sentassem no chão enquanto pairava atrás dela, colocando almofadas atrás de suas costas após estender uma das mãos pela sala para pegá-las. Dina beijou a mão do xeque Bilah através do véu, murmurando às lágrimas que estava feliz por vê-lo bem, e ele tocou a testa dela numa bênção com um sorriso deliciado.

– Eu diria que estivemos procurando muito por você – falou ele –, mas na realidade todo o crédito é de Alif. Para um tolo desajeitado, ele se provou muito engenhoso.

– O que aconteceu com você? – perguntou a convertida. – O que houve na mesquita depois que saímos? Você está *péssimo*, sem querer ofender. Onde esteve nos últimos três meses?

– Primeiro vocês – pediu Alif, tentando não olhar fixamente a barriga dela.

Dina encarou a convertida com uma expressão inescrutável. A convertida ruborizou e Alif pensou que seus olhos tinham ficado molhados.

– Eu não sei bem por onde começar – disse ela.

– Vá aos poucos – sugeriu Dina, surpreendendo Alif por falar um inglês afetado, mas compreensível. – Não precisa ficar acanhada.

A convertida semicerrou os olhos, olhando a meia distância, evitando o olhar curioso de Alif.

– Vir para cá foi... Bom, vocês sabem como foi, porque vocês mesmos também vieram. Eu não acreditava realmente no que estava acontecendo. Eu ainda resistia e resistia. Mesmo quando Vikram não parecia mais humano, de algum modo eu o fazia parecer humano na minha cabeça. Pensei que ia enlouquecer por causa do estresse, sabem? Mas então... Num minuto estávamos andando pelo corredor da mesquita, para uma parede sólida, e no minuto seguinte estávamos de pé numa duna no Bairro Vazio, olhando para esta cidade de conto de fadas lá embaixo. Naturalmente, fiquei meio histérica.

– Qualquer pessoa saudável ficaria – murmurou NewQuarter.

– A essa altura – continuou a convertida –, ficou claro que Vikram não estava bem.

Alif pensou ter ouvido sua voz endurecer um pouco, como se ela tivesse dificuldade de dizer o nome do morto.

– Ele sangrava e claramente sentia dor, embora continuasse com o seu jeito de quem não está dando a mínima. Ele nos trouxe para a cidade... Trouxe-nos para cá, na realidade, e teve uma espécie de discussão com o nosso generoso anfitrião, cujo resultado foi que obtivemos permissão para passar a noite aqui. Não percebi o quanto Dina estava doente... Seu braço, quero dizer, precisava de tratamento.

Alarmado, Alif olhou para Dina.

– Agora estou bem. – Ela flexionou o braço para provar. – Completamente curada. Só ficou uma cicatriz pequena.

– Depois, Vikram a mandou sair para limpar o ferimento, refazer o curativo e essas coisas. Foi então que ficamos a sós aqui. E ele me pediu em casamento. Eu o rejeitei porque essa é uma coisa que ele fazia o tempo todo para me deixar maluca. Aprendi a não dar a ele a honra de uma resposta. Mas, dessa vez, havia algo diferente... Ele pegou minha mão e me olhou nos olhos, realmente *olhou*, como se estivesse falando com outra parte de mim, e disse que tinha medo de me deixar sozinha com Dina aqui. Não estaríamos seguras sem ele. Era evidente que ele estava morrendo.

O rosto da convertida se enrugou e assumiu um tom vermelho vivo. Alif e NewQuarter entreolharam-se deprimidos, despreparados para lidar com as lágrimas de uma mulher com quem não tinham relação alguma. Dina arrulhou alguma coisa tranquilizadora, acariciando o ombro da convertida.

– Ele me disse que, se eu me casasse com ele, teríamos uma espécie de proteção, alguma imunidade, mesmo depois que ele se fosse – continuou a convertida num tom mais firme. – Disse um monte de outras coisas também, coisas meigas, tentando me fazer rir, porque eu estava morta de medo e... Ele disse que me admirava e que não dizia isso para muita gente. Mas eu disse que não podia me casar com ele, mesmo se quisesse, porque não podia me casar com um infiel. Ele riu e disse que era um fiel, 'na maior parte dos últimos mil anos', acredito que estas foram as palavras exatas.

– O quê? – disse Alif. – Vikram? Vikram, um louco que morde as pessoas?

– Ele podia ser tudo isso – retrucou apressadamente a convertida –, mas você mesmo o ouviu dizer ou fazer alguma coisa realmente blasfema?

– Acho que não. – Alif caiu num silêncio assombrado.

– Ele me disse que, se alguém tinha problemas com a crença, era eu – continuou a convertida. – Porque não acreditava nele. Porque eu basicamente tinha largado minha própria religião, mas aqui estava eu, dando sermão sobre as regras. E ele tinha razão. Então eu disse *sim*. Não sabia verdadeiramente mais o que fazer. De algum modo, em um período muito curto de tempo, apareceram duas testemunhas, uma das quais parecia uma bola horrível de pelo e dentes, a outra com uma aparência ainda pior, e estávamos assinando um contrato. Isso deu a mim o direito a certas coisas na eventualidade da morte dele, sendo essas coisas favores que ele cobrava para que Dina e eu ficássemos aqui pelo tempo que fosse necessário. Assim, foi muito inteligente da parte dele. E então acabou e ficamos sozinhos de novo. E ele tocou no meu rosto...

– Não precisamos ouvir os detalhes – intrometeu-se NewQuarter.

A convertida ficou vermelha de novo.

– Eu não ia entrar em detalhes. Só estava tentando explicar por que eu... por que qualquer mulher se disporia a acompanhar um sujeito como Vikram. Aquela era uma versão muito mais gentil dele mesmo, é o que estou tentando dizer. Cuidou para que eu me sentisse segura ao seu lado. Quando fui dormir naquela noite, estava apaixonada. Simples assim.

Alif examinou a mulher roliça e branca sentada diante dele, tentando imaginar se a profundidade daquele sentimento existia dentro dela quando eles se viram pela primeira vez. Os poucos americanos que conheceu na vida pareciam todos superficiais, como se a liberdade enfraquecesse a capacidade de uma pessoa para a emoção intensa ao exigir muito pouco dela. A convertida, como os outros, parecia estar sempre atuando: opiniões velozes e convenientes, sorrisos ensaiados, identidade preparada para a apreciação de uma plateia. Vê-la tão franca, enquanto ela tentava sem sucesso preservar a sua autoconfiança, era quase encantador. Ainda assim, era difícil imaginá-la apaixonada, especialmente por alguém como Vikram.

– Quando acordei pela manhã, olhei e o vi verdadeiramente pela primeira vez. Quero dizer, cada camada do que ele era, algo muito sério e perigoso, composto de elementos que nunca vi na vida. E não tive medo. Não dele, de qualquer modo... Mas tive medo de que ele morresse ali, nos meus braços. Eu podia ver a última lasca de vida se esvaindo dele. Comecei a chorar. Ele me perguntou por que eu chorava, pensando ter me magoado ou algo assim, e eu disse que não, eu chorava porque o amava e não queria que ele se fosse. Então ele acariciou meu cabelo e disse que me deixaria com algo que eu amaria ainda mais do que a ele, algo que garantiria que nenhum djin me fizesse mal. Depois me pediu para chamar o *marid*. Dei um salto, vesti minhas roupas e corri para o pátio, parecendo, eu tenho certeza, uma louca completa. Dina estava lá fora dormindo numa almofada e o *marid* estava sentado num canto fazendo as coisas dele, e eles me seguiram quando viram que eu estava muito agitada, voltando para cá, onde Vikram soltava seus últimos suspiros. Ele disse a Dina para cuidar de Alif e alguma coisa ao *marid* numa língua que não entendi, depois me chamou, beijou-me e disse: 'Chame-a de Layl'. Essas foram as suas últimas palavras. E foi então que eu entendi.

Alif ouvia NewQuarter traduzir para o xeque Bilah em voz baixa. Ele próprio não conseguia se decidir a como reagir: se dava primeiro os parabéns ou as condolências.

– O mundo deve parecer muito menor para você – disse ele timidamente, depois se perguntou o que o levou a dizer isso.

A convertida pensou no assunto por um momento.

– Não – respondeu ela. – É bem o contrário. Parece que o horizonte foi empurrado para trás e que há infinitamente mais entre mim e ele do que pensei na vida. Entretanto, estou menos ansiosa a respeito de tudo. A respeito do que devo fazer, do que devo pensar, de como ainda ter o controle da minha vida. Parei de tentar. Agora simplesmente ajo, apenas respondo ao que exige a situação. Não estou tão comprometida com a barreira racional entre o visível e invisível. Parece... parece que passei direto da incredulidade para a certeza, sem parar na crença entre as duas coisas. Não sei se algum dia já vivi isso, não seriamente. Uma vez você até me apontou esse fato.

– Foi um erro da minha parte dizer isso – afirmou Alif, envergonhado. – Não tenho o direito de questionar as crenças de ninguém.

– Bem, você *tinha* razão, de qualquer modo.

Ela baixou os olhos e alisou o vestido através do colo amplo. Aquele estado de fecundidade combinava com ela, por mais estranho que fosse. O sorriso que brincava em seu rosto era triste de uma forma quase beatífica, lembrando Alif de um ícone da igreja ortodoxa grega que vira uma vez numa excursão da escola ao reduto cristão mínimo no Bairro Antigo. Por um instante, a convertida não parecia a estrangeira de olhos amargurados com roupas emprestadas, mas um eco de sua própria civilização.

O *marid*, estimulado por algo misterioso, levantou-se e vagou para a porta, onde Sakina estava recostada em silêncio e de braços cruzados.

– Ele parece medonho, mas na realidade é o enfermeiro mais exigente que verá na vida – sussurrou Dina. – Vikram o fez prometer cuidar dela até que o bebê nascesse e você nem acreditaria na seriedade com que ele leva as suas responsabilidades. Uma vez, ela sentiu desejo por uma maçã americana específica...

– Braeburns – disse a convertida.

– ... ele sumiu por um dia inteiro e, quando voltou, estava com dois sacos de maçãs, tão grandes que tiveram que ser trazidas de camelo. Não estou brincando.

Alif olhou de lado a aparição titânica na porta.

– Aposto que sim – murmurou.

– Bom, fico feliz em ver que você goza de boa saúde, apesar das... circunstâncias incomuns – disse o xeque Bilah, afagando a mão da convertida. – Eu não gostaria de passar uma temporada em meio aos djins, mas prefiro isso ao que Alif e eu suportamos. Se a capacidade do homem para o fantástico usasse tanto da sua imaginação como a sua capacidade para a crueldade, os mundos, visível e invisível, podiam ser muito diferentes. E é por isso que prefiro não falar dos meus últimos três meses com mais detalhes.

Alif sentiu uma pontada na garganta. Dina olhou o velho numa solidariedade muda, a testa ondulando acima da bainha do véu.

– E você? – Alif olhou para ela, tentando projetar ternura por cada poro do corpo. – Você está bem? Está com raiva de mim, como todos os outros?

Dina meneou a cabeça.

– Tive muito medo de que estivesse morto para sentir raiva de você – afirmou ela. – Quando você passou por essa porta agora mesmo, juro que pensei que fosse um fantasma. Você está tão magro e pálido e parece tão mais velho que eu... – Sua voz falhou.

Alif baixou a cabeça no joelho dela novamente. Ela permitiu.

– Estou feio? – perguntou ele.

– Não, não. Mas está assustador.

– Eu pensava em você todos os dias. Quero dizer, não sabia distinguir os dias, mas pensava em você de qualquer modo. Cantei as músicas que você costumava cantar no terraço...

– Você podia me ouvir? Deus me perdoe.

– Por favor, não diga isso. – Alif afagou o tecido sedoso de sua túnica que se acumulava junto dos pés dela. – Era lindo. Na época não significou nada para mim, ouvir você cantando. Era só um ruído de fundo. Na época, eu era um idiota.

– Você era um menino.

– Eu era egoísta.

– Isso não importa agora. Você está vivo e temos que fazer com que fique bem de novo, ou vou morrer de tristeza.

– Pelo amor de Deus – exclamou NewQuarter –, estou sufocando em todo esse açúcar. Por favor, chega de histórias de amor por hoje. Ninguém mais vai engravidar nem contrair um matrimônio malfadado. Eu proíbo isso. Francamente, olhem para mim, estou ficando verde. Vocês me farão vomitar.

Alif se sentou com o rosto quente de constrangimento.

– Ninguém disse que você tinha que ouvir – resmungou ele.

– Como posso não ouvir quando vocês estão se *tocando*? É alarmante.

– Tudo bem – disse Dina, levantando-se e sacudindo a túnica. – Vocês dois precisam de um banho e fazer a barba. O que sobrou pode ser útil, se souber como.

– Não vou carregar água feito um serviçal – reclamou indignado NewQuarter.

– O jovem é membro da família real – explicou o xeque Bilah a Dina.

– Isso é muito bom para ele. Mas provavelmente os djins não vão se importar.

Alif a olhou admirado. Ele não teria suspeitado que Dina podia ser tão resoluta. Quando se lembrou do modo habilidoso com que ela lidou com os seus amigos contrabandistas no *souk* e na rapidez com que aceitou o que eram exatamente Vikram e a irmã dele, Alif se perguntou por que tivera a impressão de que era tímida; certamente, ela nunca foi assim. Talvez ele tivesse confundido os seus silêncios recatados com algo que não existia.

Meia hora depois, durante a qual Alif ficou de pé sentindo-se inútil, banheiras de água quente foram arrumadas no pátio. Ele e o xeque Bilah foram para lá com toalhas e vidros de sabonete enquanto o sol, impetuoso sem ser brilhante, flutuava acima das palmeiras ondulantes e trazia o cheiro de seiva. Alif relaxou no seu banho com uma toalha cobrindo o rosto, murmurando respostas aos fervorosos elogios do xeque a luxos como água corrente quente. O sabonete cheirava a sândalo e óleo de rosas, e só deixava mais claro a Alif o quão profundamente ele fedia. Quando a água começou a esfriar, pegou um pano e esfregou cada centímetro de pele que conseguia alcançar, tirando a sujeira de sob as unhas escorregadias. A água estava marrom de sujeira quando ele se levantou e se enrolou numa toalha. Roupas limpas tinham aparecido enquanto ele se banhava: uma túnica de linho frouxa e calças bem dobradas na pedra quente atrás da banheira. Ele se vestiu, levantando a cabeça quando Dina passou pela porta do outro lado do pátio carregando um espelho, uma tesoura e uma navalha.

– Onde arrumou essas coisas? – perguntou Alif. – Não imagino que o *marid* precise se barbear.

– Só Deus sabe – suspirou ela. – Às vezes, neste lugar você encontra o que quer simplesmente abrindo uma gaveta. Eu procuro não perguntar de onde vem tudo isso. Olhe, sente-se na beira da banheira e segure isto. Vou cortar o seu cabelo.

Alif pegou o espelho e o ergueu. Por um momento ficou assustado com o próprio reflexo: o homem no vidro parecia mais velho. Seu cabelo preto tinha afinado e perdido o brilho; os olhos estavam um tanto afundados. Mas o queixo e o maxilar que Alif sempre achara suaves demais estavam proeminentes, até decididos, e tinham sido cobertos por uma barba de alguns dias; as sobrancelhas estavam mais grossas, com um arco de concentração que lembrou Alif do seu pai. Ele tocou o rosto pálido.

– Tem razão, pareço um refugiado – disse ele. – Um refugiado de meia-idade.

– Você está muito melhor agora, depois do banho – respondeu Dina. – Mas lamento dizer que acho que a certa altura você pegou piolhos... Tem uns trechos mordidos em seu couro cabeludo.

– Então não toque em mim, estou horrendo.

– Não está, não. Isso não vai demorar muito.

Ela pegou um punhado de cabelos entre os dedos e cortou a ponta. Ele pensou ter ouvido Dina prender a respiração de um jeito estranho, duas vezes, e percebeu que ela chorava em silêncio. Tentou se virar e olhá-la, mas ela segurava firmemente a sua cabeça.

– Dina – disse ele. – Amor, por favor...

– Não, não diga *amor*. Ainda não.

Alif abriu e fechou as mãos, ainda enrugadas do banho. Precisou de toda a energia para não tocar nela.

– Quando poderei ver seu rosto de novo? – perguntou ele.

– Quando você e o seu pai forem procurar o meu pai.

– Seu pai me jogaria na rua depois de tudo que a fiz passar.

– Ele pode fazer como quiser, mas não vou me casar com mais ninguém, então, no fim das contas, ele não tem alternativa.

Era um pouco assustador e ao mesmo tempo encantador ouvi-la falar com tanta franqueza. Alif tentou se virar de novo, mas ela empurrou sua cabeça para baixo com mais força do que o necessário e começou a cortar o cabelo junto à linha do pescoço. Ele examinou os pés de Dina enquanto ela se mexia em volta da cadeira: estavam descalços e cobertos por uma camada da fina poeira iridescente do Bairro Vazio, fazendo-a parecer ela mesma uma djin. Tendões se mexiam por baixo da pele quando ela ficou na ponta dos pés para examinar seu trabalho. A visão fez Alif sentir dor. Deixou a mão cair e passou o dedo pelo arco de seu pé, e a ouviu ofegar; o pé se afastou, dançando. Ela não o repreendeu. Alif se perguntou o quanto ela sabia a respeito de homens e mulheres e sentiu uma responsabilidade desconfortável, desejando que Vikram estivesse ali para lhe dar mais de seus conselhos grosseiros, porém úteis.

– Quando foi que passei a merecer tanta lealdade? – perguntou ele, de repente melancólico.

– Você nunca fez nada para isso – respondeu ela –, mas sempre a mereceu, de qualquer modo.

– Por quê? Fui um idiota com você durante anos.

Ela cortou outro segmento do seu cabelo com um riso exasperado.

– Porque, mesmo quando estava irritada com o menino que você era, eu gostava do homem que sabia que se tornaria. Mais do que gostei de qualquer dos outros homens que meus pais sugeriam.

Ele ficou comovido com a clareza simples da sua resposta e desejou ter um sentimento igualmente durável para colocar aos pés dela.

– Por um tempo, foi a única coisa que me manteve vivo – disse ele. – A ideia de que os seus princípios irritantes não permitiriam que você aceitasse mais ninguém e que, se eu não encontrasse um jeito de voltar, você se convenceria de que tinha que passar toda a vida como viúva, sem jamais ter se casado.

– Não é uma boa ideia chamar meus princípios de irritantes quando estou segurando uma tesoura. – Ele riu. – Você... quero dizer... Não é só porque você sente alguma obrigação para comigo, é? Você quer... Sei que não sou bonita, mas... – Agora havia uma verdadeira timidez na voz dela. Dessa vez ele se virou, baixando as mãos de Dina, e colocou as próprias mãos nos olhos dela.

– Você me falou para não dizer *amor*, mas, se não fosse por isso, eu acabaria com qualquer angústia com a sua beleza ou o meu desejo agora mesmo.

Ela arregalou os olhos, a tesoura suspensa na mão direita.

– Tudo bem – sussurrou ela.

– Tudo bem que eu possa dizer isso?

– Tudo bem, eu acredito em você.

Ele beijou a sua mão antes que ela pudesse afastá-la. Ela deu um muxoxo, afastando-se, e firmou a cabeça dele novamente, voltando à tarefa. Alif observou o progresso no espelho, vendo tufos desgrenhados de cabelo caírem das orelhas e da testa até que ele começou a ficar apresentável. Quando Dina terminou, espanou as aparas de cabelo dos ombros e do pescoço com um pano.

– Pronto – falou ela. – Pode sair em público sem se desgraçar. Vou deixar que faça a barba.

– Eu podia deixar a barba – disse Alif, esfregando o queixo. – Sinto que a mereço.

– Parece distinta. Ou seria, se você a aparasse.

Ele examinou o pescoço e as bochechas enquanto ela voltava pelo pátio para os ambientes internos da casa.

– Precisamos decidir nossa próxima ação muito em breve, se quisermos sair daqui – disse ele. – Tenho que pensar no que aconteceu com o *Alf Yeom*, caso contrário vamos para casa e encontraremos a mesma confusão que deixamos para trás.

Ela o olhou, surpresa.

– Não há nada para pensar – respondeu ela. – Eu estou com o livro aqui. Fiquei com ele esse tempo todo.

Capítulo Catorze

Dentro da casa, Dina mostrou o seu tesouro oculto: não só pegara o *Alf Yeom*, como também a mochila de Alif, que continha o netbook e o flash drive no qual ele baixara o Tin Sari.

– Estava no escritório do xeque Bilah quando senti cheiro de plástico queimado – explicou ela. – Você estava num transe ou ataque esquisito. Eu queria tirar qualquer coisa que pudesse queimar se a mesa pegasse fogo. Então corri para fora e chamei Vikram e o xeque.

– Nem vi você sair com essas coisas – Alif se admirou, erguendo o flash drive. Aparentemente, a bênção do dervixe desdentado funcionava.

– Coloquei debaixo da minha túnica quando Vikram nos tirou de lá. Você não parecia estar em condições de cuidar de tudo isso.

– E não estava. – Alif examinou com verdadeira adoração os olhos verdes acima do véu de Dina. – Você é maravilhosa. É incrível. Eu sou ridículo sem você.

– Você é ridículo com ela – resmungou NewQuarter, entrando na sala, vindo de uma câmara interior. – Não há mais esperanças para você. – Ele se agachou ao lado de Alif, no chão. – E aí, o que vamos fazer agora?

– Queimá-lo – disse Alif prontamente. – Vamos nos livrar de toda a confusão. A Mão pode fazer o que quiser... O livro estará para sempre fora do seu alcance.

– Não – disse Dina. – Nós não queimamos livros.

– *Nós* quem?

– Gente que tem um grama de miolos.

– Mas você odeia mais livros do que quase qualquer um que eu conheça – exclamou Alif, surpreso. – Quantas vezes brigou comigo por ler os meus romances de fantasia *kafir*?

– E quando foi que sugeri que você os queimasse? Então não tenho direito a uma opinião? E não os odeio... Só não dou a mínima para eles. O único motivo para me importar é que você estava à vontade demais me menosprezando por acreditar em coisas que você só lera a respeito. Tive medo de que se transformasse num daqueles tipos literários que dizem que *os livros podem mudar o mundo,* quando estão se sentindo bem consigo mesmos, e que *é só um livro,* quando alguém os contesta. Não se trata dos livros em si... A questão é a hipocrisia. Você pode falar despreocupadamente de queimar o *Alf Yeom* pelo mesmo motivo que ficaria horrorizado se eu sugerisse queimar *Os versos satânicos*... Porque você tem reações e não convicções.

Alif se contorceu como se tivesse levado um tapa. Ele sabia que aquela era uma discussão que ela tivera muitas vezes mentalmente, confrontando uma sombra ausente dele mesmo. Ele simplesmente dera a ela a oportunidade de verbalizar. Seu sangue ficou quente e frio, incapaz de conciliar uma crítica tão incisiva com a profundidade da lealdade dela para com ele.

NewQuarter aparentemente preferiu fingir não ter ouvido e mexeu na bainha da túnica, espanando alguma partícula invisível.

– Essa porcaria de poeira – disse ele a ninguém.

– Por que se arriscar tanto por mim se você acha que sou um hipócrita desmiolado? – perguntou Alif.

Dina se abrandou. Talvez dizer isso na cara dele não tivesse o resultado que visualizara na própria mente.

– Porque você não é assim. Eu não devia ter falado desse jeito. Mas há algumas coisas em que você não pensou muito bem e esta é uma delas.

Inquieto e com os instintos em conflito, ele baixou os olhos para o manuscrito colocado na pedra lisa do chão entre eles. A convertida entrou na sala, com o passo leve apesar da sua condição, e se ajoelhou ao lado de Dina com um olhar silencioso de estima.

– Podemos deixá-lo aqui – sugeriu Dina. – O *marid* pode escondê-lo. Tenho certeza de que concordará, se pedirmos.

– E se a Mão vier atrás dele? Sakina parece pensar que ele tem amigos poderosos. O que feriu Vikram na mesquita não veio do nosso lado do espectro da luz visível.

Como se tivesse ouvido o seu nome ser mencionado, Sakina apareceu na porta que dava para o pátio. Seu rosto leonino estava tenso.

– Que foi, que foi? – Alif não se incomodou em esconder a frustração ou o alarme.

– Mais problemas – disse ela. – A Viela Imutável foi saqueada.

– Saqueada?

– Invadida. Assaltada. Lojas reviradas, inclusive a minha, mercadorias pilhadas e queimadas... Tudo pelo homem de quem você está fugindo e os recrutas dele. Estão procurando por você, Alif, e pelo *Alf Yeom*, e receio que estejam chegando muito perto.

O suor brotou na testa de Alif e por baixo da sua barba. Ele passou as costas da mão no rosto.

– O que devo fazer? – perguntou.

– Não tenho respostas. Mas duvido que alguém aqui, no Bairro Vazio, esteja disposto a proteger você agora, sabendo o que terão que enfrentar.

– Se eu pedir, talvez eles ajudem – sugeriu a convertida, num árabe muito melhor. – Muitas pessoas devem favores a Vikram, o que significa que agora devem favores a mim.

– Você faria isso? – Alif sentiu uma onda de gratidão desesperada.

– Bem, não podemos ter demônios revirando o lugar. Eu estou grávida. Os hormônios da nidificação estão enlouquecidos. Se a sua segurança significar a minha, você pode ter o que eu tiver.

– E o livro? – Dina o pegou e sentiu o seu peso nas mãos como o saco de algum produto. Alif pensou por um instante.

– E se eu pedir ao *marid* para escondê-lo aqui? E levar uma falsificação comigo? Qualquer livro antigo serviria... Eles têm que pensar que estou com o *Alf Yeom*, que estou fugindo com ele. Isso pelo menos manteria a Mão e os seus capangas longe de vocês.

– Vou perguntar a ele agora.

A convertida se levantou e foi para a porta, segurando a bainha do vestido acima dos pés descalços. Reapareceu alguns minutos depois, na sombra do seu enfermeiro titânico, que parecia encolher a fim de caber na sala.

– O que você me pede – trovejou ele – não é um favor pequeno. Nada há de perdido que não possa ser encontrado, se for procurado. Um dos nossos próprios poetas disse isso. Se este livro é desejado, não ficará escondido para sempre.

– Mas você sabe esconder coisas – disse a convertida. O *marid* ficou satisfeito.

– Sei esconder coisas muito bem – concordou ele.

– Talvez não seja necessário que fique escondido para sempre – falou Alif. – Só por tempo suficiente para ficar livre da Mão. Quem sabe, pode ser que leve uns duzentos anos para que alguém sensato o suficiente decida procurar de novo por ele.

– Um longo tempo para você – disse o *marid*. – Um tempo curto para mim... E então eu teria que passar por tudo isso de novo!

– Mas fará isso? – A convertida o fitou com olhos sinceros.

– Se é o seu desejo – respondeu ele numa voz que parecia assentar cascalho.

– É o meu desejo.

– Obrigado – disse Alif com fervor.

A convertida abriu um sorriso de triunfo para ele. Alif tirou o livro das mãos de Dina, consciente do modo como ela deixou seus dedos roçarem nos dele num gesto inescrutável de ternura, e de novo sentiu frio e calor, ainda magoado pela avaliação sucinta dos seus defeitos. Ele sentiu o fólio rígido do papel entre as mãos, respirando o cheiro inquietante, agora familiar o bastante para evocar uma série de lembranças: o pomar de tamareiras no distrito de Baqara, a luz do lampião na tenda de Vikram, o tumulto sobrenatural da Viela Imutável. O computador do xeque Bilah exalando fumaça, o calvário de sua obra-prima fracassada.

– Parece que você não quer deixar que ele vá – observou a convertida.

Alif meneou a cabeça, estupefato.

– Eu me ressenti dessa coisa desde o minuto em que passou a ser minha responsabilidade – revelou ele. – E ainda assim... Para mim, agora está claro que a minha vida será dividida entre o que veio antes deste livro e o que veio depois.

– A minha também – concordou a convertida.

– E a minha – disse Dina.

Alif acompanhou as letras douradas que se descascavam da capa, passando o dedo pela primeira palavra do título, aquela que era tão parecida com o seu nome. O livro se aquecia sob as suas mãos como um ser vivo e parecia cheio de presságios, sugeridos em camadas de significado que ainda não descobrira: histórias dentro de histórias que permaneciam invisíveis a ele, mesmo enquanto as traduzia em código. Sempre havia algo ainda invisível. O próprio chão era renovado diariamente, revirado e enlameado pelos viajantes de passagem, de tal modo que era impossível fazer a mesma jornada duas vezes. Alif pensou em todas as ocasiões em que havia deixado a casa geminada no distrito de Baqara recurvado por alguma missão comum: o portão do pátio se fechando às suas costas com um chocalhar, apenas para chocalhar novamente quando ele voltava pelo mesmo caminho; para ele, comum e frustrante, para o mundo, um processo cheio de variações mínimas, todas existentes, como dissera o xeque Bilah, simultaneamente e sem contradição. Ele recebera a eternidade em incrementos modestos e não pensara nada a respeito disso.

– Alif.

Sakina o olhava atentamente. Ele endireitou as costas e entregou o livro ao *marid*, que o apertou entre as mãos. O livro desapareceu. O gesto foi tão natural que Alif precisou de um minuto para considerá-lo estranho.

– Para onde o livro foi?

– Para longe – respondeu o *marid*. – Por enquanto.

– Mas pode pegá-lo de volta?

– Certamente.

Alif forçou o ar para fora dos pulmões, respirando agudamente, depois o puxou com mais lentidão.

– Por acaso você tem outro livro que seja parecido? – perguntou ele ao *marid*, evitando aqueles olhos cor de nuvem. – Algo que convenceria uma pessoa comum à primeira vista? Algo que você não se importasse de me emprestar por alguns dias?

O *marid* soltou um ruído indeterminado e desapareceu dentro da casa. Passaram-se vários minutos. Alif começou a se preocupar de ter soltado algum insulto involuntário e estava prestes a perguntar se este havia sido o caso quando ele reapareceu. Nas suas mãos estava um livro com capa azul desbotada, não parecia maior do que um confete nos dedos grossos do *marid*. Ele colocou o manuscrito nos braços estendidos de Alif.

– Por favor, tenha cuidado com este – disse ele solenemente. – É a joia da minha biblioteca. Vocês têm muitas versões deste livro no mundo visível, mas nenhuma eu chamaria de precisa, uma vez que foram escritas pela tribo de Adão. Este contém o único relato verdadeiro e completo da minha prisão cruel por um jovem bandido chamado Aladim, muitos séculos atrás.

Alif sufocou ao puxar o ar para respirar.

– O *Alf Layla*? – soltou numa voz esganiçada. – Este é um exemplar de *As mil e uma noites*?

– Exatamente.

– *Akhi* – exclamou NewQuarter –, estivemos batendo papo com o gênio da lâmpada.

– Cale a boca, cale *a boca*.

Alif abraçou o livro no peito e se obrigou a olhar nos olhos do *marid*.

– Muito obrigado. – Sua voz falhava. – Vou protegê-lo com os meus olhos. Quero dizer, não vai ficar exatamente seguro, considerando...

O *marid* começou a demonstrar insatisfação.

– Mas quero dizer que *ela* ficará em segurança graças a ele – acrescentou Alif apressadamente, apontando o dedo para a convertida. – Se a Mão pensar que ainda tenho o *Alf Yeom*, vai deixar o resto de nós em paz.

– Muito bem – respondeu o *marid*, mais brando. Alif coçou a testa.

– Tudo bem. – Ele se virou para a convertida. – Em quanto tempo você acha que podemos encontrar o pessoal que Vikram... as pessoas que devem favores a você?

– Vamos descobrir – disse ela.

* * *

Várias horas depois, um grupo estranho de criaturas tinha se reunido no pátio do *marid*. Algumas eram *effrit*, sombras ambulantes como aquela cujo computador Alif consertara; outras eram parecidas com Vikram ou Sakina em sua variação esquiva e prismática entre humano, animal e um fogo sem fumaça. Havia também alguns cuja presença Alif só podia sentir, objetos invisíveis e ocultos que se anunciavam apenas pelo seu som absorvente. A convertida estava sentada numa almofada na beira da fonte, as costas bem retas, parecendo nervosa e humana demais para presidir uma reunião tão bizarra. Alif rondava atrás dela, cruzando e descruzando os braços numa tentativa de decidir que pose teria mais autoridade. O *marid* assomava sobre eles como uma figueira. Alif torcia para que a presença dele tivesse o efeito que ele próprio não produzia. Pulou quando a convertida deu um pigarro.

– Obrigada a todos por virem aqui me ver – disse ela. – Chamei a todos vocês como um favor a um amigo... Alif, aqui atrás... e como resultado do que aconteceu na Viela Imutável. De certo modo isto é culpa dele.

– Obrigado – sibilou Alif no seu ouvido. – Agora eles vão me devorar.

– Basicamente, ele precisa de proteção – continuou a convertida, ignorando Alif –, porque o homem que o está perseguindo tem aliados entre os djins.

Aliados entre os shayateen, disse um dos *effrit*, suas palavras reverberando desagradavelmente no crânio de Alif. *Nem todos nós somos demônios.*

– Sim, claro – respondeu a convertida. – Só estava falando de modo geral. De qualquer forma, vocês não vão querer essa gente por perto, nem nós.

– A solução para isso é simples – disse um homem alto de olhos amarelos. – Entregamos este *beni adam* e eles vão embora.

Alif resistiu ao impulso de sair correndo.

– Seria simples assim – retrucou a convertida –, mas desse modo eles venceriam e vocês pareceriam fracos. Por que dar essa satisfação a eles?

– Porque isso nos pouparia muito tempo e dor de cabeça, para ser sincero.

Uma onda de risos percorreu a assembleia. A convertida franziu os lábios.

– Tudo bem, tudo bem. Vamos colocar de outro jeito. Todos vocês devem favores a Vikram e, como viúva dele, estou apelando a esses favores. Façam isso por mim e ficaremos quites.

– Não sei quanto ao resto de vocês – disse uma mulher de aparência magra com um par de chifres curvos e pretos –, mas nunca devi a Vikram um favor grande o bastante para pagar com a minha vida.

Apoiado, apoiado, disse o *effrit. E por que deveria o* beni adam *ficar sentado enquanto travamos as suas batalhas por ele? Isso não é justo. Não somos um bando de idiotas estúpidos escravizados em lâmpadas, ou caixas de leite, ou seja lá o que for, para receber ordens de qualquer terceiro filho que por acaso aparecer por aqui.*

A convertida olhou para Alif, mordendo o lábio.

– Não estou planejando ficar sentado – reagiu ele indignado.

Ah, não? E o que pretende fazer? Espernear e gritar?

– Eu...

Alif foi interrompido pelo aparecimento de NewQuarter, que chegou correndo ao pátio, vindo da rua ao lado, segurando um elegante laptop Sony do tamanho de um envelope grosso.

– Alif – disse ele numa voz animada –, veja o que consegui. Esta coisa nem devia ter sido lançada. Não, espere aí. Essa não é a parte importante. Usei a maravilhosa rede Wi-Fi daquela sombra falante e descobri... Mas você tem que admirar esta máquina comigo por um minuto. Um cara estava literalmente vendendo em um manto na rua, com mouse sem fio para videogames, tudo muito bom. Estou começando a gostar deste lugar. – Ele se sentou no chão, a uma curta distância da convertida, e acenou rispidamente para o grupo de djins depois dela. – Mas olha. Olha só isso.

Sob o olhar frio das sombras antropomórficas, Alif gaguejou um pedido de desculpas e foi se ajoelhar ao lado de NewQuarter.

– Isso não pode esperar? – resmungou. – Eu já pareço um imbecil.

– Não, não pode. Olhe. – NewQuarter girou o laptop para Alif, exibindo um borrão pixelado, pedaços horizontais de arquivos de imagem em bloco e texto embaralhado.

– O que é isso? – perguntou Alif.

– Isso, meu amigo, é uma tela capturada do site de serviços públicos da cidade. – NewQuarter clicou com a seta. Apareceu outra imagem: mais imagens e textos embaralhados. – Esta é a página da Universidade Al Basheera.

Ele clicou novamente.

– A autoridade de trânsito. – Outro clique. – O Conselho de Turismo. São dezenas como esta. Toda a Cidade está digitalmente fodida. Enquanto estamos sentados aqui, brincando de Aladim, nossa Cartago dos tempos modernos foi saqueada.

– Santo Deus. – Alif puxou a tela para mais perto. – Quem? Como?

– No início pensei que fosse um dos nossos companheiros que talvez tivesse ficado idiota – disse NewQuarter. – Sabe como é, tentando fomentar a revolução, desligando a eletricidade ou coisa parecida. Mas todo mundo na nuvem está tão confuso quanto você.

– Está tudo bem com a nuvem?

– É claro que está tudo bem. Eu mesmo entrei nela.

– Mas se os servidores ficam na Cidade...

– Não ficam. Ficam no porão do meu tio, no Catar. – NewQuarter sorriu, parecendo ainda mais jovem. – Está vendo? É bom ter um metido a besta da classe alta do seu lado.

– Caramba. Caramba.

– Então, eu estava pensando... – disse NewQuarter, curvando-se para a frente – ... e se não for uma operação de hackers?

Alif franziu a testa.

– E o que mais seria?

– Algo ainda mais sinistro. Quem tem códigos de acesso, know-how e poder de fogo para ferrar com todos esses diferentes sistemas, todos de uma só vez, sem ter que invadir nada?

Alif olhou a tela capturada.

– Você não acha...?

– É exatamente o que acho. E se isso não deveria acontecer... E se for simplesmente o subproduto de uma enorme caçada humana digital? Alif, e se isso significa que a Mão finalmente fodeu com tudo?

Uma lembrança veio à tona, trazendo com ela uma sensação de sujeira e nudez.

– Ele disse que tinha gente montando a engenharia reversa do código que criei a partir do *Alf Yeom*... Eu avisei a ele. Avisei que uma coisa assim aconteceria se ele tentasse usá-lo. Ele não acreditou em mim. Pensou que seria diferente, desde que tivesse capacidade de processamento suficiente.

– Se ele teve acesso ao seu código, por que ainda quer tanto o livro?

– Bom, veja onde o código o meteu... Ele provavelmente pensa que pode consertar essa bagunça se puser as mãos na fonte. Está obcecado com a ideia de que sou obtuso e não posso compreender toda a magnitude do que o *Alf Yeom* significa para a computação.

– Você acha que isso é verdade?

Alif pensou na coisa que o visitara no escuro e estremeceu.

– Não. Esse livro é como se perder aos poucos. Você começa num jardim com uma calçada e parece muito fácil... Mais fácil do que muitos outros caminhos que já percorreu, que eram confinados por todas aquelas proposições 'e se', parâmetros e leis. Então o chão do caminho fica mais pedregoso, depois tem buracos, por fim você descobre que nem mesmo está mais no jardim, mas em algum deserto imenso. E não pode voltar por onde veio porque o caminho estava todo em sua cabeça.

Vozes se elevaram em meio à assembleia de djins. A convertida olhou gélida para Alif.

– Que tal uma ajuda aqui?

Alif se levantou, endireitando a bainha da túnica, e correu para se colocar ao lado dela.

– Acho que estamos ferrados – murmurou ela sem se virar.

A mulher de chifres pretos cruzou os braços no peito de sílfide.

– Nós decidimos – disse ela. – Você está por conta própria. O risco é grande demais. Cada um de nós está disposto a pagar nossa dívida com Vikram, mas não desse jeito... Se você quisesse procurar algo raro e precioso, ou precisasse de um acompanhante a algum lugar inatingível, isso seria uma coisa. Mas não estamos dispostos a dar nossa vida por este menino.

Os outros murmuraram o seu consentimento.

– Espere – pediu Alif. – E se eu fizer uma coisa para vocês?

O quê, por exemplo?, perguntou o *effrit.*

Alif fez um cálculo mental rápido.

– Vocês sabem que durante séculos existiram humanos que tentaram usar *Os mil e um dias* para obter poder pessoal. Todos fracassaram. Mas o sujeito atrás de mim está muito perto de conseguir... Perto o bastante para criar uma grande confusão. Ele não vai parar no *Alf Yeom,* nem na Viela Imutável. Muito em breve estará aqui, no Bairro Vazio. No computador, ele é tão invisível para vocês quanto vocês são para a média dos, humm, *banu adam.* Mas ele não é invisível para mim. E ele começou a cometer erros. O que significa que tenho a chance de impedi-lo. Cuidem dos seus amigos invisíveis e eu cuidarei dele.

– Como exatamente pretende fazer isso? – sussurrou NewQuarter atrás de seu ombro. Alif deu uma cotovelada nas suas costelas.

A mulher de chifres virou-se para os seus irmãos e falou na mesma língua mutável que Alif ouvira Vikram usar com Azalel, e que ela usou no seu sonho. Havia palavras que ele sentia que devia compreender, mas não entendia, e ele se aprumou para tentar captar alguma coisa familiar. Por fim a mulher se virou para ele com olhos críticos.

– Estamos dispostos a considerar o seu plano – disse ela.

Alif soltou um suspiro explosivo.

– Graças a Deus – disse ele. – Muito bem. Vamos conversar sobre como isso vai funcionar.

* * *

Era tarde – ou, pelo menos, parecia tarde; o céu tinha ido do rosa ao violeta e Alif sentiu que podia detectar variações sutis entre noite e dia –, quando o conclave de djins finalmente saiu do pátio do *marid*. Alif os observou passar em silêncio pelo portão, uma coluna de soldados de infantaria esquisitos, e rezou para ter forças para realizar o que prometera fazer.

– Use isto – aconselhou a mulher de chifre preto antes de sair, estendendo a Alif um apito de prata fino. – Chame-nos quando for a hora.

Alif olhou o apito com ceticismo.

– Como funciona? É uma dessas coisas que emite um som agudo demais para o ouvido humano?

– Não. – A expressão da mulher não era amável. – Não emite som algum. Você o sopra e nós vamos até você.

Alif reprimiu meia dúzia de respostas exasperadas.

– Ah – disse ele.

A mulher assentiu rispidamente. Virando-se, partiu trotando para se juntar à coluna do povo oculto que saía do pátio do *marid*, fazendo uma mesura para o seu efêmero anfitrião ao sair. Alif respirou fundo várias vezes. O ar tinha gosto de flores noturnas. Isso o deixou inexplicavelmente triste e ele se perguntou se teria visto o seu último pôr do sol comum no dia em que ele e Dina fugiram do distrito de Baqara.

– Talvez acabemos mortos tentando resolver isso. – NewQuarter fez eco a seus pensamentos.

– Eu, talvez. Você não precisa me acompanhar, se não quiser. Já fez muito por mim.

NewQuarter deu de ombros.

– Eu acabei com minhas conexões ao fugir pela estrada e entrar no Bairro Vazio. Duvido que possa simplesmente voltar para o conforto da realeza, mesmo que queira. Provavelmente uns lacaios do Estado estão revirando o meu apartamento neste exato momento. Só espero que não quebrem todo o meu aparelho de jantar persa pintado à mão.

– Você é um bom homem, príncipe Abu Talib Al Mukhtar ibn Hamza.

– Meu Deus, você se lembrou da coisa toda.

Eles foram para a extremidade do pátio, onde Dina estendia três tapetes para dormir.

– Espero que não se importem de ficar aqui fora – disse ela. – Nós, as mulheres, vamos dormir lá dentro. Em geral é bem quente à noite, então vocês não vão passar frio.

– Está tudo bem – respondeu Alif.

Ele a viu se mexer, os pés descalços magros e empoeirados contra a pedra, uma tornozeleira de ouro faiscando pouco abaixo da bainha da túnica. Queria perguntar a ela sobre a acusação de hipocrisia que o magoara tanto, mas não tinha coragem de levantar o assunto com New-Quarter espreitando ao fundo.

– Onde está o xeque Bilah? – perguntou ele em vez disso.

– Foi à mesquita no início da tarde – falou Dina. – Disse que pretendia ficar até a oração da noite. O que significa que deve estar de volta a qualquer minuto.

– Ele foi a uma mesquita djin?

– Sim, bem nesta rua. Não ouviu o chamado para as orações?

Alif se lembrava de ter ouvido uma espécie de música aguda e lamentativa em vários momentos durante o dia, mas não se parecia com qualquer chamado à oração que já tivesse ouvido e ele não prestou muita atenção.

– Houve alguma coisa... Só que parecia mais... mais um *canto*. Pensei até ter ouvido harmonias.

– É o jeito deles. Usam escalas diferentes. É muito bonito, depois de você superar o fato de que se parece muito com música.

A jovialidade egípcia e seca na sua voz o fez rir. Ele relaxou um pouco. O portão do pátio se abriu novamente e revelou o xeque Bilah, andando mais ereto do que costumava fazer desde a fuga dos dois, com a cara iluminada por uma tranquilidade íntima.

– *As-salaamu alaykum* – saudou ele.

Alif murmurou a resposta.

– Como está, tio? – perguntou ele com ansiedade.

O xeque se sentou em um dos três tapetes com um suspiro.

– Louvado seja Deus. Levará algum tempo para que eu possa dizer que estou bem. Creio que talvez tempo demais... Mais tempo do que me resta para viver. Mas, por ora, sinto-me muito melhor do que antes, e isso basta.

– Como era a mesquita?

– Impressionante. Lembrou-me de um sonho que tive certa vez, quando era jovem e estudava no Cairo, na Al-Azhar... Sonhei que fora rezar numa mesquita deserta num lugar baixo e verde, em algum local que nunca vi, e enquanto eu estava ali vi uma congregação de djins rezando da mesma forma que fazem aqui. O imã praticamente cantava cada verso que recitava. Sendo jovem e pedante, eu o interrompi grosseiramente e disse que ele recitava o Alcorão de forma inadequada. Toda a congregação se virou e me olhou de cara feia. Então eu acordei. Senti muita vergonha de mim mesmo, pensando que tive uma verdadeira visão e havia insultado terrivelmente os meus irmãos de fé nos mundos invisíveis. Esquecemos que o impulso para a veneração transcende a nossa compreensão turva do mundo que vemos. Sempre lamentei não ter sido convidado a voltar. E agora fui. Você é jovem, então pode não compreender como é ter uma segunda chance na minha idade, especialmente depois de um período... de um período tão difícil, quando se vê a própria morte e a aceita.

– O que quer dizer com segunda chance? – perguntou Alif, consciente de um presságio desagradável nas palavras do xeque.

– Quero dizer que eles me ofereceram gentilmente um lugar aqui, para estudar e ensinar. E estou pensando em aceitar a oferta.

Alif e NewQuarter se olharam com uma consternação muda.

– Mas o senhor disse que não queria ficar entre os djins, como a convertida e Dina ficaram – disse Alif.

– Estou exercendo a prerrogativa de um velho e mudando de ideia.

– Mas por quê? – Ele não conseguia digerir a ideia de deixar o xeque Bilah para trás.

O xeque olhou para o céu com um leve sorriso, a luz violeta refletida nos seus olhos leitosos.

– Porque eu estaria voltando para os destroços de uma vida – revelou ele após um momento. – Eles darão a guarda da Al Basheera a algum lacaio do Estado treinado numa escola desislamizada, e, se eu não for preso ou morto, no mínimo passarei o resto dos meus dias com medo. Como você fará, a não ser que tenha algum plano.

– Meus planos são sempre ridículos – soltou Alif numa crise súbita de dúvida pessoal. – Veja onde nos meteram. Não sei por que não posso simplesmente resolver as coisas de um jeito comum, como todo mundo.

– Talvez você não tenha problemas comuns.

– Eu era um geek de computador que tinha problemas com as mulheres. Isso parece muito comum para mim.

NewQuarter deu uma risadinha.

– Então talvez nós não vivamos em tempos comuns – disse o xeque. – Sei que é normal que os velhos reclamem do mundo moderno e lamentem o fim de uma era de ouro, quando as crianças eram educadas e era possível comprar um quilo de carne por alguns centavos, mas, no nosso caso, meu rapaz, creio que não estou equivocado quando digo que alguma coisa fundamental mudou o mundo no qual vivemos. Chegamos a um estado de constante reinvenção. As revoluções saíram do campo de batalha e entraram nos computadores domésticos. Nada choca mais ninguém. Vivemos numa era pós-fictícia. Governos fictícios são aceitos sem reclamações e podemos ficar sentados numa mesquita e ter um debate sobre o porco fictício que um personagem fictício consome num videogame, com toda gravidade que podemos atribuir a algo real. Você, eu e o principezinho podemos passar a noite no pátio de um *marid* com a mesma calma que o faríamos num hotel. Na realidade, é tudo muito estranho.

– Não acho que esteja falando de uma questão moderna – comentou NewQuarter. – Acho que voltamos ao modo como as coisas eram antigamente, antes que um bando de intelectuais europeus de calça comprida decidisse traçar uma linha entre o que é racional e o que não é. Não acredito que os nossos ancestrais achassem necessária essa distinção.

O xeque refletiu por um momento.

– Talvez você tenha razão. Suponho que cada inovação começou como uma fantasia. Antigamente, os estudantes da lei islâmica eram estimulados a dar livre curso à sua imaginação. Por exemplo, na era medieval, houve uma grande discussão sobre o momento em que alguém é obrigado a entrar em estado de pureza ritual enquanto viajava no hajj. Se você estivesse a pé, quando seria? Se estivesse de barco, quando seria? Se de camelo, quando seria? E então um estudante, tendo esgotado todas as possibilidades terrestres, fez esta pergunta: e se estivéssemos voando? A proposição foi levada como um exercício sério sobre a capacidade de adaptação da lei. Como consequência, tivemos regras governando a viagem pelo ar durante o hajj quinhentos anos antes da invenção do jato comercial.

Alif se deitou no tapete.

– Não sei bem se isso faz com que eu me sinta melhor ou pior – disse ele. Seus braços e pernas estavam pesados de sono. – Gostaria que o senhor voltasse conosco, tio.

– Não ficarei sozinho. A convertida também ficará, você sabe, até depois do nascimento do seu filho.

– Imagino que coisinha linda ele será – falou NewQuarter, fazendo uma careta. Ele tirou as sandálias e se jogou no tapete ao lado de Alif. – Provavelmente terá pelos. Ou presas. Onde vai morar? Como deve ser viver como um menino meio oculto?

– Menina – corrigiu Alif.

– Como disse?

– Menina, não menino. O bebê.

– Como quiser. – NewQuarter fechou os olhos, baixando a cabeça nos braços. Alif fez o mesmo, ouvindo o xeque Bilah cantarolar enquanto tirava o lenço de cabeça e os sapatos.

O ar era cálido e refrescante, trazendo o cheiro do açúcar de tâmaras. Alif ouviu o riso abafado de Dina dentro da casa do *marid*, ecoado junto à voz da convertida, elevada em algum protesto despreocupado. Pensou na Cidade e no que significaria voltar a ela, e em sua mãe, sozinha com a empregada naquela pequena casa geminada, temendo que ele estivesse morto. Parecia importante para ele que durante o tempo que passara na prisão ele só fosse capaz de olhar a própria vida de antes no distrito de Baqara e não o que ela poderia ser novamente, no futuro. Mesmo que ele e NewQuarter tivessem sucesso, mesmo que os djins conseguissem se livrar dos demônios da Mão, talvez, como o xeque, ele acabasse voltando aos destroços de uma vida.

– Alif – chamou NewQuarter, arrastando a voz de cansaço. – Isto vai dar certo?

– Não importa – disse Alif. – Se a gente se ferrar, não vamos viver muito tempo para ter que lidar com as consequências.

– Bom argumento – retrucou NewQuarter.

Uma ave – se é que existiam aves no Bairro Vazio – ecoou de algum lugar no alto: um canto trinado, à beira da noite, como um pardal imitando um rouxinol. Ele sentiu os pensamentos se abrandarem e logo foi dominado pelo sono. Não se passou muito tempo até que um sonho o acometeu: viu o pátio do *marid*, a figura adormecida do xeque Bilah e NewQuarter, e viu a si mesmo, mas o céu era azul-escuro, saturado, sem lua, cheio de estrelas em constelações que eles jamais vira. A visão o prendeu e ele pairou em silêncio acima do próprio corpo adormecido, olhando para cima.

Seu devaneio foi interrompido pelo choro de uma mulher. Perturbado, procurou pela origem e viu uma sombra na porta da casa do *marid*: uma sombra dourada, de fim de tarde, em contraste com a escuridão azul. Era Azalel. Ela atravessou o pátio com pés de veludo, cobrindo com as mãos o rosto sem véu. O cabelo preto e laranja caía desordenado pelos ombros. A túnica amarela que ela vestia da última vez que a vira estava esfarrapada e coberta de poeira, como se ela jamais a tivesse tirado.

– Olá? – chamou Alif, desajeitado, surpreso com o som da própria voz. Azalel o fitou com olhos em fenda, como os de gata. A tristeza ali era tão desvairada e forte que Alif descobriu-se assustado.

– Você está... Por que você está... – Era difícil falar.

– Estou aqui para ver a filha do meu irmão – disse Azalel em voz baixa. – Gosto de vigiar os seus sonhos no pequeno útero. – Ela se abraçou. – Não sei se ela pode me ver ou não. Agora nascem tão poucas crianças meio djins. Meio lama, meio fogo... Ela tem impedido que a mãe, Dina e o velho enlouqueçam e isso *já é* alguma coisa. Então, prefiro pensar que ela vê.

Alif olhou em volta, indefeso.

– Estou acordado ou dormindo? – perguntou ele.

– Dormindo. – Ela andou até ele, enxugando as lágrimas.

– Também sinto falta de Vikram – disse Alif num tom mais gentil. – Eu devia pedir seu perdão. Se não fosse pelos problemas que criei, talvez ele ainda estivesse vivo.

Azalel balançou a cabeça.

– Não. Ele escolheu o momento da própria morte. Isso teve muito pouco a ver com você. – Ela se deitou e se enroscou na pedra quente, perto de onde Alif estava dormindo. Ele percebeu com pesar que a sua boca ficara escancarada de uma forma nada atraente.

– Você deve tê-lo amado muito – falou Alif timidamente. Azalel sorriu e fechou os olhos como quem se recorda de algo agradável.

– Às vezes – respondeu ela. – Às vezes o odiava. Éramos como amantes... Ou talvez ele fosse meu pai, ou éramos inimigos reconciliados. Conhecíamos um ao outro por tanto tempo que nos esquecemos.

Alif esperava que a própria consternação não transparecesse no que quer que ela pudesse ver dele. Seu rosto adormecido se retorceu um pouco. Azalel estendeu os braços para ele, mexendo os dedos insistentemente como uma criança pedindo um doce. Alif recuou.

– Não posso – explicou ele. – Eu amo outra pessoa.

– Você disse isso da última vez.

– Desta vez falo sério.

Azalel se enroscou de costas e o olhou com um rosto que demonstrava cansaço, carência e lembrava a ele perversamente de sua mãe.

– Está tudo bem. Só quero sentir o cheiro do seu cabelo. O cheiro do seu cabelo não muda desde que você era criança.

Encantado e sem disposição de magoá-la, Alif se deitou. Sentiu-se habitar o próprio corpo, despertando por um breve momento enquanto a gata preta e laranja farejava sua têmpora, ronronando.

– Dina sempre disse que você era djin – murmurou ele, entre o sono e o despertar. – Pensei que ela estivesse brincando.

– E estava. Minha linda criança da lama, brincando no terraço...

A gata colocou as costas no peito de Alif. Com uma culpa desnorteada, Alif pensou na ocasião em que ele, menino, tentara aparar os seus bigodes com uma tesoura; também se lembrou de puxar o rabo dela. Nunca ocorreu a ele pensar que era estranho que ela nunca o tivesse mordido ou arranhado por isso. Enquanto resvalava mais fundo no sono, ouviu-a cantar: uma canção de gata suave e sem palavras, falando do amor perdido e dos filhos crescidos, emocionante e triste.

– Tenho medo de não conseguir consertar as coisas – confessou a sua mente em sonho.

– Não se preocupe. – Veio a voz de Azalel, parecendo distante. – Eu ajudarei você.

Capítulo Quinze

– Tem certeza de que vai ficar bem?

A convertida descansava uma das mãos no leve volume da barriga, ainda pouco perceptível por baixo do generoso tecido da túnica. Ela sorriu para Alif.

– Se Deus quiser. Terei o *marid* e agora o xeque Bilah também... E tenho a sensação de que nos veremos novamente, de uma maneira ou de outra.

Se isso fosse verdade, Alif torcia para que fosse em outro lugar, debaixo de um sol mais luminoso e compreensível.

– Voltarei para ver a sua filha – prometeu ele. A filha de Vikram, acrescentou mentalmente, ainda perplexo com a ideia.

– Que bom. Eu gostaria disso. – Ela estendeu a mão e apertou o seu ombro. – Tenha cuidado.

– Vou tentar. – Alif virou-se para o xeque Bilah e beijou a mão do homem. – Adeus, tio. Foi um grande privilégio conhecer o senhor.

– Deus nos proteja, você fala como se eu estivesse às portas da morte. – O xeque estremeceu. – Conhecer *você* foi um grande teste. Porém, trouxe-me a este destino inimaginável e por isso eu agradeço. Vikram tinha razão... Você vai precisar de cada grama de inteligência nos dias e anos que tem pela frente. Use-a muito bem.

NewQuarter entregou a mochila a Alif. Ele a colocou no ombro e se virou, vendo Dina saindo da casa com um incongruente par de tênis e uma bolsa carteiro pendurada no ombro.

– *Yallah bina?*

– O que tem na bolsa? – perguntou NewQuarter, olhando para ela.

– Coisas de que talvez precisemos.

Alif encarou com ansiedade os tornozelos magros visíveis por baixo da bainha da sua túnica, de aparência tão frágil, e se lembrou do barulho terrível do tiro que penetrara o braço dela enquanto fugiam do agente de segurança do Estado.

– Talvez você deva ficar aqui até que isso tenha passado – disse ele. – Será perigoso.

– Eu sei. Por isso calcei tênis.

Ela se colocou ao lado dele, com os olhos se enrugando num sorriso. Alif reprimiu o impulso de pegar a sua mão. Sakina entrou pelo portão do jardim acompanhada pelo *marid*, que ondulava feito uma nuvem de tempestade, os braços cruzados no peito musculoso.

– Prontos? – perguntou Sakina.

Alif sentiu uma onda de adrenalina alcançar seu peito, disparar para os seus braços e pernas numa erupção de calor.

– Prontos – respondeu ele.

Sakina conduziu os dois para o portão. Alif se virou pela última vez: a convertida, o *marid* e o xeque Bilah estavam no meio do pátio como um quadro vivo, observando em silêncio. A água que borrifava da fonte parecia falar por eles. Alif ergueu a mão numa despedida desajeitada.

– Que a paz esteja com vocês – disse o xeque.

– E com vocês também – respondeu Alif. O portão se fechou às suas costas.

Sakina os levou a passo acelerado pela rua da casa do *marid*, desviando-se de um sortimento obscuro de vendedores de rua e transeuntes que apinhavam a via pública. A mesquita que comovera tanto o xeque Bilah apareceu à esquerda: uma estrutura arejada e graciosa de pedra branca, aberta de todos os lados, coroada por um domo que deixava entrar a luz rosada do céu. Alif vislumbrou várias figuras pálidas dentro dela, choramingando para si mesmas as palavras que ele aprendera na infância – Dize: Ele é Deus, o Único; jamais gerou ou foi gerado; e ninguém é comparável a Ele.

Ele tropeçou na correia de uma de suas sandálias e desejou ter as próprias roupas; as túnicas que NewQuarter lhe dera começavam a lhe parecer afetadas, a vestimenta de uma elite à qual ele não pertencia.

Mancando por alguns passos, alcançou Sakina, seguindo a cabeça com tranças dela por uma esquina e descendo o lance de escada de pedra para dentro de um mercado subterrâneo. O cheiro de madeira e bolor animal se infiltrava das barracas de trás, tomadas de garrafas e caixas, gaiolas de criaturas com plumagem cada vez mais exótica, engenhocas que Alif reconhecia e muitas que não reconheceu. A cabeça de NewQuarter subia e descia à frente dele, o tecido branco faiscante em meio às sombras vivas. Ele apressou o passo.

O mercado dava uma volta em si mesmo por vários blocos, parando numa espécie de grade em arco, através da qual Alif podia ver o deserto. A imagem escorregava para fora de sua visão: num momento ele via o céu rosado e a poeira luminosa do Bairro Vazio, pertencente aos djins; no seguinte, via uma paisagem mais conhecida de dunas amarelas e o sol escaldante acima delas.

– Por aqui – orientou Sakina, erguendo a grade com um gesto poderoso. – Vão sentir algo estranho.

Alif olhou para Dina. Os olhos dela eram claros e destemidos acima do véu preto.

– Vamos – disse ele.

Eles passaram um por um, desaparecendo numa confluência de luz. Alif sentiu de novo o gosto de ozônio e de algo metálico, como se tivesse prendido uma tira de papel alumínio entre os dentes. Ofegou, saindo na areia iluminada, e se atrapalhou tentando encontrar o equilíbrio. Ouviu NewQuarter ter uma ânsia de vômito perto dele.

– Merda – xingou o jovem num tom desanimado –, jamais quero fazer isso de novo.

Dina se sentou na areia e abanou a metade inferior do rosto com a ponta solta do véu. Somente Sakina parecia não ter se abalado, de pé e impaciente acima deles, os braços cruzados.

– Recomponham-se – falou ela. – Ainda estamos a muitos quilômetros dos arredores da Cidade.

– Você não está dizendo que vamos ter que ir *a pé*? – NewQuarter a olhou de baixo, apavorado.

– Vocês não, mas eu irei. E três feitos de lama são uma carga muito pesada.

– Carga...

Antes que NewQuarter tivesse tempo de terminar a interrogação, eles foram arrancados do chão. Alif se debateu no ar, encontrando areia sob um dos pés, mas não sob o outro. Um solavanco repentino nivelou o seu corpo acima da terra flutuante. Ele fechou os olhos para reprimir as lágrimas arrancadas dele pelo vento que disparava em seu rosto. Ouvia Dina lutando para respirar e estendeu a mão para ela; só encontrou a bainha da túnica. A velocidade deles aumentava. Alif sentiu uma pressão alarmante nos intestinos e na bexiga e conteve o resultado provável; o esforço que isso envolvia o distraiu e, no que pareceu outro minuto, ele estava tombando numa calçada de concreto.

Respirando fundo pelo nariz, apertou a bochecha contra o chão. Ouviu atrás dele o barulho de garras triturando o asfalto, como os passos em terra de alguma ave de rapina gigantesca. Escutou o grito de surpresa de NewQuarter e levantou a cabeça: na frente deles havia uma fachada de loja quebrada, suas entranhas calcinadas e saqueadas. Alif se colocou de joelhos, depois se levantou, ignorando, por instinto, a figura amorfa que era Sakina.

Pelo que podia deduzir, eles estavam num dos blocos residenciais ambivalentes entre os bairros Antigo e Novo, não muito longe do distrito de Baqara. Entretanto, a paisagem era irreconhecível. Janelas estavam pretas de fumaça, cafeterias desertas, os portões de casas geminadas e prédios de apartamentos bloqueados e trancados. Pela parede de um prédio, a palavra CHEGA fora escrita apressadamente com spray em árabe e urdu, pingando riscos vermelhos e químicos para a calçada.

– O que está havendo? – A voz de Dina estava aguda de medo. – O que aconteceu?

– A Mão explodiu a internet – revelou Alif com raiva. – E possivelmente os serviços públicos com ela.

– Parece que as pessoas ficaram agitadas – comentou NewQuarter, parecendo muito jovem.

Ouviram um barulho de passos numa viela próxima: Alif olhou para a esquina e viu um grupo de adolescentes passar correndo com uma TV de tela plana equilibrada entre eles. Pareciam os meninos das docas que tinham atormentado Dina quando eles se sentaram perto da água para almoçar em outra vida. Uma sensação que não era nem medo, nem empolgação, surgiu das extremidades de Alif.

– NewQuarter – disse ele –, é isso mesmo? Esta é a nossa revolução?

– Se for, está me matando de medo – respondeu NewQuarter. – Cadê todo mundo? Por que estão roubando coisas? É isso mesmo que acontece quando as pessoas não conseguem entrar nas suas contas do Facebook? Onde está o nosso glorioso golpe?

– Vocês têm problemas maiores – disse Sakina, condensando-se numa forma humana. – Sinto cheiro de enxofre. Existem coisas sombrias à solta e perto daqui.

– Ele fez tudo o que podia para conseguir – falou Alif. – Do que é que ele tem tanto medo?

– De você, presumivelmente – opinou NewQuarter.

– De jeito nenhum. Ele me odeia, mas não o suficiente para enlouquecer assim. Não o suficiente para deixar que um bando de demônios ande à solta por toda a Cidade.

– Então, eles – disse Sakina.

Ela apontou para a rua. Um ronco baixo foi emitido da esquina. Os olhos de Alif se arregalaram. Uma massa de manifestantes apareceu, marchando às dezenas pela largura da avenida, portando cartazes e placas em árabe, urdu, inglês, malaio; havia mulheres de cabeça descoberta e com véu, velhos com as braçadeiras vermelhas do Partido Comunista, homens de barba e túnica.

– Sugiro que saiamos da rua – instruiu Sakina mansamente.

Alif correu para a segurança de uma viela, com Dina e NewQuarter bem atrás. A turba passou rapidamente, entoando "o povo quer justiça" e "abaixo o medo, abaixo a segurança do Estado" quase em uníssono.

– Nem acredito – disse NewQuarter. – Está vendo isso?

– Estão marchando juntos – falou Alif, de certo modo consigo mesmo. – Toda a escória descontente de uma vez. Eu devo conhecer muitas dessas pessoas.

– Nós fizemos isso, *akhi*. Os geeks de computador fizeram isso. Nós dissemos a esses selvagens que todos podiam ter uma voz, mas eles tinham que partilhar a mesma plataforma virtual. E agora que a plataforma virtual se foi...

– Eles têm que partilhar o mundo real.

– Fora dos computadores.

– Fora dos computadores.

– Puta merda.

Os seus devaneios foram interrompidos por um disparo de arma de fogo e depois um silvo baixo. Uma lata de gás branco rolou pela rua até os manifestantes. A uma quadra dali, Alif teve um vislumbre dos policiais de segurança do Estado vestidos com a armadura corporal, brandindo cassetetes. De longe, parecia uma falange de besouros pretos, os olhos e bocas cobertos pelos escudos reflexivos de plástico temperado. Alif pensou em seus captores na Al Basheera e sentiu uma cólica bem onde os chutes deles haviam acertado.

– Precisamos sair daqui – disse Dina numa voz trêmula.

– Alif precisa de um uplink que funcione – observou NewQuarter. – O plano era irmos para o meu apartamento.

– E isso ainda é possível? – Sakina ergueu uma sobrancelha.

Alif a olhou em dúvida.

– Você pode, humm, nos carregar de novo?

Ela suspirou.

– Por favor – pediu NewQuarter. – Não fica longe. É uma cobertura no prédio branco e grande da praça da Vitória, na avenida 25 de Janeiro. No Bairro Novo. Evidentemente.

– Muito bem.

Houve outro solavanco e Alif estava mais uma vez no ar, o estômago jogado na garganta. A Cidade se aglutinava abaixo dele em uma matriz de pontos cor de poeira. Alif ofegava enquanto o ar ficava rarefeito e estava prestes a pedir a Sakina que os baixasse quando ela fez exatamente isso, jogando-os um por um no telhado de um grande prédio branco de apartamentos. Alif caiu de joelhos e segurou a cabeça latejante, consciente dos barulhos indelicados que NewQuarter fazia.

– Acho que para mim já chega desse meio de transporte – disse NewQuarter com a voz trêmula, esfregando a boca com a manga. Sakina fungou, parecendo ofendida.

– Vocês me pediram para carregá-los.

– Eu sei, eu sei. Muito obrigado. – NewQuarter fez uma saudação fraca. Ela se virou e pareceu se recompor, como uma grande ave fulva preparando-se para se lançar ao céu.

– Aonde você vai? – chamou Alif, alarmado.

– Com as coisas sombrias por perto, ficar aqui é ainda menos seguro para mim do que é para vocês – explicou ela, batendo os braços contra o vento. – Não voltarei sem um exército.

Alif pensou que podia realmente ver penas saindo de seus braços magros. Beliscou a ponte do nariz.

– Quanto a isso – disse ele. – Eles virão, não é? Os amigos djins da convertida?

– Foi o que disseram.

– Quanto vale a palavra de um djin, em teoria?

Sakina riu. Com uma guinada imensa, ela desapareceu no céu branco e indiferente. Alif a olhou, tentando distingui-la em meio às gaivotas que rodavam no alto, mas nada viu.

– Não fique parado aí, pelo amor de Deus. Não temos absolutamente tempo algum a perder. – NewQuarter seguiu na frente do grupo para uma escada no canto do telhado, mexendo num aro de chaves. Dina oscilava ao segui-lo, como se estivesse bêbada; quando Alif pegou a mão dela para equilibrá-la, ela soltou uma queixa desarticulada.

– Você está bem?

– É voo demais. Tentando não vomitar dentro do meu véu. É a pior sensação do mundo. Quando eu tinha treze anos e tive disenteria, vomitei na escola e precisei passar uma hora no banheiro das meninas lavando e secando tudo.

Ele se lembrou dela aos treze anos: magra, silenciosa e sempre pairando por perto.

– Devia ter pedido ajuda – disse ele, acariciando desajeitadamente a sua mão.

Ela deu de ombros.

– Era uma questão de honra. Eu era a única menina da escola que usava *niqab* e todo mundo esperava que eu o tirasse.

– Ou você é corajosa, ou boba.

– Que engraçado, penso o mesmo de você.

– Por favor, por favor, parem com isso – pediu NewQuarter, colocando uma chave na fechadura da porta da escada. – Não é hora de sussurros apaixonados.

Ele abriu a porta e desceu uma escada de cimento que levava ao interior do prédio. Alif o seguiu, conduzindo Dina. A escada estava escura;

lâmpadas falhavam em suportes de vidro fosco que tinham sido quebrados por algum objeto rombudo. Um risco de líquido que corria por uma parede com um elegante afresco quase certamente era urina.

– Meu Deus, eles reviraram o prédio todo! – NewQuarter pegou um caco de vidro e o deixou cair, desanimado.

– Eles quem? – Consternado, Alif olhou a carnificina à sua volta.

– O pessoal da Mão, os manifestantes... Talvez a gente não tenha como saber quem.

– Mas você está do lado deles! Por que os manifestantes...

NewQuarter virou-se para ele com um olhar duro e impaciente.

– Eles não sabem que moro aqui, seu pateta. Mesmo que soubessem... Foi com uma revolução que quase esbarramos lá fora. Uma revolução, Alif. Eu poderia distribuir panfletos relacionando todas as maneiras com que arrisquei minha pele e traí o emir e o Estado, mas ainda sou da realeza e eles ainda vão querer a minha cabeça.

– Por que fariam isso? – Alif ouviu uma série de estalos altos em algum lugar na rua, seguido por um coro de gritos.

– Porque não podem evitar. Está tudo saindo em torrentes agora. Noventa por cento das revoluções são diarreia social.

– Falando como um verdadeiro aristocrata – resmungou Dina.

– Como podemos ter certeza de que é realmente uma revolução? – perguntou Alif, torcendo, mesmo a contragosto, para que não fosse; ele podia falar de liberdade, mas teria se conformado prontamente com a familiaridade.

– Claro que é uma revolução. Viu o número de mulheres nas ruas? Na semana passada, teria sido necessária uma empilhadeira para tirar essas mesmas mulheres de casa. O emir está condenado.

Eles chegaram a um corredor com piso de taco tomado por destroços domésticos dos apartamentos que o ladeavam. Alif passou aos tropeções pelas carcaças de mesas viradas, luminárias Tiffany, tapetes turcos e esculturas variadas, sua mente ficando cada vez mais entorpecida. Assustou-se quando ouviu o gemido de NewQuarter.

– Eles quebraram os pratos. Essas coisas são pintadas à mão. Me custaram cem dihrans a peça.

Alif olhou por sobre o ombro de NewQuarter e viu uma porta arrebentada dando no que antigamente era um apartamento de solteiro bem mobiliado. Uma dezena de pratos de porcelana azuis e brancos estava estilhaçada no chão, criando um mosaico perturbador que NewQuarter espalhava com os pés, dando um grito furioso. Outros estalos ecoaram pela janela quebrada que abria para a praça. Alif pensou ter ouvido gritos.

– Acho que estão atirando nos manifestantes – disse Dina em voz baixa, encolhendo-se.

Outra rajada de tiros soou. Alif se afastou um pouco da janela. Um lamento fraco subia da praça, assim como um cheiro de borracha queimada. A voz fraca de um homem num megafone apelava à multidão para resistir e formar uma linha na frente da polícia.

– Este lugar não é seguro. – NewQuarter estava nervoso, andando de um lado para o outro da sua sala de estar com piso de mármore, endireitando móveis virados ao passar. Parou ao lado de um relógio antigo estripado, encimado por um elefante dourado, e foi novamente dominado pela tristeza. – Eu tinha esperanças de podermos ficar aqui enquanto você codificava – continuou ele um instante depois numa voz mais calma, andando novamente pela sala –, mas todos os meus computadores já eram... Portas quebradas, trancas arrebentadas... Basicamente, estamos fodidos.

Um barulho alto e uma série de ruídos de pés no andar abaixo pontuaram a sua observação. Alif ficou paralisado, olhando fixamente Dina, que tremia em silêncio. NewQuarter parou de andar sem rumo pela sala, puxando o ar e prendendo até ficar vermelho. O barulho abaixo cessou.

– Até a maldita mulher voadora nos desertou – gritou NewQuarter. – Agora não temos como sair da Cidade.

– Foi você quem disse que nunca mais se deixaria ser carregado novamente por um djin – sibilou Dina. – Ela ficou ofendida.

– Bom, mas que merda, e não é que você é a voz da razão?

– Pare com isso – exigiu Alif.

O barulho recomeçou. Parecia o bater de pés de um animal aprisionado, mas havia um caráter seco nele, quitinoso, como o som de tecido áspero raspando em si mesmo. As entranhas de Alif se reviraram. Ele começou a respirar com muita dificuldade.

– Sei o que é isso – sussurrou ele. – Ah, meu Deus. Não deixe que suba aqui, não deixe... Dina, por favor...

Uma parte dele sentia-se emasculada por apelar a ela de forma tão lastimável, mas ele não se importou; estava mais uma vez sozinho no escuro. Imaginou o ambiente à sua volta escurecendo e esfriando cada vez mais e o tumulto na praça esmorecendo. De fora, veio o som de pés descalços subindo a escada.

– O que está acontecendo com a luz? – gemeu NewQuarter. Alif sentiu outra pontada de pânico.

– Você também está vendo?

– Como assim, *também*? Mas o que está acontecendo?

Respirando num ofegar curto e apavorado, Dina aproximou-se da porta arrebentada.

– Dina! – sibilou Alif, arrependendo-se do momento de fraqueza. – Fique aqui!

Ela o ignorou. Em voz baixa, começou a recitar as últimas palavras do Alcorão.

– Dize: amparo-me no Senhor da Alvorada – falou Dina. – Do mal de quem por Ele foi criado, do mal da tenebrosa noite quando se estende, do mal dos que praticam ciências ocultas, do mal do invejoso quando inveja.

Os passos pararam, depois continuaram numa explosão de velocidade sobrenatural.

– O que é essa coisa? – gritou NewQuarter.

Parecia que o ar deixava a sala. Alif caiu de joelhos, balançando-se, todo o raciocínio escapando da sua mente.

– Dize: amparo-me no Senhor dos humanos – continuou Dina. – O Rei dos humanos, o Deus dos humanos, contra o mal do sussurro do malfeitor, que sussurra aos corações dos humanos, entre gênios e humanos.

Um riso baixo vagou pelo que restava da porta.

– Sim, as palavras certas. – Veio uma voz. – As palavras certas, sim.

Alif se enroscou em posição fetal. Em algum lugar atrás dele, NewQuarter soltou um grito agudo e medonho, como uma criança acordando de um terror noturno. Dina continuou onde estava, um lindo vazio negro contra a escuridão que se adensava, suas costas estreitas sendo a única coisa que separava Alif e a criatura que arrastava as pernas lentas pela porta. Olhava-o sem olhos. Um momento de reconhecimento se passou entre eles. Alif gemeu, com as mãos apertando as orelhas, assaltado pela lembrança de sua cela e do círculo cada vez menor de passos que andavam à sua volta no escuro.

– Procuro refúgio no Senhor do desterrado Satã – recitou Dina. – Diga as palavras comigo, por favor.

Alif percebeu que ela falava com ele e obedientemente tentou mexer os lábios, mas não saiu som algum.

– Por favor – repetiu Dina, com um tremor na voz.

– Procuro... Procuro... – Ele se esforçou para falar, colocando-se de quatro. Ao erguer a cabeça, Dina recuou para a luz que entrava por uma janela quebrada. Por um momento ela não era negra, mas dourada, derramando o farto sol da tarde das dobras da sua túnica.

A criatura hesitou.

– Procuro refúgio no Senhor do desterrado Satã – repetiu Alif. O medo que tomara posse dele se esvaiu, substituído por algo furioso e brilhante. A coisa escura avançou aos poucos. A luz do sol caía nela e também em Dina, parecendo dizer com a sua indiferença terrível que existiam, para além do invisível, forças ainda mais invisíveis.

– Procuro refúgio no Senhor – disse Dina.

A coisa escura estremeceu, ponderou e lançou o seu corpo flexível contra ela, um buraco cheio de dentes abrindo-se no rosto vazio. Os gritos de NewQuarter se elevaram várias oitavas. Alif lutou para se levantar e se agarrou nas pernas sinuosas da criatura, afastando-a de Dina, que caiu para trás com um arquejar. Alif puxou para longe do corpo os braços compridos do monstro, lutando para manter alguma distância da superfície escorregadia da sua pele. A coisa soltou um grito e se virou para ele, abrindo um buraco na cara até que o anel de dentes se estendeu para além do perímetro negro da sua carne. Ela partiu para o pescoço de Alif.

Dina perdeu a compostura. Gritava o nome de batismo de Alif com um pavor cego que ameaçava vencer a bravata dele. O ataque da criatura o derrubou no chão, fazendo a sua cabeça bater nos ladrilhos de mármore. Uma luz cortou o tecido macio por trás dos seus olhos e ele ofegou, piscando, lutando para recuperar o foco no agressor. Suas pálpebras de repente ficaram pesadas, o corpo, frouxo.

Quando piscou novamente, ficou surpreso ao ver Vikram curvado sobre ele.

– Mas que grande trapalhão você é, irmão mais novo.

Ele estava velado na sombra, uma premonição de crepúsculo contra o brilho ofuscante na cabeça de Alif.

– Pensei que você estivesse morto – murmurou Alif.

– Então você não é um idiota completo, porque de fato estou morto.

Alif entrou em pânico.

– Sendo assim, estou morto também. Ah, meu Deus...

– Mas que bebezinho ele é – zombou Vikram. – Você não está morto. E, mesmo que estivesse, isso não é desculpa para choramingar com tal indignidade.

– Não importa. Estou ferrado, de qualquer forma. O Estado está baleando as pessoas nas ruas, a Mão colocou coisas escuras e sem olhos atrás de mim e eu não acho realmente que sou bom o bastante no que faço para impedi-lo...

– De repente ele descobre a humildade. Pensei que você fosse uma espécie de gênio baixinho.

– Não sou, não sou nada. Sou ridículo.

– Minha irmã não pensa assim.

– E como ela saberia? Foi só uma vez...

– Pelo amor de Deus, não foi isso que eu *quis dizer*. Ela disse que se sentou no peitoril da sua janela por muitas noites e viu você trabalhar por horas a fio. Certamente você deve ter produzido alguma coisa de valor.

Alif precisou de um momento para entender do que ele estava falando.

– Tin Sari? Como isso ajudaria?

– E como vou saber? Mexa os seus dedinhos magrelos e diga algumas palavras mágicas ou seja lá o que você costuma fazer.

Alif pensou por um momento, perplexo.

– Se eu conseguir fazer com que Tin Sari reconheça a Mão – disse ele –, teoricamente posso bombardeá-la com todo tipo de coisas remotamente, sem ter que identificar cada um dos seus dedos digitais. Mas levaria semanas para reunir dados suficientes para desenvolver o perfil.

– Hum. – Fez Vikram. – Se você esteve se escondendo desse homem por tanto tempo, presumivelmente já sabe *do que* esteve se escondendo.

Alif suspirou de frustração, sem ter como explicar a Vikram por que a lógica dele era infundada. Abriu a boca para responder, mas se conteve:

espontaneamente, as palavras do morto davam voltas na sua mente, revelando algo que ele não havia considerado.

– Tem razão – respondeu ele, incrédulo. – Os dados estão lá... Ou melhor, podem ser inferidos a partir de ataques passados aos nossos sistemas. Temos anos de diagnóstico na nuvem, todos nós... NewQuarter0I, Abdullah da Rádio Sheikh, Gurkhab0ss e todos os outros. Talvez dê certo. Pode dar certo.

– Muito sagaz, para um palerma inconsciente.

Vikram estendeu o braço e mexeu no cabelo de Alif com a mão em garra. Havia algo de decepcionante na falta de peso dos seus dedos. Alif descobriu que tinha recuperado a sensibilidade nos braços e nas pernas. O mundo agora se endireitava.

– Estou alucinando – observou.

– Eu direi que está e deixarei que reflita sobre as implicações disso – falou Vikram. Ele se virou para sair, saltando de volta à luz enevoada. – A propósito – disse –, quando você acordar, abaixe-se.

Alif se abaixou. Houve um tremendo estrondo no alto, uma abertura sinfônica de dentes e engrenagens escapando. Com um grasnado, a criatura sem olhos rolou para longe do seu corpo. Alif levantou a cabeça e viu NewQuarter parado acima dele com os restos do relógio antigo nas mãos.

– Você encontrou a sua coragem – Alif ofegou.

– Também fiquei irritado – disse NewQuarter.

Alif tentou se sentar, mas se viu jogado para trás, arrastado pelo chão pelas alças da mochila. Dina recomeçou a gritar.

– Dê-nos – sibilou a criatura.

Alif rolou de lado, libertando-se da mochila. A criatura batia nela como um gato, rasgando o forro de náilon. Ela pegou a capa frágil do *Alf Layla* com uma gargalhada. Alif mergulhou para o livro, segurando a extremidade oposta antes que os dedos escuros e almofadados tivessem a oportunidade de libertá-lo. A criatura puxou o livro para si com um rosnado. Alif sentiu estalos nas articulações do ombro de um jeito que teria sido agradável nas mãos de um massagista em um *hammam*, porém, na atual circunstância, o fez gritar; ele cambaleou para trás, abdicando do manuscrito.

– Vai se foder! – gritou. – E diga à Mão para se foder também!

A boca horrenda se escancarou e um uivo fétido foi soprado na cara de Alif. A criatura pressionou o livro contra o peito. Rolando pelo chão num padrão errático, saltou pela janela quebrada que dava para a praça e desapareceu.

Por um momento, só o que Alif ouviu foi um ofegar apavorado. Ele se recompôs, estremeceu e se deitou. Suplicando sem coerência alguma, Dina arriou no chão ao lado dele, separando o cabelo da parte de trás do seu couro cabeludo com os dedos trêmulos.

– Você devia ter deixado que ele levasse o livro – disse ela. – Não sei por que lutou desse jeito.

– Prometi ao *marid* que ficaria de olho nessa coisa – murmurou Alif. – De qualquer modo, é só um calombo.

– Uma ova – falou NewQuarter, puxando a túnica pela cintura. – Estou surpreso que você ainda tenha crânio. Foi uma rachadura de verdade. Você ficou completamente inconsciente por alguns segundos.

– Pensei que ele ia matá-lo. – Dina tremeu.

– Eu pensei que ele ia matar *você* – retrucou Alif, tentando sorrir. – Você andou na direção dele como se quisesse enxotar um gato de rua do jardim.

– Você foi muito corajosa mesmo. – NewQuarter olhou a túnica amassada entre as mãos e fez uma careta. Suspirando, deixou-a cair, revelando uma mancha úmida. – Ironicamente – continuou ele numa voz fraca –, isso aconteceu mais ou menos de acordo com o plano. Com sorte, ganhamos algum tempo.

– Só o tempo que levar para aquela coisa voltar à Mão e ele perceber que o enganamos, depois ficar muito, mas muito irritado. – Alif se escorou nas mãos. – Eu tenho que codificar. Ainda preciso de um uplink que funcione.

– Essa é única coisa que acredito que ainda posso conseguir. – NewQuarter andou de pernas rígidas para um quarto no corredor principal. – Ligue seu netbook e procure por uma rede sem fio chamada CityState. Vou recitar o código de acesso.

Dina entregou a Alif a mochila rasgada. Ele pegou o netbook, balançando a cabeça várias vezes para clarear os últimos pontos que dançavam diante dos olhos.

– Tem certeza de que essa rede ainda funciona? – perguntou ele a NewQuarter. – Parece que a Mão conseguiu ferrar com cada IP da Cidade.

– Ela funciona. – A túnica suja de NewQuarter voou pela porta do quarto e caiu num monte de entulhos no corredor. – Esta ele não pode tocar. Satélite.

– Ele poderá, se tiver acesso ao roteador em terra.

– Ele não poderá, se eu for o dono do satélite.

Alif olhou boquiaberto para NewQuarter, que saía do quarto vestindo uma túnica limpa.

– Você é novo demais para ser dono de um apartamento tão legal – afirmou Alif –, que dirá um satélite.

– Está muito enganado. Eu podia ter comprado uma Mercedes revestida de ouro como aquele gordo idiota do Suleiman, o número 14 na linha de sucessão ao trono. Você devia ficar feliz... Um motivo para esta Cidade ser tão pobre é que os outros vinte e cinco príncipes têm mais dinheiro do que bom senso para gastá-lo. Eu, por outro lado, tenho tanto dinheiro quanto bom senso. Na era da informação, ganha quem tiver um uplink de internet limpo e confiável. Os censores que se danem.

– O seu próprio *satélite.*

– O meu próprio satélite. Agora cale essa boca e comece a digitar.

Alif correu os dedos de um lado a outro das teclas conhecidas do netbook. Tentou montar uma imagem do que tinha a fazer. A lembrança da grande torre que construíra no computador do xeque Bilah o distraiu; ele se perguntou se algum dia conseguiria recriar algo tão bonito, apesar das falhas. Agora, o trabalho cansativo da codificação comum parecia banal. Sem o *Alf Yeom,* era mais um hacker labutando linha por linha atrás de uma tela luminosa, sem vigilância nem observação.

– Só por curiosidade – disse NewQuarter –, o que pretende fazer?

Alif pegou o flash drive na mochila rasgada e o ergueu. Não sofrera danos; a bênção do dervixe cego ainda estava valendo.

– Colocar um rabo na Mão – explicou ele. – Um rabo que ele não pode abanar.

* * *

Ele trabalhou com uma energia furiosa. Como garantira NewQuarter, a nuvem estava intacta. Continha logs de chats cheios de hipóteses sobre os seus métodos e técnicas, diagnósticos e análises, e séries inteiras de arquivos dedicadas a registrar os ataques da Mão aos seus postos avançados digitais. Alif limpou os dados e os inseriu na botnet de Tin Sari, murmurando *bismillahs* sempre que martelava a tecla *enter*.

– Você tem uma compressa gelada, ou gelo que possa ser colocado em alguma coisa seca? – perguntou ele a certa altura a NewQuarter. – O netbook está começando a aquecer muito.

– Quantas placas-mãe você derrete por semana? – perguntou NewQuarter com um suspiro. Atravessou a sala desde a porta, onde estivera montando guarda com um pedaço de madeira lascada.

– Não tantas quanto você pensa. – Alif não tirava os olhos da tela. Estendeu a mão; Dina a tocou.

– Como você está? – sussurrou ele.

– Ficarei melhor quando isto acabar – respondeu ela.

A pressão da mão de Dina aumentou. Sem ter vontade de se afastar, Alif digitou com uma só mão por vários minutos, entrando com linhas de código, uma por uma, para criar uma ogiva de software malicioso que fosse, assim esperava, primitiva e prejudicial o bastante para transformar qualquer sistema operacional numa sopa pixelada.

– Não entendi – falou NewQuarter, agitando o bastão no ar. – O que há de tão especial nessa sua botnet de perfil? A Mão não é um dentuço de treze anos fazendo ataques em DOS. Ele já tem endereços de IP rotativos... Você sabe como isso funciona, ele é tão bom que às vezes nem mesmo há um IP de origem. O homem é praticamente alguém impossível de rastrear.

– Não para o Tin Sari – afirmou Alif. – Para evitá-lo, ele teria que se tornar outra pessoa.

– Não estou acompanhando.

– Não há nada para acompanhar. Escrevi este aplicativo e não tenho ideia de como funciona. Mas funciona. Isso basta.

NewQuarter arriou no piso de mármore com o bastão sobre o ombro, impressionado.

– Isso se chama maestria – comentou ele.

Alif suspirou com um dedo pairando sobre a tecla *enter*.

– Não. Um mestre é alguém que compreende o que cria. Sou tão estúpido que deixei passar alguma coisa muito simples – disse ele. – Rezem, vocês dois. Vou executar esta coisa. E então vamos precisar rezar um pouco mais porque ela pode simplesmente travar antes que eu consiga ter um perfil da Mão, ou depois de ter o perfil e antes que ela comece a bombardear.

NewQuarter levou as mãos ao rosto obedientemente.

– Não sei se posso rezar por um programa de computador – falou Dina.

– Reze por mim – pediu Alif.

Ela aquiesceu, respirando nas palmas das mãos. Alif baixou os olhos e fez algo entre uma oração e um pedido, ciente do quanto estava perto da ruína, quantas e várias tinham sido as consequências involuntárias dos seus atos. O barulho na praça ficou mais alto.

– Precisamos continuar em movimento – disse NewQuarter. – Parece que as coisas estão ficando mais feias lá embaixo.

Alif assentiu animadamente.

– Pode colocar isso na sua bolsa? – perguntou ele a Dina, entregando-lhe o netbook. – Minha mochila está muito destruída. – Ele pendurou num dedo o tecido de náilon rasgado.

– Claro. – Ela fechou o netbook na bolsa carteiro que trouxera da casa do *marid* e a pendurou no ombro. – Vamos.

Atravessaram a sala às pressas. NewQuarter se escorou contra o que restava da porta e empurrou; ela saiu das dobradiças e caiu no corredor.

– Pronto – disse ele. – Agora os revolucionários podem saquear direito este lugar. Deixaram muita coisa para trás.

Ele os levou pelo corredor para a escada principal, cortando caminho pelos destroços cintilantes dos apartamentos dos vizinhos. Passaram por uma série de elevadores silenciosos, as portas escancaradas, revelando interiores revestidos de espelho. Alif ficou assustado ao ter um vislumbre do próprio reflexo e reprimiu um grito.

– Silêncio – sibilou NewQuarter. – Não sabemos o que mais pode estar escondido neste lugar.

– O que aconteceu com as pessoas que moram aqui? – sussurrou Dina. – Para onde foi todo mundo?

NewQuarter olhou em volta com uma expressão vaga.

– Ou morreram ou fugiram. A maioria dos meus vizinhos era do tipo corporativo estrangeiro que trabalhava para as petrolíferas. As embaixadas deles provavelmente os retiraram daqui.

– Nunca pensei que chegaria a este ponto. – Alif chutou as entranhas eletrônicas de uma tevê de tela plana jogada no chão.

– Sério? – perguntou NewQuarter. – Pensei que era isto que nós queríamos.

Subjugado, Alif se calou. Eles deixaram o corredor por uma porta de vidro e atravessaram um trecho do terraço ladeado por vasos quebrados de tuberosas e hibiscos. Dali, o tumulto na praça era um rugido abafado e homogêneo: um mar humano na maré alta. Alif não parou para ouvir atentamente. Eles voltaram a entrar no prédio, do outro lado do terraço, chegando a uma área de estar mobiliada com poltronas de couro viradas e o que antigamente havia sido um bar, reduzido agora a um armário vazio, seu conteúdo levado dali muito tempo antes.

– Por processo de eliminação, agora sabemos que a sua casa não foi saqueada por fundamentalistas islâmicos. – Alif fez uma piada fraca.

– Não sabemos disso – disse NewQuarter. – Eles podem ter levado as garrafas para quebrar ou para transformá-las em coquetéis Molotov. Estamos entrando no meio deste levante. É como ver um cubo de gelo derretido pela metade... É impossível deduzir seu formato original, ou de que tamanho ficará a poça no final.

– Você é tão negativo. – Dina o repreendeu.

– Não sou, não, sou um estudante de história. As revoluções só recebem nomes depois que fica claro quem venceu. – NewQuarter apressou os dois, abrindo duas portas largas com painéis de brocado, que pareceram a Alif pertencentes ao saguão de um hotel caro. Do outro lado, uma escadaria de mármore se torcia para longe deles em direção ao térreo.

Estava coberta de um material preto como piche. De início, Alif pensou que a escadaria estava suja do conteúdo de vários banheiros, mas, para o seu pavor, as coisas escuras começaram a se mexer e se alterar, estendendo braços de sapo e virando rostos sem olhos para a galeria no alto da escada, onde ele estava com Dina e NewQuarter. Eram tantos que não havia como contar.

– Deus nos proteja – sussurrou Dina. Alif reprimiu o impulso de ofegar. Avançou à frente dela, estendendo o braço protetor por seu corpo.

– Corram – disse NewQuarter com a voz rouca.

– O quê? Não...

– Corram, idiotas, corram.

Um instinto de se retorcer dominava o autocontrole de Alif. Ele partiu atrás da mancha branca que era a túnica de NewQuarter, puxando Dina às suas costas. Horrendos sons de tapa os perseguiam, curiosamente secos – o baque de pés acolchoados galopando escada acima. Voltaram em disparada pelo terraço. Alif ouviu Dina gritar e se virou para olhar: ela havia tropeçado em um vaso de flores e caíra esparramada entre os botões de hibisco.

– Espere! – chamou ele, dirigindo-se a NewQuarter. As coisas escuras atiravam-se para eles de quatro, em silêncio, exceto por seus passos misteriosos. Alif segurou Dina pelo braço e a colocou de pé. Ela deu um passo e gritou, mancando de uma perna. Alif xingou.

– Apoie o braço no meu ombro – disse ele.

– Eu sou pesada demais!

Dina tinha razão. Alif trotou para a porta de vidro do outro lado do pátio com Dina pendurada canhestramente às suas costas, observando com uma sensação depressiva a cara de NewQuarter ficar mais pálida e mais frenética.

– Rápido! – gritou ele, escancarando a porta.

Alif se arrastou por ali. Dina fechou a porta às costas deles com o pé saudável. O vidro tremeu quando uma dezena de formas escuras bateu nele uma vez, os corpos convulsivos lutando contra a barreira invisível. Eles recuaram como um só, pararam e investiram novamente para a porta. Uma rachadura correu sinuosa pelo vidro.

– Filhos de uma cadela! – NewQuarter afastou-se de quatro da porta. Alif olhou a rachadura no vidro, de repente incapaz de se mexer.

– Minha bolsa. – Dina puxou a manga de Alif. – Na minha bolsa.

– O quê?

– Gás lacrimogêneo.

Alif se atrapalhou com o zíper da bolsa carteiro. Dentro dela, com o netbook, havia uma corda fina, um alicate, um isqueiro e meia dúzia de outros objetos, além de uma pequena lata preta enfeitada com vários alertas de saúde em inglês.

– Coisas que talvez precisemos? – indagou Alif, sem acreditar.

– Sim, sim, da casa do *marid*. Não pergunte. Só pegue o gás.

Alif pegou a lata preta. As coisas escuras se atiravam contra o vidro rachado numa litania de baques, criando um raio de danos cada vez maior. A porta começou a empinar para fora. Agora NewQuarter gritava abertamente, cobrindo o rosto com as mãos. Alif atrapalhou-se com o anel da lata preta, as mãos escorregadias de suor. Ela escorregou da sua mão e rolou para o chão.

– Pelo amor de Deus!

Dina disparou para o gás lacrimogêneo e o pegou quando a porta de vidro finalmente se espatifou. O instinto fez Alif se curvar para proteger o rosto. Ouviu-se um silvo alto; uma fumaça branca e acre preencheu o ambiente e queimou os seios nasais de Alif. Ele cambaleou, sufocando. Um coro de dor e sofrimento anfíbio era audível através da névoa. Mãos empurraram Alif para a frente, para o corredor ladeado de portas onde ficava o apartamento de NewQuarter. Os olhos dele ardiam.

– Continue. – Veio a voz de Dina atrás dele.

Ele obedeceu, oscilando erraticamente, apertando os olhos com a base das mãos. Houve uma tosse e um gemido à sua direita: ele tateou às cegas, pegou a gola de NewQuarter e o puxou sem dizer nada. O batente da porta do apartamento de NewQuarter apareceu diante dele. Alif tropeçou por ela e entrou nos restos da opulenta sala de estar, puxando ar fresco para os pulmões. Tossindo violentamente, NewQuarter livrou-se da mão de Alif e arriou no chão. Alif procurou Dina por perto. Ela mancou pela porta atrás dele.

– Obrigado – disse ele com a voz rouca. – Eu quase estraguei tudo.

Ela balançou a cabeça e tossiu, depois soltou uma gargalhada histérica e entrecortada.

– Bom, pelo menos estamos de volta ao ponto de partida, em vez de num lugar pior.

– Ah, não é bem assim.

Alif deu um salto, piscando, procurando pela origem da voz através da névoa aquosa da sua visão. Era conhecida. Assim como o cheiro de enxofre que permeava a sala, que parecia escura demais para o meio-dia e abafada demais para o inverno. Ele foi tomado pelo pavor.

– Olá novamente, Alif – saudou a Mão. Estava sentado de costas para a janela, vestido numa túnica branca; para os olhos ardentes de Alif, o sol atrás dele parecia lançar um halo perverso em volta da sua figura. – E Abu Talib... Quem teria imaginado que por trás de uma fachada insignificante e subdesenvolvida existia um provocador perigoso? Você me causou alguns problemas e despesas inesperadas. A sua mãe sabe o que anda aprontando?

NewQuarter limitou-se a gemer em resposta. A Mão estava sentado numa cadeira de escritório resgatada de um canto da sala, com a calma de quem comanda uma reunião na própria sala. Era flanqueado por dois vazios gêmeos, fissuras de nada que atraíam o calor do ar ao redor e se moviam como seres vivos. Alif teve vislumbres obscenos de dentes, unhas e língua na escuridão distorcida que, embora silenciosa, falava de uma carnificina para a qual não havia palavras.

– Alif – disse NewQuarter com a voz trêmula –, eu devo um pedido de desculpas a você. Nunca pude acreditar...

– Ah, pelo amor de Deus, seja homem – interrompeu a Mão, com o lábio retorcido de desprezo. – Não me agrada a ideia de matar alguém que mal tem idade para fazer a barba, tanto quanto a você não agrada a ideia de morrer. NewQuarter0I uma ova. Estive procurando por você durante anos. Você deve ter começado com esse vandalismo aos catorze anos.

– Treze – respondeu NewQuarter.

As coisas escuras que os perseguiram pelo prédio começaram a se esgueirar pela sala com pés de sapo secos. Dina gritou quando uma delas roçou na sua perna.

– Acha que são repugnantes? Devia ver seus primos maiores. Estes podem muito bem ser uma ninhada de gatinhos. – A Mão estendeu o braço: a criatura mais próxima a ele esticou o pescoço distendido e acariciou os seus dedos com a face.

Alif começou a rir em silêncio.

– Alguma coisa engraçada? – A voz da Mão era penetrante.

– Não – disse Alif –, não há nada engraçado. É só que os fundamentalistas passaram anos dizendo que o Estado é apoiado por poderes demoníacos. Nunca imaginei que pudessem ter razão.

A Mão soltou um ruído enojado do fundo da garganta e se levantou, andando de um lado a outro.

– Um bando de homossexuais loucos e barbudos, todos eles. O que entendem de demonologia? O que você vê nesta sala não é perigoso, Alif.

Vou dizer a você o que é. Os espíritos que se escondem em sua corrente sanguínea, envenenando a sua mente dia após dia, destruindo a sua vontade. Eles procriam no mercado, enfraquecem-no com produtos que você não precisa e com dinheiro que você não tem. Deus tinha razão: aqueles são os demônios que um homem sensato mais teme. E estavam bem em evidência nesta Cidade muito antes de eu aparecer. Este lugar está empesteado de *shayateen*, entretanto você me despreza por conjurar uns poucos auxiliares como quem chamaria um cachorro.

Alif percebeu que a Mão transpirava.

– E quanto a essas pessoas? – questionou ele, apontando pela janela o turbilhão na praça. – Elas não me parecem possuídas.

A Mão soltou uma gargalhada curta e alta.

– Elas sofrem de outro mal, assim como você... A ilusão da liberdade.

– Você vai machucá-las? – sussurrou Dina, falando pela primeira vez. A Mão sorriu friamente.

– Não preciso. Colocarei meus pequenos amigos sobre a multidão e elas próprias se machucarão. As suspeitas crescerão, surgirão facções, secularistas e fundamentalistas descobrirão que não podem cooperar, os homens decidirão que as mulheres não são suas camaradas. Alguém ficará mais atrevido e puxará uma faca. E isso será o fim.

Alif engoliu em seco, olhando a praça pela janela. A multidão crescera a um tamanho impressionante. Parecia haver mais gente do que rua; as avenidas largas que se cruzavam da *maidan* eram invisíveis por baixo de uma massa de movimento humano. Ele se perguntou quantos dos manifestantes ele conheceria – quantos teria ajudado, invisível, ocultando a sua origem digital do homem sentado diante dele. Pensou no Egito e nos amigos anônimos que deixara sofrer de medo para proteger a própria pele.

– Nunca mais – murmurou.

– O que disse? – A Mão semicerrou os olhos rasos.

Alif se obrigou a olhar firmemente no rosto do homem.

– Vá para o inferno.

Ruborizando, a Mão deu vários passos até Alif. Alif tremeu, mas permaneceu firme onde estava. Mexendo no bolso, pegou o apito que a mulher de chifres de cabra lhe dera e o fechou no punho.

– Como disse? – A voz da Mão era mortal.

– Eu disse que ia viver para ver você servir de alimento aos cães – retrucou Alif – e ainda estou vivo. – Ele levou o apito aos lábios e soprou.

Esperou. Nada aconteceu.

A Mão começou a rir. Era um som terrível, louco, subindo do seu peito como o uivo insensível do chacal.

– Alif, Alif – disse ele, sufocado –, largue essa coisa idiota. Seus amigos não aparecerão.

O suor escorria entre os braços e as pernas de Alif e descia por suas costas.

– O que quer dizer? – perguntou ele, subitamente acanhado.

A Mão limitou-se a rir ainda mais. Sentou-se na cadeira de NewQuarter, os músculos tensos na cara vermelha.

– O que foi que eu lhe disse naquele buraco sujo de sua cela? Eu venci.

Ele estendeu a mão. Um dos vazios gêmeos ao lado dele começou a se torcer como uma chama num vento forte. Um membro vaporoso brotou e, alcançando dentro de si, retirou um manuscrito empoeirado com capa azul.

– Você perdeu o que lhe restava de poder de barganha. Os meus pequenos amigos furtaram isto hoje. – A Mão pegou o livro e passou os dedos por sua lombada.

– Olhe mais de perto – falou Alif, encorajado. – Não é o que você pensa. Está segurando uma cópia antiga, mas comum, do *Alf Layla*.

A Mão jogou o livro aos pés de Alif, sem dizer nada. Alif enxugou as palmas nas calças e tremeu ao se curvar para pegá-lo. O cheiro o atingiu antes que ele tocasse a capa. Ele fechou os olhos.

Era o *Alf Yeom*.

Capítulo Dezesseis

– Ele está morto? – perguntou Alif num tom melancólico. – O *marid*. Você o matou por isto?

– Ah, não – respondeu a Mão, voltando a se sentar. – Simplesmente o meti na garrafa de novo. Ele pode ser útil em algum momento futuro. Criaturas magníficas, os *marideen*, mas estúpidas como um saco de pedras. Não foi difícil. Ele está bem ali no canto.

Alif olhou: uma simples garrafa de dois litros de Mecca Cola estava no chão, ao lado de uma das sentinelas sem forma da Mão. Uma névoa cor de tempestade se enroscava em seu interior, lenta e taciturna.

– E a convertida?

– A grávida, você quer dizer? Você me toma por um idiota? Se ela permitisse, eu a teria entregado à sua embaixada em um carro particular. Ninguém quer americanos infelizes nas próprias mãos. Do jeito que as coisas aconteceram, deixei-a no Bairro Vazio para que os djins fizessem o que bem entendessem. Mas ela ficou muito aborrecida com essa guinada nos acontecimentos, devo dizer. Foi ela que me disse que você esperava companhia. Depois que o seu pequeno bando de heróis viu o que fiz com o *marid*, sensatamente decidiram ficar em casa.

– Covardes – murmurou Dina.

– Discordo. Os djins raramente são covardes... A questão é que eles são, via de regra, mais práticos do que honrados.

Alif pensou em Vikram nos seus momentos finais, sangrando até a morte nos braços da convertida.

– Isso não é verdade – retrucou ele.

A Mão ficou irritada.

– Se você concorda ou não, é irrelevante. O que incentiva alguém que é invisível a cumprir com a sua palavra? Nada. Somos honestos porque devemos viver à luz do dia.

Alif ouviu Dina dizer o seu nome de batismo numa voz mansa. Por razões que não compreendeu de imediato, ele se sentiu abalado por isso e pelos motivos que podiam tê-la levado a pronunciá-lo naquele momento. Ele a olhou, embora ela estivesse invisível por trás do véu preto, encontrou seus olhos e sentiu os fios da sua vida se retesarem, revelando por fim a imagem recatada que ele tinha tecido na tapeçaria do mundo. Ele voltou a olhar a Mão.

– Você é cheio de merda – disse ele calmamente. Atrás dele, NewQuarter soltou um gemido estrangulado. Alif o ignorou. – É graças a gente como você que temos de ficar invisíveis para sermos honestos. Você tornou a verdade impossível em qualquer lugar, exceto na escuridão, por trás de nomes falsos. A única coisa que vê a luz do dia nesta Cidade é papo furado, o seu papo furado, o papo furado do emir, o papo furado do Estado. Mas agora acabou. Todas as pessoas que você preferiu não ver estão lá fora pedindo o seu sangue. E eu, NewQuarter e todos os nossos amigos, todos aqueles que você esteve perseguindo, sequestrando e trancando na prisão por todos esses anos... Nós daremos isso a eles.

O suor na testa da Mão ficou mais pronunciado. Ele tirou o lenço da cabeça com um gesto abrupto e o jogou no chão; de cabeça exposta, parecia menor, o cabelo era uma palha embaraçada entremeada de cinza.

– Pensei que estivéssemos falando dos djins – retrucou numa voz fria.

– Ser um djin não é o único jeito de ficar invisível – respondeu Alif. – Existem outras maneiras, igualmente involuntárias.

– Você é um filósofo de meia tigela – zombou a Mão. – Boa sorte nisso. Eu tenho o *Alf Yeom*, tenho o seu *marid* numa garrafa vazia de refrigerante. Tenho um batalhão de servos que nenhum exército terreno pode tocar.

Alif percebeu o que estava faltando na sala.

– Onde estão os seus guardas? – perguntou ele. A Mão soltou outra gargalhada alta.

– Você é cego? – Ele gesticulou para os vazios postados ao seu lado, a massa fervilhante de corpos escuros que se deslocava pela sala.

– Não, os guardas *humanos*. O pessoal da segurança do Estado. Aqueles que bateram nas minhas costelas na Al Basheera e me mataram de fome na prisão.

A Mão umedeceu os lábios.

– Não preciso de guardas humanos – disse ele.

– O emir o dispensou, não foi? – indagou, incrédulo, NewQuarter. – Você ferrou tudo e ele decidiu que era mais seguro entregar você às multidões furiosas do que defendê-lo.

Levantando-se novamente, a Mão puxou a gola da túnica, que se grudava cinza e úmida no pescoço.

– O emir é um velho tolo e a tolice dele custará o seu trono. É vítima da ilusão de que o povo o ama e que, se ele expurgar do governo algumas autoridades corruptas, todos se acalmarão. Ele não percebe que o povo nesta praça não irá para casa.

Ele se recostou no peitoril, sem se preocupar com a borda irregular de vidro que cercava o caixilho vazio. Uma mancha vermelha brotou em seu ombro. Alif olhou, horrorizado. Estava despreparado para isso, para a Mão desligada do regime. Alif conhecia a energia amarga e ilimitada que surgia em quem não tinha dignidade a perder – era o que fazia a diferença entre o garoto preguiçoso com um computador que ele fora aos quinze anos e a ameaça que se tornara alguns anos depois. Era o que o tornava, à própria maneira, perigoso. Reconheceu a fúria nos olhos opacos da Mão e foi tomado de medo.

– O que você vai fazer? – perguntou ele.

Os lábios da Mão se separaram num sorriso.

– Exatamente o que planejei – respondeu. – Restaurar a ordem natural das coisas. Eu construí a infraestrutura digital do Estado... Eles não podem me deixar de fora. E o povo nesta praça deve provar do veneno que está no coração de todas as falsas esperanças. Eles podem expulsar o emir, se quiserem, mas devem aprender a se contentar comigo. E, graças a isto – ele apontou o *Alf Yeom* –, a Cidade ficará sob um metafirewall que fará com que o Escudo Dourado da China pareça um balde furado. Os Alifs deste mundo irão engatinhando para casa ou morrerão numa cela de prisão, como deveria ter acontecido com você. Como *acontecerá*, muito em breve.

– Você é doente – sussurrou NewQuarter. – É louco.

– E você é um morto que fala demais. As pessoas lá fora querem ver príncipes pendurados pelos pés. Posso começar por você.

As coisas sem olhos ficaram irrequietas, fervendo pelo chão e pelas paredes em pés inchados. Alif cerrou os dentes.

– Está blefando. Não pode construir firewall algum. O livro o trairá como trai todo mundo. Veja os danos que conseguiu provocar em cada ISP de toda a maldita Cidade.

Um rosto vazio e escuro bateu os dentes no seu tornozelo. Ele reprimiu um grito na esperança de que a Mão não o visse assustado.

– Isso foi o seu código medíocre – disse rigidamente a Mão. – Agora que eu tenho o *Alf Yeom*, corrigirei os erros.

Os olhos de Alif foram ao manuscrito no chão entre eles. As criaturas sem olhos o evitavam como que por instinto, deixando um perímetro circular em torno do livro, orbitando o seu senhor. O barulho na praça tinha redobrado e agora parecia vir de todos os lados ao mesmo tempo, inclusive dos andares abaixo. Ouviu-se o estrondo de uma janela se quebrando perto dali.

Alif foi tomado pelo mesmo impulso que o dominara no pátio do *marid*, quando disparara para a porta que o levara a Dina: a certeza de que a maioria dos problemas tinha soluções muito simples, quando se estava disposto a fazer sacrifícios suficientes.

– Prove – exigiu ele. Atrás dele, Dina respirou fundo. A Mão parecia ansiosa, como se Alif tivesse errado o roteiro que deveria seguir.

– O que quer dizer? – perguntou ele com cautela.

– Pegue o livro, abra e me diga como você faria um código melhor do que o meu.

Alif ficou assustado com a tranquilidade da própria voz. NewQuarter segurou a manga da sua túnica. Ele o afastou com irritação. A Mão ergueu uma sobrancelha, baixou os olhos para o livro, voltou a olhar para Alif e umedeceu os lábios.

– Muito bem.

Ele pegou o *Alf Yeom* entre os dedos cuidadosos. Alif o observou folhear as páginas descamadas, passando os olhos pelo texto. A expressão dele se alterou, ficando mais ávida, quase maníaca.

– Sim – disse ele. – A história básica, veja bem... Farukhuaz e a ama, e o tema do casamento. Você percebeu, é claro, que o casamento tem um papel muito pequeno nas histórias subsequentes. Naturalmente, isso acontece porque se refere não ao casamento literal, mas à união entre o analógico... isto é, Farukhuaz... e o digital... isto é, a ama. A mescla necessária de racional e irracional, de funções distintas e algébricas. A história básica é a plataforma, as histórias subsequentes são programas individuais... – Ele arrastou a base da mão pela testa brilhante. Enxugando-a na túnica, voltou à tarefa, virando três e quatro páginas de uma vez, a ânsia nos olhos como uma luz mortal e terrível. – Você o leu até o fim? – perguntou.

– Não – confessou Alif. – Pulei várias partes. Parei depois de chegar a uma história que era... era sobre alguém que conhecia. Não consegui ir além disso.

– Sua própria fraqueza – comentou a Mão com desprezo.

Os vazios gêmeos tremeluziram atrás dos seus ombros como grandes asas escuras. Os dedos dele tremeram. A sala estava em silêncio, exceto pelo som ligeiro de papel e o zumbido dos dissidentes lá embaixo. Alif olhou por sobre o ombro, nervoso, na esperança de ter um voto de confiança mudo de Dina ou de NewQuarter. Mas NewQuarter mordia os lábios em carne viva e encarava Alif numa acusação silenciosa; Dina estava insondável, de olhos baixos. Alif sentiu gosto de bile.

Ele deu um salto quando ouviu a Mão exclamar.

– Isso é alguma piada? – O livro estava pendurado nos dedos da Mão, aberto numa entrada de capítulo que Alif não conseguia ver.

– Piada? – Os nervos em frangalhos de Alif o fizeram sorrir como um idiota. Lutou para controlar o rosto. A Mão estava lívida, batendo o dedo numa página perto do final do livro.

– *'A Queda da Mão, ou um Triste Caso de Aposentadoria Precoce'* – ele leu. – A última história. Isto é obra sua, seu merdinha imbecil? Este trote elaborado é uma tentativa sua de me deixar louco?

Alif olhava do livro para a Mão.

– Minha *o quê?*

– Leia – gritou a Mão, jogando o livro para Alif. Ele o pegou, desajeitado, amassando as frágeis páginas contra o peito. Baixando os olhos para o título da última história, leu o próprio nome.

A História de Alif, o Invisível.

Uma cacofonia abafada de pés e gritos subiu do apartamento bem abaixo deles. Alif leu várias vezes o título, tentando entender o que tinha acontecido. Uma sensação leve e ilícita infiltrou-se nele e ele se sentiu inebriado de algo muito mais forte do que o vinho.

– Não é o que diz quando leio – murmurou ele por fim, sem ter nada mais eloquente para dizer.

– Mas que diabos você quer dizer com 'não é o que diz'? Você é analfabeto?

Uma das coisas sem olhos pulou para a manga da Mão com um rosnado estrangulado, rasgando um pedaço do algodão branco entre os dentes. A Mão pareceu não perceber, encarando Alif com uma expressão que o assustava.

– Eu avisei a você – disse Alif, a voz falhando. – Eu disse que o livro é traiçoeiro.

– Traiçoeiro? – A Mão cuspiu no chão, de repente soando vulgar. – Então isto é um truque? Vamos ver como termina?

Alif leu o título mais uma vez. Descobriu que não precisava saber.

– Acho que é tarde demais para isso. – Ele devolveu o livro. – Pode ler, se quiser. Eu não quero.

A Mão pegou de volta o manuscrito, passando os olhos pelas últimas páginas num ritmo frenético. Seu rosto perdeu todo o sangue.

– "Se ele saísse da sala naquele instante, poderia ter vivido" – ele leu. – "Mas ele se demorou para ler o último capítulo do livro, que era cheio de silêncios e meias-verdades dissimuladas, sem nada revelar."

Um alarme soou de dentro da bolsa carteiro de Dina. O cooler do netbook começou a zumbir suavemente. Ecoou, vários segundos depois, no zumbido de eletricidade nas paredes do prédio. As lâmpadas de um lustre intacto no teto se acenderam, enchendo a sala com um clarão repentino.

– A rede de serviços públicos está voltando a funcionar – sussurrou NewQuarter. – Não sei o que você fez...

– Shhhh.

Alif lançou um olhar furtivo para a Mão, na esperança de que ele não tivesse ouvido. Mas os olhos do homem estavam vagos. Ele ficou imóvel, encarando a porta quebrada e o corredor depois dela. Não fez movimento algum quando uma das coisas sem olhos mordeu os seus dedos e tirou sangue.

O zumbido da eletricidade aumentou, tornando-se uma vibração quase palpável. Alif imaginou poder ouvir a transferência física das informações enquanto o ISP da Cidade era reinicializado: os pacotes de uns e zeros viajando para fora dos hubs de dados, atravessando oceanos, recrutando aliados para a revolução por mil redes sociais, de um milhão de telas de LCD, atrás das quais, embora invisíveis, sentavam-se pessoas ferozmente vivas. O zumbido nas paredes era respondido por um rugido da praça enquanto os manifestantes descobriam que os seus smartphones e tablets estavam mais uma vez on-line. O aperto digital da Mão sobre a Cidade tinha se afrouxado. O mundo veria a praça pelos olhos de mil novos feeds, posts e vídeos postados, e testemunharia o custo da mudança. Por um momento, Alif não teve mais medo, saboreando o tumulto mesclado de homem e máquina.

– O que é esse barulho? – gritou a Mão. Abalado por seus devaneios, ele cobriu as orelhas com as mãos.

Alif sorriu.

– A ilusão da liberdade – respondeu ele.

Vozes ecoavam do corredor. As sombras da multidão que subia coloriam as paredes, manchando o trecho imaculado de branco antes da soleira da porta de NewQuarter. Uma vanguarda de rapazes armados com bastões irrompeu pela sala, gritando em três línguas.

– Vocês estão mortos! – gritou a Mão. – Todos vocês estão mortos!

Ele se virou para Alif, a boca torcida numa careta da qual estava ausente a sanidade mental, e fez um gesto misterioso com a mão esquerda. As coisas sem olhos se viraram como uma só. Alif recuou para a janela quando elas investiram contra ele. Ele tinha certa consciência de Dina lutando para alcançá-lo através da multidão e de NewQuarter xingando, a sua túnica clara tragada na prensa empoeirada de carne.

A turba que encheu a sala não parecia ver as dezenas de bocas com presas que uivavam para Alif enquanto ele subia pelo vidro quebrado e batia numa mureta de metal do lado de fora da janela de NewQuarter. A praça rodava trinta metros abaixo, uma muralha unificada de barulho e corpos em colisão que chegaram a ele numa onda de vertigem. Ele apertou as costas na mureta, equilibrado pelo calor inflexível do metal.

A Mão berrava em alguma língua medonha. Ergueu o braço esquerdo, os dedos se fechando num punho. As coisas sem olhos se sacudiram, guincharam e se lançaram no pescoço de Alif.

Alif se esquivou. O ímpeto levou as duas criaturas mais perto dele a ultrapassarem a janela, uivando enquanto desapareciam no ar quente demais. As outras caíram para trás e apertavam cautelosamente a barriga no chão. A massa de manifestantes humanos na sala não as alarmava. De algum modo conseguiram não ser pisoteadas, curvando-se e se retorcendo como sombras na água. Ninguém as olhava.

Com um grito de frustração, a Mão abriu caminho pela sala, esbarrando, na pressa, num homem gordo armado com um espeto de carne. Alif ficou tenso, preparando-se. Nunca tinha desferido um soco – não um verdadeiro –, mas fechou o punho mesmo assim, depois o refez quando percebeu que o polegar estava para dentro. Enquanto a Mão estendia o braço, Alif ergueu o dele para tomar ímpeto. Mas a Mão não procurava Alif.

Procurava Dina.

Ela conseguira passar pela multidão na direção de Alif, gritando alguma coisa que ele não ouvia com aquele barulho. A Mão agarrou a túnica dela pelo pescoço e puxou a sua cabeça para trás. Uma beira do véu escorregou, revelando cachos escuros e molhados de suor. Seus olhos ficaram arregalados e redondos. Alif gritou a plenos pulmões, mas o som se perdeu em meio aos gritos e cânticos da multidão, e uma muralha de carne, tecido e placas de papelão se fechou e obstruiu a visão dele. Alif atingiu a pessoa mais próxima dele – uma mulher, uma mulher de meia-idade, usando um lenço de cabeça xadrez e bege – sentindo um remorso momentâneo enquanto ela gritava e cambaleava para trás. Alif correu para o espaço que ela abriu, procurando a túnica branca da Mão ou a preta de Dina. As coisas sem olhos o espiaram por entre as pernas e cotovelos da multidão, silenciosas e obscenas.

Enfim ele viu dedos castanhos, magros e conhecidos se estendendo, e os apanhou. Os dedos se fecharam nos dele. Por cima do ombro de algum anônimo, Alif viu a Mão cerrar os dentes e torcer o tecido do véu de Dina atrás da sua cabeça, puxando-o contra o nariz e a boca. Dina soltou a mão de Alif para levar a mão ao próprio rosto, lutando para respirar. Alif se jogou para a Mão, derrubando o homem em um grupo de adolescentes. A Mão gritou de surpresa. Soltando Dina, ele girou os braços, mas em vão: deslizou sem qualquer elegância entre dois jovens ruidosos cheios de espinhas, um dos quais lançou a ele um olhar de nojo com pouco interesse antes de meter o cotovelo no seu pescoço. Soltando um borrifo de saliva, a Mão caiu, desaparecendo por baixo da multidão.

– Você está bem?

Alif mal conseguia ouvir a si mesmo. O peito de Dina subia e descia por baixo da túnica; havia uma mancha vermelha no seu olho esquerdo, onde vasos sanguíneos haviam se rompido. Ela se recostou em Alif, sem responder. Ele a pegou nos braços, empurrando de lado uma roda de homens que gritavam recriminações entre si: um usava a braçadeira vermelha do Bloco Comunista da Cidade, o outro tinha a barba lanosa de um fundamentalista islâmico. A sala foi sufocada por um cheiro grosseiro de matadouro, transpiração e sangue. Alif partiu para a janela quebrada, seguindo um sopro de ar quente mais respirável, protegendo a cabeça de Dina de punhos e cartazes agitados. Quando chegou à janela, colocou Dina de pé e se recostou na parede adjacente, ofegante.

– Seu olho – perguntou ele. – Ele a machucou?

– Não muito. – Sua voz estava rouca e mal podia ser ouvida. Ela endireitou o véu com as mãos trêmulas. – Precisamos sair daqui antes que a multidão se descontrole. Onde está Abu Talib?

Alif ficou na ponta dos pés e esticou o pescoço, olhando a sala. Pensou ter visto o lenço de cabeça branco de NewQuarter subindo e descendo em meio à turba, mas foi eclipsado pela cara agigantada de um homem com gel no cabelo, fedendo a fumaça de cigarro e socando o smartphone no ar como uma arma.

– A internet voltou! – berrou ele. – O celular tem sinal! A eletricidade foi ligada! Todo mundo para a praça!

Uma luz azulada competia com o sol poente enquanto meia centena de celulares e tablets eram tirados de bolsos e bolsas. As coisas escuras disparavam pela sala, agitadas de repente, batendo os dentes ao esbarrar uma na outra.

– Isso se deve a você? – Dina puxou a manga da camisa de Alif. – Ao que você fez?

– Sim – respondeu Alif numa voz fraca.

A bolsa carteiro onde o seu netbook agitava algoritmos era invisível por baixo da massa de corpos que enchia a sala, porém o seu trabalho era uma presença tangível. Se fechasse os olhos, podia ver os comandos rolando pela tela e imaginar cada passo do silencioso sítio matemático que fora armado enquanto Tin Sari expunha os esconderijos digitais que restavam à Mão. Alif não sentiu triunfo, apenas um alívio físico. Foi apenas quando Dina tocou os seus dedos que ele percebeu que estavam tremendo.

– Vai dizer a eles que foi você? – Dina cobriu o olho esquerdo com a mão e o fitou solenemente com o olho direito. – Todo mundo sabe o que aconteceu na Basheera. Você será um herói.

Alif flexionou as mãos trêmulas. A energia da multidão se deslocava enquanto as pessoas tagarelavam aos celulares e digitavam mensagens de texto, convocando outros invisíveis para o ataque final. Alif ouviu um homem dizer que o emir estava escondido; outro alegava que as forças de segurança do Estado foram autorizadas a atirar para matar.

– Ser um herói nunca foi a questão – disse Alif, e percebeu que era verdade. – O importante é o que está acontecendo agora. O importante é vencer.

O olho bom de Dina o considerou com admiração. Inebriado pela energia da multidão, Alif foi tomado pelo impulso de beijá-la, bem ali, no miasma suarento da revolução, como o herói de um filme norte-americano. Ele podia ter se esquecido de si mesmo e tentado, se não tivesse ouvido um grito apavorado – uma voz masculina, porém pouco discernível – emitido do outro lado da sala. Seguiu-se um empurra-empurra e um coro de vozes alteradas pedia uma corda.

– O que está havendo? – perguntou Alif ao homem com gel no cabelo, que gritava ordens sobre a multidão. Ele se virou e sorriu, revelando dentes manchados de tabaco.

– Parece que pegamos um príncipe. O canalha que é dono deste apartamento.

Alif sentiu o sangue sumir do rosto.

– Abu Talib – disse Dina numa voz apavorada.

Alif não respondeu. Começou a passar pelas pessoas aos empurrões, forçando-se para o meio da sala. Punhos voavam e cotovelos atacavam as suas costelas, mas ele os ignorou, atento ao lenço branco que faiscava entre as cabeças escuras e desconhecidas dos manifestantes. Ele não estava muito longe quando alguém o segurou pelo pulso e fechou as unhas afiadas na sua carne. Alif gritou, retorcendo-se, e viu-se puxado de volta à janela.

– Seu merdinha inteligente. – O rosto da Mão estava ferido. Uma linha fina de sangue corria de um lado da sua boca. – Você me expulsou da grade. Claramente, foi mais adiante com o *Alf Yeom* do que eu pensava.

– Não usei o *Alf Yeom*. – Alif ofegava. – Usei o meu próprio software. Usei o Tin Sari.

– Não minta para mim. O keylogger amador? Fiz um teste de campo com os seus amigos. Índice de sucesso de 32 por cento. Isso é pior do que adivinhação. – O aperto da Mão se estreitou no braço de Alif.

– Você foi impaciente. – Alif firmava os calcanhares, mas a força da Mão era surpreendente para um homem maduro, e ele venceu. – Precisa dar tempo para a coleta de dados. Leva semanas.

– Ainda está mentindo. Nenhuma botnet pode aprender a identificar uma personalidade individual, mesmo que você dê anos a ela.

Os pés de Alif escorregaram e esmagaram vidro quebrado. O barulho do tumulto abaixo trovejava pela janela vazia. Com alarme, Alif percebeu que a Mão pretendia empurrá-lo para fora. As coisas sem olhos arrastaram-se furtivamente para ele do chão, em meio às pernas e braços agitados da multidão, suas caras vazias estranhamente curiosas. Alif esperneou, gritou e se contorceu, fazendo com que cacos de vidro deslizassem pelo piso, agora escorregadio de uma lama composta de saliva cristalizada, suor e poeira. A Mão parecia não perceber as suas tentativas frenéticas de se soltar e continuava apertando o braço de Alif quase com indolência, como se imbuído de uma força que nem sabia possuir.

– Não devia dar certo – insistia ele. – Sua botnet. Nenhum programa pode sondar o que é invisível nos corações humanos.

– Ele não fez isso. – Com um esforço supremo, Alif conseguiu soltar o braço. Ofegante, recostou-se na viga de metal que emoldurava a janela. – Não tem nada a ver com o invisível. Ele funciona porque expõe o que é aparente. As palavras que você usa, como as usa, como as digita, quando as envia. Não se pode esconder essas coisas por trás de um nome novo. O invisível é invisível. O aparente é inescapável.

A multidão se agitou, pressionando a Mão contra Alif e Alif contra a janela. Era impossível ver Dina entre os punhos que socavam o ar. O contato físico provocou um espasmo de pânico e nojo em Alif, tão intenso que ele sentia as mãos tremerem. Embora o sol entrasse pela janela, ele foi assaltado por lembranças da escuridão e do homem que o colocara lá. Debatendo-se, fechou a mão em volta de um caco irregular de vidro que se projetava do peitoril, aliviado, de uma forma que o assustava, pela dor que cortava a palma.

– Seu verme. – A Mão torceu um braço livre e pegou Alif pelo pescoço. – Vermezinho, roendo e roendo até destruir tudo. Quem é você? *Quem é* você?

Lutando para respirar, Alif balançou o caco de vidro num arco violento, cortando o ombro e o pescoço da Mão. O homem gritou enquanto uma linha vermelha brotava na sua túnica branca. O seu braço esquerdo enfraqueceu, a mão soltando o pescoço de Alif para pender inutilmente ao lado do corpo. Ele tentou se recompor, erguendo-se para gesticular desajeitado às coisas sem olhos, fechando os dedos do braço saudável num punho. Nada aconteceu. As criaturas olhavam a Mão com os rostos membranosos, brandos, interessados e impassíveis. Elas eram práticas, e não leais, como a Mão havia dito.

A Mão cambaleou para a multidão. A última coisa que Alif viu nos seus olhos que desapareciam foi a decepção.

* * *

Pouco além do seu alcance, Dina empurrava para chegar a ele. Não se preocupou com o véu que fora apanhado pela mochila de alguém e puxado, revelando, por um instante precioso, a metade inferior do seu rosto. Sua boca, a boca que Alif não beijara, estava rígida de medo. Em outro instante ela desapareceu, oculta por trás de corpos de homens que se empurravam e gritavam. A turba entrou em pânico quando um dos homens desferiu um murro que fez outro girar. Alif viu-se empurrado com força contra o peitoril, debatendo os pés em busca do chão. Viu os olhos verdes de Dina emoldurados em tecido preto, muito perto. Alguém tentou segurá-lo pela gola. Era tarde demais: Alif tombou pela janela. Estendendo os braços, ele nada tocou além do ar.

Capítulo Dezessete

O grito de Dina, apavorado, baixo e velho demais para ela, lembrou Alif do pânico. Girou os braços em círculos desvairados, defendendo-se do bramido da multidão enquanto se preparava para a colisão. Na fração de segundo que lhe restava, encontrou muito que lamentar e rezou para que o fim fosse rápido.

Foi recompensado com um solavanco. Garras se fecharam nos seus tornozelos. O ímpeto foi revertido e ele foi puxado para cima, carregado pelo ar por batidas de asas progressivas.

– Suicida? – Sakina o olhou feio, o seu rosto um borrão aquilino de mulher e animal.

Alif ficou flácido de alívio. O sangue subiu à cabeça enquanto ele se esticava para olhá-la.

– Não sei – respondeu ele. – Talvez.

Sakina deu a volta pelo prédio, ganhando altitude. O ar estava cheio de figuras meio visíveis. Alif reconheceu a mulher de chifres pretos que lhe dera o apito de prata, a sombra cujo computador ele consertara e outros sem face, estranhos e fugazes demais para a memória; muitos mais do que o pequeno grupo reunido pela convertida no pátio do *marid*.

– Pensei que vocês não viessem – disse Alif.

– Não vínhamos – confirmou Sakina. – Mas você não nos disse que estava sob a proteção de uma *sila*. Ninguém quer se arriscar a ofender uma delas, por maior que seja o custo. Quando ela nos mandou sair, nós saímos.

– Não conheço nenhuma *sila* – disse Alif, perplexo.

– Ora, conhece sim. Chama-se Azalel.

Alif deixou a cabeça tombar para trás, inexplicavelmente feliz. Depois se lembrou.

– Dina – falou ele, lutando. – NewQuarter...

– Se continuar se contorcendo, vou largá-lo.

Alif ficou parado. Sakina virou à esquerda, baixando como uma pedra de um céu sem cor, e depositou Alif no telhado de uma banca de jornais e cigarros na margem da praça. As suas pernas desabaram abaixo dele. Ele caiu de costas no telhado de metal corrugado, expirando longamente pela boca. A batida da multidão ficava febril; estavam ficando cansados, a linha negra da polícia do Estado tinha afinado e o momento de decisão estava próximo.

– Você vai ficar bem? – Sakina pairava na frente dele. Alif via os manifestantes através das suas costas, como se ela fosse uma cortina de fumaça entre ele e o resto do mundo.

– Não – respondeu ele com a voz fraca. – Sim. Pode ir. Eu vou conseguir.

– Como quiser. – Ela voou, desviando-se para a estranha constelação de djins que corria pelo céu.

Alif escorregou do telhado, rolando várias vezes para recuperar o equilíbrio. Atravessando a multidão, foi assaltado pelo cheiro acre de suor. Fechou os olhos, sobrepujado, oscilando com a pressão dos corpos aquecidos demais e a batida de pés no pavimento rachado. Ele não acreditava, não verdadeiramente. Escolher um nome novo, sentar-se atrás de uma tela e atormentar algumas elites; a Mão tinha razão, parecia um jogo, uma ficção. Entretanto, fora suficiente.

– Lá em cima! Olhem!

Uma adolescente à sua direita, transpirando num lenço de cabeça grosso, apontou para a fachada branca do prédio de NewQuarter, do outro lado da praça. Havia uma comoção numa das janelas do último andar. Alif percebeu com choque que era a janela da qual havia caído. Agitado, abriu caminho pela turba.

– Maldição, maldição, me deixem passar! – Ele empurrou com os ombros um homem parrudo e de bigode. O homem se virou para ele com uma dilatação indignada das narinas.

– Acha que estamos aqui fora por nossa saúde, rapaz? Se não está comprometido, devia ter ficado em casa.

Alif abriu e fechou a boca, sem saber como responder. A pouca distância à frente, várias mulheres começaram a gritar, se de medo ou júbilo, ele não sabia. Seguindo os seus rostos virados para cima, ele viu uma figura de túnica branca empurrada pela janela por várias mãos. Ela girou no ar, caiu dois andares e parou de forma definitiva e nauseante enquanto um laço se retesava no seu pescoço.

– É um príncipe! – vociferou um homem de grosso bigode grisalho perto dele. – Estão enforcando príncipes! Deus é grande!

– Não – sussurrou Alif. – Não, não, não, por favor, não.

Ele começou a tremer no pegajoso calor humano. O triunfo lhe escapou, substituído por uma opressão medonha que parecia drenar todo o calor dos braços e das pernas. Num instante, os manifestantes à direita e à esquerda soltaram uivos selvagens, sem qualquer propósito nobre. Ele não podia conceber uma liberdade que valesse um sacrifício tão irracional.

A turba começou a gritar.

– Mas qual é o problema de vocês? – gritou Alif, empurrando um adolescente exultante que pisara no seu pé. O menino o olhou, assombrado.

– Qual é o *seu* problema, cara? É um príncipe lá em cima! Estamos cuidando dos canalhas um por um!

– Ele era meu amigo, seu monte de merda! Ele estava do seu lado, seu incestuoso imbecil!

Alif empurrou o menino de novo. O garoto meteu o punho na cara de Alif de um jeito quase mecânico e deslizou de volta à multidão. Alif rodopiou, a mão sobre a mandíbula dolorida. Um espaço se abriu na multidão, revelando um trecho vazio da calçada: ele cambaleou para lá, desabando no chão sujo, torturado por soluços que pareciam recrutar cada músculo do corpo. O sol poente coloria a praça de rosa e o vento do crepúsculo, imune à revolução, trazia o cheiro de alcatrão e do mar por sobre a multidão. Alif puxou uma golfada dele. Seu sabor salgado o fez imaginar que se afogava. NewQuarter não passava de um menino, entretanto eles o jogaram da própria janela, essas pessoas por quem Alif sacrificara tanto. A ideia do amigo ter encontrado tal fim inútil, uma vítima indigna dos próprios ideais, era demais para ele suportar.

Alif olhou sem ver o céu ruborizado e turvo. Era uma cena de outra batalha, como se o Paraíso quisesse refletir a sublevação abaixo: em uma onda após outra, os djins do Bairro Vazio chocavam-se com a horda escura que se derramava da janela de NewQuarter. A linha de frente entre os dois exércitos parecia uma luta entre o amanhecer e o anoitecer, e estremecia enquanto Alif olhava, ao mesmo tempo brilhante e indistinta demais para ser observada por mais que alguns segundos. Em certos pontos, o conflito não parecia passar de uma onda de nuvem escura competindo com o sol poente e Alif era tomado de pânico, convencido de que os seus últimos dias tinham sido fruto da sua própria mente exausta. Nesses momentos, temia dormir e acordar na escuridão de sua cela.

E então a sua visão explodiu com as formas do povo oculto, enevoadas, aladas e com cabeça de cabra, serpentiformes e felinas, derramando-se pelo ar como o nascimento da criação. Não usavam armas que Alif pudesse reconhecer, entretanto havia sinais distintos de guerra: um combatente se incendiava de repente numa explosão de fogo sem fumaça e tombava do céu como um meteoro, reduzido a nada quando chegava ao chão. Parecia a Alif que o enxame de coisas escuras encolhia. Seu contorno se tornava errático, caindo de volta pela janela de NewQuarter e deslizando pela parede do prédio. Bem abaixo, a linha negra da polícia do Estado enfim tinha se rompido e os insurgentes derramaram-se da praça para as ruas.

O perímetro da calçada de Alif foi tomado rapidamente. Ele não se mexeu conforme o desfile de pés passava por ele em disparada. Mulheres ululavam a todo volume, como se estivessem num casamento ou nascimento. Alif as observou, transportado, mas ainda assim sem se mover. A visão do cadáver de NewQuarter pendurado da janela destruiu o seu assombro. Talvez a liberdade fosse apenas isto – um momento em que tudo era possível, alcançado cedo demais pelo alarmante instinto humano de castigar e dividir. O Estado havia caído. O que o substituiria poderia ser melhor ou pior. A única certeza é que seria deles.

– Lá está ele! Graças a Deus, graças a Deus!

Alif levantou a cabeça por reflexo ao ouvir a voz conhecida. De olhos arregalados, sua túnica escura cheirando a sujeira, Dina lutava para chegar até ele. Atrás dela, amarrotado, mas vivo, estava NewQuarter, segurando com as duas mãos sobre a cabeça uma garrafa vazia de Mecca Cola.

– Olha! – gritou ele em júbilo. – Eu peguei o *marid*!

Alif lutou para se colocar de pé. Atirando-se para a frente, lançou os braços no príncipe atordoado.

– Pensei que estivesse morto – balbuciou ele. – Lá em cima. Quando disseram que era um príncipe... Pensei que fosse você.

– Ora essa, *akhi*, você chora mais do que a minha irmã. Pare com isso, pare. – NewQuarter se desvencilhou dele, metendo debaixo do braço a garrafa com o redemoinho. – Não sou eu, seu imbecil magricela, é aquele miserável do Abbas. Quando eu disse quem era, eles me acharam muito menos interessante e decidiram gastar melhor o tempo linchando o homem.

Com a mente renovada, Alif ergueu os olhos para o enforcado. Não tinha notado o sangue que manchava o lado esquerdo da túnica branca. O corpo, agora rígido, balançou-se um pouco na brisa da noite. O resto do enxame cego da Mão dispersava-se em volta dele, disparando pela lateral do prédio sem parecer registrar a sua presença. Alif não sentiu nada. O fato de que o cadáver era da Mão não diminuía o pavor que sentira quando acreditara em outra coisa. A Mão tinha razão: havia demônios que se reuniam em silêncio na corrente sanguínea do homem, e eles eram vis.

– Então, acabou – falou Alif. Sua voz estava embotada e incompreensível mesmo a seus próprios ouvidos.

– Acabou uma ova. Só está começando. Você é um herói, *akhi*, duplamente herói... Primeiro por ser preso e virar um símbolo nacional, depois por arrumar a bagunça da Mão e restaurar os serviços da cidade. As pessoas ainda não sabem dessa segunda parte, é claro, mas, quando souberem, você provavelmente será eleito presidente ou coisa assim. Presidente Alif. Eu votaria em você. Mas espere aí... Vamos mesmo ter uma democracia? Não sei o que vai acontecer.

– Provavelmente vão nacionalizar todo o seu dinheiro – murmurou Dina.

– Boa sorte tentando – disse alegremente NewQuarter. – Já gastei tudo. – Ele se balançou nas pontas das sandálias, sacudindo a garrafa de Mecca Cola.

– Não faça isso. – Dina o repreendeu. – Vai machucá-lo. Precisa deixá-lo sair.

– Que se dane, eu quero os meus três desejos.

Alif parou de escutar. A visão incongruente de uma cabeça exposta acima de uma túnica preta atraiu os seus olhos: uma mulher tinha perdido o véu e um grupo de rapazes armados se reunira em volta dela, zombando e agarrando. O cabelo preto e sedoso da mulher era familiar, como os ombros e as contas pretas tecidas na bainha e nos punhos da sua roupa. Alif correu até ela.

– Afastem-se – gritou aos rapazes. – Respeitem a religião das mães de vocês, seus filhos de uma cadela!

O rapaz mais alto olhou com cautela o sangue na camisa de Alif, depois recuou. Os outros fizeram o mesmo. Alif abriu caminho para a mulher, tremendo em cada parte do corpo. Intisar o olhou com o rosto exausto e vago, procurando pelos seus olhos como se ele tivesse respostas a perguntas que ela ainda não fizera.

– O que está fazendo aqui? – indagou Alif. – Você está bem? Está machucada? Ou... – Ele olhou a gangue de rapazes que se retirava para a praça. – Meu Deus, alguma coisa pior?

Ela meneou a cabeça.

– Eu procurava por você – disse ela, a voz saindo pouco audível no meio da multidão. – Sabia que estaria aqui. Eles assaltaram o palacete do meu pai. Eu devia ir diretamente para a casa da minha tia, mas...

Um grupo de mulheres dançando esbarrou neles; Alif a puxou. Intisar olhou o corpo dependurado do prédio de NewQuarter.

– Abbas – disse ela sem emoção.

Alif engoliu em seco.

– Você o amava?

Os olhos dela se arregalaram, incrédulos, e a boca que ele tanto havia idolatrado se abriu.

– Não. Não, nunca. Como poderia? Ele era *velho* e terrível... E eu amava você.

– Você me *abandonou*.

Ela balançou a cabeça, tirando do rosto uma mecha tingida da noite, numa imitação inconsciente do véu que tinha perdido.

– Eu queria você. Mas não queria o distrito de Baqara, andar escondida e não ter coisas bonitas... Eu sei o que isso faz você pensar de mim, mas não pude evitar. Só sei viver de um jeito. – Ela colocou a mecha de cabelo atrás da orelha. – Agora não importa. Minha família está arruinada. O que eu era não significa nada.

Sua voz estava cheia de significado. Por cima do cheiro de suor e da brisa marinha, Alif sentia o perfume dela: uma mistura endinheirada de flor e madeira. Ele se lembrou de esse cheiro ter perdurado em seu travesseiro depois de ela dormir na sua cama.

– Mohammad.

Ele se virou ao ouvir o seu nome. Dina estava parada atrás dele na calçada, os olhos fosforescentes passando rapidamente entre o rosto dele e o de Intisar. A garrafa de Mecca Cola pendia da sua mão, destampada e sem o conteúdo tempestuoso que antes havia ali. Isto, em combinação com a sujeira da túnica, deixava-a um tanto ridícula. Alif procurou em volta pelo *marid*, mas nada viu.

– Eu fiz Abu Talib... quero dizer, NewQuarter... desistir dele – disse ela. – Ele vai voltar para o Bairro Vazio com os outros. Disse que você deve a ele aquela cópia do *Alf Layla* que perdeu.

– Eu...

– Vou para casa agora.

Mesmo de longe, ele podia ver o subir e descer acelerado do seu peito. Ele a olhou, olhou para o chão e depois para Intisar. O rosto de Intisar tornara-se hostil. Para além dela, quase invisível através do cânion de vidro e aço, o muro do Bairro Antigo captou o sol poente e brilhou.

– Mohammad – repetiu Dina.

A certa altura, ela perdera as luvas. Suas mãos castanho-avermelhadas eram visíveis, as unhas curtas, brincando sem parar com a garrafa vazia e a tampa do refrigerante. Sem o pano de fundo do Bairro Vazio, ela era uma menina comum: uma filha sossegada, de véu e eternamente irritada, do distrito de Baqara. Era como se os acontecimentos dos últimos meses não tivessem causado impressão nela. Contudo, Alif agora podia reconhecer isso como um defeito da própria visão e sabia que Dina, por algum mistério insondável, era ela mesma oculta, esperando em silêncio que ele alcançasse a porta da compreensão que sempre estivera aberta, levando até ela.

– Espere – disse ele. – Eu vou com você.

Intisar o olhou sem acreditar.

– Precisa de dinheiro? – perguntou a Intisar, sentindo-se vários anos mais novo e duas vezes mais desajeitado. – Tem como chegar à casa da sua tia? Não deve ficar aqui, não é seguro.

Intisar deu de ombros. Parecia arrogante, como uma criança imperiosa a quem fora negado um presente. Alif se perguntou como pudera não perceber sua tendência a fazer beicinho.

– Não se preocupe comigo, por favor – pediu ela. – Vá para casa.

Alif sentiu os dedos de Dina roçarem inseguros pela base do seu pulso. Ele fechou a mão na dela.

– Que a paz esteja com você – falou ele a Intisar.

– E com você.

Ela se virou, deslizando pela turba exultante para o meio da praça. Alif olhou para Dina e sorriu. Os olhos dela se enrugaram acima da bainha do véu.

– Será possível conseguir um táxi nessa confusão? – perguntou ele, olhando em volta. O único veículo que conseguia ver estava incendiado, o esqueleto virado de um furgão da polícia.

– Eu não contaria com isso – respondeu Dina. – Vamos a pé.

– É uma longa viagem a pé até o distrito de Baqara.

– Sem problema. Temos muito que conversar.

Eles partiram para a transversal mais próxima, costurando por um grupo de rapazes que acendiam latas de repelente para insetos em comemoração. Alguém tinha desfraldado uma bandeira do andar mais baixo de um prédio e crianças saíram para brincar, pulando para tocar a sua borda esvoaçante. A atmosfera era maníaca, parecendo, de uma forma que decepcionava Alif, o caos que se seguia a uma partida de futebol. Pedaços de papel começaram a cair do ar: fragmentos do imenso retrato do emir que antes adornava a face norte da praça. Aquilo encheu Alif de um pavor que ele precisou de um momento para situar.

– O livro! – disse ele, parando de repente. – Meu Deus, o que aconteceu com o livro?

Dina meneou a cabeça.

– Eu o perdi de vista quando você caiu pela janela. Naquela confusão, não me surpreenderia se tivesse sido completamente pisoteado. Ou talvez uma daquelas coisas medonhas o tenha apanhado. Ou um dos manifestantes que assaltaram o prédio. Quem sabe?

Alif tirou um pedaço de papel do cabelo, sentindo-se culpado.

– Mohammad... O que havia naquela última história?

Dina o olhou com uma expressão indagativa. Alif respirou fundo. Eles tinham se livrado da multidão e andavam por uma rua comercial, passando por uma fileira de lojas fechadas. Alif percebeu que não estavam muito longe da loja diante da qual Dina fora baleada e onde Vikram os salvara do agente de segurança do Estado. Tinha começado a ser transformado pela história de si mesmo ali, naquele lugar.

– Nada que não poderíamos ter escrito juntos – contou ele a Dina. Os olhos dela se enrugaram novamente. Eles ficaram em silêncio por um tempo. Aves noturnas começaram a cantar nas árvores empoeiradas e atrofiadas e a brisa do porto trazia gritos, alegria e buzinas.

Agradecimentos

Tendo coincidido com o nascimento da minha primeira filha, a conclusão deste livro não teria sido possível sem a ajuda e o apoio dos que se seguem: o meu incansável agente, Warren Frazier; o meu assistente digital, Mohammed Abbas; o gênio cibernético e pai dos blogs Aziz Poonawalla; o filósofo da tecnologia Saurav Mohapatra; os meus editores maravilhosos da Grove/Atlantic – Amy Hundley em Nova York, e Ravi Mirchandani e Mathilda Imlah em Londres; e sobretudo a minha mãe, que pegou um avião para o nascimento da minha filha e ficou para o nascimento do livro. Por fim, agradeço a todos os meus seguidores no Twitter, que me forneceram de tudo, de referências de pesquisa a bolinhos e café. Felicidades a todos vocês.

Impresso na LIS Gráfica e Editora Ltda, Guarulhos-SP